艺术话语

艺术因素分析法

［俄罗斯］瓦列里·伊·秋帕——著

周启超——主编

周启超 凌建侯——译

Художественный дискурс
Аналитика художественного

В. И. Тюпа

北京大学出版社
PEKING UNIVERSITY PRESS

著作权合同登记号 图字：01-2009-5021
图书在版编目（CIP）数据

艺术话语·艺术因素分析法 /（俄罗斯）秋帕著；周启超，凌建侯译. —北京：北京大学出版社，2016.4
ISBN 978-7-301-26653-3

Ⅰ. ①艺… Ⅱ. ①秋… ②周… ③凌… Ⅲ. ①文艺理论 – 高等学校 – 教材 Ⅳ. ① I0

中国版本图书馆 CIP 数据核字 (2015) 第 309557 号

Художественный дискурс (Введение в теорию литературы) © Тверь: Твер. гос. ун-т, 2002.
Аналитика художественного (Введение в литературоведческий анализ) © Москва: Лабиринт, РГГУ, 2001.
简体中文翻译版已授权北京大学出版社出版发行。

书　　名	艺术话语·艺术因素分析法 Yishu Huayu · Yishu Yinsu Fenxifa
著作责任者	[俄罗斯]瓦列里·伊·秋帕 著　周启超　凌建侯 译
责任编辑	于海冰
标准书号	ISBN 978-7-301-26653-3
出版发行	北京大学出版社
地　　址	北京市海淀区成府路 205 号　100871
网　　址	http://www.pup.cn　新浪微博：@ 北京大学出版社 @ 培文图书
电子信箱	pkupw@qq.com
电　　话	邮购部 62752015　发行部 62750672　编辑部 62750883
印 刷 者	三河市国新印装有限公司
经 销 者	新华书店
	650 毫米 ×980 毫米　16 开本　24.5 印张　310 千字
	2016 年 4 月第 1 版　2016 年 4 月第 1 次印刷
定　　价	62.00 元

目　录

艺术因素分析法（文学学分析导论）

总 序

周启超

新世纪以降，中国社会科学院文学理论研究中心致力于以跨文化研究的视界，多方位深度开采的宗旨，组织力量集中引进一批国外新近面世且备受欢迎的文论力作，精选精译一套当代外国文论教材精品，对国外文论界在“文学”“文论”“文论关键词”“文论名家名说名学派”“文学学反思”这些基本环节上的推进态势与最新成果，加以比较系统的展示，以推动我们的文论教材建设。2010 年成立的全国“外国文论与比较诗学学会”积极参与了当代中国文学理论的建设。同时，我们与北大培文合作，启动了外国文论精品原著的搜寻、译者的物色工作。如今，由 4 种著作组成的《文学学导论》《文学世界共和国》《艺术话语·艺术因素分析法》3 部文论专著的汉译终于竣工。在这套丛书即将付梓之际，身为主编，有义务就寻书的背景与语境，选材的立意与指归、译著的特色与亮点，作一点交代。

《文学学导论》与“文学学”

德语文论是这套书组稿时的首要关切。“文学学”正是发源于德国。

在当代国外文论的汉译中，德语文论的引进可谓是一块短板。主要有1984年上海译文出版社推出的沃尔夫冈·凯塞尔的《语言的艺术作品》(1948年在伯尔尼初版，后多次再版)与1992年中国社会科学出版社推出的埃米尔·施塔格尔的《诗学的基本概念》(1946年在苏黎世初版，后重版多次)。施塔格尔和凯塞尔是第二次世界大战后德语文论界在文学研究方法论上最具影响力的两位学者，他们坚定地承续了20世纪上半叶思想史－形式分析流派。《语言的艺术作品》与《诗学的基本概念》均为其作者的代表作，不少文学术语辞典都收入这两部书中所提出的基本概念与解释，在相当长的时期里，一直是德语国家“文学学”的入门必读。

然而，这两部著作的成书年代毕竟是在20世纪前半叶，距今已经相隔近70年。经历了几番周折，最终我们请北京大学德语文论专家王建博士出马，找到《文学学导论》(以下简称《导论》)(*Einführung in die Neuere deutsche Literaturwissenschaft*, Stuttgart & Weimar: Verlag J. B. Metzler，2007)。这部文学学导论由德国波鸿鲁尔大学德语系的两位教授联袂撰写。有趣的是，这两位作者是同龄人：均为1961年出生，其专业方向又很近。贝内迪克特·耶辛(Benedikt Jeßing)主要研究歌德及其时代和20世纪德语文学和文学理论，拉尔夫·克南(Ralph Köhnen)主要研究领域则为18到20世纪的德语文学和文学理论。这两位德语系教授，在这里以导论的形式，深入浅出地介绍文学学这门以文学现象为研究对象的现代学科，介绍文学学的各种研究角度和各个理论方向，介绍文学的各类体裁，描述修辞学、风格学和诗学的基本理论，探讨文学与其他艺术门类(如造型艺术、音乐、电影、广播)的关系，阐释20世纪的各种文学理论与方法。这部书的分章结构按照对象、程序、方法和术语诸方面再现了文学学的轮廓，在方法和切入方式方面它并不显现自己的立场，而是力求中立地展现**文学学**

反思对象本身的全部景象。叙述的系统性与表述的精细性，使得这部文学学导论可以被看作是当代德语文学学著作的一个代表。作为大学文学类专业的文学学教材，此书在德语国家受到读者的广泛欢迎，属于同类书籍的佼佼者。

《导论》可以说是德国学者绘出的一幅当代德语文论流变全景图。面对这幅全景图，我们看到：当代德语文论中，与“接受美学”一同出场的还有其他学派；“接受美学”本身也还有后续发展。譬如，格勒本提出“具体化的振幅”（Konkretisationsamplituden），用这个概念来形象地展示阅读中主观要素的偏离作用；提出多义性和不确定性并不局限于现代文本，而是适用于所有文学作品；提出阐释的标准是“生存力”；是不是“正确性”。

《导论》作者梳理出1965年以来的德语文学学“方法趋势”的丰富多彩：1965年起的接受史和接受美学，同时期开始的文学社会史；结构主义的开端；70年代下半期的心理分析文学学；80年代初话语分析；90年代初以尼克拉斯·卢曼为代表的系统论；最晚于90年代末发现的文化研究/文化学、女性主义文学理论/性别研究和新历史主义；《导论》作者看出：在过去35年中，文学学的问题越来越多样化，文学学的方法和时尚变幻纷呈，文学学的范式更迭似乎越来越快——这一切只是文学学200年来的发展这一学科的历史的最新阶段。《导论》归纳出当代文学学10大范式。

《导论》有助于推进我们对“文学学”这门学科的反思。文学研究作为一个学科，其命名应当是“文艺学”还是“文学学”？它是一门人文学科还是一门人文科学？这些问题，关乎文学研究的性质与宗旨、路径与方式、价值实现、社会使命、文化功能的“定位”。德语文论界对“文学学”有自己独特的建构，对“文学学”之理论问题的研究一向颇为重视。就笔者所见，马克斯·维尔利（M. Wehrli，1909—1998）曾著有《文学学导论》（维尔茨堡，1948）、《普通文学学》（伯尔尼，1951）。《普通文学学》一书主要描述第二次世界大战后西欧诸国的“文学学”现状。该书第一编“总论”

逐一论及“论文学学地位”“文学学系统”“文学学历史”。《文学学导论》即本书不仅提供出一个关于“文学学基本知识的概览”，“按照对象、程序、方法和术语诸方面再现了文学学的轮廓”，而且还“中立地展现文学学反思对象本身的全部景象”。对“文学学”的起源与发展、“文学学”的对象与手段、“文学学”的方法与技术，均有清晰的论述。

《文学世界共和国》与“文学地理学”

一心要“走向世界”的当代中国作家、批评家以及理论家们，总在追问“世界文学”是如何形成的？总要探讨文学的“民族性”与“世界性”。近些年来，传统的“民族性”与“世界性”的二元对立问题已获得新的话语表述：“本土化”与“全球化”。一些人坚守“愈是民族的就愈是世界的”，另一些则主张必须实现对“民族性的”超越，必须实现“身份转换”，才能跻身于“世界文学”。在各种各样对“世界文学”的生成方式与发育机制的理论思考中，法国当代批评家帕斯卡尔·卡萨诺瓦（Pascale Casanova, 1959—　），可谓独辟蹊径：将她对“世界文学”的考量转换成对“文学世界”的勘察。在她于 2000 年获“法兰西人文协会”奖，已被译为多种文字出版的力作《文学世界共和国》（*La République mondiale des lettres*, Paris: Edition du Seuil, 1999）一书中，她将“世界文学”看成是一个整一的、在时间中流变发展着的文学空间，拥有自己的“首都”与“边疆”、“中心”与“边缘”。这些“中心”与“边缘”并不总是与世界政治版图相吻合。“文学世界”犹如一个以其自身体制与机制在运作的“共和国”。在“文学共和国”中存在着复杂的统治与被统治关系，激起文学自身的斗争、反抗和竞争。“文学世界共和国”像一块波斯地毯，看似纷乱，但若找到正确视角，便可看出图案色彩之间相互依存、相互作用的“共和”（整体）关系，进而理解每个图形。

基于这样一种相当新颖的“世界文学”观，卡萨诺瓦沉潜于充满竞争、博弈的“文学共和国”，细致地考察一些作家与流派进入“世界文学”的路径与模式，分析“文学资本”的积累过程与方式。这位法国学者以乔伊斯、卡夫卡、福克纳、贝克特、易卜生、米肖、陀思妥耶夫斯基、纳博科夫等已经成为“世界文学精华”的大作家的创作为例，探讨一些民族（“大民族”与“小民族的”）文学在“文学共和国”里的身份认同问题，探讨民族文学与民族之外的文学语境、世界文学语境之间复杂的互动机制，建构其“民族文学的文化空间”理论：一种旨在探索“世界文学空间生成机制与运作机理”的“文学地理学”。

作者认为，应将文学空间作为一个总体现实来理解。世界文学这个概念本身说明事实上已出现了一个跨民族的空间，在这个空间中要讨论文学的跨文化性。正是文学的跨文化性在建构“文学世界共和国”。文学世界之现实运行有自己的机制，对经济空间、政治空间而言具备相对的独立性。在 18 世纪，伦敦成为世界的中心，但占据文化霸权地位的却是巴黎。19 世纪末 20 世纪初，经济上，法国在欧洲经济中排名靠后，但却不容置疑地是西方文学中心；后来，美国经济上的巨大成功并没能让美国成为文学霸主。

卡萨诺瓦倾心于世界文学空间运行相对的自主自律的机制的考察。她以动态模式挑战“全球化”的平静模式。这一视界，对于动辄套用经济全球化的模式来考察“全球化语境”中的民族文学之简单化的做法，不能不说是一种警醒。文学资本的积累与经济资本的积累自有关联，但并不能直接划等号。

卡萨诺瓦在其“文学地理学”的勘察中，关注“中心”与“边缘”的互动。所有“远离中心”的作家并不是“注定”一定会落后，所有的中心地区作家也不一定必然是“现代的”。文学世界的特殊逻辑，忽略了普通的地理因素，建立了与政治标记完全不同的领土和边界；将文学定义为统一的世界领域（或者正在走向统一的世界领域），人们就再也不能借用“影响”，也不能借用“接受”的语言来描述特殊的重大革命在世界上的流通和输出（比如自然主义，或者浪漫主义）。

卡萨诺瓦对文学世界的特殊逻辑的这种清理，对那些执着于梳理某些大国文学对小国文学、某些大作家对小作家之创作的“影响轨迹”的比较文学学者的思维定势，也不能不说是一个挑战。

《文学世界共和国》在其“文学地理学”的建构中，将“世界文学”的探讨转换成“文学世界”的勘察，力图“解决内批评——只在文本内部寻找意义要素——和外批评——只描述文本生产的历史条件——之间被认为不可解决的自相矛盾”，尝试在文学的跨文化空间中来定位作家和他们的作品，提出一系列富有挑战性的新说，有助于开阔我们观察“世界文学”的视野，可以作为“世界文学与比较文学”专业的一部教材。

《艺术话语·艺术因素分析法》与“文学文本分析学”

本书由两种著作组成：《艺术话语·文学理论导论》和《艺术因素分析法·文学学分析导论》。

《艺术话语·文学理论导论》（*Художественный дискурс · Введение в теоию литературы,* Тверь: Твер. гос. ун-т, 2002）系俄罗斯国立人文大学理论诗学与历史诗学教研室主任、叙事学与比较诗学研究中心主任瓦列里·秋帕教授（Валерий Тюпа, 1945— ）的一部讲稿，其授课对象为高校文科教师和研究生。这部讲稿以其理论视界上别具一格而颇受好评。讲稿的主题是“文学何谓？”，作者在这里致力于克服文论教材中围绕这一问题而常常高头讲章的通病，选取简约而不简单的入思路径，深入浅出地阐述文学“三性”：符号性、审美性、交际性。如果说，文学的“符号性”要旨在于文学是一门派生符号系统的话语艺术，在于艺术文本的结构，文学的“审美性”要旨在于文学是一门情感反射的话语艺术，在于艺术性的模式；那么，文学的“交际性”要旨则在于艺术书写的策略，在于艺术性的范式。

不妨来看看作者是如何阐述文学的“符号性”。

文学作为艺术的一种样式，也是符号性的活动。文学应当被称为“话语艺术”。文学在其他的艺术样式中明显地得以突出，这是由于它采用已然现成的、完全成型而最为完备的符号系统——自然的人类语言。可是，文学运用这一原初性语言之潜能只是为了去创作文本，属于派生性符号系统的文本，有意义也有涵义的文本。

在作为派生系统而被理解的文本中，拥有艺术性涵义的并不是语词与句法结构本身，而是它们的交际功能：谁在说？怎样在说？说的是什么且与什么有关？在怎样的情境中说？在对谁而说？

文学本身乃是“非直接言说”。作者诉诸我们的并不是自然的话语语言，而是派生性的艺术语言。文学文本并不是直接地诉诸我们的意识，就像在非艺术的言语里发生的那样，而是要经由中介——经由我们内在的视觉与内在的听觉于内在的言语形式展开的那些对文学文本的思考。这一类作用，乃是由作者的符号学活动来组织的，作者由这些或那些原初的表述——建构成派生性表述：作为“艺术印象诸因素之集合”的整一的作品。

在阅读文学文本时，艺术性表述的这一特征容易被视而不见：文本的民族语言通常是已经为我们所熟悉的。但不是艺术语言。譬如，在果戈理的中篇小说《鼻子》里，作为某个涵义况且也是基本涵义之最重要的符号而显现的，毫无疑问，乃是少校柯瓦廖夫的鼻子不翼而飞这件事本身。鼻子丢了这一情节——这自然是个符号，但这是什么东西的符号呢？并不存在同果戈理的中篇小说脱离开来的那样一种语言，在这种语言的词典里，人的面孔的该种变化会对应着一种特定的意义。每一次例行的阅读便类似于用个体化的语言进行一次例行的表述。文学学家在这个层面上成为“职业读者”的角色，这一职业读者有别于普通读者的是，他自己清楚：阅读这一事件是怎么回事。鼻子在果戈理那部同名中篇小说里的消失，它拥有令人印象深刻的各个不同的涵义——在少校与理发师心目中，在主人公与作者心目中，在作者与读者心目中都是相当不同而大相径庭的那些涵义。

那么，作为“职业读者”的文学学家，究竟应该如何分析文学文本呢？《艺术因素分析法・文学学分析导论》(*Аналитика художественного・введение в литературоведческий анализ.* М.: Лабиринт. РГГУ, 2001.)则是这位著名文学教授的一种现身说法。在这里，作者力图提供一种独具一格的文学文本分析学。作者以科学性为文学文本分析的旨趣，将文学看成艺术现实，来具体地解读文本的意义与涵义。文学学领域的科学性有何特点？文学文本分析中的科学性与艺术性能否兼容？该书以其目标明确、理路一贯、多层次多维度的阐析，为回答这些问题提供了发人深省的启迪。作者致力于阐明科学性与艺术性、文本与意蕴、分析与阐释之间的相互关系，提出“记录、体系化、同一化、解释、观念化”5个逐渐递进的分析层级，且以莱蒙托夫《当代英雄》、普希金《别尔金小说集》、阿赫玛托娃的名篇《缪斯》为例，用清晰的语言详加分析，有理据地演绎自己的理论，其解读紧扣文本，其论述深入浅出，其路径令人耳目一新，深得学生和教师的欢迎。瓦列里・秋帕的《艺术话语・文学理论导论》和《艺术因素分析法・文学学分析导论》，篇幅不大但内涵丰厚，既以新视界阐述“文学原理”，也以新维度展示文本分析，彼此有内在关联，堪称相得益彰的姊妹篇，在文学理论教材建设上具有开拓精神与创新锐气，值得引进。

译者序

“文学理论导论”是高校文科的一门基础课程。如何引导学生进入文学理论的森林而不使之望而却步？如何从那种既讲文学是一门语言艺术，又讲文学是一门认知艺术，还讲文学是一门创作艺术的高头讲章中走出来？如何写一本比较简约而不简单的文学理论导论？在巴赫金、福柯、哈贝马斯之后，只讲文学是一门语言艺术已然不够了，必须讲文学是一门“话语艺术”。

《艺术话语·文学理论导论》（***Художественный дискурс · Введение в теоию литературы***, Тверь: Твер. гос. ун-т，2002），这本总共 80 页（而不是 380 页）的《文学理论导论》，之所以令我眼睛一亮，正是由于这本导论恰恰是从“文学本质论”、“文学创作论”、“文学体裁论”、“文学批评论”的高头讲章中走了出来，恰恰是一本简约而不简单的导论，且通篇贯穿一个新颖的理念：文学是一门话语艺术。紧扣这一核心理念，作者从三个维度——文学的符号性、文学的审美性、文学的交际性，深入浅出地阐述“文学何谓”、“文学何为”、“文学何位”。如果说，文学的“符号性”要旨在于文学是一门派生符号系统的话语艺术，因而要分析艺术文本的结构，文学的“审美性”要旨在于文学是一门情感反射的话语艺术，因而要勘察其艺术性的模式；那么，文学的“交际性”要旨则在于文学这门话语艺术书写的策略，因而要研究其艺术性的范式。

作者不是以“反映”、“认识”、“再现”、“表现”之类的范畴，而是以“符号性”、“审美性”、“交际性”来界说文学这一门话语艺术，来阐说文学的创作机理与接受机制，来阐释文学的文化功能与社会地位。这样一部理论视界别具一格、入思路径上富于开拓精神的“导论”，自然引人注目而颇受好评。其实，这部“导论”原本就孕生于作者给高校语文系的教师、研究生和本科生开的系列讲座。

将文学定位于一门话语艺术，可谓是作者多年沉潜于“话语理论”而致力于建构文学理论的一个结晶。作者瓦列里·秋帕教授（Валерий Тюпа，1945— ），系今日俄罗斯高校文论界一位富有创见的领衔学者。早年毕业于莫斯科大学语文系，后留学巴黎，受业于罗兰·巴特与茱莉亚·克里斯蒂瓦；现任俄罗斯国立人文大学理论诗学与历史诗学教研室主任，叙事学与比较诗学研究中心主任；上世纪90年代曾主编学刊《话语》；近年著有《话语/体裁》（2013）、《话语形态·比较修辞学概论》（2010）、《文学与智性》（2009）等等。在“跨文化话语旅行中的巴赫金”国际研讨会（2014年11月，南京大学）上，秋帕教授的报告题目就是“米哈伊尔·巴赫金与米歇尔·福柯：在‘话语’概念之源头”。可以看出，秋帕教授的文学理论建构，既充分吸收了20世纪俄罗斯文论的思想精华（譬如，巴赫金、洛特曼、科尔曼、吉尔什曼等人的理论），也积极吸纳了20世纪欧陆文论的重要成果（譬如，加特曼、英加登、巴特、伽达默尔、范·迪克、佩舍、施米特、法里诺等人的学说），具备十分开阔的学术视野与相当新锐的开拓意识。

作为一直在教学第一线耕耘的一位大学教师，秋帕深知文学理论这门课的教学不仅要告诉学生“文学何谓”、“文学何为”、“文学何位”这些知识，还要培养学生具体解读文学文本的能力素质。秋帕教授坚持要以自己的理论建构与解读实践来回答：作为“职业读者”的文学学家，究竟应该如何分析文学文本？在上世纪80年代，秋帕就著有《契诃夫短篇小说的艺术性》（1989），显示出自己在经典文本解读上的真功夫；**《艺术因**

素分析法 · 文学学分析导论》（***Аналитика художественного · введение в литературоведческий анализ***. М.: Лабиринт. РГГУ, 2001.）则是这位著名文学教授的又一次现身说法。在这里，作者以科学性为文学文本分析的旨趣，将文学看成话语艺术现实，来具体地解读文本的意义与涵义。文学学中的科学性有何特点？文学文本分析中的科学性与艺术性能否兼容？该书以其目标明确、理路一贯、多层次多维度的细致阐析，为回答这些问题提供了诸多启迪。作者致力于阐明科学性与艺术性、文本与意蕴、分析与阐释之间的相互关系，提出"记录、体系化、同一化、解释、观念化"5个逐渐递进的分析层级，且以莱蒙托夫的《当代英雄》、普希金的《别尔金小说集》、阿赫玛托娃的名篇《缪斯》为例，有理据地演绎自己的理论，力图展示出一种独具一格的文学文本分析学，其解读紧扣文本，其论述深入浅出，其路径令人耳目一新，深得学生和教师的欢迎。

《艺术话语 · 文学理论导论》《艺术因素分析法 · 文学学分析导论》这两部小书出之于同一个大学者的手笔，篇幅不大但内涵丰厚，在文学理论教材建设上颇具开拓创新的锐气，既以新视界阐说"文学原理"，也以新维度展示文本分析，彼此关联十分密切，堪称相得益彰的姊妹篇，不妨对照着来品读，这也正是我们将这两部"导论"合在一起一并引进的一个缘由。《艺术话语 · 文学理论导论》由周启超译出，《艺术因素分析法 · 文学学分析导论》由凌建侯译出，两书译文中人名、书名及相关体例的统一，由刘娜、孙烨完成，由周启超审定。

周启超

艺术话语

（文学理论导论）

第一讲　文学的符号性（上）：作为派生符号系统的话语艺术

第二讲　文学的符号性（下）：艺术文本的结构

第三讲　文学的审美性（上）：作为情感反射的话语艺术

第四讲　文学的审美性（下）：艺术性的模式

第五讲　文学的交际性（上）：艺术书写的策略

第六讲　文学的交际性（下）：艺术性的范式

第一讲

文学的符号性（上）：作为派生符号系统的话语艺术

文学——我们常常将之称为“话语艺术”——属于人类活动中的更为广阔的领域——艺术。谈起艺术，不得不既要在其广义上又要在其狭义上来言说。

其一，“艺”这个词语——源生于人工性、技巧性这些概念——在俄语里，这些概念是指称任何一种技巧（譬如，烹调技巧）。

其二，“艺”这个词语作为一种类概念——是用来指称精神活动领域里诸如音乐、绘画、雕塑、戏剧、电影，自然还有文学这样一些独特样式。这样的一些人类劳作，要求获得对自己的制作品之审美的完成，这是一种犹如“界标”般的完成，用康德（Кант）的话来说，它“是不可能被移动的”[①]。

第一种涵义上的话语艺术可以被称为演说术。我们这里将要谈论的则仅仅是作为第二种涵义上的艺术活动的一个样式：文学。

举凡是人在其生活中与之打交道的，要么是物品（其中包括生

---

① 康德：《判断力批判》，载《康德文集》6卷本，第6卷，第325页，莫斯科，1966。

物——“活生生的东西”），要么是人，要么是符号。对于狭义的艺术而言，也就是对于在其艺术本身独有的活动之中的艺术家而言，成为其材料的只是**符号**。在往某个器具表面上刷颜料时，油漆工是把颜料作为物品来使用的。画家创作时运用的也许是同一种颜料，却是将它作为一种描绘 - 表现手段，也就是作为一种符号。

任何一种并不是与物品、生物或者个人打交道，而是与符号打交道的活动，被称为**符号性**（源自希腊文 sema——符号）活动。文学作为艺术的一种样式，也是符号性的活动，符号的活动。

作为符号出现的，可以是那些由人们为彼此之间的交际而制定的专有信号（譬如，话语），也可以是物品或活生生的东西。譬如说，演员的身体在戏剧演出过程中恰恰就是符号；要是我们出于某些原因将它看成是活生生的肉欲的东西，表演本身的艺术效果就会消失。因而，马戏团，举个例子吧，马戏团作为表演——精湛的肢体艺术表演，就并不是我们谈论文学、音乐、绘画或者戏剧时所立基于其上的那种专门涵义上的艺术。

任何物品、任何生物都可以作为某个东西的符号。不过，个人总是成为符号的使用者，从不会成为别的什么东西的符号。符号的实质在于，它会以自身去**替代**某物。艺术作为符号性活动植根于巫术魔法仪式，这类仪式曾经是对那些替代者施行的，是对巫术魔法之效力所要作用于其上的那些客体的替代者或本质的替代者施行的。

可是，符号究其实质而言不能归结为替代性的物质现象。物品，其中包括人工信号（譬如说，字母）或者生物（其中包括人，但不是作为个体之人）会成为符号，如果进入一种独特的关系——符号性的关系。每一个符号都具有三个层面：**能指层面**，或者，用另一种说法，符号之信号的“名字”，**所指层面**——符号的意义，可被赋予现实意义的层面（**意指层面**）——符号的涵义。这些层面中的每一层，都是那些符号性关系中的一种，那些符号性关系以其集成而使符号成其为符号。

信号——这是符号相对于特定语言的关系。如果没有相应的语言，也就不会有符号。某种特征，譬如说，疾病的症状，并不是符号学意义上的符号：为医学所熟知的症状都是曾经在什么时候被观察到而被描述下来的，但不曾有谁为了病人与医生之间的交流而将这些症状培养出来，症状——都是自然的，不具有假定性，而符号——则是约定的，具有**协定性**（源自拉丁文 conventio——协定性）。

应当强调的是，论及语言时，我们指的不仅仅是“自然的”民族语言，在那里，作为信号而出现的首先是词语——这些意义的名字，而且还指任何一种人工的符号系统，基于那些系统可以建构文本。一旦谈论起文本，我们指的不仅仅是那些言语的（话语的）文本，而且还指任何其他的那些被赋予涵义的符号之**排列组态**（拉丁文 textum——编织、结合）。

意义——这是符号相对于现实的关系，现实在这种情形下并不一定是真正的。要成为符号，某个替代物就应当成为**意指性**的（源自拉丁文 referre——传达），也就是成为能与那种为它所替代的（所模拟的）真实的现实、抑或虚拟的（极有可能的）现实、抑或臆想的、虚构的现实相关相应的。符号的意义是思考中的某种生活现象的**模型**，而不是符号所指涉的生活本身。

涵义——这是符号相对于在理解的意识的关系，在理解的意识不仅仅能辨认语言的那些单个的符号，而且还能辨认已然被有序化的那些符号的排列组态。正因为如此，词典里的词语都具有意义，但却失去涵义。它只是在某一表述的语境之中——在与另一些语言符号的关联对应之中——才获得涵义。换句话来说，涵义总具有语境性。

连贯的文本充满潜在的涵义，在接受的意识注定要使那些涵义成为现实意义，也就是说，要对之加以阐明而使之成为对于自己是有效的、有观念构建力的（源自拉丁文 conceptio——知觉、领悟、吸收、接受）。涵义的**观念构建性**提供出对该语境中的另一个或另一些可能性的替代性选择（对立性，不可等同性）。涵义既不像意义那样是客观的，也不像情感－意志的反应那样，像对待意义的关系那样，是主观的；涵义具有主体间性——它以其观念构建性将接受它的那些人聚合在自己周围。

这里所列举的符号的特征——协定性、意指性与观念构建性——是任何符号性活动所具有的，包括艺术活动的所有样式。艺术活动是从这几个层面——其一是内在的视力，其二是内在的听力，其三是内在的（语法上不可能得到定型描述的）言语——而得以诉诸我们的心智对符号的感知与接受（精神的－实践的感知与接受）潜能。

造型艺术——绘画、线条画、雕塑——第一眼看上去，是从事于物件的制造。但实际上它们是把物件作为符号来利用的。它们由这些物品性的符号创作出非言语的文本。如果说，作为物件，绘画作品或是雕塑作品是为感官所企及的，那么，作为符号性构成（文本），它们得以诉诸我们内在的视力（思辨）。对于内在的视力而言，色彩、线条、容量——都是自具意义而可以被思考的独特的（视觉）语言单位。交通信号灯的那些信号则是这一类非言语的语言的一个最为简单的例子。

音乐，作为表现性（富有表现力的）艺术，要运用作为独特的（听觉的）语言符号的人工声音信号或者自然语言的话语的声响（歌唱）。这种语言是可以被我们内在的听觉听得明白的，对于我们内在的听觉而言，这种语言充满涵义。我们外在的听觉则是“物质地”感知音乐，可能由于它的高大音量而承受刺激，或者由于它的行云流水而得以平静下来。

最后，表演性的艺术样式——戏剧与电影——作为符号则要运用人的整个身心——总是这样或那样地被物品所环绕、所镶饰的人的身心，总是要同这些物品发生互动，要同别的人发生互动的这个人的身心——的潜能。人的行为的那些符号，作为独特的（代表性的、代理性的、再现性的、表征性的）语言单位而显现，这一语言被诉诸我们内在的言语之心智性灵的潜能。任何一种理解，而演员在舞台上的行为举止恰恰就是被诉诸观众对这一行为举止之内在动因与动机的理解——归根结底，乃是——“由自然语言向内在语言的翻译”[①]。正是在这一没有语法的自交际的（源自希腊文 autos——自动与拉丁文 communicatio——交际）语言系统中——这一“为自己而存在的”内在的语言系统中，形成着我们的思想，在后来要改写成周围人所能明白的（多相交际的）语言的那些思想。[②]

面部表情、手势、语调、色彩、声音以及诸如此类的符号系统，在原始人类的生活中就渐渐地形成了（在动物的生活中也有类似的系统）。艺术产生于这一类符号系统的土壤上，而实质性地深化这些系统的潜能，使人之“我”得以适应其周围的世界。

文学在其他的艺术样式中明显地得以突出，这是由于它采用已然现成的、完全成型而且最为完备的符号系统——自然的人类语言。可是，文学运用这一原初性语言的潜能只是为了创作出文本，属于派生性符号系统的文本。[③] 艺术文本中言语的（语言学意义上的）意义与涵义本身就是另一些——超言语的、超语言学的——符号之“名称”。

人们常常将这些派生性符号称为**主题**。在作为主题系统而被理解的文本中，拥有艺术性涵义的并不是语词与句法结构本身，而是它们的交际功能：谁在说？怎样在说？说的是什么且与什么有关？在怎样的情境中说？在对谁而说？在戏剧演出中也是这一切最具有意义，因为舞台艺术的基础乃是话语艺术。

艺术文本中的任何一句话都不应当直接地对应于作家的个性。在文学作品里得以表述的，要么是作为作者之替代性选择的那些形象（人物），要么是作者的那些替代者——作者在文本里出场的言语面具（叙述者，讲述者，时事纪要编辑，抒情主人公）。不论是前者抑或后者，

① 仁金：《语言 · 言语 · 创作》，莫斯科，1998，第 161 页。

② 参见维戈茨基：《思维与言语》，载《维戈茨基文集》6 卷本，第 2 卷，莫斯科，1982。

③ 参见“文学是在用独特的语言在言说，这种语言得以在自然语言上衍生构筑，一如一种派生系统”；“要认可一些句子的某种集合是艺术文本，就应当确信：这些句子会构成派生性结构。”洛特曼：《艺术文本的结构》，莫斯科，1970，第 30 页。

归根结蒂，都具有文学主人公的地位。即便是在最具私密性的自传性抒情诗中，作者这一人物——并不是那个在说话者（抒情主人公），而是将这个说话者视为“他者”且在倾听他、在理解他、在评价他的那个人。

这一（从艺术的视角来看）真正的作者形象——根据巴赫金（М. Бахтин）的深刻见解，“是被裹在沉默之中”[①]，而文学本身则是“非直接言说”[②]。作者诉诸我们的并不是（自然的）话语语言，而是用派生性的（艺术的）语言。因而，属于作者的只是文本整体，这个整体是由那些多半是虚构的言语主体——于他而言是“异己的”，抑或对于他来说是“自己人当中的他人”——的话语组配而成，以那种同一定的涵义相关的方式组配而成的。作家只是在那些失去了艺术性的文本里，才得以“以自己的名义”来表述自己。在艺术话语的领域里，直接属于他的——如果这样的情形会有的话——也只是那些元文本的（即那些堪称是“文本的文本”）框架：标题、题跋、题献、注解。

不过，作家有时也有机会在艺术文本中以自己之“我”的名义直接谈论。但是在所有这样的一些情形中，文本的艺术组织就会被政论性的嵌入或别的嵌入所撑破，在那里，词语与句子结构的原初符号性便会向那些词语与句子结构回返。

艺术文本并不是直接地诉诸我们的意识，就像在非艺术的言语里发生的那样，而是要经由中介——经由我们内在的视觉、内在的听觉，我们在内在的言语那些形式中穿行的对文学作品的思考。这一类作用是由作者的符号学活动来组织的，作者由这些或那些原初的表述——建构成派生性表述：作为“艺术印象诸因素之集合”[③]的整一的文本。

巴赫金这句话同样也可以用来界说绘画中的油画、雕塑、音乐剧、戏剧表演的符号性。所有这些都是艺术文本。然而，要使符号的集合——那些接受性（源自拉丁文 receptio——接受）因素的集合，意

---

① 巴赫金：《话语创作美学》，莫斯科，1979，第 353 页。

② 同上书，第 289 页。

③ 巴赫金：《文学与美学问题》，莫斯科，1975，第 18 页。

识的接受活动诸因素的集合，成其为文本，必须具备三大基本要素：[1]

> **可显示性**（源自拉丁文——manifesto——使之得以显示）——符号性材料的外在显示，可以使文本同想象的画面相区别；
>
> 空间上的（边框，脚灯）或者时间上的（开端与结局）外在的**界限性**，可以使文本作为符号性合成有别于语言所显现的那样一些（无边界的）符号性合成；
>
> 内在的**结构性**，可以使文本同字母或者偶然的符号堆砌区分开来。

任何符号，其中也包括艺术所使用的一些专门的符号构成，除了语义性（同所替代的现实相关联的能力），还拥有两个极为重要的构成性特征：组合性与聚合性。前者提供一个符号同其他符号结构性组合的能力，一个连贯的文本的产生由此而得以保障；后者提供一个符号同其他符号选择性（源自拉丁文 selectio——选择）分开的能力，涵义在文本中的产生由此而得以保障。

如果说，组合性使符号成为文本的元素，那么，聚合性则使符号成为语言的元素。作为交际（交流）机制，语言乃是一组组词语的聚合体。语言的聚合体——这是有不同方案可选的符号序列，为建构一个连贯而可被领会的文本，每一次都必须从这符号序列中仅仅选择出一个。譬如，语法中的变格与变位所形成的那些词的形态变化（为了形成一个表述，必须从一组可能有的词的形态之中仅仅选择出一个合适的），就是这样。那些保障涵义构成的富于语义的语言的聚合体的特征，可以由同义现象（一个意义——有好几个名称）与同音同形异义现象（一个名称——有好几个意义）来加以说明。

对于日常的言语表述，我们总是会理解的，只要将它的文本（符

---

① 洛特曼：《艺术文本的结构》，莫斯科，1970，第 67—69 页。

号的组合性集合）同语言——那些先前已为我们所熟悉的语言（符号的聚合性集合）相关联。可是，同合格的艺术作品打交道，就是另一回事了。在这里，表述在一定的意义上乃是先于语言的，而这就构成艺术作为一种十分特殊的符号活动的符号学特征。

在阅读文学作品时，艺术性表述的这一特征容易被视而不见：要知道文本的民族语言通常是已经为我们所熟悉的。但不是艺术语言。譬如说，果戈理（Н. В. Гоголь）的中篇小说《鼻子》里，作为某个涵义况且也是基本涵义最重要的符号而显现的，毫无疑问，乃是少校柯瓦廖夫(Ковалев)的鼻子不翼而飞这件事本身。鼻子丢了这一情节——这自然是一个符号，但这是什么东西的符号呢？并不存在（同果戈理的中篇小说脱离开来的）那样一种语言，在这种语言的词典里，人的面孔的该种变化会对应着一种特定的意义。

在这里，问题的症结根本不在于如此出乎意料的变故之魔幻性（它不允许被解读为医学上的症状）。艺术性语言的符号可以是那些平常的、可被认知的现实。譬如，Л. Н. 托尔斯泰（Л. Н. Толстой）的长篇小说《安娜·卡列尼娜》第一部第 29 章里，安娜·卡列尼娜（Анна Каренина）从中取出“一部英国长篇小说”而“竭力要读下去”（虽然此时她想要的并不是阅读，而是“太想自个儿亲身亲历地去生活一回”）的那个“红色的小手袋”，在第七部最后一章里，在她自杀关头，一刹那“曾拦住了她”但却被推开的那个“红色的小手袋”，也是一个符号。而在《安娜·卡列尼娜》的文本之外，我们在哪里也找不到这一微情节意义的解码。

艺术家用自己内在的言语来表述。这一非推论性（不可被肢解为声音、词语与句子）的言说现象，已然受到研究，特别是受到 Л. С. 维戈茨基（Л. С. Выготский）与 Н. И. 仁金（Н. И. Жинкин）的勘察，它同我们外在的言语之推论性语言，乃是十分不同而有着本质上的区分。

根据 Л. С. 维戈茨基的界说，带有其“纯粹的谓语的（述语性）句法”的内在言语根本性的特质就在于，这种言语“大多是”对语言意识的“语义”进行运作。况且在语义领域本身，这一特质就在于“话语的涵义相对其意义占据着上风”，还在于各种不同容量的涵义单位的等价性。譬如，标题相对于全部文本的等价性，就是这样：标题在一定的程度上是以其自身替代文本的全部负荷。以维戈茨基之见，内在言语之非语言的“词语”（语义单位）“仿佛是在将先前的那些词语的涵义与后来的那些词语的涵义都吸纳于自身，而几乎是无限地扩展自身意义的范围〈……〉。为了将这意义翻译成外在言语的语言，就不得不将融汇在一个词语中的那些涵义展开，铺展为一整幅的全景图。”[①]

“帆”这一词语在莱蒙托夫（Лермонтов）那首同名诗篇里的语义地位，或者“鼻子”这一词语在果戈理那个同名中篇小说里的语义地位，正是这样。艺术性语言的语义单位——情节，托尔斯泰的长篇小说里“红色的小手袋”的重复能作为它的一个例子——它在文本里可以仅仅用一个词语或者一个词组就得以展示，在这种情形下却能在自身蕴含广阔而深刻的涵义语境。从另一方面来看，任何一种纯粹涵义的、具有个体性价值的，并不是得到普遍理解的内在性言语单位[②]都可能被展开，展开为一整幅“话语的全景图”（句子，场景，甚或是整个文学文本）。

“作为内在的言语基本的句法形式的纯粹而绝对的谓语性”[③]显现出非推论型表述的一个极为重要的特征。

艺术文本充分拥有这一特征。譬如，从语言学的视角来看，在诗句“孤零零的帆在泛着白光”里，做宾词–谓语的是“泛着白光”这个词。可是，艺术性表述（整个这首诗）的“主语”根本不是“帆”。在这里，恰恰这“帆”本身（它既“泛着白光”，又“孤零零”）是那个未被指称的东西的谓语，那一种在世界上出场的方式的谓语，基于对那

---

① 维戈茨基:《思维与言语》，载《维戈茨基文集》6卷本，第2卷，第344、346、350页。

② 譬如，尤里·奥列沙的同名短篇小说里所出现的“лиомпа”这个词在俄语中并不存在。

③ 维戈茨基:《思维与言语》，载《维戈茨基文集》6卷本，第2卷，第333页。

种东西的关系，文本的所有词语无一例外地在实现着谓语的功能。

绘画中的肖像画与之相类似而整个儿全部成为“谓语”。这样的谓语的主语——在一幅油画上被描绘的那个人的名字，那个在画面下被标记的名字。但它并不构成一幅油画的组成部分。

最后，内在的言语同外在的言语一个最明显的不同，乃是“声音调门变化”（源自拉丁文 vacalis——声音的）的任选性，“声音调门变化”的语音层面“被压缩至最小限度，被极度地简化，被浓缩”[①]。这一兼容，对于不同方向上所发生的对语言标准的偏离的兼容：弱化（“被简化”）与强化（“被浓缩”）——对于理解艺术性语言现象，也是相当重要的元素。

具体说来，具有其“哑的，无声的”语言的造型艺术作品会不能得到艺术地接受（在其实质上被理解）的，如果为实现（内在的言语）这一理解的基本手段所需的声音调门的变化不具有任选性。另一方面来看，自然语言中的语音层与语义层在内在的言语中的分离，会导致这一语言的音素在文学中（尤其是在诗中）获得补充性的艺术意义。言语活动发音的－声音的层面，在话语艺术中会承受二度的语义化：词语的音响，在其原初的－语言的意义之外，会成为一些新意义与新涵义的符号。

艺术，立基于内在的言语之特质的艺术，其符号学的特征会导致这一点：艺术文本，在其全部的丰满中被掌握的艺术文本，犹如考古发现那样——唯一流传到我们手中的文本是用不曾保留下来的语言写成的。为了对这样的文本进行解码，必须去对它的已然失落的语言加以重建。艺术文本的分析，在相当大的程度上面临着类似的任务。

其实，对于文学作品的任何一种阅读性理解都是对于隐藏在我们视线之外的符号系统之类似的重建。艺术文本的阅读，对于读者来说

---

① 维戈茨基：《思维与言语》，载《维戈茨基文集》6卷本，第2卷，第346页。

会不知不觉地“变成语言课”，[1] 而每一次例行的阅读便类似于用这一个体化的语言进行一次例行的表述。文学学家在这个层面上成为“职业读者”的角色，这一职业读者有别于普通读者的是，他自己清楚：阅读这一事件是怎么回事。

自然，绝对罕见的艺术文本原则上是不可能的。这样全新的构成是不会被人作为文本来接受的。艺术语言的许多元素具有互文性：它们是在或大或小的另一些作品圈里便会遇见的。诚然，即使在任何一种自然语言里也有不少语际的、族际的东西：由另一些语言所借用的，抑或由远祖的语言承传下来的东西。

艺术文本拥有其自身特具的、为它所内在地素有的语言（在造型艺术与音乐艺术的作品里，这一点尤为明显），通常是经由**风格**这一理论范畴来得到思考的。作品，那些并不拥有自己独有的风格，而是模仿别人的风格规范（在文学领域，大众性的消遣性轻松读物就是这样）的作品，并不属于狭义上的与专有涵义上的艺术领域。它们可以从文学史的立场上得到研究，但并不构成文学理论的对象。

无论一部艺术杰作的风格是多么的独一无二，它还是以其许多元素而部分地吻合于同一类型的另一些作品的风格。这就类似于任何一种印欧语言或突厥语言（更何况任何一种斯拉夫语言、罗曼语言或日耳曼语言）都被赋予那些为相应的语族或作为其组成的某些语言所共通的特征。

具体说来，所有的艺术语言（风格）都可以根据其主导性的寓意性的建构原则而从类型上被区分开来。身为派生性符号系统，艺术语言总是要以这样或那样的方式，对自然语言之原初的符号系统加以超越、变形，而去实现自己的功能。作为艺术文本不可消除的符号性特征的寓意性，由此便得以被创建出来。

寓言要求以涵义——那些应被解码的涵义——来排挤原初语言的

---

① 洛特曼:《在思维的宇宙内部》，莫斯科，1999，第 19 页。

意义。譬如，寓言中的驴子根本不是在指称以这一个词语所命名的动物，在艺术性表述的框架里，它要显示某些涵义（愚蠢这一概念）。

徽标其实质就在于在保存其原初涵义的前提下来极度地扩展语言性符号的意义。譬如，毕加索（Пикассо）画出的和平鸽，在并不中止对挪亚（方舟）上那只鸟的指称之同时，将其圣经中的涵义播撒到对任何一种战争行为或自发性灾难的中止，将它们包含到其所指之中。而“波尔金之秋”这一词语——用于另一个人身上的这一词语，便也将他的收获包含到创作上的腾飞——类似于普希金（Пушкин）的创作腾飞——意义的范围里。

象征作为寓意性的建构原则同徽标是相对立的。在保存语言性符号原初的意义之同时，象征化极度地扩展其含义范围。譬如，安娜·卡列尼娜在小说里的命运语境中的“蜡烛”之象征与“书”之象征，就是这样的。这些象征，不是作为寓言，不可能被单义地破解，在艺术性整体的框架里，它们的涵义却把我们引向整部小说内容的轴心。

怪诞同寓言相对立，而要求原初性语言意义的游戏，这游戏会导致对涵义的排挤，会导致以主观的意义去替代涵义。某种文本生成意识——集体的或个体的——的主观性由这种游戏而得以显示[①]。鼻子在果戈理那部同名中篇小说里的消失，并不带有任何确定的涵义，因而它不应当被破解，可是它拥有令人印象深刻的主观的意义——在少校与理发师心目中，在主人公与作者心目中，在作者与读者心目中都是相当不同而大相径庭的那种意义。

这里所列举的原初性符号系统的这些转换现象，可以在同一个文本里一起被遇见。可是，一个给定的文学文本独一无二的艺术语言，在相对于其自然（民族）语言的关系上，总是要占据符号学上特定的立场。根据这一建构性原则，它们便可以被类型化为寓言性的、徽标

---

① 有关“狂欢的怪诞”与“浪漫的怪诞”之间的关系，参见巴赫金（М. М. Бахтин）：《弗朗索瓦·拉伯雷的创作与中世纪和文艺复兴时期的民间文化》，莫斯科，1990。

性的、象征性的与怪诞性的。

举凡一切作为可重复的、可再生的、类型性的元素而进入不可重复的风格构成之中的东西，可以被称为作品的**诗学**。可是，作品的诗学远远不能被归结为作品的这些寓意性特征，而要将作品的艺术组织的体裁层面与其他层面都包含于自身。严格地说，正是文学的这一方面成为对其加以理论认知的直接对象——诗学的对象，作为一门科学的学科之诗学的对象。

第二讲

文学的符号性（下）：艺术文本的结构

语言，以一个整一的文本而得以显示的语言，在文化中的功能之实现，也构成艺术的一种符号学的悖论。如果说，通常的文本，以符号学视角来看，是以其组合体系（符号的互相配置）为特征，而语言——是以其聚合体系（同一内容具有不同表达）为特征，那么，文学作品的符号性方面则在同等程度上兼备这两个特征。

自然语言的聚合体系是在许许多多的文本里得以呈现的，这些文本在我们的语言意识里对可以有不同方案变化的一组组词语——在这一或那一层面上被分离开来的词语——加以拆分重组而固定。作者内在言语的语言，他凭借自己的作品来表述的那种语言，对接受意识来说，则是隐而不露的。艺术的“一元文本性”语言的聚合体系，由于艺术作品原则上的多层性而得以被阐明[①]；这一聚合体系就在于，艺术作品在其组合体系上的各种不同层面具有语义上的等价性（意义相同性）。

换言之，艺术结构上各种不同的“层”就其涵义而言是**等价**的，对文本具有**同等的张力**。后者意味着一个给定文本的那些符号单位的

---

① 参见哈特曼：《美学》，莫斯科，1958；英加登：《美学研究》，莫斯科，1962。

每一层面一无例外地要被卷入到结构性的关联之中。表述的组织中某些具有同等张力的层面之存在，创造出某些“同义性的”亚文本——以不同方式言说同一个内容的亚文本——互相叠合与互相校正的效果。这一效果，这一在通常的言语中是缺失的效果，便提供出进入艺术作品——作为超级复杂的符号现象的艺术作品——独一无二的艺术性语言的一把钥匙。

对于这类亚文本最初的发现，在于区分出文学作品的符号性材料组合体系上双重的组织性：**主体的**（谁在言说与怎样在言说）与**客体的**（什么得以言说与言说关涉到什么）。这样的区分曾由科尔曼（Б. О. Корман）加以一贯而彻底的实现，并被引入文学学之中，成为日常通用的概念。①

无论如何，不应当将艺术文本中主体的与客体的组织同认识论上的“客观性”与“主观性”混为一谈。任何一个原初语言的表述都属于某个言语主体，而吸引着面对某个言语客体的接受者的注意。作为话语艺术的文学，其符号性材料本身的特点就是这样的。而造型艺术的作品，尽管具有毋庸置疑的主观性，却仅仅被赋予客体性的组织性；音乐艺术——则仅仅被赋予主体性的组织性。

派生性符号系统的那些结构性关系中主体性的组织性，是直接地诉诸读者的内在视力。对于言语中作为语言学单位的语义这一非语言学的调整，并不是为了达到别的目标，而是对读者所想象出的作品现实的精神性灵上的观照加以组织。

文学作品之主体性的组织性，就在于对诉诸读者的内在听觉与内在言语的那些词汇的、句法的与语音的语言单位加以非语言学的调整。艺术文本主体性的组织首要的问题——用巴赫金的话来说——“在描绘着的言语同被描绘的言语之间相互关系的问题”。②

---

① 科尔曼：《文学作品的文本研究》，莫斯科，1972；也可参见这位学者的其他著作。

② 《巴赫金文集》7 卷本，第 5 卷，莫斯科，1996，第 288 页。

文本中组合性的组织乃意味着它的可分节性[①]：将符号材料压缩、压实为一些符号结（更加复杂的结构单位），并在整一的表述框架里对这些符号结加以那种涵义上相关应的构建性的区隔分离。

* * *

情节是文学文本客体性组织的构建性基础。作为文本的结构，情节呈现为“彼此以行为的地点、时间和参与者的组成而区分开来的”[②]**场景**的连贯性。换句话来说，以三重统一：地点、时间与行为——准确些说，行动者（人物角色抑或行动的力量）——的组成为特点的一段文本，作为整体的分节化这一层面艺术上有价值的结构单位而出现。

两个彼此相邻的场景的界线，是以空间里的移动、时间上的中断或者人物组成中的更动（行动者的出现，消失）为标记的。文本的客体性组织中每一个这样的断裂，作为派生性符号系统中的结构建构性符号而出现。它构成辞典里的意义某种微观的语境，基于自己的凸显性与其同另一些事件的对比性而获得某种特别的涵义。

场景之间的界线任选的信号是段落。远非文本的任何一次标志着表述停顿的移动（段落），在见证场景系统中的移动，可是，一个新场景的开始通常是与段落相吻合的。这一规则也有那种并非频频发生、每一次在艺术上却是有意义的例外。同样是有意义的，还有场景之间界线的模糊，插入的场景或“零度的”（外在于事件的）场景的出现。

将表述井然有序地排列为场景系统的符号性就在于，任何一个故事或生活情境都是可以用不同的方式、无以计数的多种方案来予以传达的。作者对以特定方式而被区隔分开的场景特定的排列配置的偏爱，不可避免地包含着特定的涵义。可是，作者本人对他所创造的结构意

① 分节——将一个整体分解为在其本质与组织上均是相似的一系列的部分。

② 波斯彼洛夫：《文学风格问题》，莫斯科，1970，第 54 页。

义理解上的意图，在这种情形下可能同会产生的涵义不完全等值，或者甚至完全可能缺席：**涵义的效果**——这是符号性的构成（文本）不可消除的建构性特征。作者“见解”的存在，富有发明能力的“构思”的存在，主观的“想道说”什么这一“欲望”的存在，在艺术家创作过程中完全是任选的，而且，通常是不太重要的。

在将“接合”（场景的配置——便是这类接合结构性的形式之一）称为“艺术的精髓”之时，托尔斯泰曾指出：“接合本身得以构成，并不是凭借思考（我在思索），而是凭借别的什么东西，这一接合的基础，无论如何也无法直接地用话语来表达；只能是间接的——用话语来对形象、行为、状态加以描绘。”[①] 托尔斯泰这一论断实质上涉及艺术文本这一派生性（相对于自然语言）符号系统超个体的语义基础。

应当指出的是，在话语艺术极为多样的领域里可以遇到极为不同的场景系统——从极端复杂的到极为简单的都有。在文本里总共只有一个整一的场景（譬如，在许许许多多的抒情诗里），它表明的并不是文本中客体性组织的构建基础的缺失，而只是那种艺术上有意义的弱化。

除了场景系统，话语艺术中言语的符号性材料的客体性组织还会产生两个层面：细节化与总体化。

文本中的任何一个句子，即便是在一般的语言层面上最为平庸而毫无新奇的句子，都是作为或多或少也饱含着细节的内视力**镜头**，而提供给艺术感知的。“主人公——阿思穆斯（В. Ф. Асмус）写道——由作者连贯地引入叙事镜头，而由读者——在阅读过程之中——引入阅读接受的镜头。在每一个短小的时间段里，都有一单个的镜头落在或运动于读者的视野里。”[②]

进入这样的艺术上有意义的“镜头”之中的，只有文本里所说出

① 《列夫·托尔斯泰论文学》，莫斯科，1955，第155页。

② 阿思穆斯：《美学理论与美学史诸问题》，莫斯科，1968，第59页。

所指称的，而不是读者可能想象的或者意欲想象的。从所有想象出来的许许多多的东西之中挑选出某些部分（不仅仅是物象的，而且是任何有意义的细节），将它们作为细节连贯地安置于句子的镜头的统一范围内，便确定出给读者所提供的观照框架。在这种情形下，处于关键地位的是开头与结尾的细节，尤其是结尾的细节，它们将那些短小的文本节——作为涵义上等价的“量子”的文本节——从结构上加以区隔。

例如，在契诃夫（Чехов）的短篇小说《心肝宝贝》里，我们会读到：**这是一个安静的、心地单纯的、富有怜悯心的小姐，目光温存而柔和，身体非常健康**。使读者的接受得以聚焦的这些定语的次序是这样的，使得“心肝宝贝”“心灵的”特征，渐渐地得以深化（眼睛，一如俗语所说，乃“心灵之窗”）的特征，突然被结尾的一个评点遮蔽了。对于身体健康特征的描述，其位置似乎应该是在这一链环的开头，如果是以动人的情感对其特征加以接受。可是，事实上呢，被后一个句子承接而得以强化（**瞅一眼她那圆润而粉红的脸颊，她那柔软白皙带有一个黑痣的脖子……**）的这一细节，在反讽般地消解前面的那些特征描述所呈现的洞察力与感受力。

在细节化这一层面，抑或说得准确些，在**聚焦化**（以镜头的构建来使注意力得以聚焦）这一层面，艺术文本乃是某种连贯的序列——一系列由镜头来负载的言语节，相应地，便是由内视力的镜头所组成的艺术上有意义的一个系统。每一个这样的镜头具有**视角**上的统一性。

在总体化层面，则与之相反，我们会在文学文本里发现某种世界视像时间－空间的整一——**视野**或视野系统，也正是在视野的框架里，这一或另一视角的更替或者场景的流变才是可以被思考的。

客体性结构这一深层呈现为**时空体**（源自希腊文：chronos——时间与 topos——地点）系统。在时空体里“发生着空间的特征与时间的特征在被赋予涵义而具体的整体中的融合”。[1] 在这里，一些根基性的对

---

① 巴赫金：《文学与美学问题》，莫斯科，第 235 页。

应——外在与内在、中心与边缘、上与下、左与右、远与近、封闭与敞开、直线性与循环性、白天的与黑夜的、瞬间的与永恒的等等——都获得艺术语言的符号学特性。这一艺术涵义的亚系统的极限，是那些最为总体化的视野——主人公的视野（出现于“我”之世界的内在的时空体）与作者的视野（环绕着主人公世界的外在的时空体）。这些视野间的对应之文本生成性的展开，实现于连贯而出的一系列场景，在那些场景内部——则实现于连贯而出的一系列内视力的镜头。

* * *

文本内的表述系统显现为文学作品的主体性组织负荷性的结构，这一系统便是文学作品的**结构**——在这一术语严格的、非扩展性的意义上的结构。

一段文本，以主体与表述方式的整一为其特征的一段文本，是整体的分节化层面上的结构单位。在文本连贯性的生长中，言语主体（谁在言说）的更替——主体性的组织两个相毗邻的成分间最为明显的边界。在谈论不同的表述方式时，我们指的不仅是诸如书信、日记、文件这样一些专门的征引类的片断，而且首先指的是文学性基本的结构样式：各种不同叙述形态，还有对话性的对白和沉思性的议论。

一如上文已经指出的那样，没有一个艺术文本的话语——一个一个地分开而论——是可以归属到作者头上的。在文学作品的框架内任何一种言说都是登场人物（行动发出者）、叙述者、讲述者、采访者、抑或抒情主人公的表述，作为一个整体的作品原初的主体（作者），就像话剧导演那样，则“注定要保持沉默”（巴赫金）。他身为整体的组织者而只是借别人的嘴来说话。“我们发现作者身为一个活在自己的生平所有的生活之中的人而位于作品之外，但我们在作品里却是同身为创造者的他相遇……首先是在作品的结构中遇见他（也就是他的积极作为）：他把作品分解为一个一个的部分”[①]，而仿佛并没有触及事件本身的进程。在文本的投影中，作者创造性的意志表露只是在文学作品的边界——内在的边界（主体与表述方式的更替，章节与更大的切分，以及诗节与段落），尤其是外在的边界（文本的开头与结尾、标题、卷首题词、写在作品之前的献词）——上才成为可以被感觉到的。

犹如一系列的场景会成为作品的艺术“世界”，一旦在读者的想象中承受客体性的细节化（为文本的符号所引导），文本内表述结构的连贯性也需要一种“主体性的细节化”。艺术文本结构这一层面，形成于言语的特征——注疏（源自希腊文 glossa——指文本中对难词难句的注释，文中夹注），就像亚里士多德（Аристотель）针对说话者所特有的那些对标准语的偏离（古词、外来词、新词，等等）曾经命名的。

文本之**注疏**，使得它的言语组织结构在词语——作为客体性组织材料的词语——的直义之外，成为艺术上有意义的。诚然，以彻底的符号学观点来看，即便是标准语的词语也是一种“注疏”——在文体修辞层面上中性的注疏。因为即便是在这些或那些语言标准——对于给定的言语组织结构是现实的那些语言标准——的范围里，对语言手段加以选择的某种可能性总是存在的，这一选择之实现则是在以一定的方式对说话者的特征加以描述。

换言之，除了艺术作品的主体性组织里表述的结构系统，还有一个与文本是同等长度的艺术印象得以生成的因子层。它就在于词语——为了指称客体性的细节而被挑选出来的那些词语，以及在这种情形下所使用的句法结构，同言语主体之间的对应关联。言语主体基于这一对应关联而获得文体修辞上的言语确定性——自己的声音。况且在文本里被呈现出的“声音”之数量，可多可少，并不就是表述的结构性主体的数量。一方面看，整个作品的文本可以是在文体修辞层面上单一而均质的（单声部的）；另一方面看，同一个人物的言语有时是以文体

① 巴赫金：《文学与美学问题》，莫斯科，第 403 页。

修辞上的双声部甚或多声部方式而出现。

一如巴赫金曾强调的那样，“问题并不在于一定的语言风格、社会方言的存在”，而在于“从怎样的对话性角度看它们在作品里被对比或被对照”。[①] 这些言语特征的耦合在文本的结构中构成某种**声音系统**。标准的文学言语，在其相对于另一种文体风格的关系上是以特定的“对话性角度”而出现，在这里也可以获得独立的“声音”地位。艺术作品，在其注疏层面被掌握的艺术作品，在其组成中拥有多少种被对话性关联应和的意识、生活立场，就有多少种“声音”，那些意识，那些立场可以基于相当简单的文本指数：a）对词语的选择；b）对句子的建构（对句法结构的选择）而得以实现。

如果说，整体结构的节段的注疏，在文体修辞上对它们加以“细节化”，创建出将文本在若干个声部之间加以分配的效果，那么，“**节律**”则堪称是对文本加以言语的“总体化”，因为这会找出为文本所有其他的结构上的分节与分隔都可“通分”的某种公分母。作为**被匀称地切分的一段段声响**系统而参与到文本的结构之中，节律体系使得文学作品的全部主体性组织获得声调、语调——在其同客体性组织的互相叠印与互相作用之中给它定调。

在其原初的意义上希腊文“ritmos”这个词是“指称当下某种在运动的、在变动的、在流动的东西，在其中得以体现出来的那种形式”[②]。作为“得以有序化的运动原则”（本维尼斯特语）(Бенвенист)，节律乃是表述的时间的全部主体性组织的基石，相应地，也是阅读中表述内在的实现时间的全部主体性组织的基石。作为“缓慢的与快速的运动有序化的连贯性”（本维尼斯特语），节律表现为节律序列的长度，这长度是由两个停顿之间音节的数量来度量的。作为“紧张与放松之间的交替”（本维尼斯特语），节律体现为重音的分配：重音化（相对

---

① 巴赫金：《陀思妥耶夫斯基诗学问题》，莫斯科，1963，第 242 页。

② 本维尼斯特：《普通语言学》，莫斯科，1974，第 383 页。

于节律序列长度的重音节的数量）的紧密度愈高，文本的言语运动的张力就愈高。在这种情形下（尤其是在论及散文时）最具意义的是那些最靠近停顿的重音——节律序列中那些开头的重音与结尾的重音：它们构成节律的引子（前添音节）与节律的尾声（结尾音节），进而形成节律的语调色彩。

* * *

为了对以上所述给出具体例证，让我们来看看布宁（И. А. Бунин）的一篇微型小说《小牛头》。

> 小男孩5岁左右，长着一脸雀斑，身着水兵衫，安安静静的，像是中了魔似的，站在肉铺里：爸爸去邮局上班了，妈妈上市场，便将他带在身边。
>
> ——今儿我们将有香芹炒小牛头肉——她说道，他便想象到一个小小的、好看的、漂漂亮亮地点缀着鲜嫩的绿色菜叶的玩意儿。
>
> 他就这么站着，瞅着，从四面八方看上去他都被包围住了，被包围于一种庞大的、鲜红的东西之中：用生锈的铁钩子悬挂着而一直拖到地上的短短的、被锯下来的腿，悬吊着而直戳到天花板上的没有头的脖颈。所有这些庞然大物都从前面大大地豁开着那长长的空空的肚子，露出珍珠般雪白的一块块油脂，自肩膀到屁股那里则闪露着已然风干了的胖乎乎的肥肉上面的那层薄膜。可是，他呆然不动地瞅着的只是那个小牛头，它就那么径直地躺在他面前，在大理石的条案上。妈妈也在瞅着，而同肉铺老板激烈地争吵着，这老板也是庞大而肥肥的，身上系着粗布料的白围裙，这围裙上贴近肚皮那一块污渍斑斑，令人恶心，的确如同铁锈一般，这围裙用一条宽大的皮带低低地系在腰上，那腰带上挂着好几把油光光的大刀。妈妈正是就它，就这牛头，而争吵着，老板

> 则在生气地叫喊着什么，用软乎乎的手指戳着这牛头。人家就它而争吵着，它却一动也不动地躺着，无动于衷。它那个牛的额头平平整整，安然宁静，浑浊而蓝色的眼睛半闭半睁，粗大的睫毛显得半睡半醒，鼻孔与嘴唇却是那样鼓起来，显出蛮横、不满的神态…… 而且，它整个儿都是赤裸裸的，肉灰色的，有弹性的，就像橡皮那样……
>
> 然后，老板抡起斧头狠狠地一剁，便将它劈成两半，将半个——带有一只耳朵、一个眼睛与一个粗大鼻孔的那半个，裹在棉纸里，扔到妈妈这一边。

在俄语原初性符号系统的框架里来阅读这一文本时，我们面对的是一个讲述卖肉的故事（带有一些过多的细节）。可是，一旦将该表述视为一部出自派生性符号系统的艺术作品的展示，我们便容易看出，这个表述在言说某种难以估量的更为重要的东西。

《小牛头》的场景系统总共有 2 个。来到肉铺之前同妈妈的交谈在原则上本可以展示为独立的场景。但是，它被纳入客体性组织两个节段中的第一个节段的组成之中——可以说，被消融于对小男孩特征的那番铺展性的描述之中，由于爸爸与妈妈的行动出现在为内视力所摄入的那个开始的镜头里，那些行动在结构上同小男孩没有行动连在一起，而构成整个场景的实质。如果该故事是这样开头的，譬如说，是以前往肉铺去的人物交谈来开头，它的客体性结构便是另样的了，那样还会影响到它的意蕴。

相反，那个劈开小牛头的卖肉者的姿势，倒是完全可以属于基本的场景。然而，文本就是这样地被组织起来的，它的最后一个句子构成一个独立的场景。预告这一点的与其说是省略号之后倒数第二段那个句子的开头（尽管这一点也是重要的），不如说是以“然后”标示出来的时间上的断裂，无论它是多么小。但对于新的场景的出现最为重要的——人物组成的变化。

第一个场景的中心人物是小男孩。况且小牛头得到这样的描写，并在这场景里占据了这么重要的位置，它本身就开始获得人物的地位。在第二个场景里，由于肢解，它失去这一地位。不过连小男孩也完全没有被提及了。自然，我们会明白：在故事想象的现实中，小男孩想必应当是留在母亲身边的。但他毕竟还是从文本里消失了，而这一点在艺术上是有意义的。

共同的童稚性特征，小牛头的眼睛与小男孩的水兵衫的蓝色，在它们的空间里的安置（位于正在发生的事件的震中而面对面），双方都处于静态（“呆然不动”）——所有这一切在它们之间确定出艺术平行关系。对于卖肉的是天天都有而平庸无奇的用斧头劈肉这一击，显得那么“可怕”，是由于这一击——在艺术的涵义上——也落在小男孩的心头上。这一击显得那么“可怕”，还因为这一击是由妈妈——一如我们容易看出的——要买下半个小牛头的妈妈挑起的。就实质而言，肉铺老板是在对主人公实施象征性的凶杀，清楚地道说出这一点的，除了一些其他的“艺术印象的因子”，还包括——将结尾的那个句子凸显为一个独立的场景，在文本的字面上看主人公是从那个场景中被消除了。

转化为作品微情节的那个母题结的基础，显露出一个对于文学极具能产性的成年仪式的神话成分——对死者（象征性的死亡）国度的探访，经历这个之后而向新的生命复活的主人公，得以变容而获得新的生命地位。在《小牛头》的文本里，对死者空间的探访，无疑是存在的，可是随后而应有的人物变容终究没有发生：象征性的死亡并未得以转向象征性的复活。

布宁这个短篇小说的内视力镜头的整个系统渗透着凶杀、恐惧、生命的灾变这些语义。取代“一个小小的、好看的、漂漂亮亮地点缀着鲜嫩的绿色菜叶的玩意儿”（这是对儿童玩具的明显类比）而出现的是“一种庞大的、鲜红的东西”，带有“被锯下来的腿”与“没有头的脖颈”。我们看到，小男孩，由于其“中魔”而被分离被隔开，同妈妈——正在与一个可怕的外人兴致勃勃地交谈着的妈妈——相隔开，置身于那些死的酮体所构成的环圈中心，这环圈活像是“长长的空空的肚子”的一些怪物幻影般的轮舞，那些怪物的腿仿佛都长到地底下去了，而脑袋则长到天花板里了。

最后一个镜头借助于对数字“一”共有4次的过度重复，浓墨重彩地呈现出对生命的那种畸形的毁灭。“一”这个词的重复，在这个层面上也是具有补充性意义的：小男孩是当着我们的面而从其同爸爸妈妈稳固的家庭关系之中脱落出来，独自一人而同死亡（小牛头——**肉灰色的**——仿佛是**橡皮**的面具）面对面。使文本结束的这一镜头，呈现出以老板的肖像来展示的凶手的那些放大的特征的延续与发展，与此同时，它对于以令人感动的童稚性的“中魔”这浓墨重彩的一笔，乃是一个逆向的平行。

从表述的结构形式这一角度来看，布宁这篇微型小说乃是对生活情景静态而展开的描写，这一描写由于一个对话性的对白（有标记的）与一个动态的陈述（结尾的）所构成的纯叙述性的句子而变得复杂化。这两个文本内的表述，并未被描写所同化，彼此也处于逆向的平行关系之中。如果说，描写是由故事讲述者以现在时来进行的，那么，妈妈则是以将来时来表述的。可是，这个将来在文本的范围里终究没有降临。取而代之而出现的却是叙述性句子完全的过去时，叙述性句子给被拖长了的现在时垒起一道界限，并未给将来时留出位置。

我们来关注一下作品的标题。这是作者的直接话语——作为结构元素——唯一的表现。标题将我们的注意力并不是导向在观照着（也是被我们所观照的）的小男孩，而是导向小男孩的观照客体。况且，文本意味深长的结尾——它在展示作者艺术地完成的积极性，竟然是对这一客体的摧毁。

声音系统外表上并不与结构形式系统相契合，尽管这声音系统自身也荷载着与文本所有其余的亚系统相等价的涵义。妈妈的话语，不论是在修辞上还是在句法上都没有得到凸显，没有从与之最为接近的上下文中被凸显出来。在声音化的层面上，可以将最初的两个段落的特点界说为属于“日常生活的声音”。但随后的两个段落，以其被复杂化了的句法，以其大量短音节形容词，以其不完全是寻常普通的词汇（“庞然大物大大地豁开”而“闪露着”；“珍珠般雪白的一块块油脂”；“胖乎乎的肥肉”，以及诸如此类的其他词汇）而创造出故事讲述者的话语修辞上的那一份微微的昂扬、庄重的效果。这一声音的变化便将一个平日可见的日常生活的情境变为一个节日般威严的情境，一个令人想起祭祀牺牲仪式的情境。

向第三自然段的过渡，不仅仅伴随着言语组织结构的移动，而且也伴随着明显可被感觉到的节奏上的不匀称。具体说来，这一自然段第二个句子（写“庞然大物”）与第四个句子（写“老板”）听起来具有节奏上的着重点的意味。不过，以中等长度的节奏序列，以另一些标志而使这一段收尾对于小牛头特征的那番描述，同开头的那一段（对小男孩特征的描述）是相类似的。第二自然段与第四自然段是以一种特殊的节奏上的有序性为特点的，它们在节奏序列的中等长度上是相等同的，但是在其语义上则是相对立的（在第二自然段里，小牛头“被想象为”是漂漂亮亮的，可是在第四自然段里——则是道道地地呈现为残缺不堪的）。所有这些相对应相关联的文本的节段之同化与异化，一如上文所述及的那些观察结果，在涵义上都是相适应相匹配的。

故事讲述者的视野在这里显然得以同主人公的视野相重合。讲述者熟悉成人们（妈妈与卖肉的）已然丧失的那种童稚的世界视像，他这是在以头一回无意中走到那里的小孩的眼光来展示肉铺。犹如民间文学里的人物“聪明的傻瓜”，布宁文本里的这个小男孩，用巴赫金的话来说，“素有与众不同的特征与权力——要在这世界上做一个他者”[①]。结果，他成为与众不同的“童稚的时空体”——天真单纯的、并未以社会条件的间接方式表现出来的个性在这世界上的出场的时空体——的体现者。可是，这一时空体就在我们眼前被摧毁：父亲的离去，母

① 巴赫金：《文学与美学问题》，莫斯科，第309页。

亲——正在同卖肉的达成某种协议的母亲的疏远，围绕着这虚假的“漂漂亮亮的”——像玩具一样——其实则“已然被劈开的”小牛头，“想象到的”田园诗般的家庭整一不可实现。

与此同时，作者的视野，也是经由故事讲述者的视野而表现出来的作者的视野，实际上比主人公的视野要宽得多，而堪称是“参与性的外位性”（巴赫金语）一个明显的例子。在用小孩的眼睛来看世界之时，作者看到的，要比小孩所可能看到的更广与更深。故事讲述者像小孩那样“没有辨认出”那些吓人的酮体乃是食品，与此同时，他却极具洞察力地在其中预见出这世上任何一种驻留都有注定要毁灭的前景。童稚的时空体在布宁对其变形改观中呈现出生命之“宿命的时空体”，生命被理解为失去的幻想“堝一般的”耗散之路。

甚至可以说，巴尔扎克（Бальзак）在长篇小说《幻灭》里同布宁在微型的短篇小说《小牛头》里，在某种程度上均在言说同一个基本的——以他们的观点看来——生命规律，但他们是用十分不同的艺术语言来言说的。

如此看来，对文本所内在地具备的艺术语言（文体风格）的重构——这重构对于理解拥有其内涵自足性的艺术作品乃是不可或缺的——基于两个元素而成为可能。

其一，基于任何一个原创性文本的结构之中都存在类型的、可重复的（聚合体系上的）关系，那些关系由诗学来考察而构成这一符号活动领域里文本间的整一。

其二，这一对于读者而言是新的艺术语言的把握，是基于文学作品整一的涵义在该文本里多次得到展示——在以上所列举的文本的结构性组织的每一层面上得到展示。直接言语的表述则不然，其涵义则只是一次性地“被译成密码”——凭借原初性（语言学意义上的）符号系统自然的代码而一次性地“被译成密码”。

第三讲

文学的审美性（上）：作为情感反射的话语艺术

人对现实的审美关系有时被理解得相当狭隘而局限于对物象之美的欣赏，对生命现象充满爱心的观照。然而，属于审美（源自希腊文 aisthetes——能感受的）领域的还有笑谑的、悲剧的，以及另一些能提供“卡塔西斯”的感受。希腊文中“卡塔西斯”这个词，由亚里士多德引入文学理论，指称的是“净化”，而具体说来则正是：对激情（源自拉丁文 affectus——强烈的情感、强烈的情欲、热烈的爱好、激动状态、兴奋状态）的净化。

换句话来说，审美关系乃是**情感的反射**。如果说，理性的反射（源自拉丁文 reflexio——反映）是派生性的思考，是对意识加以逻辑性的自我分析，是针对自身的思想加以思索，那么，情感的反射——这是派生性的感受：**感受之感受**。这一类感受已经不能归结为其心理的内涵，后者在情感反射这一活动之中得以折射，得以变形改观，得以定形为个性的文化经验。

透过情感反射这一能赋予灵性的棱镜而对世界进行的审美的感知接受，绝不应当被混同于对于物质性客体享乐主义的（源自希腊文

hedone——快乐、享受、喜悦、满足）满足。如此看来，对人的裸体或者其描绘的色情关系便是原初性感受（强烈的情感、强烈的情欲、热烈的爱好、激动状态、兴奋状态），而由绘有裸体模特的油画所产生的艺术印象则是被赋予灵性的，“被净化的”派生性感受（“卡塔西斯”）——这是色情感受审美的变形改观。

审美的（精神的）关系同享乐主义的（生理的）满足的根本性区别就在于，在审美观照这一活动之中，我无意识地被定位于精神上与我一致的“自己的他者”。我以自己的欣赏情不自禁地要张望这个时刻对于我乃是迫切的“来自背后的目光”。我不能将在情感上被反射出来的感受内容据为己有（享乐主义的招数就是这样），而是相反，仿佛是以我的精神上的积极性的某种收信人的身份来分享它们。正如巴赫金所说，“往内看自身之际”，人是在“以他者的眼光”来看的[①]，因为任何一种反射都不可消除地拥有对话性的关联对应——与位于我的意识之外的另一个意识间的关联对应。否则，反射就会为被反射物镜子般的加倍强化而不会产生任何新的内容。

作为审美关系这一概念一个自具特征的例证，让我们驻足于普里什文（М. М. Пришвин）的微型作品《心灵里的秩序》。

> 我走进湿漉漉的森林。一滴露水自一棵高大的枞树上，落到密密实实地环绕着这棵树的蕨草上。由于这滴露水，蕨草抖动了一下，我也注意到这情形。在这之后呢，那棵老树的树干——这树干露着那样的皱纹，仿佛犁在其上翻耕了一遍，那鲜活的蕨草——它们对一滴露水是那样敏感，纷纷弯下身来而彼此间低语着什么，那周围，景天属中的几种植物织就的那块密密实实的地毯——所有的这一切均各得其所，安然有序，这安然的次序在构成一幅画面。

---

① 巴赫金：《话语创作美学》，莫斯科，1979，第 312 页。

> 于是，在我面前就出现了一个老问题：究竟是什么在我面前创造出一幅林中画呢——一滴露水，一滴掉落到蕨草上的露水〈……〉抑或是，得力于我的心灵里的安然有序，所有的这一切均各得其所，安然有序，这安然的次序在构成一幅画面？我以为，其基点还是这一个清晨我的心灵里的安然有序这份幸福，进而掉落下来的一滴露水吸引了我的注意力，内在的次序引发出画面，也就是说，这是在与内在次序的对应之中对外在物象的安置。

将生活片断作为一幅完美的“画”来加以观照，也就是说，作为那样的一种东西，那种一旦得以转变便可以向别人展示的东西，这是审美关系一个明显的例子。普里什文使这一对美的感受承受理性的反射，进而发现：在其“基点”上得以显露出对心灵里的宁静这一“幸福”另样的、原初性的、道德上的感受。审美观照之“画”实际上是这一感受的现实化——是其情感的反射，是自身心灵里的平衡——在为这一位作家所如此习惯了的森林里植物生活的那些细节上的平衡——的反光。

诚然，大雷雨的画面，对于普里什文笔下所言说的这样一种田园诗般的感受就会是不适宜的。但它倒是可以作为另一种、别样的审美关系——譬如，英雄的或者悲剧的——观照材料。

任何一种审美现象总是具有两个方面：客体的方面与主体的方面。与之相应，对于审美关系之确立，两种前提不可或缺。

没有应和着情感反射机制的客体，审美关系便是不可能的。譬如，普里什文的心灵里安然有序的状态，在他来到森林之前就已经将他的身心给统摄住了，但还没有自我现实化所需的外在的客体，进而也不可能作为**生活价值**而被体验。对于森林里的“画面”的审美关系实现了这一价值，而使得有可能感觉到“幸福”这一自己心灵里的状态。

但是，如若在观照着的主体缺席，在一滴露水自枞树往蕨草上的掉落之中便不会有而且也不可能有什么美（漂亮、田园诗）。没有能赋予灵性的“秩序”的引入，森林就不会含纳任何“画面”。要使作为**审美价值**的这一“画面”得以出现，人的眼光价值上的积极性是不可或缺的。

借用上面所例举的微型作品中的话语，可以说，要使“内在的秩序”获得审美的自我现实化，与之对应的那些“外在的物象”的俱在乃是不可或缺的，这一俱在有可能会使那些外在的物象所对应的“心境”得以实现。而从另一方面来看，人之“我”充分强化的情感生活也不可或缺。诚如同一个普里什文所说，“美乃是个性的见证”，能对它加以观照的个性例见证，“只能以创作之路来证实这一见证”。

情感反射是艺术作品的共同创作所需的一个不可变更的条件。如若普里什文是一个画家，他就能在一块油画底布上以风景素描的方式来使得自己“心灵里的秩序”成为现实。

丧失亲友的悲痛——这也是“心灵里的秩序”，尽管是另一种别样的情感机制。悲痛的激情——这感受是原初性的与直接的，能将一个悲痛得可能失去对自己的控制之人给统摄住。对于他来说，要传达自己的悲痛，（自然语言的）原初性符号系统是足够的。至于在哀诗悲歌——基于这种丧失而写出的哀诗悲歌——中得以表述的那份情感——则是派生性的与间接的（具体说来，是经由哀诗悲歌的写作这一体裁传统的中介）。在情感反射的“卡塔西斯”中对悲痛激情的这一“净化”，要求作者具备创造性的自我控制，具备对自身的情感生活赋有灵性的掌控，进而去诉诸派生性符号系统——去诉诸伤感的哀诗所具有的艺术语言。

审美关系的客体性前提是完整性——也就是说，**丰满而并无冗余**——生命的这样一些状态，那时“增一分，减一分，更动一分，都会把它弄坏”[①]。通常人们是用“美”这一词语来指称完整性，但人们多半是用这个词来界说现象外在的丰满而并无冗余。

然而，作为审美观照的客体而出现的也可能是内在的完整性：不

① 阿尔贝蒂：《谈雕刻的十本书》二卷本，莫斯科，1935，第一卷，第 178 页。

仅仅是身体（物）的完整性，而且也有心灵（个性）的完整性。何况个性作为精神之“我”的内在整一，乃是人的感知接受所能企及的完整性的最高形式。根据维谢洛夫斯基（A. H. Веселовский）的看法，对于某个对象的审美关系，通过把它变成审美客体，而“赋予它一定的完整性，犹如一个个性”①。

这样的客体的本质——**具有意向性**（源自拉丁文 intentio——意向）。意向性客体确实是作为某种独具一格的现实而存在着，但只是为已然朝向它的意识而存在。一旦审美主体缺席，便不可能有任何审美客体：物品、生命、现象，要获得审美价值，在感知它们在接受它们的意识的特别的取向，这一意识“能使之个性化”的那种明确的目标性（意向），乃是不可或缺的。

在真正的现实中，绝对的完整性原则上是不可企及的：它的获得意味着生活进程本身的中止。进入对于观照客体的审美关系，就意味着去占据那样一种“外在于生活的积极立场”（巴赫金语），在这一立场上，客体会呈现一定程度上的完整性——个性在对它的关系上的自我现实化所必需的那种程度上的完整性。“心灵里的秩序”内在的完整性——这一完整性使得观照者有可能去寻找这两个完整性的“共振共鸣”，便组成审美关系主体性的前提。因而，用伽达默尔的话来说，“美乃主体的一种自我界定”②。

在另一个微型作品《和谐天使》里，普里什文是这样来写的：

创造性的抑或与之相似的注意力——总是会发现出某种新东西的注意力，是如何孕生的呢？我一生都在思索这个问题，只是到现在才看出，这一注意力是以和谐宁静的瞬间为先导，这宁静与那种心灵的宁静是相似的，每当在自己的房间里，在自己的书

① 维谢洛夫斯基：《历史诗学》，列宁格勒，1940，第 499 页。

② 伽达默尔：《美的现实性》，莫斯科，1991，第 278 页。

> 桌上，你把一切都整理好了，每一件东西都各得其所，那份心灵的宁静便会油然而生。
>
> 但愿这是一张帆，而且但愿，但愿它，这不安分而好反抗的，在蔚蓝色的天空与金灿灿的阳光之中，寻找暴风雨——在诗人心灵的午夜时分，在写下诗句之前，和谐天使必定会降临。

人类关系中的这一领域不是知识领域也不是信仰领域。这是“假象”之域（譬如，蕨草仿佛是在敏感地低语着，而那张帆——似乎是不安分而好反抗的），也就是说，这是见解——被提升到趣味的**判断**这一档次的那些见解之域。根据康德的界说，虽然趣味的原理“仅仅具有主体性，然而，它却是被当成主体上共通的”；这是“共通的情感未得到确定的标准”，这一标准“并不是要说，每一个人**将会**同意我们的判断，而是要说，他应当会同意的”[①]，以期不至于落到文化的底线之外。因为趣味这一概念，它的具备，它的缺失，它的发达程度，要求具有会感知会接受印象的某种修养，具体说来则正是：既要具有对感知对接受加以区分的分寸感（对部分、个别性、细微差异加以区分的需求与能力），又要具有对感知对接受加以整合的分寸感（将丰富多彩的印象凝聚为一个统一的整体的需求与能力）。

审美感受就其内涵而言既不具有客体性也不具有主体性，它——具有**主体间性**，具有个性间性：在其内在的对生性以及由此而源生的内在的对话性之中，情感反射被定位于“那样的一种主体性，可以认为每一个人身上都可能具有的那种主体性”[②]。

除了审美关系，伦理（道德）关系与逻辑关系——也是人对现实之最具根基性的关系。对精神文化中这些基本的领域之间的边界加以划分，便有可能对它们当中的每一个领域的本质加以明确。

---

① 康德：《判断力批判》，第 244 页。

② 同上书，第 302 页。

作为纯粹认知性的、无价值性的关系，**逻辑**关系是将认知主体置于被认知的客体之外的。从逻辑的视角来看，譬如，出生或死亡，谈不上好也谈不上坏，而仅仅是合乎规律的事。如果说，逻辑客体、逻辑主体，以及它们之间的这样或那样的逻辑关系，可以被分开来加以思考并像拼字方块那样被拼合，那么，审美关系中的主体与客体则是这一关系中既不相融合也不相分割的两极。观照的对象只是在审美主体在场时才会成其为审美客体，而一个数学题，譬如说，即使没有人对它加以解算，它也不会失去其逻辑性。相反：一个观照者只是在面对一个审美客体之际才会成其为审美主体。

道德关系作为特别具有价值性的关系，正与逻辑关系相对立，它使得主体成为给定情境直接的参与者。善与恶是伦理性世界秩序中绝对的两极。对于伦理关系不可避免的道德选择以其价值立场就已经被等同于行为——甚至在那种即使它不会以外在的行为举止而被表现出来的情形下——因为主体的位置会在道德价值的刻度上被“记录下来”。

最后一点，审美关系乃是价值性与认知性不可分割的（混合性的）统一体。这样的关系状态，可由巴赫金用两个词语来表达的简练的提法而得以界说：**参与性的外位性**。不论从逻辑的视角来看这是多么不可思议的悖论，普里什文在我们所举的例证中既是森林生活的一位观察者，作为一位学者，同时又是森林生活直接的参与者，在完成行为的参与者，因为没有他那份主体“心灵中的秩序”，露珠的滴落就不会变成“画面”。

审美这一混合状态证明，在人类的精神性灵的进化演变过程中，审美是古老的，亘古以来就存在的。人作为有精神性灵的动物，对于环绕着他的大自然的物质性存在“参与性的外位性”，起初是在神话思维的形式中得以实现的。但是，随着由这一混合状态中被分离出来：从一方面来看，有纯粹价值性的伦理的（归根结蒂，宗教性的）世界关系，从另一方面来看，则有纯粹认知性的逻辑的（归根结蒂，科学性的）世界关系——审美的世界关系便成为艺术思维以及相对应的那些活动样式的基础。

艺术是审美关系最高的活动样式。情感反射在这里并不限于接受性(源自拉丁文 recipere——获得、接受)地位——给激情赋予灵性的地位,而是要获得创作性(源自拉丁文 creare——创造)地位——艺术性创作的地位。艺术家的创作是一种活动——能满足个性的精神生活的审美需求,并能形成人与人之间审美关系圈的活动。因而,可以追随巴赫金而说出这么一句话:“唯有在艺术中审美能完全实现自身。”[①]

哲学美学奠基人亚历山大·鲍姆嘉通(Александр Баумгартен)(他的第一部著作于 1750 年问世)曾将艺术作品称为“异型的宇宙”——别样的(被创造出来的)世界。对于想象出来的世界这一新的(艺术的)现实的创造,堪称是艺术的必要条件。没有这一条件,任何编写文本的符号性活动都不会获得艺术性。的的确确同理的是,任何想象力的游戏,若没有对它在文本里的符号性的固形,它还就不能归属于艺术。

审美活动乃是重新构形——赋予某物以新的、**派生性的形式**的活动。各种各样的工匠手艺会将审美元素带进自己那制造物件的实际操作活动之中,这是在“装饰”它们的那种程度上,也就是说,这是在赋予它们以派生性的、补充性的意义。可是,在艺术领域,重新构形的审美活动所指向的并不是**材料**——文本由之而“得以制备成”的材料——而是被指向原初性感受活生生的**内容**。巴赫金曾将这一活动所孕生的审美客体界定为“审美活动,被指向作品的审美活动(观照)的内容”[②]。

任何一种感受都具有价值,它在于:被感受的(被积极地接受的)现象会显得是这样或那样的,也就是说,对于生活的主体而言它会获得一定的“假象”。艺术家的审美活动就在于对这些假象加以重新构形,

---

① 巴赫金:《文学与美学问题》,莫斯科,1975,第 22 页。

② 同上书,第 17 页。

或者，换句话来说，就在于创造出新的生活形象，创造出新的感知生活样式。

艺术性的**形象**——这也是假象，也就是说，这是“那种存在着的不存在”（黑格尔语），在原初性现实中不存在，在想象中——在替代性（派生性）现实中却存在。可是，艺术中的形象的假象性（有别于生活感受的假象性）被赋予符号性：其一，这假象性属于某种形象系统，这系统能发挥艺术语言的作用；其二，这假象性会充当被想象出来的某个另样的现实的类似物；其三，这假象性会拥有某种观念性（涵义）。

与此同时，审美活动又不可能被归结为符号性活动。

外在的抑或内在的（想象中的）可再生性，是指号过程（符号活动）的一个不可或缺的特征。如若一个符号行为——将那些与语言相关联的符号耦合为文本——不可能被人加以再生加以复现，这一符号行为便会失去自己的符号功能，因为属于语言领域的只能是那种能重复的东西。

审美活动，与之相反，却不能提供可再生性，因为它不能被归结为简单的创建，而是成其为创造——并无先例的创建。**原创性**（并无先例与不可再生）——创作活动有别于认知活动抑或手艺劳作的一个根本性特征，只有某种真正独一无二的东西才能被认可为真正的艺术作品。

甚至是文学作品里或绘画中对历史人物的刻画描绘也不是简单的复现，而是这一人物的相似形象的创造，那形象已被赋予符号性意义与观念性涵义。如果我们与之打交道的是审美活动，而不是对人的相貌特征与人的生平事实的手艺工匠般的仿制，那么，在现实中有过的历史活动家（譬如，《战争与和平》中的拿破仑（Наполеон）的名下，会显现作者所虚构的人的个性——其历史上的原型的有价值的假象（形象）。主人公的个性，成为历史上的人原初性现实的替代（替换，代替）——成为在想象中得以被创造出来而在情感上得以被反射出来的派生性现实。

情感反射的审美内涵在艺术中会获得创作性想象力的形象的形式：不是相对于周围现实的虚构（要这样的话，便是谎言），而是对原则上新的现实的虚构（蕨草——举例来说——在那里会“窃窃低语”）。康德曾将进行这样一种活动的能力称为“天才”，并将它界说为“将那种不可能被学会被习得之物给创造出来的能力”[①]。谢林（Ф. В. Шеллинг）则认为，“诗的基本规律是原创性”[②]。不过，艺术还有另外几种根基性的“规律”。

其一，派生性感受（情感反射）只能在同样是派生性（被想象出来的）现实条件下才可以得到实现。即便是最为逼真的艺术也全都具有约定性（假定性），因为注定要激活的并不是那些直接的情感激情，而是它们有条件制约的、经由文本而已然成为间接的反射：感受之感受。要是在剧院的舞台上，在上演一部悲剧的舞台上，流出的是真正的血，审美的情境立刻就会消失。在这个意义上可以谈论**假定性**——艺术第一规律。

其二，审美关系的客体性前提，一如上文所述，乃是完整性。审美的重新构形——无论对什么进行审美的重新构形——乃是使之获得约定性的完整化——赋予被构形之物以假定的**完成性**（全面丰满）与**凝结性**（并不冗余）。因为被中止的瞬间真正的完成只能在想象之中可以达到（真实的生命完成会转变为死亡）。

艺术作品作为（外在的）文本属于原初性的生活现实。因而，文本在另一些情形下可能终究是没有完成的（可对照《叶甫盖尼·奥涅金》里一些诗段的遗漏）。但是，被虚构出来的异形的宇宙，为了被作为“新的现实”来接受，就要求使之获得完整化的完成。想象出来的“世界”虚拟的完整性创造，乃是其艺术性不可取消的条件，而使得有可能来谈论**完整性**这一艺术的第二条规律。

---

① 《美学史：世界美学思想经典文献》，莫斯科，1967，第三卷，第 79 页。

② 谢林：《艺术哲学》，莫斯科，1966，第 148 页。

最后，艺术家的形象创作活动——这一活动体现于艺术的第三条规律——**原创性**（也就是创作活动之**不可再生性**）——乃是由这一活动的审美本质所决定，况且是为其双重地决定：被创作之物的假定性与完整性。

被虚构出来的世界艺术性现实的完成性与凝结性，是凭借这一世界存在着绝对的“价值中心”（巴赫金语）而得以达到的，那个中心在环绕着我们的生活日常的流动之中是缺失的。在这里，作为这样的中心而发挥作用的是主人公这一级，作者对待主人公这一级犹如对待有血有肉的“我”，犹如对待生活完整性之个性的形式，但这是——审美地对待。后者意味着，“作者应当去寻到一个外在于”被想象出来的存在“支点”，“以期使这存在成为审美地被完成的现象——成为主人公”[①]。

艺术文本能记录下有关世界与生活最为多种多样的（其中也包括科学的）知识，可是所有这些知识对于艺术都不是非有不可的，也不是为其特有的。至于艺术自身的知识呢，以帕斯捷尔纳克（Б. Л. Пастернак）之见（这一见解，是托他那部长篇小说的主人公——诗人日瓦戈之口说出的），这是“对生活的某种肯定，这肯定因其涵盖一切的广度而不能被分解为单个的词语”，与此同时，这肯定又是“狭隘而具有凝结性的”；归根结蒂，“艺术，其中也包括悲剧，乃是有关存在幸福的讲述”。这样的知识对象是人的存在这一现象特有的完整性：**我——在——世界上**——这一独特的人的存在方式，或者，用哲学的语言来说，**存在**，也就是说，这是在外在的世界上之内在的出场。每一个人之“我”都拥有这一知识。艺术只是使它具有现实意义——以这种或那种形式来使之具有现实意义。

任何一个“我”都是独一无二的，同时也具有普适而共通的品性，与所有人都有“亲缘关系而相似”：任何个性都是这样的一个“在世

---

① 巴赫金：《话语创作美学》，莫斯科，1979，第 18 页。

界上的我”。以谢林（Шеллинг）之见，“作品愈是原创的，它就愈是普适的”[①]。“您说——托尔斯泰曾经给斯特拉霍夫（Н. Н. Страхов）写道，陀思妥耶夫斯基（Достоевский）在自己的那些主人公形象上描写了他自个儿，他想象着，所有的人都是这样的。这又有什么呢！结果就是这样的，甚至是在这些罕见的人物身上，不仅是我们，这些与他有亲缘关系而相似的人，而且还有外国人，都会认出自己，认出自己的灵魂。汲取得越深，就越发会见出对所有人更为共通的东西，令人感到更为熟悉而更为亲近”[②]。“对自己本身的感觉”——普里什文曾断言，“这是所有人都感兴趣的，因为‘所有’就是由我们本身来组成的”[③]，对詹姆斯·多恩（Дж. Донн）的诗句——这诗句在海明威（Э. Хемингуэй）的长篇小说《丧钟为谁而鸣》面世后已经成为众所周知的了——做一转述，就可以说出这么一句：不用问，文学作品写的是谁——它写的也是你。

内在的“我”（个性的内核，而不是其外壳：心理、性格、社会行为）是任何逻辑性认知在原则上都不可企及的。然而，主人公的艺术现实——这是又一（虚构的、假定的）个性，在创造这个性的艺术家一开头就掌握着她的秘密。基于这一点，可以用黑格尔的话来说，“精神性价值——某个事件、有个性的性格、行为……所拥有的那种价值，在艺术作品里比平常的艺术之外的现实中所可能有的要纯粹得多，透明得多”[④]。

对这一类知识的获取，会丰富外在的世界上内在的（个性的）出场这一我们的精神经验，而构成艺术接受的某种轴心。所有其余的能够在艺术作品里有一席之地、但却是任选性的因而比较浅表的那些概括（心理的、社会的、政治的），只是“在与艺术的意识形态素化学般

---

① 谢林：《艺术哲学》，莫斯科，1966，第 149 页。

② 《列夫·托尔斯泰论文学》，第 264 页。

③ 《普里什文日记》，载《文学问题》，1996 年第 5 期，第 96 页。

④ 黑格尔：《美学》，莫斯科，1968，第一卷，第 35 页。

的结合之中”[①]才进入艺术内容的组成，艺术的意识形态素会给个体性的存在个性的经验提供极限性的尺度。

审美活动基于对艺术性现实的创造，而堪称是对被想象出来的世界“有价值的浓缩压实”——围绕着作为这一世界“价值中心”的主人公之“我”而进行的浓缩压实。[②]“个性同与之相对立的外在世界这一双子”[③]便构成艺术性的种子。作者的审美立场凭借这一“双子”而具有充足的理据；假定性的主人公存在论的（生活的）立场凭借这一“双子”而得以建构；读者、观众、听众应答性的审美反应也凭借这一“双子”而得到校正。

可以成为文学作品的主人公的不仅仅是人。但是，不论那些主人公是不是人，在其周围的被虚构出来的现实之中，他们都呈现为内在的“我”的拥有者——呈现为这一独特的人的存在方式——的拥有者。从另一方面来看，并不是文学文本中所有人物的形象都被赋予这样的品质——这存在，这种成为在世之我的能力。某些文学人物可能不是作为价值中心这一角色，而是作为环绕这一中心的环境的功能而出现。

个性对自己在世界上的出场之感受的情感反射，由创造者展开为独一无二的艺术性现实，艺术作品正由此而得以孕生。但是，为了这一结果被达到，针对这种展开，某种特有的确定涵义的极限——审美的完成，使形象的（仿佛真实的，被想象出来的）世界画面获得**完整化**——就应当被确定。

“我”与“世界”是人类的存在普遍共有的两极，这两极由每一个活着的人连接在一起，而耦合成其不可重复的人生有个性的画面。艺术性的整体审美的完成（与凝结），就在于确定那些既能将其分开又能将其连接的两极各种不同的多层面的边界：“审美文化是边界——外在

---

① 梅德维捷夫：《文学学中的形式论方法》，载《带着面具的巴赫金》，莫斯科，1993，第2册第29页。

② 巴赫金：《话语创作美学》，莫斯科，1979，第163页以及其他页码。

③ 同上书，第46页。

的与内在的，人与其世界的——边界文化〈……〉[1]。这些边界可以是两种：要么是**有潜在活力**的（源自拉丁文：virtus——活力），极有可能的，可指定的，要么是**有可能出现**的（源自拉丁文：eventus——偶然的），不可预先确定的，事件般地发生的。

使整体化得以实现的完成（譬如，英雄化，讥笑嘲讽，抑或软化打动）这一创作路径，将情感反射导向对这一或那一“情感–意志的基调”（巴赫金语）的净化，进而作为艺术性的特殊类型——作为个性的存在所具有的精神–实践的方式的审美的类似物——而出现。对于艺术性的审美结构（类型）的符号性的展示，便孕生出“我”在世界上的出场之文本的模型。“艺术的语言——一如伽达默尔所写道的那样——就在于，它是诉诸所有人也诉诸每一个人的亲密而知心的自我理解”；因而，“一旦对艺术所言说的加以理解，人就会由此而清清楚楚地与自己本身相遇”[2]。审美关系乃是辨认——但不是镜子般的，而是“陌生化的”辨认，这是主体——在客体（主人公）的形象上认出自己，也在自己身上认出主人公的那种辨认。

在这里正包含着艺术的另一条规律，第四条规律——**普遍化**，也就是概括，就是“我”之整体性所具有的这一或那一审美模型向许许多多的人（在其极限上——则是向所有的人）身上的推广延伸。艺术创作的某些倾向所素有的那种对想象所创建出来的人物的**典型化**——就是对个体性的特征进行审美的概括这一规律的表现之一。

---

① 巴赫金：《话语创作美学》，莫斯科，1979，第177页。

② 伽达默尔：《美的现实性》，莫斯科，1991，第263页。

第四讲

文学的审美性（下）：艺术性的模式

艺术有自身的规律，但它从不知道有什么对这些规律加以遵循的普遍通用的处方。真正的艺术性是不可再生的，因而它就没有任何可以被描述出来的固定不变的特征（本质属性）。比方说，文学言语的清晰透明，还是相反——文学言语的艰涩难懂，在一种场合都可以成为艺术文本具有天才性的指标，而在另一种场合呢——则都可以成为其艺术性不够充分的标记。由此而有在 20 世纪得以流传开来的理解——将艺术性理解为"审美功能"，这种功能，仿佛是一旦接受主体据有相应的立场，任何一种客体都可以履行的。[①]

可是，创作——能与艺术的所有规律相符合的创作，对这样的立场并不是无所谓的。成为艺术作品就意味着成为滑稽而令人发笑以期逗人开心的，或者是，成为凄惨而令人可怜以期引起悲伤的，或者是，成为鼓舞而令人振奋以期激发热情的，等等。任何一个个性，即便是最为鲜明的个性，都不可避免地属于某一种类型；同理，任何一部艺术作品也都可以被界说为这一或那一**艺术性的模式**（使其规律得以体

① 参见法力诺：《文学学引论》，华沙，1991。

现的方式）。在文化中客观地存在的审美完成的类型（创作的审美模态）分化，理应受到科学的分析，理应得到系统化。

“模式”（mode）这一概念是由弗莱（Н. Фрай）引入当代文学学的[①]。可是，他没有将普通美学意义上的艺术性类型同文学体裁区分开来。然而，这一在欧洲传统中最初是由席勒（Ф. Шиллер）在《论素朴的诗与感伤的诗》一文里率先开启的区分，乃是相当重要的。一部毫无才气的悲剧文本完全有权利属于作为表述方式的悲剧体裁，但是，它并不属于作为思维方式的艺术，因为并未被赋予血肉丰满的悲剧的艺术性。从另一方面看，拥有悲剧的艺术性的可以是长篇小说，也可以是抒情诗。

英勇、悲怆、滑稽以及另一些审美完成的模式，时常由文学理论归结为艺术内容主体的方面：被归结为思想－情感评价情致的种类[②]，或者，被归结为作者的情感类型[③]。

然而，也可以基于丝毫也不少的根据来谈论悲剧性的、喜剧性的、田园诗的，以及诸如此类的情境类型，或者，主人公类型，或者，接受意识相应的审美立场的类型。巴赫金就曾论及作为审美客体的“建筑构造样式”，或者，作为艺术整体之完成的“建筑构造任务”的英雄化、讽刺化、幽默、悲剧性与喜剧性[④]。

艺术性的模式——这是对艺术整体的基本特征全覆盖性的鉴定。

---

① 弗莱：《批评的解剖》，普林斯顿，1967 年版；这部著作的片断的俄译刊于：《19 世纪—20 世纪外国美学与文学理论》，莫斯科，1987，第 232—263 页；《批评的解剖》，中译本，第 45—75 页，陈慧，袁宪军，吴伟仁译，百花文艺出版社，2006；诺斯罗普 · 弗莱在这部于 1957 年面世的著作里提出 theory of modes。这里的 mode 指的是：在虚构型文学作品中（不同模式）赋予主要人物的一种（相应的）程式化的行动力量，或者，在主题型文学作品中（不同模式）赋予作者对其听众以相应的态度。如此看来，这种文学模式倾向于形成一种前后相继的历史系列。——译者注

② 参见波斯彼洛夫：《文学的历史发展诸问题》，莫斯科，1972。

③ 哈利泽夫：《文学理论》，莫斯科，1999，第 68—78 页。

④ 巴赫金：《文学与美学问题》，莫斯科，第 19—22 页。

此乃这一或另一审美完成的体制，这体制不仅仅要求有相应的主人公类型与情境类型、作者立场的类型与读者接受的类型，而且还要求有价值系统内在的整一，还要求有与之相应的诗学。

前艺术的神话意识并不懂得作为自我确定之主体的个性（成为“我”就意味着得以自我确定）。人对于存在的内在层面——思想，作为个性之个体的心灵与超个性的被视为有灵性的生活——的发现与渐渐把握，便导致哲学、艺术与宗教在神话肥沃的土壤上产生。神话——这是世界秩序形象的模型。艺术思维起始于意识到人的自我确定（个性内在的边界）同其在世界秩序中的角色——命运（个性外在的边界）并不是完全吻合的。激起十分赞赏的（审美的）态度的，首先是**功勋**——这些因素极为罕见的全然吻合的情形是：存在之内在的边界与外在的边界彼此重合。对功勋的诗化美化，对功勋建立者——英雄——人之“我”的外在性－内在性整体这一现象的歌颂，便奠定英勇——艺术性最古老的模式——的基石。

英勇格调。“主人公的内在世界”与某种**世界秩序**和谐的耦合，“将这两个方面联合为一个统一的整体”[①]的耦合，乃是审美完成的英雄性原则。艺术完整化这一模态在于个性同其角色的边界（在世界秩序中的超个性的功能）的重合。英雄性的人物在其根基上“并未同自己的命运分离开来，它们是整一的，命运在表达着个体外在于个性的方面，并且个体的行为只是在揭示命运的内容”[②]——作为个体性的存在的**有潜在活力**的边界。

英勇格调这一艺术性模式有一个简练的表达式：(“我”) 之存在具有的内在的现实同其外在的派定性（有潜在活力的边界）之间相**幅合**：***I & V***。

---

① 黑格尔：《美学》，莫斯科，1968，第一卷，第 265 页。

② 古列维奇：《论日耳曼民族的诗歌中英雄性的本质》，载《苏联科学院学报·文学与语言卷》，1978 年第 2 期，第 145 页。

审美关系同道德关系同政治关系的分离，在《伊戈尔远征记》里可以得到清晰的梳理。《伊戈尔远征记》是一部中世纪书籍的文本，早在审美于艺术中获得文化上的自主自治的那个时候之前，这部书籍就出现了。一场不合时宜的军队远征，在公开的舆论中被指责为对最高的领主（基辅大公爵）的“不援助”，在这里同时承受着英雄化，被赋予功勋的面貌（这在其编年史版本中可是没有的），变为一个审美客体——备受高度赞扬性欣赏的审美客体，这一欣赏也引导着审美主体（作者与主人公）行进在英雄性的自我确定这一道路上。

远征的理由——公爵个人的自我确定同其在世界秩序中的骑士角色（与其献身于超个性的“军人精神”）之间的吻合。不祥的征兆对他清楚地预示着未来的不顺利，可是英雄从不问命运（犹如俄狄浦斯（Эдип）那样曾悲剧性地发动自己）；在得以与自己这一角色边界取得内在的吻合之际，他精神振奋地迎接这一角色之外在的实现。公爵符谢沃罗德（Всеволод）在战斗中忘我的行为以及作者对这一行为的欣赏，都具有这样的本质。世界秩序的价值，英雄的私生活的价值，均从其“军人精神”这一视野里被排挤出去了，在功勋得以建立的那个时刻，它们在作者心目中也不再有意义了：它们失去内在之“我”的边界地位。如果从政治的视角来看，任何对“世界秩序之中心”的忘却都是不可饶恕的，从艺术的视角来看——则是有理由而正当的。须知这不是为了个人而忘却超个人的东西，而是对于此时此地在派定的角色边界上，未参与英雄性的自我确定的那一切东西整体性的忘却。这是个性对其自身之牺牲性的忘却。

英雄性的净化之心理内涵——自豪的忘我，或者说，**忘我的自豪**。英雄的个性是以自己的那份参与——对世界秩序超个性的内涵的参与，与自己的那份淡漠——对自身的独具一格的淡漠，而引为自豪的。果戈理笔下的塔拉斯·布尔巴（Тарас Бульба）是丝毫也不珍惜自己这条性命的，但却神圣地珍惜那个烟袋，而且将这件小玩意视为正确的（“哥萨克的”）世界秩序不可分割的标志物。忘我与自豪悖论式的结合可以界说这样一些主人公的性格特征：《大祭司阿瓦库姆的生活记述》里带有自传色彩的主人公，高尔基（Горький）的长篇小说《母亲》里的女主人公，勃洛克（Блок）的长诗《西徐亚人》，或者马雅可夫斯基（Маяковский）的长诗《放开嗓门》，抑或阿赫玛托娃（Ахматова）的诗篇《缪斯》里的那些抒情主人公。

英勇格调作为艺术性的模式，并不能归结为中心主人公的生活行为与作者对他/她的评价。在已经完成的艺术作品里，这是全覆盖性的审美情境，这一情境由该类型的艺术完整性所具有的统一的创作规律所支配。譬如，在《塔拉斯·布尔巴》里，就像在荷马（Гомер）的《伊利亚特》里那样，彼此交战的双方军人的勇敢剽悍同样地被英雄化了（这一点，在艺术性的生成阶段还不曾有：在壮士歌里，在《伊戈尔远征记》里）。在果戈理的小史诗里，甚至连背叛也是被英雄式地完成的：安德烈（Андрий）是以“坚不可摧的哥萨克”的那份坚毅，将先前的祖国保卫者这一骑士角色改变为新的——骑士式的献身于女士（“我的祖国——就是你！”），而毫无保留地将自己之“我”置于新的角色边界。爱在这一英雄性的世界里——也是一个角色。塔拉斯（Тарас）的妻子是以其真正英雄的方式爱着自己的儿子们，忘我地体现着母爱这一角色的某种极致：“……她全身心地打量着他们，以自己的所有情感打量着，她整个人都变成了一个视力，她怎么也看不够”。雕像般的手势塑造被赋予英雄性，语调被赋予英雄性，这一文本那热烈而激昂的、已然被夸张而实质上是合唱般的话语，被赋予英雄性，在这里，属于作者的言语上的主动权同民间传说叙述者修辞上的姿态已然不可分离[①]。

艺术性的模式，可以作为文本的美学常数而出现（譬如，在《塔拉斯·布尔巴》里），也可以作为文本的美学主导而出现。在第二种情形下，英雄性这一类型的审美情境与其“价值中心”（主人公）就不是

① 有关《塔拉斯·布尔巴》的英勇精神详细的美学分析，参见 И. А. 叶萨乌洛夫：《文学作品解读中等值性的光谱》（果戈理的《密尔格拉德》），莫斯科，1995，第三章。

呈现于一成不变的静态之中，而是呈现于不断生成的动态之中。普希金（Пушкин）的诗篇《致恰达耶夫》（1818）里英雄性的主导，引导着抒情主人公“我们”的自我确定行进在这样的道路上——从那些虚假的存在边界上解放出来，获取真正的角色性边界（超个性的派定性），而且有可能的话，实现与这一角色性边界的彻底吻合，那时“在专制的废墟上 / 将书写上我们的名字！”在英雄性的价值系统里，将自己的名字载入世界秩序的史册也就意味着成为有血有肉的个性。在普希金的另一首诗（《我的名字对你意味着什么？》）里，名字却恰恰成了有个性的“我”的虚假的边界。

英雄性的宇宙观危机（在俄罗斯文化中，这是由封建主的内讧与鞑靼－蒙古人的入侵而引起的），导致审美关系领域的复杂化，导致由历史上最初的艺术性模式分裂而孳生出另外两种完成类型：讽刺性的与悲剧性的。

讽刺是对于“我”在世界秩序中之个人的出场一种**不充足**的审美把握——所谓不充足，也就是说，个性与自己的角色之间是那样的不相吻合，在那种情形下，个体的生活内在的现实原来**已然**是外在的派定，而这样的生活已没有能力去占据这一或那一角色性的边界。可是，去英雄化本身还不能构成要获得讽刺性艺术性的充分根据。作者积极的嘲讽讥笑的立场是不可或缺的，这一立场弥补其客体的缺损，而创建原则上是另一种类型的艺术完整性。“新的艺术形式出现了”，黑格尔论及阿里斯托芬（Аристофан）的那些就审美完成类型而言是讽刺性的喜剧时说道，在那些喜剧里，“处于其荒唐的被损坏状态之中的现实得到这样的描写，这现实自个儿在毁坏自己，以期正是在这一渺小卑微之物的自我毁坏之中真理能够作为一种得以坚实地自我保存的力量而被显露出来”[①]。譬如，果戈理的《钦差大臣》中结尾的“哑场”——它在模仿基督被钉在十字架上那个场景（在这哑场出现之前的一分钟，

① 黑格尔：《美学》，第二卷，第 222 页。

市长惊呼："……你们瞧！你们瞧！全世界的人，全体基督徒们，都来看呀！"），牢固的世界秩序——由位于诸多钦差大臣之上的那个最高的钦差大臣所执掌的世界秩序——神圣的真理性，会击破那些四处折腾的野心，会粉碎那些忙忙碌碌的奢望。

讽刺这一艺术性模式有一个简练的表达式：相对于其外在的派定性（有潜在活力的边界）（"我"）之存在具有的内在的现实性**不充足**。$I<V$。

在去英雄化的价值系统里，个人的名字显得是一个空洞的音响，是"我"之没有内容的外壳（参见：这个世界上最为卑微的博布钦斯基与多布钦斯基，向赫列斯塔科夫（Хлестаков）提出"请他到彼得堡之后，对那里的各种大人都说一说自己的名字"这一恳求的那个场景），而冒名顶替——冒充，则是讽刺性情境的轴心。行政当局的钦差大臣——这个人物形象倒是会毁坏艺术的完整性的——终究也没有现身，可是，从剧本最初的几句对白开始，一场可笑的"稽查启动了，而且是全速推进"，因为"喜剧的主人公们，不由自主地将他们一心欲隐瞒的事儿给说破了，自己检举自个儿，但不是彼此面对面地检举自己，而是面对着在艺术地接受着的意识来检举自己"[①]。他们对其职务上应尽的责任之虚假的英雄性的履行，原来只不过是对其在世界秩序中真正的角色之冒名的**觊觎**，是"主体性空洞的膨胀"（黑格尔语）[②]。而个性内在的边界同其角色上的觊觎相比，则是极为渺小。基于这一同世界秩序内在的脱离性，讽刺性的"我"自命不凡，与此同时，这一自命不凡也未曾得以同其惶恐不安的不自信分离开来。这一心理上的悖论，是《钦差大臣》里所有人物一无例外地都具有的性格特点。讽刺作家领着他们走在自我肯定的道路上，这自我肯定不可挽回地导向自我否定（多半是不由自主地）。

---

① 福克松：《喜剧性文学作品》，克麦罗沃，1993，第32—33页。

② 黑格尔：《美学》，第三卷，第600页。

正是在审美地完成着的**自我否定**与对生活的回归——对“它的真正的、并未被自尊心搅得浑浊不清的意义”[①]的回归这一行动中，讽刺性的个性得以自主地生成，这就像托尔斯泰的《伊万·伊里奇之死》里的主人公身上所发生的那样。勃洛克（Блок）的长诗《十二个》的艺术性整体，就是由对于革命在其内在的主体性的自我否定而得以组织起来的，《十二个》具有其讽刺性的不对应——新的世界秩序的使徒们低贱的现实同他们那高尚的超个性的派定性之间的不对应[②]。(基于这些例证，应该强调，对于作为审美主导的讽刺而言，滑稽可笑具有任选性。)

就讽刺性所述说的这一切不仅仅关涉主人公－客体，而且也在同样的程度上关涉主体，关涉讽刺性的艺术性的接受者。（果戈理笔下的市长并非偶然地说出这句话：“你们笑什么？——你们是在笑自己！”）。艺术性的模式正在于，艺术作品以其假定性世界完整性的力量，将某种个性观（个人在世界上出场的模型）一无例外地传播到审美情境的参与者身上，而将他们联合于相应的情感反射的净化之中。这一讽刺性的普遍化是可以清晰地被感觉到的，譬如，在果戈理的《密尔格拉得》里收尾的那篇故事里[③]。

对生活讽刺性的描写之等值的观照，用黑格尔的话来说，就是“自我意识对自己的优越感的放弃、对自己的重要性的放弃、对自己有关自身的看法的放弃〈……〉，对自身独有的所有东西的放弃”[④]。就像阿里斯托芬那样，像那个“连自己的亲身有及其偶然性特点都一一展示出来而让人讥讽嘲笑”[⑤]的阿里斯托芬那样，讽刺性艺术家以赎罪性的自我讥讽自我嘲笑——“对自身所被赋予的一切加以忏悔性的自我否

① 蓬皮扬斯基：《果戈理》，载《符号系统论丛》，第 18 辑，塔尔图，1984，第 133 页。

② 参见里亚霍娃：《十二个走向何方（讽刺与革命）》，载《话语》，2000，第 8/9 期。

③ 有关“两个伊万的故事”的讽刺格调详细的美学分析，参见叶萨乌洛夫：《文学作品解读中等值性的光谱》（果戈理的《密尔格拉德》），莫斯科，1995，第五章。

④ 黑格尔：《美学》，第四卷，第 280 页。

⑤ 黑格尔：《美学》，第三卷，第 561 页。

定”[①]——为代价，来获取对生活的主体性方面加以判决而说出预言性话语的权利。而一旦一个品性好的作者愤怒地否定那些品性坏的人物，那么，在这样的情形下，我们就不过是在与政论打交道，政论倒是时常会诉诸伪艺术性的形式。

悲怆——这是同讽刺完全相反的对英勇这一艺术性的转换。对于审美完成这一类型的生成，悲剧这一体裁形式完全具有任选性：俄罗斯文学中一个著名的悲怆产生的范例，就是叙述拔都攻占梁赞使得梁赞破产的那个编年史般的纪事。

悲怆性的情境，是“内在于自身之‘我’的自由（这是黑格尔对个性的定义）相对于它在世界秩序（命运）中的角色过渡。在这里，“人”是过分地“宽阔”，犹如德米特里·卡拉马佐夫（Дмитрий Карамазов）在陀思妥耶夫斯基那部长篇小说里所说的那样，在那里，“个性真正的生活仿佛就是在人与自身不相吻合之点上来得以完成的，就是在他从所有的一切极限点上走出而得以完成的，以致……可以绕过他的意志而去细察，去界定，去预言”[②]。

悲怆这一艺术性模式有一个简练的表达式——（“我”）之存在具有的内在的现实相对于其外在的派定性（有潜在活力的边界）具有**冗余性**：$\boldsymbol{I > V}$。

如果个人之自我确定的边界显得要宽于“我”在世界上之出场的角色性边界，这就会导致**犯罪**（跨越边界），而使得主人公在世界秩序面前成为“不可避免的有过失者”（谢林语）[③]。悲剧性的过失，同冒充这一讽刺性的过失正形成对照——并不在于行为本身——行为在主体上乃是有理由的，而在于其个人身上，在于无法满足的要成其为其所是——要做一个他自己的那种渴望。譬如，俄狄浦斯（Эдип）在索

① 巴赫金：《话语创作美学》，莫斯科，1979，第 52 页。

② 巴赫金：《陀思妥耶夫斯基诗学问题》，莫斯科，1963，第 79 页。

③ 谢林：《艺术哲学》，莫斯科，1966，第 405 页。

福克勒斯（Софокла）这一同名悲剧里犯下罪行，正是由于：在一心要避免那些罪行之时，他挺身反抗自己的、但对他个人来说则是不可接受的命运。果戈理笔下的霍马·布鲁特（Хома Брут），则是不满足于自己在基督教世界里的合法地位（在凭借祷告词而划定的那个圈子内，具有超个性的被护卫的神力），由于个人的“怪怪的好奇心”而毁灭：朝那不洁的精灵瞥了一眼，这一来他便落到神圣的边界的那一边——一个基督徒的灵魂不应当向往的那一边[①]。

由于悲剧性主人公比划定给他的位置——在世界构造中的位置——要宽广些，他就不是在那些外在的规定之中，一如讽刺性的人物那样，而是在自己身上发现这一或那一应分指令。（参见：奥斯特洛夫斯基（Островский）的《大雷雨》里卡捷琳娜（Катерина）内在的虔诚性，或者，霍马·布鲁特内心的声音——这声音冲着他耳边低语：“别看！”）。同时，主人公是以其个人的那种在超个性的角色的派定性范围之外的生活兴趣，来审视其独具一格之“我”。由此而有了内在的**分裂性**——有时便发展成魔鬼般的双重人格（萨瓦·格鲁德岑（Савва Грудцын）心中的鬼，（伊万·卡拉马佐夫（Иван Карамазов）心中的鬼）的分裂性。

在悲怆这一艺术性的世界里，毁灭从来都不是偶然的。这是对已然崩溃的整体性的恢复，这一恢复是以自由的弃绝为代价——要么是弃绝世界（从生活中离去），要么是弃绝自身（丧失独特性——基于其个人的“精神渴望”而落到普希金笔下的先知头上的那种丧失）。悲剧性人物，譬如，安娜·卡列尼娜那样的，出于自身的任性而做出毁灭性的选择，“以期通过自身的自由之丧失这举动本身，恰恰就来证明这一毁灭的自由，而表明自己的自由意志”[②]。悲怆模式作为审美完成的模

① 有关《维》的悲怆格调详细的美学分析，参见叶萨乌洛夫：《文学作品解读中等值性的光谱》（果戈理的《密尔格拉德》），莫斯科，1995，第 4 章。

② 谢林：《艺术哲学》，莫斯科，1966，第 403 页。

型，同讽刺模式是互相排斥而必择其一的：在这里，自我否定以悖论的方式而成为**自我肯定**。

悲剧性的“我——在——世界上”之不可消除的双重性（参见：丘特切夫（Тютчев）的诗句：“我信仰，我的上帝啊！请前来助我之不信仰！”）是这一艺术性模式使完整化得以实现的原则，这一原则滋养着相应的诗学。在距离最后的悲剧性举动（我要从所有人那里也从我自身这里逃脱开来）发生还有很长一段之时，还在自莫斯科回到丈夫身边之时（第一部第29章），安娜·卡列尼娜“太”想活着，同时，她也听见为这而羞愧之“内心的声音”）；“她的眼睛睁得愈来愈大”，“手指头与脚趾头神经质地抖动着”；“直想喘口气”，可是“胸中有什么东西在压迫着呼吸”；神经“在正在拧紧的小木橛上绷得愈来愈紧”；在她觉得又“恐惧”又“快乐”的忘怀状态中，“某种东西钩住了”她，但她“能随性而为地委身于它而又能把持住自己”；最后，在半睡半醒的状态中，安娜探问自己：“这是我本人在这里吗？是我本人抑或另一个人？”叩问自己——这是最为典型的悲剧性主题之一，它将俄狄浦斯与哈姆莱特（Гамлет）连接起来，将拉辛（Расин）的主人公与陀思妥耶夫斯基的主人公连接起来。它源生于英雄性的情怀从不曾知晓为何物的**自身价值性**——个性的存在具有的那种**自身价值性**。

以上所考察的这些审美完成的方式，将功勋、冒充、或者犯罪——带有其深层的时空体——的建筑构造[①]，提升为“我”在世界上出场之意义生成的模型，在其对世界秩序的严肃态度所具有的动情性上，它们乃是一致的。非动情性的滑稽具有原则上是别样的审美本性——它的那种对高雅文学的渗透（始自感伤主义时代）带来了“人与人的相互关系新的模式”[②]，它是在狂欢式的笑谑土壤上而得以形成的[③]。

① 有关“行为的建筑构造”，参见巴赫金：《论行为哲学》，载《科学与技术的哲学与社会学》，莫斯科，1986。

② 巴赫金：《陀思妥耶夫斯基诗学问题》，莫斯科，1963，第164页。

③ 巴赫金：《弗朗索瓦·拉伯雷的创作与中世纪和文艺复兴时代的民间文化》。

滑稽。滑稽可笑的个性，是以这样或那样的方式而被置于世界秩序之外的（傻瓜、小丑、骗子、怪人），它在世界的出场模型，显得是节日般的暇闲——狂欢节般的时空体，在其框架中角色性的边界——已然不是具有其无可争议性的命运或责任，而只不过是可以被轻易地变更的**面具**。

滑稽这一艺术性的模式有一个简练的表达式——（“我”）之存在具有的内在现实同其外在的派定性（有潜在活力的边界）彼此之间相分歧：***I*** ∨ ***V***。

在古俄罗斯文学中，滑稽性的艺术性之最早的样品是《弗罗尔·斯科别耶夫的故事》。在那里，角色的面具骗子般的变更（伴随着频繁地更换服饰）表现出个人拥有无限的内在自由。笑谑性地看世界这一态度给人带来那种从客体性的束缚之中摆脱出来的主体性的自由，因为“它宣扬万物皆有的令人开心的相对性”[①]——所有超个性的事物都有的相对性，而将活生生的个体带到世界秩序的极限之外，确立“所有的人之间自由自在无拘无束的亲昵的接触”[②]，例如，契诃夫（Чехов）的《意见簿》就可以作为这种关系的一个浓缩形象。

“我－在－世界”之内在的方面与外在的方面之间、面孔与面具之间滑稽性的断裂（“是的，是的，你走开！……您究竟是要上哪儿去？”——契诃夫的轻喜剧《熊》里的那位女主人公这样叫喊道）可以导致对于一个真正的个性的暴露，可以导致对于那种东西——用让－保罗（Жан-поль）的话来说，“那样的孩童般的小脑袋，就像是在帽子变戏法之中所看到而藏在每一个人头脑里的东西”[③]笑谑性的抖露。在这类情形下，人们通常谈论的便是**幽默**——使得古怪行为（自我表现上的富有个性鲜明特征的罕见性）成为一个意义生成模型——“我”在

① 巴赫金：《陀思妥耶夫斯基诗学问题》，莫斯科，1963，第167页。

② 巴赫金：《弗朗索瓦·拉伯雷的创作与中世纪和文艺复兴时代的民间文化》，第13页。

③ 让－保罗：《美学预备学校》，莫斯科，1981，第149页。

世界上之出场的意义生成模型。

对于个性的幽默性的辩护，并不是通过对其本身自具的价值性之动情性的肯定（悲怆），而只是通过对它的暴露——作为某种内在秘密而加以暴露，这秘密不能被归结为任何小丑似的面具——来企及的。譬如，在巴拉丁斯基（Баратынский）那首以开玩笑的口吻写成尽情戏谑的诗篇《怨声絮语》里，不论是"强劲有力——有翅膀而自由奔放的思想"——被平凡的有翅膀的苍蝇撞断了的思想，抑或"炽热的爱情"，还是"与世无争的、而不是被欧洲教育培养出来的幻想家"的扭捏作态，"野蛮的西徐亚人"的搔首弄姿，还有哀婉伤感的二行诗那使情境英雄化的节律－语调的结构组织——所有这一切实质上都是面具，遭到讥讽嘲笑的面具。没有被讥讽嘲笑的，只剩下在自由地戏弄它们的"我"——生活本身有个性鲜明特点的内核，被隐藏在角色性的行为举止皮壳下面的内核。

"幽默性的主人公是不会像讽刺性的主人公那样被毁灭的。一旦他的定势上的机械性与抽象性显得是某种外在的、故意做出的，他就会被展示成"能死而复苏"。幽默性的笑——这是〈……〉对于不可将人归结为现成的、派定性的生活形式这一点的显露[①]。如果说，《钦差大臣》里那些讽刺性人物在结尾时一个个被吓得呆若木鸡僵持不动，那么，在果戈理的《婚事》的结尾，幽默性的波德科列辛（Подколесин）则是相反，他从窗口跳出来，同时也从未婚妻这一空洞的角色面具里跳出来，而死而复生，成其为他之所是。可以作为幽默性的滑稽范例的作品，还有作为艺术整体的《别尔金故事集》，[②]或者，伊里夫（Ильф）与彼得罗夫（Петров）的《十二把椅子》。

可是，幽默性的效果也可以暴露出面具下面孔的缺失，面具下面，可能就是一个"小器官"，一个"有馅的脑子"，一种"谵妄呓语"，一

① 福克松：《喜剧性文学作品》，克麦罗沃，1993，第 47 页。

② 参见达尔文、秋帕：《普希金创作中的系列化》，新西伯利亚，2001，第 6 章。

如萨尔兑科夫–谢德林（Салтыков-Щедрин）的《一个城市的历史》里那个市长所具有的。这一类幽默，可以适宜地称为**尖刻的挖苦**，这指的是艺术性模式上的特征，而不是像人们心目中时常以为的那样，是被提升了的讥讽嘲笑的剧烈性。在这里，生活假面舞会般的伪装性，原来不是世界秩序中虚假角色的谎言，而是虚假的有鲜明特征的个性。尖刻挖苦性的“我”乃是零度的“我”——没有能力不戴着面具而在世界上出场之“我”（果戈理笔下柯瓦廖夫（Ковалев）少校的鼻子之丢失，同个人尊严的丧失乃是一样严重而可以等量齐观的。）

滑稽的这一变体（例如，契诃夫在《一个官吏之死》里所凸显出来的，或者，经由细微的嘲讽而表现出来的——在短篇小说《心肝宝贝》里，在喜剧《樱桃园》里）同讽刺是相似的，可是已失去讽刺的动情性。个人自我确定上的空虚，在这里不是根据对世界秩序“实体性”（黑格尔语）的关系，而是在它同空洞的角色性面具的连接之中而被暴露出来的：契诃夫笔下的库金（Кукин）与奥莲卡（Оленька）不是以“浮士德”，而是用“里朝外翻了个个儿的浮士德”同“庸俗”与“粗俗的噱头”相对立[①]。尖刻的挖苦同幽默的亲缘性就在于，即便在这里，个性仍然是最高价值。可是，如果说，幽默性的个性是被隐藏在大量的行为举止上的荒唐荒谬之中，那么，受到尖刻的挖苦的伪个性则是由面具创造出来，并且它还异常地珍视自己对存在的参与这一假象。

* * *

人之“我”乃是三重“根基性的个性关系”交汇点：对自己本身之“我”的关系（自我确定），对角色性的“超我”（超个性的派定性）的

---

① 有关《心肝宝贝》详尽的美学分析，参见秋帕：《契诃夫短篇小说的艺术性》，莫斯科，1989，第三章；罗欣娜：《契诃夫的喜剧〈海鸥〉与〈樱桃园〉艺术完整性的本质》，载《话语》，1996，第1期。

关系，以及对生活中相邻近的、同存共在的他者之“我”（个性间的现实）的关系。[①]

由感伤性的幽默所实现的个性内在世界（主体性的世界秩序）同外在世界角色性关系的脱离，使得人的生活中那些外在于角色的（自然的）边界——大自然、爱情、死亡、“那些内心相通的人们之间私密性的关联”[②]——具有了现实意义。由现代艺术提升为艺术关注中心的私生活事件，实质上就是个人的自我确定同他人的自我确定之间的相互作用。

这样的相互作用，构成个性**同存共在性**的边界——个性的存在环境（那些“在包围着”，在周围环绕着的东西）的外在的现实。在这些**有可能出现**的边界中被看见的个性，呈现为个性的责任性主体，而不是超个性的义务履行者。

“我－在－世界上”这一整体性审美完成的新模式，正是对这一类边界的艺术把握。得以形成的是这样的意义生成的价值机制，在这里，“世界”已不再被思考为可能性的世界秩序，而是被思考为**另一种生活**（大自然）或者是**他人的生活**（社会）。“我”呢，照样地也呈现为个人的自我实现上的派定性：成其为自身。从这些立场来看，已然不是自我确定之外在的边界，而是其内在的边界获得潜在的可能性。自我确定之内在的边界——就是那种来自感伤主义而巩固于浪漫主义之中的，不仅仅是个性本身自具的价值性，而且还是个性本身的“自具目的性”[③]。

田园诗格调。田园诗格调这一艺术性模式，孕生于田园诗体裁传统。可是，如果说，古典文学中的田园诗显示出世界秩序中小角色的英勇，那么，现代的田园诗情调则在于：“我”之内在性边界同角色之

---

① 参见舍罗吉娅：《论意识与无意识心理问题》，第比利斯，1973，第 2 卷，第 475—502 页。

② 巴赫金：《感伤主义问题》，载《巴赫金文集》7 卷本，第 5 卷，第 304 页。

③ 同上。

外的（同存共在的）外在性边界**相兼备相重合**。对于生活“主体性方面与客体性方面之间的和谐”[①]的建立，同英雄化是相类似的。但是，“客体性方面”在这种情形下并不是显现为超个性的世界秩序、载荷着不容争议的命运之舟，而是显现为不可被预先确定的**生活格调**——由个性之间的相互作用而织就的生活格调。

田园诗格调这一艺术性模式有一个简练的表达式：（“我”）之存在具有的内在的派定性同其外在的现实（有可能出现的边界）相幅合：***I & E***。

人物田园诗般的完整性，这种必须以净化——和谐的宁静而不是英雄般的热情奔放的冲动所达到的那种净化——为前提的完整性，乃是“为自己之我”与“为他人之我”的**未分离性**。面对他者（以及以其名义出现的其余的生命）的责任性，成为个性的自我确定，就像在这样的一些作品里——譬如，在果戈理的《旧式地主》里[②]，或者，在托尔斯泰的《战争与和平》里，或者，在曼德尔施塔姆（Мандельштам）的诗篇《或许这就是疯狂的结点……》——已然得以显示出来的那样，它导致田园诗般的“我”之**丰满而无冗余**。

田园诗般的生活图景的特色，并不在于简陋的平安富足，而在于对生活加以组织的生存方式，这方式可以被称为“对作为整体的存在有机的参与”[③]。人——用普里什文的话来说——“以其全部个性而被牵连进生活”[④]，犹如被牵连进其共在性的边界——在艺术性的模式上是田园诗格调的那些抒情主人公——譬如，普希金的诗篇《我记得那美妙的一瞬……》或者《圣母》，普里什文的散文，古米廖夫（Н. Гумилев）

---

① 黑格尔：《美学》，第一卷，第 265 页。

② 有关《旧式地主》的田园诗格调详尽的美学分析，参见叶萨乌洛夫：《文学作品解读中等值性的光谱》（果戈理的《密尔格拉德》），莫斯科，1995，第 2 章，以及叶萨乌洛夫：《曼德尔什塔姆作品中的田园诗格调》，载《曼德尔什塔姆的创作与历史诗学问题》，克麦罗沃，1990。

③ 哈利泽夫，科尔米洛夫：《Л. Н. 托尔斯泰的长篇小说〈战争与和平〉》，莫斯科，1983，第 20 页。

④ 《普里什文作品集》8 卷本，莫斯科，1984，第 7 卷，第 302 页。

的《浪子》，甚至于他的军营生活素描《战争》这些作品中的抒情主人公，就是这样的；在奥斯特洛夫斯基（Островский）的喜剧《贫非过》里，柳比玛·托尔佐娃（Любима Торцова）这一人物形象在其美学模式上，也是与之类似的。娜塔莎·罗斯托娃（Наташа Ростова）跳的民间舞蹈，则可以被称为田园诗般的在世界上的出场的典范。在这样的舞蹈中，“我的外貌，只是为他人所看见且也是为他人而存在的外貌，同我的内在的自我感觉到的有机的积极性相融合；在舞蹈中，内在于我身心的一切都极力往外奔涌，极力与外貌相契合，在舞蹈时，我得以最为充实地存在，我得以参与到他人的存在中去”[①]。

田园诗般完成的建筑构造形式，是巴赫金所描述的那种田园诗格调的时空体——“故乡故园”与“故山故谷”的时空体，在这种时空体的价值框架里，死亡的绝望性被消除，因为“代代相续的生命地位的统一在弱化在软化……个体性的生命之间的界限”，而显露在流动着的“世界性的生命力”，个人“应当委身”于这种生命力，个人“应当融汇于”这种生命力。这一价值系统“会改造日常生活的所有元素，使它们失去局部性的……特点，使它们成为生活中重要的事件”[②]。（请对比《战争与和平》里，在艺术完整性之中来对家庭生活方式、日常生活加以描写的那些关键性篇幅。）

哀诗格调。哀诗格调这一艺术性模式与田园诗格调一起是对个人性的存在之内在的分离独立进行审美把握的成果（在这个意义上，人们时常使用过分模糊的术语“抒情格调”）。可是，哀诗格调同田园诗格调对这一分离独立的消除乃是格格不入的。（请对比巴拉丁斯基的《表白》。）哀诗格调的“我”，是内在生活中瞬息即过的、以其不可再生而自具价值的那些状态的链环。这样的“我”无可比拟地狭窄，窄于其任何一种共在性的边界，那种边界滞留在往昔，进而不属于“我”而

① 巴赫金:《话语创作美学》，第120页。

② 参见巴赫金:《文学与美学问题》，莫斯科，第373—384页。

属于他人的普遍性存在——那种带有其难于排遣性的普遍性存在。（参见：普希金的诗篇《我沿着喧嚣的街道徘徊》。）哀诗格调的净化是“对已然消逝的事物怀有活生生的惆怅情感”（屠格涅夫（И. С. Тургенев）的《贵族之家》的结尾），在那里，“我”体验着自己的那种被删除——从生活往前的流动之中被删除，体验着自己的那份不充足——自己对存在的参与上的不充足。

哀诗格调这一艺术性模式有一个简练的表达法——（“我”）之存在具有的内在的派定性相对于其外在的现实性（可能出现的边界）之不充足：$\boldsymbol{I < E}$。

在俄罗斯文学中，哀诗格调这一艺术性的源头——要推卡拉姆津（Карамзин）的创作，他在自己的一首哀诗中写道：“对什么也不要执着而迷恋不已 / 尘世上有东西太强大而威力无比 / 你在这里不是主人而是个旅行者：/ 一切你都得放开而捐弃。”在哀诗格调的价值系统里，无边无界的存在的永恒性，要求以无个性特点的“太一”这种泛神论的隐秘为前提（这一隐秘对布宁是那么有意味）。在这一隐秘的背景上存在获得有鲜明个性的完整性，这要归功于将生活切分成在时间上与空间上（譬如，那个条凳，拉夫列茨基（Лаврецкий）在其上“曾经同丽莎一块儿度过了好几个幸福的、不可重复的瞬间”的那个条凳）具有极度凝聚性而被浓缩的那些瞬间，而田园诗格调则只是温和而低调地将其局限于日常生活的小圈子里。哀诗格调的美——这是一去而不复返的瞬间“诀别性的美”（普希金语），回忆起那样的瞬间时，一如常言所说，心都会揪起来的：哀诗格调中的“我”，揪起心，由其共在性的边界退出来，直逼向个性的内核，直逼向存在之主体性的轴心，成其为他自身之所是（请对比：丘特切夫（Тютчев）的诗句：“别言语别出声，躲起来而隐身……”）。

同田园诗格调这一模式的时空体与滑稽这一模式的时空体相对立，哀诗格调这一模式的时空体——这是**独处幽居**（蜗居一隅与四处云游）的时空体：这是对周围的人们在空间上与 / 或时间上的疏远与疏离。但有别于讽刺模式的“小我”，哀诗格调中的主人公由其主体性的“角落”来欣赏的并不是自己（请对比：讽刺性的主人公乞乞科夫（Чичиков）照镜子），并不是自己的主体性，而是在欣赏自己的生活，欣赏这一生活的不可逆转性，欣赏这一生活个体性的被载入性——被载入普遍的生活格局客观的图景之中。当拉夫列茨基自我界定为“孤独的、无家可归的漂泊者”，而“从原先的那一个条凳上”（也是一个角落）来“回首自己的一生”之时，“他便觉得心头忧郁起来，但不是沉重也不是悲痛”。这样的忧郁——乃是“我”在世界上获得**自我现实化**所采取的哀诗般的抒发方式。

戏剧化。既有悖于哀诗格调的“一切都会过去”，也有悖于田园诗格调的“一切都会永存”，戏剧化（绝对不应将作为审美完成类型的这种戏剧化混同于戏剧）的出发点是：“什么也不会不留痕迹地过去，我们每一个极小的一步对于现在的生活与未来的生活都有意义”（契诃夫的中篇小说《我的一生》就是这样断言的）。可是，在戏剧化这一艺术性的模式中个人对生活格局的参与原则上要承受阻碍——承受自我确定之内在的自由同自我确定之外在的（共在的）不自由之间的矛盾所形成的阻碍（请对比：普希金的诗篇《上帝请别让我失去理智……》）。

奥涅金（Онегин）与塔吉娅娜（Татьяна）、毕乔林（Печорин）、奥斯特洛夫斯基（Островский）的《没有嫁妆的新娘》中的人物，布尔加科夫（Булгаков）的大师（Мастер）与玛格丽塔（Маргарита），茨维塔耶娃（Цветаева）的抒情主人公——一个个都是由于**自我实现的不充分**而痛苦，因为“我”之内在的派定性在这些情形下，比起他们在世界上的那种事实上的出场之外在的现实，原来要**宽阔得多**。契诃夫的《带小狗的太太》，以及他的许许多多的另外的作品里的主人公身上的“公开的生活”与“个人的隐秘”之间的矛盾，就是这样的。[①]

戏剧化这一艺术性的模式有一个简练的表达式——（“我”）之存

---

① 关于这一点更为详细的论述可参见秋帕《契诃夫短篇小说的艺术性》第二章与第四章。

在具有的内在的派定性相对于其外在的现实性（可能出现的边界）而具有冗余性：***I*>*E***。

戏剧化情境的一个范例，由普希金在其诗篇《忆》中显示出来。在那里，抒情主人公“我”之内在的宏阔足以涵括其全部外在的生活；主人公并不回首自己的生活，像拉夫列茨基（Лаврецкий）那样，而是在自身的心里“展开”生活的“画卷”。在疏离其生活的事件性——将之视为同其个性并不等值之物（“我带着一份恶心阅读我的人生，/ 我在颤抖我在诅咒”）的同时，抒情主人公并不就自身对于外在性存在的参与和个人为此而应负起的责任提出异议（“不过忧伤的文字我是一行也不会洗刷”）。生存的戏剧化的冗余（“在头脑里，在被惆怅压抑着的脑海里，/ 挤满着那些冗余而沉重的思绪”）同悲怆性相类似，可是它们之间却有根本性的差异：戏剧化的“我”，并不是以其同世界秩序的对峙，而是以其同另一个“我”的对峙，而自具价值性的（“对于凡夫俗子……的那种时刻，对于我却是……”）。

抒情主人公这一语境性的不朽性绝非偶然：如果说，哀诗格调中的“我”是暂时而易逝的，是注定要消亡（在勃洛克的诗篇《秋日的哀诗》里“心灵躲不开无影无形的腐烂物”），那么，“我”之戏剧化是内在地无限而不可消灭的，威胁着他的只是外在的联系同存在之间的脱裂（请对比布尔加科夫笔下大师与玛格丽塔之死）。根据冲突是不是被导向主人公的死亡这一特征而对戏剧化与悲怆所做出的天真的区分，并不是没有某种理据的。悲怆性的“我”是不可逆转地要被毁灭的、自杀性的个性——就是由于其认定自己对于世界秩序已是一冗余。戏剧化的“我”呢，作为有内在潜力的个性则是不朽的，由于这一个性作为“现实的潜能……”是不可能被取消的，“这一个性被环境……所压抑”[①]，但它是不可能被环境所消除的。

审美完成的这一种类，这一孕生于前浪漫主义而由浪漫派加以发

---

① 黑格尔：《美学》第三卷，第 586 页。

展的审美完成的种类，同怜悯感动（田园诗格调的－哀诗格调的感伤性）乃是格格不入的；它的意义生成性能量——乃是**痛苦**的能量，会痛苦这一能力在这里仿佛是在满足人物有鲜明特征的个性。痛苦的组织性作用使戏剧化同悲怆相接近，可是悲怆性痛苦是由超个性的过失所决定的，而戏剧化的痛苦——则是由个人之为自己的外在的生活要负起的责任所决定，在那种生活里，主人公有悖于他那个“我”之内在的自由而不自由。戏剧化格调同哀诗格调共同享有田园诗格调的土壤，戏剧化却是作为对哀诗格调的幽居独处状态的超越而得以形成的。举例说来，这一点在普希金对哀诗体裁典律的破坏中得到了表现，在那种时候，“对另一个‘我’的世界之渴望之神往……将哀诗的心理支点——将其思维内向性的圆筒形的定势给拆毁了”。[①]

他者形象在艺术性的另一些模式的抒情文本中有可能缺席，对于戏剧化来说它却获得特定的意义。戏剧化的生存方式——孤独，但这是在他者之“我”的语境之中，戏剧化的个性与那个他者之“我”会构成——就像在陀思妥耶夫斯基笔下在《罪与罚》里所说出的那样——“一个小角落，整个世界对这个小角落一向不知晓，这个小角落仅仅为他俩熟悉”。这不是悲怆格调与哀诗格调所具有的那种绝望的孤独。由于内在的“我”比其任何一种外在的边界都要宏阔，故而其每一次相遇都孕育着分手（如果说，不是外在的疏远，那么，也是内在的疏远），但是，每一次分手都会开辟出通向相遇的道路（至少也是内在的相遇，犹如在普希金的诗篇《我的名字对你意味着什么……》里所呈现出来的那样）。

在戏剧化的艺术世界里，孤独，“固然成为戏剧化的个性存在的实质，却并不具有总体性……戏剧化格调知道在‘他者’身上寻找到自己……但是，不允许戏剧化的‘我’与‘你’融合为整一的田园诗格

---

① 格列赫尼约夫：《普希金的抒情诗》，高尔基市，1985，第213—214页。

调的‘我们’”。[①]既然戏剧化的“心灵是自由的”，故而“在人们的亲近之中存有誓言般珍秘的特征，/ 不能将它转为爱恋与激情”（阿赫玛托娃，Ахматова）。关键性的戏剧化情境——独具一格的“我”与独具一格的“你”之间对话性的“相遇——分手”情境（阿赫玛托娃）。戏剧化的时空体不会有田园诗格调的那种“故乡故园”与“故山故谷”的封闭性，这是门槛与道路的时空体，“没有被烧毁的木箱子……相遇与分离”（帕斯捷尔纳克，Пастернак）。可是，有别于田园诗格调的无目标的“四处云游”，戏剧化的道路——这是“我”在“他者的”世界里目标坚定的**自我实现**之路，而不是消极被动地使他自我现实化之路。

反讽。在艺术文本的组织中，主导性的作用属于表述具有的两种修辞性策略：动情力与反讽。“灵感与反讽——索尔格（Зорьгер）写道——构成艺术活动”[②]。情致（从词源上看——最初的涵义是痛苦，然后是——热情、激情、情欲，精神振奋）就在于赋予某种个体性的、个人性事物一种普适性的或者超个性的意义，进而为将“我－在－世界上”之内在的边界同其外在的边界连为一个统一的整体而服务。反讽（从词源上看——佯装）则与之相反，要使内在的同外在的模糊起来。反讽性的表述是对别人的情致加以假装性的接受，在事实上则是将它视为虚假的而对它的威信加以贬损。反讽同英勇格调同田园诗格调在根本上乃是格格不入的。不过，所有其余的艺术性模式在某种程度上都要运用反讽（在同动情力的结合之中）。最后，浪漫派——在其美学实践中曾赋予反讽那么重要的意义的浪漫派，开掘出了纯粹反讽性的艺术性潜能。

反讽这一艺术性模式的实质，就在于将“为自己之我”同“为他人

---

① 里亚霍娃：《孤独之戏剧化（艺术母题的美学诠释）》，载《审美话语》，新西伯利亚，1991，第61页。

② 索尔格：《欧文》，莫斯科，1978，第413页。

之我”截然**分开**（说实在的，特殊的一类“佯装”的实质也正在于此）。有别于滑稽所具有的“聚和性的”狂欢性，反讽性的笑谑，位于被疏离而独处的意识之立场上，是要实现主体性的狂欢化——生活中共存性的边界上主体性的狂欢化。作为一种对于世界的特殊的审美关系，反讽“仿佛是狂欢，在孤独中被体验的狂欢，对于自己的这份孤独有着敏锐的意识的狂欢”。[①] 反讽不同于感伤性不同于戏剧化的一个根本性的区别就在于：反讽性的“我”之内在的不参与——对外在性的存在之不参与，外在性的存在被反讽者变成其自身的自我肯定的惰性材料：“……我渴望——将全世界整个儿都‘接纳’，我要俯首听命于涅多兑科姆卡（Недотыкомка）[②]，我要诱惑贝雅特里齐（Беатриче）[③]……我渴望——对世界‘不予接纳’”[④]。

反讽这一艺术性模式有一个简练的表达法——（“我”）之存在具有的内在的派定性同其外在的现实（可能出现的边界）彼此之间相分歧：$\boldsymbol{I} \vee \boldsymbol{E}$。

内在性的“我”与外在性的“世界”之分离，不可避免地要暴露出其双刃剑似的取向性：既反对无个性的生活的客体性（“芸芸众生”），也反对独处而孤僻的个性主体上的无根基性、无支撑性。勃洛克的诗篇《艺术家》或者纳博科夫（В. В. Набоков）的长篇小说《卢仁的防御》所体现出来的反讽就是这样的。

这一脆弱的平衡通常是要被打破的，要么导向主体**浪漫主义的自我肯定**（请比较：莱蒙托夫的诗篇《不，我现在如此炽热地爱着的并不是你……》，或者赫列布尼科夫（Хлебников）的诗篇《Пен пан》，在那里，“非我”被归结为“我”之歪曲的映像）；要么被导向**悲剧性的自**

---

① 巴赫金：《弗朗索瓦·拉伯雷的创作与中世纪和文艺复兴时代的民间文化》，第 44 页。

② 涅多兑科姆卡是索洛古勃长篇小说《卑劣的小鬼》里的象征性鬼名，来源于方言，意思是“动不动就抱屈的人”、“碰不得的人”。——译者注

③ 贝雅特里齐——但丁《神曲》里的人物。——译者注

④ 勃洛克：《反讽》，载《勃洛克论文学》，莫斯科，1989，第 210 页。

我否定。在第二种情形下，反讽接近于挖苦。譬如，勃洛克的诗篇《夜莺的花园》中的抒情主人公，出乎意料地令人想起契诃夫的《心肝宝贝》，原来竟然什么样的“我”也不是，其内在的自由——只不过是对外在性的“非我”予以否定的自由，自我肯定是从那儿借来的，这样的自我肯定不过是一些面具——在掩饰着存在论意义上的虚无之空洞的面具。[①]

在 20 世纪的艺术文化中，反讽这一艺术性模式被推崇到主导性的位置。具体说来，它主导着先锋主义与后现代主义五光十色的各种变体的艺术书写实践。其实，只有赋予反讽以一种独立的艺术性模式的地位，也才有可能将克鲁乔内赫（А. Крученых）的闻名遐迩的《Дыр—бул—щыл》这一类反文本，归置于审美活动的领域之内。

* * *

自浪漫主义文学开始，各种不同的艺术性模式时常在同一个文本的框架里相遇。在所有的诸如此类的情形中，审美完整性是在这样的条件下获得的：成为使艺术世界的完整性得以实现的策略（得以完成的类型）之一的，乃是其**审美显性**——这一审美显性，并没有被那些亚显性的美学倾向所削弱，而是相反，由对于这些倾向所进行的建构性的超越而丰富。（请比较：滑稽这一亚显性的美学倾向在《大师与马格丽塔》的戏剧化格调的深化中发挥的作用。）

以上已加以界说的是艺术作品特有的完整性的不同型式，种种不同的型式是一个系统，这一系统可以直观地呈现于下面的表格之中：

① 详细的论述可参见秋帕：《A. 勃洛克的长诗〈夜莺的花园〉之评析中的反讽范畴》，载《文学作品分析诸原则》，莫斯科，1984。

反讽 （悲怆格调）	哀诗 格调	田园诗 格调	戏剧化	反讽 （浪漫格调）
$I \vee E$	$I < E$	$I \& E$	$I > E$	$I \vee E$
滑稽（挖苦）	讽刺	英勇	悲怆	滑稽（幽默）
$I \vee V$	$I < V$	$I \& V$	$I > V$	$I \vee V$

第五讲

文学的交际性（上）：艺术书写的策略

在对艺术活动的符号学层面与审美层面——它们形成艺术作品外在的层面（文本）与内在的层面（审美客体）——加以考察之后，让我们转向艺术活动之合目的性这一问题。让我们来思考：艺术的使命是什么？是什么使得艺术家——具体说来，话语艺术家——在符号美学上的努力成为有社会意义的事业呢？

最为深刻况且又简单而清晰的回答是由列夫·托尔斯泰在其《何谓艺术？》(1898) 里给出的，这篇专论奠定了世界美学中对艺术文化持**交际论**视界的开端。通过不是将艺术视为“享受的方式”，而是将艺术视为“人的生活的一个条件”，托尔斯泰将艺术理解为人们精神上的互动方式：“任何一部艺术作品都会使接受者同已产生的或正产生的艺术进入某种交流，都会使所有那些与之同时、在他之前或在他之后曾经接受或将要接受同样的艺术印象的人们进入某种交流。”[①]

在20世纪最初一二十年的俄罗斯文化中，艺术创作的交际本性这一思想，曾不止一次得到了发展——不仅由作家们加以发展（曼德尔

① 《列夫·托尔斯泰论文学》，第355页。

什塔姆、古米廖夫（Н. С. Гумилев），等等），也由学者们加以发展（巴赫金、列别茨基（А. И. Белецкий），等等）。现如今，这一思想可以被确认是当代文学学理论性知识的一个公理，这一公理源自作为情感反射的审美感受内在的对话本性。

在这种情形下应该强调的是，以交际论视界来考量艺术，与其说会提供以作品为中介来进行交流的可能性（这样的可能性一向是显而易见的），宁可说会提供这样的交流的不可避免性。艺术书写这一行为自古以来就素有不可消除的**被诉诸接受者的指向性**。这一指向性源自先前已加以考察的审美关系的本性——作为趣味关系的审美关系的本性："趣味具有交际性。"（康德）[①]

曼德尔什塔姆几乎是第一个（在托尔斯泰之后）在 1913 年提出这样的一个论题："没有对话就没有抒情诗"。诗——以他的信念——"总是被指向多少是遥远的、未知的收件人，诗人不可能怀疑这样的收件人的存在，只要他还不曾怀疑过自己"。[②]"文学——别列茨基在 20 年代曾写道——这总是对话，意识到的或者未意识到的对话，在作者与无形地现身于他的思想之中的或多或少确定的对谈者之间的对话"。[③]从这个视角来看，读者、观众、听众"在艺术创作这一事件之中"总是有"自己的、不可替代的位置；他应当在其中占据一个特殊的况且还是双向的立场：相对于作者的立场与相对于主人公的立场"[④]。

在对主人公（作品的审美客体）的关系上收件人的立场——这是**共同体验**的立场：在想象的诸种假定性之中对生活现实的类似现象，加以体验。在对作品的审美主体的关系上——则是**共同创作**的立场：对作者的创作意志——体现于想象出来的世界及其载体即文本整体性完成的那种创作意志，加以裁夺处理。

---

① 伽达默尔：《美的现实性》，莫斯科，1991，第 285 页。

② 曼德尔什塔姆：《词语与文化》，莫斯科，1987，第 53、54 页。

③ 别列茨基：《读者，作者，文学》，载《耕耘者》，1927 年第 6 期，第 41 页。

④ 沃洛希诺夫：《生活话语与艺术话语》，载《星》，1926 年第 6 期，第 263 页。

共同体验与共同创作乃是截然相对的精神努力。若没有后者，前者就会行进在“天真的－现实主义的”接受路径上，这条路径为孩童们素有，而对想象出来的艺术性现实的假定性与观念性意义则是视而不见。若没有前者，后者就会将接受归结为那种并未负荷着原生性（伦理的）体验而与他人的文本进行的游戏。艺术领域里等值的接受（源自拉丁文 receptio——接受）乃是共同体验与共同创作之间的动态平衡，在这种情形下互补性关系便在这两者之间得以显露出来。

可是，共同创作性的共同体验不仅仅是对艺术作品的读者、观众、听众接受立场上的那些特点的界说。作者创造性的（源自拉丁文 creatio——创造）立场在其交际性的本质上也是这样的。在自己的意识中形构未来的作品中任何一个句子最初的草稿版本之时，他就已然被定位于（尽管在大多数情形中还是无意识的）潜在读者的接受，这种接受，应当会用对世界的形象性的视像所拥有的审美的现实去填补符号性的现实。于是，句子最终并不是“独自地”孕生，而是在脑海里在思绪中同另一些意识的相遇之中孕生出来的。

根据维谢洛夫斯基的推断，诗歌作品的创造过程同其接受过程——“实质上是同一回事，区别就在于能产生创作印象的强度。我们所有的人对形象与印象的暗示性启发性都是开放的；诗人更为敏感……能更为充分地根据已有的经验去掌握形象与印象而形成统觉；这样他就会充实我们，就会向我们揭示出我们自身……一度魅惑住我们，使我们一时沉入无意识的－诗歌时代无个性的诗人曾生活于其中的那样一种与自身相融合的状态”[①]。

创造的意识与接受的意识在“被审美地完成的现象——主人公”（巴赫金语）这个结点上的这一种**幅合**（源自拉丁文 convergentio——吻合），应当被认定为艺术的又一条（第五条）规律。这一条规律界说出艺术的交际性特征，这一特征在平衡在抵偿创作性行为的不可再生性。

---

① 维谢洛夫斯基：《历史诗学》，列宁格勒，1940，第 72 页。

诚然，读者总是有可能避开有可能偏离这一幅合，这一在上文被称为共同创作性的共同体验的幅合，有可能“不信任”作者，不去分享作者的信念，站在自身的趣味立场上而不接受作者的诗学。但是，在所有的诸如此类的情形下，他都是在避开在偏离原本意义上的艺术接受，都是没有作为审美情境的一个不可分割的环节——审美的收件人而进入作品的审美情境。

用科尔曼的话来说，“现实的、具有生平的读者对作品的接受过程乃是作为审美活动元素的读者的形成过程〈……〉乃是现实的读者变为已然观念化的读者的过程”[①]。与此类似，艺术书写这一创作行为本身也是“已然观念化的”作者得以产生的行为——作为“审美活动元素”的作者，由具有生平的书写者而得以产生出来的行为。

艺术作品不能被归结为符号——展示出某种审美关系符号——的集成。艺术作品也是**话语**。在当代人文科学中，人们用“话语”这一术语来指称**交际性的事件**[②]，也就是某个单一（尽管有时在其结构上是相当复杂的）的表述主体、客体与收件人不相融合也并不分割的共在。

审美的（幅合性的）话语的交际性特色在于，它并不要求交流的参与者之间有争辩性关系，并不要求有替换式抉择性立场之间的冲突。艺术性表述并不属于辩论性（源自希腊文 eristikos——辩论性的）话语之列，那些话语是政治、法律、政论、科学等领域里人们互相作用所典型地具备的。艺术作品就其审美本性而言[③]呈现为“相应和相谐调的对话”所生成的交际性的事件，在那里，用巴赫金的话来说，“诸声音之差异性与不相融性总是会得以保存下来〈……〉在那些声音背后总是

① 科尔曼：《论艺术作品的完整性》，载《苏联科学院学报·文学与语言卷》，1977年第6期，第512—513页。

② 参见范·戴克：《语言·认知·交际》，莫斯科，1989，第121—123页。

③ “审美主要的特性，使得它得以同认知同行为截然区分开来的那种特性——就是它的那种接受的、正面建设性接纳的特性。”见巴赫金：《文学与美学问题》，第29页。

有已然被超越的遥远与接近（但并不是融合）”[①]。

作家就是这样的一种交际性事件（接近，但不是融合——这正是幅合）的组织者。由作家的努力而得以产生的，不仅仅是文本，不仅仅是被想象出来的艺术世界的虚拟现实——构成文本**意指**功能的虚拟现实，而且还有作者——作为该文本**创造**功能的作者——这一虚拟的人物形象。“创造者型的作者——这是艺术形式的构建性元素”[②]，它是缺席的——譬如说——在学术性的表述里是缺席的，在那里，学者要对提供给他的现实加以了解，而不是去创造出一个新的现实。在这个意义上，学术性的著述“没有创造者型的作者”[③]，只有——对其文本负责的撰写者。话语艺术家（有别于轻松读物的作者）的立场则不能归结为编撰。除了文本，作家用符号手段也形构出其不朽的“作者”——作为文化现象的“作者”，这一现象会以其价值无可估量地超越那个具有生平的人物——“缮写者”，“缮写者”曾挥动笔杆在纸上书写，进而也以此获得了对于作品文本的著作权。

作家以类似的方式也创建出收件人这虚拟的仲裁级——自己的文本的**接受**功能[④]。根据翁贝托·艾柯（У. Эко）的论断，“写作——这一向就是文本自身对其理想读者的构建”[⑤]。诗人——在曼德尔什塔姆的理解中——“将音投掷到心灵的建筑物之上进而……去追踪这音在别人的心理穹顶下的漫游”；但诗人“不仅仅是一个音乐家，他还是斯特拉第瓦利（Страдивариус）[⑥]，一位小提琴制作大师，他可要为‘音盒’——听众的心理——比例的计算而操心”[⑦]。这一“被预先看到的读者”投影

---

① 《巴赫金文集》7卷本第5卷，第364页。

② 巴赫金：《文学与美学问题》，第58页。

③ 同上书，第57页。

④ 譬如，可参见 Eco U.：*Lector in Fabula.* Milano，1977。

⑤ 艾柯：《玫瑰的名字》，莫斯科，1989，第451页。

⑥ 斯特拉第瓦利（1643—1737），意大利著名的小提琴制作家。——译者注

⑦ 曼德尔什塔姆：《词语与文化》，莫斯科，1987，第48—49页。

般的形象，会作为那样的一种收件人而进入审美话语，对于那样的收件人，作品的艺术完整性能以其全部的丰满而又并无冗余的样态向他敞开。

就其对文本的关系而言，文学文本现实的读者是作为审美的交际性事件——由作者这一人物所组织与所支配的交际性事件——的**实现者**而出现的。在这种情境之中，一个在阅读的人——诚如古米廖夫（H. C. Гумилев）曾写道的那样，“在思考的仅仅是诗人对他所言说的东西〈……〉。他在体验具有其全部复杂性与尖锐性的创作瞬间〈……〉。诗是作为一个不容置疑的事实进入他的意识之中的，在改变他，在确定他的情感与行为。只是在他（这样的读者——B. 秋帕注）之存在这一条件具备之际，诗才履行其历史性的使命”[①]。为了“将现实的读者变为已然观念化的读者这一过程”（科尔曼）得以实现，接受者必须成为水平足够的艺术内行——必须拥有足够程度的艺术接受的修养。这就将一种特殊的精神上的应答力落到每一个读者身上。

如果读者不善于去占据已然为他准备好的该文本的审美收件人的立场，不善于穿透到作者的生活图景的内部，那么，具有其审美特征的艺术作品的交际性事件简直就发生不了。但是，如果读者在世界上的具有个性鲜明特征的定位毫无保留地被作者的定位所吞没，失去自己的外位性，在这种情形下这一交际性事件也不会发生。

洛特曼（Ю. М. Лотман）当年在指出“收件人应当转换自己的个性，以便去企及去领悟”交际行为的意义之际，并不是没有根据地将交流过程界说为“冲突性的游戏，在这一游戏进程之中每一方都致力于重构一个同自己的范例相对立的符号世界，与此同时又对保留住自己这一方的特色而抱有兴趣”[②]。在相反的情形下，交流就会蜕变为压制，

① 古米廖夫：《谈论俄罗斯诗歌的书信》，莫斯科，1990，第 62 页。

② 洛特曼：《电影艺术在文化机制中的作用》，载《符号系统论丛 8》，塔尔图，1977，第 141—142 页。

蜕变为权力话语（不过，这种话语可能会戴上艺术性的面具）。

在艺术性话语之中，作者与读者在涵义潜能上的差异性，他们彼此在存在论意义上的视野的不相重合性，他们彼此拥有各自的主权性——都是不可或缺的。可是，作者与读者之间的敌意、彼此争辩，或者，彼此视野并不交合，互相分离，对于这样的话语——这样一种在幅合之中，或者，"在参与性的外位性之中"（巴赫金语）来构成审美主体、审美客体与审美的收件人的话语，则是毁灭性的。

普通文学理论——一如其专门的理论（诗学）——的元科学的使命，就在于使得艺术接受的修养之足够高的水平在社会意识中得以保存并得到支撑。这种修养的失去，则会使那些即便是最具价值的艺术杰作的文本也成为"哑巴"，而这就会导致作为精神交流领域的文学的退化与衰竭。

* * *

就其交际性参数而言，文学作品的写作同任何别的一种人际交流在特性上是相近的，这些交流以不同的方式在文化中各种各样的"言语体裁"（巴赫金语）里发生着。在最为普遍的样态中这样的体裁显示出——这是交流上的某种互相约定性，这一约定性将表述的主体与收件人在其对于言语对象的关系上连接起来。

"当我们构建自己的言语时——巴赫金写道——我们在脑海里总是浮现出我们的表述的整体：既以确定的体裁模式的形式出现，也以个体化的言语构思的形式出现"[①]。因而，"作者著作的形式〈在上文它被称为面具——B. 秋帕注〉取决于表述的体裁。体裁则由表述的对象、目的与情境所决定。〈……〉谁在说与对谁说"[②]。人们将那种在确定着

① 《巴赫金文集》7 卷本第 5 卷，第 190 页。

② 巴赫金:《话语创作美学》，第 357—358 页。

给定情境的立场位置的获得——交流的创造方面（谁在说）、意指方面（言语对象）与接受方面（对谁说）的立场位置的获得，称为交际策略。

文学体裁是历史地具有能产力的表述类型，这一表述类型在实现着就其“目的”而言乃是审美的话语的某种交际策略。在文学实践中，体裁呈现为对文本——这一或那一在文化中传承式地得以再生的“典型的交流情境”（巴赫金语）的文本——加以组织的传统（这一传统历史地具有能产力）。

我们在这里考察的并不是在其诗学与历史的流传中的体裁本身，即并不是“言语整体的建构”[①] 形式，而仅仅是由体裁所实现的交际策略。这些策略乃是“外在于语言的进而对于语言是中性的”现象；与此同时，它们“与语言有着实质性的关联，给语言提出一定的任务，在语言中对一定的可能性加以实现”。[②] 这样的一类“任务”与“可能性”便勾勒出这一或那一体裁的交际性职能（源自拉丁文 competere——成为合适的，相适应）的领域。

具体说来，作为正在产生的文本不可避免的“言语面具”的“作者著作的形式”乃是体裁的**创造**性职能。一旦“个体的言语构思”之主体的职能同被选择的体裁本身的创造性职能不相适应，写作者就要承受文学上的失败。

创造性组成的交际策略要求有作为一个整体的表述的主体与形式在文本构建上的相关相应：言说者之**作者的立场**同其**言语面具**之间的相关相应。另外的两种职能是**意指的**（对象的－涵义的）职能与**接受的职能**（收件人立场位置的获得是与“作者著作的形式”互相关联的）。

作为类型的交际策略——其中的每一种都是在那些属于不同的文学类别的整整“一簇”文学体裁之中得以实现的，让我们来看看历史地具有能产力的原始远祖的艺术体裁的策略：1）神话传说，2）寓言故

---

① 《巴赫金文集》7 卷本第 5 卷，第 166 页。

② 同上书，第 40 页。

事，3）趣闻笑话，以及 4）人物传记。

对象–涵义上的约定，在确定着这一或那一体裁交际策略的约定，乃是对它而言堪称传统的概念——**主人公**与**世界图景**。可以说，文本的意指职能呈现在读者眼前便是人物的存在职能。

文学史上最为远古的是源自神话的**先例性**的（宗教仪式的）世界图景。这是注定不容置疑与不可争辩的存在的循环，它的任何一个参与者都被赋予**命运**——由对共同的世界秩序的参与上的角色模型给他预先派定的那种命运。传说这一体裁历史上源起于社会关系的那样一种远古的状态，黑格尔曾将这一状态命名为“英雄世纪”。英雄般的**行动者–角色**（行为执行者）的存在职能，在这里归结为将某种必然性、某种使命付诸实现，这时人物“并不在选择，而在其本性上就是他们所欲求所向往与所实现所完成的”①。

与之相反，由寓言故事所模拟的世界图景恰恰要求作为自由选择——作为人物的存在职能的自由选择——的责任性，人物是生活行为的某种**类型**（请比较有关浪子回头的耶稣（Иисус）寓言故事里两个儿子非此即彼的抉择性行为）。这是绝对命令式的世界图景，在那里，由人物在选择这一举动中得以实现的（或者得以越过得以违反的）并不是命运预先的规划，而是某种**道德法则**，这道德法则本身正构成寓言故事的教训所具有的说教性的“智慧”。行动者在这里——以阿韦林采夫（С. С. Аверинцев）之见——并不是作为“观察的客体”（传说或笑话的主人公正是这样的），“而是作为伦理性选择的主体”②出现在我们眼前。他们在寓言故事里的所有行为都是对这一选择的实现（这一选择并不总是在文本里得到说明，但总是蕴涵于人物的生活行为之中）。

现代的城市民间文学中极其滑稽可笑而十分逗人开心的喜剧性体裁，只是趣闻笑话性话语的一种变体，况且这一话语还曾承受来自纯

① 黑格尔：《美学》第三卷，第 593 页。

② 阿韦林采夫：《寓言故事》，载《文学百科辞典》，莫斯科，1987，第 305 页。

文学的那种逆向的影响。趣闻笑话在这个词语素来就有的意义上（譬如，由普希金或维亚泽姆斯基（Вяземский）所记录下来的，有关那些社会显要人物非官方的生活里所发生的事情的流言蜚语，就是这样）并不一定要传达某种荒唐可笑的事情，但一定要传达——有趣而好玩的、奇异而开心的事情：令人好奇的、扣人心弦的、出人意料的、不大可信的、没有先例的事情。

趣闻笑话的叙述创作出偶尔出现的（具有偶然性的）、相对性的、异常的世界图景，这一图景以其"狂欢化的"不可预见性与缺乏真实性，而对人的关系上的任何命中注定的或绝对命令般的仪式性、派定性加以颠覆、加以歪曲、加以嘲弄。趣闻笑话并不认可任何世界秩序，以趣闻笑话的眼光来看生活——这是偶然的游戏，这是不可预言的情境的偶合，这是一些个体的主动性之间的碰撞。趣闻笑话中的人物的存在职能说到底就是其性格的**自我暴露**：在具有偶然性的－冒险的世界里，主动性的－冒险行为——敏锐而巧妙的随机应变的行为，或者与之相反，有损信誉的愚蠢的行为，或者，简直就是怪癖的、傻瓜的、时常又是亵渎神明的行为。从趣闻笑话中生长出来的故事体小说最初就要求必须有——用巴赫金的话来说——"对'禁忌'的突破"，已然获得允许的揭露与羞辱，话语上的亵渎神明与淫词秽语。故事体小说里"不同寻常的东西"就是对禁区的打破，就是对神圣性的亵渎。故事体小说——这是夜间的体裁，对已然衰亡的太阳加以揭露而羞辱的体裁（《一千零一夜》以及诸如此类的与死亡的关联）①。

传记的主人公既可能是也可能不是角色行为的主体，或者伦理性选择的主体，或者主动的自我暴露的主体：所有这些存在职能对于这主人公都是可能具有的，但却是可以任选的。他既以其"不同寻常性"而同故事体小说的主人公相类似，又实质性地不同于后者，而在这里与其说是以某种规范的"破坏者"出现，宁可说是正在展开着的生活独具的涵

① 《巴赫金文集》7卷本第5卷，第41页。

义的载体与实现者，也就是**自我确定**的主体，长篇小说（不是作为正式经典因而未经教会审定的圣徒传）这一体裁的形式就建基于自我确定之上。因为**个性**（同性格、类型、行动者－角色相对立）的生活，既不可能在必然性世界里也不可能在绝对命令般的世界里，更不可能在偶然性的世界里，拥有自己的意义。一部丰满而厚实的传记，只有在普遍的个性间相互关联所形成的**有概率**可言且有多重涵义的世界里才是可能的。

传记话语的意指职能在现实主义范式的古典长篇小说里极其丰满地展现出自己，在那里，拥有其独一无二的生活经验而“在生长着的人的形象”被带到“历史的存在广阔的范围里”[①]，在那里——就像塔马尔琴科（Н. Д. Тамарченко）确切而简练地指出来的那样——“在主人公身上并经由主人公的那种世界的历史性生成”[②]得以展示出来。不论是趣闻笑话，还是寓言故事，均不懂世界的生成（在寓言故事里世界是静态的，在笑话趣闻里——世界是混沌的），而古代的或讲述古代事情的传说——给文学提供了英雄史诗的传说，则是将内在地静态的行动者－角色仅仅看成是世界的生成工具。

长篇小说的“艺术以一个一个的人的命运来令人生发兴趣”——“命运”这个词在该语境中所标志的并不是命中注定的劫运，也不是偶然抽到的签，而是个别而具体的生存可能有的**经验**——曼德尔什塔姆曾公正地用它来对比“圣徒传”，在圣徒传里一般性的思想理念得到了图解（或者，换句话来说，寓言故事的交际策略得到了实现）。“人的生活——他写道——尚不是传记而并不会给长篇小说提供脊柱。人，在旧的欧洲长篇小说的时间里行动着的人，仿佛是那些现象——围绕着主人公而组合起来的现象——整个系统的轴心”[③]。由长篇小说中对有生平的个性生活的记述而得以创作出来的，是可能性的世界图景——

① 巴赫金：《话语创作美学》，第 203 页。

② 塔马尔琴科：《19 世纪俄国古典长篇小说：诗学与体裁类型学诸问题》，莫斯科，1997，第 37 页。

③ 曼德尔什塔姆：《词语与文化》，莫斯科，1987，第 72、74 页。

作为一个围绕着主人公之“我”而被中心化的系统——有鲜明特征的个性在存在所拥有的生活进程中出场的情境系统，而得以创作出来的世界图景。这是“作为经验的世界”[①]——在自我确定着的生命主体之生成与发展的经验之世界。

传记的交际策略有一个根本性的条件，这是“完全另样的生活与完全另样而有具体的价值–涵义的世界图景之可能性，带有物与价值之间完全另样的边界，另样的邻居。正是这一感觉构成长篇小说那种看取世界的视界、长篇小说的形象、长篇小说的话语所不可或缺的背景。这一另样的可能性，既将另样的语言可能性涵纳于自身，也将另样的语调与评价包含于自身，还将另样的时空规模与对比关系囊括于自身”[②]。这样的可能性,在神话传说或者寓言故事里不被允许的可能性，最初是在趣闻笑话里被把握，趣闻笑话为作为一种文化现象的传记准备好了土壤。

在转向交际主体立场位置的获得这一问题时，必须更准确地了解到，话语中被传达的东西可能有不同的交际地位：1）知识，2）信念，3）看法，4）理解。这也是创造性所具有的战略资源，表述的创造性的职能就是由诉诸于其中的一种而得以确定。这里列举的交际内容的地位中的每一种，都是由相应的体裁——作为作者立场的体裁——而培育出来，作者的立场在组织文本，并为了自己得以展示而要求有特殊的交际行为（言语面具）。这就使得有可能来谈论所考察的表述类型各有不同的修辞。

在神话传说口口相传的情境之中，话语主体拥有可信的但不是已然被证明的知识（对这一知识加以证明，就会意味着将它转移到另一交际地位——科学真理）。与之相应，神话传说的修辞——这是角色的、失去了个性面貌的、词典里那种词语的修辞。言说者在这里——

---

① 巴赫金:《话语创作美学》，第203页。

② 《巴赫金文集》7卷本第5卷，第134—135页。

仅仅是所传达的文本执行者。何况神话传说里的那些人物一个个也“并不是出于自己的意志在说话，而是出于神的意旨”[①]。神话传说在某种意义上是前独白性的，它用普通的知识将说者与听者联合起来，因而这样的表述的言语面具——也是全民性的“赞美”[②]（抑或斥骂、哭悼、嘲弄）那样**齐声合唱般的**话语，而笑话趣闻或者寓言故事的讲述者则是公然地在独唱。神话传说修辞上的极限——英雄的格言，另一些神话传说在原则上可能被简化成那相的格言（请对比：众所周知的：“他来了，他看见了，他胜利了”或者“而终究她还是要回来的”）。

在寓言故事的交际情境中，说话人的创造性职能就在于他心中有**信念**，将训导性的话语组织起来的那种信念。这种话语的言语面具——绝对命令般、**已然独白化的**话语的权威性修辞。“在话语中——巴赫金写道——可能感觉到已经完成的并受到严格限制的意义系统；话语追求意义的单一性并首先是追求价值上的意义单一性……在它身上发出的是一个声音〈……〉。它活在现成的、已然被稳固地区分开来的与被评价的世界”[③]。神话传说的话语——尚且不是这样的；笑话趣闻的话语——已然不是这样的。寓言故事将一个交际事件的参与者分离为训导者与被训导者。这一分离具有等级性，它不要求那些在话语中相遇的意识具备合唱性的（神话传说）同等尊严或者是对话性的同等尊严。寓言故事这一类的言语行为是纯粹而道地的独白，这种独白被目标坚定地由一个意识指向另一个意识。至于说人物的精神性灵的与言语的活动，那么，它在这里通常只是出现于间接言语的文体风格的形式之中（虽然被记录下来的言语有时在书写法上是作为直接言语）。寓言故事的修辞极限展现为箴言（谚语般的劝喻性的话，寓于教训意义的话）。

---

① 这里说的是《往年纪事》中的哈扎尔人。——原注；哈扎尔人——5—10世纪居住在伏尔加河下游、顿河与喀尔巴阡山麓的突厥人部落。——译者注

② 请对比：“恰恰是在这里，在纯粹的赞美领域里，已然完成的与聋子般听而不闻的个性形式得以创建”（《巴赫金文集》7卷本第5卷，第84页），这样的个性形式，也就是主人公的角色面具。

③ 巴赫金：《文学批评论文集》，第513页。

趣闻笑话的讲述者的创造性职能——不确实因而不足信的知识，就其交际地位而言，它等同于**看法**（以及怀疑）。由此而产生趣闻笑话重要的依赖性——与其说是依赖于内容，不如说是依赖于讲述者的技巧。不仅仅是虚构性的，而且连非虚构性的趣闻笑话性的轶事都并不奢求**知识**之地位。甚至有时事实上是确有其事，它们还是作为街头传闻或流言蜚语而流传，也就是说，它们属于讲述情境本身，而并不属于价值上已然去距离化了的（在神话传说中）被叙述的情境。趣闻笑话的言语面具——直接言语那种偶然性的、情景性的、已然**对话化了**的话语奇异可笑而诙谐有趣的修辞。正是人物的对话在这里通常是情节建构性的。在这种情形下，趣闻笑话的文本自身（譬如说，词汇的选择）在相当大的程度上也取决于讲述所具有的对话性的情境，因为讲述实质上被定位于直接的回应性的反应：听众对趣闻笑话的内容预先的熟悉就会破坏这一交际情境。因而趣闻笑话是不可能对自己来讲述的，而寓言故事——在原则上——则是可以的，当人们记起一则寓言并将其内涵运用于自身的生活选择的情境之时。修辞上的极限——趣闻笑话能很容易被简化到那种极限——喜剧性的格言，这就是俏皮话（抑或是翻转过来的俏皮话：愚蠢、不得体、失误、失言），话语在那里已然被去仪式化，被赋予主动精神，已然带有鲜明的个性色彩。

如果说的是传记，要写成货真价实的出于作者手笔的一部传记，传记话语的主体则必须将所陈述的生活**理解**为充满了某种自主性涵义的生活。这一体裁传统最早的奠基人普鲁塔克，尽管他的著作具有其种种与趣闻笑话的策略并不相容的道德说教——就已经显示出，据阿韦林采夫的界说——“对现实的人的生存怀着鲜活的、不带偏见的好奇”，基于这份好奇“他由生活导师的立场转向生活的描写者、生活的叙述者”[①]。不是定位于揭示——揭示由知识或信念已然确定了的某人生平的意义，而是定位于陈述——陈述其自身经由这一生平的涵义之领

① 阿韦林采夫：《普鲁塔克与古希腊罗马时期的传记》，莫斯科，1973，第 76 页。

悟而达到的对于它的理解，这就会合乎规律地导向“作者与读者之间令人信赖的、无拘无束的交谈语调”，导向那种“对于讲述者仿佛是在直接出场的错觉，导向对于活生生的声音、可见的手势的错觉”①。

可是，传记话语并不能归结为这样的一些与趣闻笑话的话语相近相通的元素。传记的言语面具已然对话化。首先，这体现于对传记主人公本身的关系上（这是趣闻笑话所不懂得的），体现于主人公在世界上具有价值－涵义的立场。这就要求具备**双声性的**话语修辞，这样的双声语能展现双重的生活经验（被铭刻被描写的与在铭刻在描写的）。构成这种修辞基础的，乃是能折射的非自身的－直接言语，包含着“隐藏的、半隐藏的、分散在四处的他人言语以及诸如此类各种各样的形式”②。

任何一个表述的特点还可以由相应体裁的接受职能来加以界说：由该体裁在策略上素有的对接受者这一立场位置的获得来加以界说。后者是那种被划给接受者意识的一个指定的交际事件的共同参与者的这一或那一立场。这一立场是由已为体裁所要求的接受者的职能来确定的。事实上的听众（读者）也可能不去占据这一已为他准备好的立场，但在这种情形下，他对于交际的进入就不会与该话语相等值，这一进入的潜能就不会得以实现。

具体说来，神话传说作为先决条件而要求的是这样的接受者，这种接受者占据那种内在地模仿性地参与全民性的“赞美”、“斥骂”，或者“哭悼”所应具备的立场，进而被赋予**复制复写**的职能。后者要求有这样的态度——将所传达的知识看成毋庸置疑地真实可信的，要求有这样一种能力：保存这一知识并向类似的接受者传达这一知识。

来自寓言故事的听众／读者的接受职能性，可能被确定为**调节性**的。听众对待寓言故事内涵的态度，并不被要求像对待趣闻笑话内涵

① 阿韦林采夫：《普鲁塔克与古希腊罗马时期的传记》，莫斯科，1973，第259页。

② 《巴赫金文集》7卷本第5卷，第331页。

一样，是那么地自由，也不被要求是那样的消极，如同对待神话传说的内涵一样。这是积极的接受立场。寓言故事的话语并不满足于复制复写般的接受，而是以其寓意性来要求：其一，这是诠释，使得接受者的立场得以积极实现的那种诠释；其二，这是汲取，接受者自己从寓言故事的情节中汲取某种有价值的教训——对自身的教训。如果说，第一个要求也可能被在讲述寓言故事的那个人所完成，那么，将铭录于寓言故事之中的普适性的经验规范性地应用于个人的人生实践，这一任务只可能由听众本人来实现。对于寓言故事堪称是根本性的寓意性，也是激活接受性意识的一种机制。可是，接受者内在的积极性在这种情形下终究是受到严格规定的，寓言故事并不要求对于所传达的内容持以内在自由的、游戏的、使之改头换面的态度。

趣闻笑话的接受职能，与之相反，作为先决条件而要求接受者具有共同创作的立场，用诸种看法来进行主动性游戏的立场。趣味笑话所要面对的听者的一个不可或缺的交际特点是——**再度创作的职能**，这种能力要求，具体说来，须具备所谓的幽默感，须具备那种善于摒弃“强迫性的严肃”（巴赫金语）的本领。通过超越听众内在的独特孤立，趣闻笑话并不是要去迷惑住听众，而是要去娱乐听众，给接受者提供内在的“狂欢化的”立场——对待所传达的内容的“狂欢化的”态度所要求的那种立场。富有特征意义的是，尽管具有那么轻而易举的、毫无责任的口口相传的可传达性，趣味笑话对复制复写似乎并不指望：在另一情境中，由另一个讲述者口中说出的，具有另一些细节与语调的趣闻笑话实质上已然成为另一个交际事件。正因为如此，对同一则趣闻笑话重听一遍通常是不可接受的——不论是对于讲述者，还是对于听众，都是不可接受的。

传记的话语将接受者卷入那种与其主人公十分特殊的关系之中，这一关系是由他们之间价值上的距离缺失所确定的。在这里，寓言故事那种与“某个人”的规范标准的自动认同，乃是不可能的，因为传记的对象上－题材上的内容是完全独具一格的。但是，为神话传说或趣闻笑话的接受上典型的那种接受者与主人公之间的自动划界，终究是不等值的：堪称为长篇小说原型的这类交际事件的主体、客体与接受者，乃是具有同等分量同等权利的意义建构的主体，价值–涵义上互相谐调而达成的那种契合关系，是在他们之间得以确定的。传记具有“信赖他人的话语”[①]（巴赫金语）这一接受职能，那是趣闻笑话并不要求的，但没有神话传说或寓言故事的“权威性话语”[②]所要求的那种“虔敬的接受”与“学生般的恭敬”。这是各种不同的人生经验体现者互相理解的职能，他们之间“自由应和”的职能，在这种“自由应和”背后，“已然被超越的遥远与接近（但不是融合）”[③]得以显露出来。传记的话语——更不用说长篇小说的话语——观念化的接受者注定要拥有陌生化的辨认所需要的**投影**能力：在他者身上辨认出自己，在自己身上辨认出他者。这个接受者理应善于将他人的那种在世界上的出场之存在论意义上的经验——投影到自己的人生经验之上，也还要善于基于他人的生活立场的个体的经验，而去投射自己的生活立场。

① 《巴赫金文集》7卷本第5卷，第332页。

② 同上。

③ 同上书，第364页。

第六讲

文学的交际性（下）：艺术性的范式

文学话语艺术性的现实具有主体间性——这是基于其符号学上的约定性与美学上的意向性，对此在上文已做过详细的论述了。黑格尔就曾指出，“尽管艺术作品确实也构成自身相谐调而已然完成的世界，它作为有效力的、独立自在的客体，毕竟不是为自身而是为我们，为观众听众读者而存在”[①]。

伽达默尔诉诸“节日”这一范畴，对艺术性现实的主体间性成功地做出解释。节庆活动——这是围绕着某个象征性的中心而团聚在一起的、一种特殊的游戏性（不是劳动性的——也不是空闲性的）活动。“问题并不是简单地在于那种共同的在场，而是在于一种意向——能将所有人聚合起来而去对人类的团结之衰解加以阻止的那种意向”[②]。任何一个在节日里出场的人都有权利随自己的意愿而并不参与这一团聚，内心里不去与另一些人分享其节庆的情绪。节日不会由于这一情形（其中也包括为了这一情形）就不再成为人类生活的现实。可是，倘若谁

① 黑格尔：《美学》第一卷，第273—274页。

② 伽达默尔：《美的现实性》，第309页。

也不是节庆情绪的载体，那么就不会有节日——即便是某些节庆行为的外在性特征已然具备。因为节日——这是其参与者们之间**交际性的互动的内涵**，而不是这一互动的形式。

艺术性、科学性，抑或宗教性，如同节庆活动一样，也是人们之间沟通所生成的交际的内涵。具体说来，文学文本的艺术性——这并不是形式，艺术在其中向接受呈现的那种形式，这是对形式予以审美的接受这一交际的内涵。因而，文本中的艺术性的具备，就不可能取决于某个单独的个人，而取决于它所有的接受者——也就是说，取决于某一人群共同体的主体间的艺术意识状态。譬如说，古典主义就是社会的艺术意识的那样一种历史状态，在那种状态里，莎士比亚（Шекспир）的悲剧或者拉伯雷（Рабле）的长篇小说是作为一些艺术性不足的东西而被接受的。

顺便要指出的是，确认面向接受者的指向性是艺术创作不可消除的特征，这就意味着：一旦出于这样或那样的考虑而弱化自己的文本面向接受者的指向性——就会将潜在的读者圈缩小到为数甚少的才气超众的人士，或者，与之相反，若是没有分寸地将这个潜在的读者圈扩大，而将最没有修养的人也囊括进来，这样一来，作家就会削弱作品的艺术性。

任何话语，一旦身为文本生成行为，其基础就是意识互动——产生文本的意识与接受文本的意识之间的互动。在艺术书写这一创作行为中，会发生同一个意识的创造状态与接受状态之间那种自动交际性的互动，这意识拥有两个立场的交际经验，拥有（经由这一经验）对某种类型的人群共同体的主体间意识的参与。为了两个不同的人的意识间等值性的互动得以发生，同样的超文本（元文本的）结构——由库恩（Т. Кун）开了个头，在最近几十年里时兴起来，被人们称为“范式”的结构——在这些意识中现实的存在，不可或缺。

科学性（抑或艺术性，以及诸如此类的交际性内涵）的范式，被理解为“信念、价值、技术手段等等的集合，这一集合是为该共同体的成员所典型地具备的”；它能被浓缩于单个的成就之中，“那时它们是作为模型或范例而得到采用，可能去取代那些明显地表现出来的规则”①。尽管个人的探索与科学的（相应地，抑或艺术的）活动的图景具有种种混乱性，这样一些范式的更替，“犹如生物界的发育，乃是单方向的因而也是不可逆的进程”②。

文学是艺术书写的符号形式中展示的人的意识生活。所谓文学中的“艺术思潮”不单单将作家们而且也将读者们联合起来：这是许许多多的意识文化建构性的聚合。这里说的是那些关联着共同的**艺术性范式**的意识，艺术性的范式也就是有关艺术的一些观念上的共同性——有关艺术在人的生活与社会生活中的地位的观念，有关艺术的目标、使命、潜能与手段的观念，这些观念关联着艺术性的价值取向、艺术性的典范与艺术性的标准的统一。每一个新的这样的范式的出现与巩固，都是在严格的阶段性的、历史的连贯性之中完成的，这一连贯性通常被称为**文学进程**。

主导性的艺术性范式更替，要求必须先有艺术活动的主体、对象与接受者地位上的实质性改变，这一改变源生于对这一活动性质本身新的理解。这些变化，自然会导致艺术意识的价值取向——艺术性标准的易位移动。在这一类的变化背后总是有创作性的反射的某种质的飞跃：艺术意识更深切地透入艺术性的本质。在这一条道路上便会产生对真正有效的艺术规律的发现。

艺术文化当前的范式无法废除先前已被把握的范式：在促使被重新发现的现象获得充分发育之际，当前的范式只是将在前一个阶段曾占据主导地位的那种范式与将会由下一个阶段所积蓄的那种范式挤到次要的地位（消除其现实意义）。基于这一点，根据同一种参数而对艺术性的范式加以系统的考察，就会走向建构——对于历史地得到论证

---

① 库恩：《科学革命的结构》，莫斯科，1975，第 220 页。

② 同上书，第 259 页。

的一般的艺术理论的建构。

从另一方面来看，对于艺术性范式的研究，会阐明那些堪为表面的文学史现象之基石的深层进程。艺术性范式远远不能归结为艺术活动家们的创作纲领。这更像是接受性意识——创作进程的组织中的决定性作用就属于它——的接受纲领。须知作家，一如先前已经论述的那样，其实是在其意识中已然形成的文本的第一位读者——被授予权威性的编辑所具有的那种全权的第一位读者。

对于拟古主义这一艺术性最初的范式，阿韦林采夫有过阐释与详细的评述[①]。古典主义在诸民族文学中的确立，只是**重标准重规范的**艺术意识千百年来的统治时期的收尾阶段。**重标准重规范**这一艺术意识在历史性的过渡时期——民间文学自发的拟古主义与十八世纪的"美学革命"之间——曾占据主导地位——这一阶段终结了古典主义在欧洲的艺术文化中的垄断地位。对于拟古主义这一艺术意识在其各种不同的时期所有的变体而言（尽管这些亚范式具有现实的多姿多彩的样态），艺术作品的地位一直是统一的。

从艺术活动的主体这方面来看，艺术被拘泥传统墨守成规的拟古主义看成是遵循规则——或者，用柏拉图（Платон）或亚里士多德的语言来讲——凭**技艺**而进行的匠艺性的活动。这样的活动承受着那种依据**技巧**的指令来进行的评价，也就是说，取决于对规则掌握的水平。艺术家——以拘泥传统墨守成规的拟古主义的眼光来看——这就是大师，某种超个体的任务执行者。构成艺术性高下的决定性的关系的就是作者——材料这一关系；成为艺术性之标准的就是文本在体裁上的"正确性"，它被等同于文本创造者技巧的"正确性"。体裁上任务的执行是能完成，但这一执行本身却并不拥有历史的流变性。就像亚里士多德所认为的那样，悲剧与喜剧"通过构成它们特征的那种品质之渐渐的发育而得以渐渐生长成熟。经历了许许多多的变化之后，悲剧得

---

① 参见阿韦林采夫：《古希腊文学的诗学》，莫斯科，1981，绪论。

以定型，获得了恰如其分且完全是为它所素有的形式”[①]。

文本——根据这一或那一**体裁**（这是拟古主义艺术思维的核心范畴）的典范而得以组织起来的文本——直接的现实，被看成是艺术活动的对象。文学作品的作者是以文本制备者而出现的，他的“手艺”就在于对（散文性的）言语材料这一“原料”进行加工，而将其改造为特殊的语言——诗的语言。（对于艺术散文，机械的墨守成规的拟古主义实际上是不承认的。）文学文本乃是对体裁典律——也就是理想的超文本建构规则的集成——或多或少成功的展示。

给艺术活动的接受者（读者、观众、听众）指定的角色是**专家**，拥有那作者的文本正是据之而建构的规则知识的专家。作家与读者之间那种并未遭遇质疑的互相理解的基础——体裁的约定，以那些经典性的范例的权威性为理据的那种体裁的约定。在这种情形下，有权威性的接受者在艺术文化的系统中拥有在等级上要高于作者的位置。正是这样才可以理解，《谈谈诗的创作之书简》并不是由苏马尔科夫（Сумароков）以第一号俄罗斯诗人——作者曾这样自居——的名义，而是以一位内行的要求很高的读者名义写出的。

艺术性第一种范式的内涵，在于对艺术具有**符号的**本质之自觉之明了，在于对艺术活动具有约定性而遵守惯例这一规律的发现与把握，艺术活动确实要与符号性的材料打交道，因而确实是一种非常具有假定性的、用语言来创作的活动。

革新主义。艺术性新范式的形成——这一形成，反映出重标准重规范的意识遭遇启蒙性的危机，在欧洲的感伤主义中找到了其最初的历史性的实现——这一场艺术思维上真正的美学革命，其日期由阿韦林采夫确定为 18 世纪 60 年代。从今往后，“艺术”便不再被等同于“科学”（机械的墨守成规的拟古主义不曾对这两个概念加以区分），艺术开始作为**创作**而受到考察，而这也只是在近代才进入了欧洲人的智

---

① 亚里士多德:《论诗艺》（即汉译《诗学》），莫斯科，1957，第 51 页。

识交流日常的流通之中。

艺术作品不再被归结为文本这一客观的现实，它被看成是虚构、幻想、创造性想象所产生的主观的“新现实”。这样的作品只是存在于作者的意识之中，而将其“印模”——以符号性材料展示的那份“印模”——的价值意义留给文本。作者——主人公这一对关系，成为艺术性之高下的决定性的关系。

艺术领域里如此重要的飞跃的先驱是系统美学奠基人鲍姆嘉通，他看出艺术家的活动与其说是对于匠艺性的任务有高度技能的履行，不如说是对于新的、“异形多样的宇宙般的”现实富有创造性的发明。

革新主义这一巨大的艺术范式——整个德国古典美学就是在这一范式的土壤上成长的——在不到一个半世纪里，在其急遽的发展中走过了三个十分重要的阶段，相继涌现出在相互争鸣中展开而彼此更替的艺术性亚范式：前浪漫主义、浪漫主义与后浪漫主义。

前浪漫主义。遵守一定的（体裁的）规则而进行的活动开始被作为艺术任选的特征来接受。艺术的使命从今往后不再被归结为仆役般的角色——对伦理的经验与政治的经验赋予技艺精湛而巧妙出色的外形装饰，就像罗蒙诺索夫（Ломоносов）当年曾思索的那样（《对于包含着政治训导与德行训诫之事件的虚构性描写》）；艺术被认定要负荷其自身的审美的目标——“要描绘出塑造出表现出美、和谐，并在感性领域里去传播令人赏心悦目而愉快的印象”（卡拉姆津，Карамзин）。

艺术活动的聚焦点与其说是对话语的把握，不如说是对一类特殊的心理状态的把握，这一心理状态正是：感受之感受（情感反射）。与此相关联的是，艺术主体被看成是具备那种获得独特提升的“感性”之人，这一天生的禀赋如今被看得要高于通过学与练而习得的技艺。在作者身份（确定作品出于某人手笔这一归属）这一观念上，取代技艺指令而来的是**趣味**指令。

艺术作品不再被归结为由作者制备好的文本，而是也被看成是一种**关系**——由鲍姆嘉通开了个头，这一关系渐渐地获得审美的这一名称——作者、主人公与读者（听众、观众）之间的审美关系。艺术活动——被理解为对感受加以组织的艺术活动——这一真正的对象在文本中只是被铭刻下来；文本——不过是作者的灵感在符号性的材料上的印迹。基于这一原因，在新的范式框架中，能获得文学地位的可以是任何一种——其中就有那些散文体的——具有文本性的样式，包括个人的那些具有私密性的文献（日记、书信、自白性的回忆、旅途札记）。

给接受者指定的立场——一同悲痛，一同快乐的立场，总的说来，就是对该作品的情绪投入情感上的深入体验。读者在这一范式的框架中——乃是作者**情感上的回声**，作者之情感体验上志同道合的同伙”，因为感受——构成艺术活动内涵的感受，被看成是超个体的、全人类的感受。在印度传统里——这一传统，在远远超过一千年之前的那个年代里就达到了与欧洲的感伤主义相类似的范式——对于感受的这样一类系统化就已然得以建构（“味”论，或作品的“趣味”理论）[①]。

为了使读者与作者的情感接触得以实现，必须要有两种前提。文本应当被赋予的与其说是“正确性”，不如说是“美”，也就是独一无二的整体性，一旦这种整体性具备，就不会有在文本的组织上看出一分不足或一分冗余的可能，诚如施莱尔马赫（Ф. Д. Э. Шлейермахер）当年曾简练地表述的那样。读者呢，从他自己那方面来说，则应当拥有内在的整体性，拥有由这种内在的整体性而源生的趣味，这趣味会使得他有可能去感觉、考量、倾听、评价这一整体性，而在自己的接受中使文本——“作为艺术印象诸因素的集成”（巴赫金语）的文本——具有现实意义。

换句话来说，前浪漫主义这一艺术性亚范式的基础——乃是对于艺术之**审美的**本质的发现，还有一点，具体说来，对于整体性规律，

① 参阅格林采尔：《印度古典诗学的基本范畴》，莫斯科，1987，第三章。——原注
也可参阅黄宝生著：《印度古典诗学》，北京大学出版社，1993，第五章，“味论”。——译者注

在表现着艺术活动这一面的整体性规律的把握。

浪漫主义乃是反标准反规范的——用维亚切斯拉夫·伊万诺夫（Вяч. Иванов）的话来说——“特立独行的”意识所产生的艺术文化。在浪漫主义这一富于创造性的革新主义亚范式的框架里，艺术活动的主体被看成是能在想象中创造，而在这一从事形象创作的创造之中进行自我肯定的**天才**个性，这种天才个性的活动带有内在自由的、**自我肯定**的游戏性质。天才性从此继康德之后被理解为“创造出那种无法学会无法习得之物的能力”，它不仅将技巧而且也将趣味断然地挤到后台。文本生成开始被看成是游戏（没有规则）：与读者在对世界的创造之中进行游戏。

从这一反拟古主义的范式立场上来看，艺术乃是具有假定性游戏性的生命创造，是对虚构性世界的**幻象幻景**（被想象出来的现实）的创造。基于对艺术活动对象的这样一种理解，**独创性**——勇于打破艺术思维与艺术书写刻板模式的胆识——第一次成为艺术性的一个主导性的标准。那种务必以某个“超文本”为取向的定位受到否定（普希金曾十分准确地将浪漫主义称为“帕耳那索斯山[①]上的无神论”），与此相关联，取代体裁范畴而出场的是作为关键范畴的**风格**，风格也就是有个性的艺术语言，严格地说，一个独一无二的文本——杰作的文本——就是以这种有个性的语言而写出的。

在这种情形下完全显而易见的是，作品与文本这两边不等同不相等：从一边看——这是创造性想象（不为读者所企及的作者生命创造的那些幻象幻景）的作品，从另一边看——则是将这些幻象幻景刻录下来的文本。革新主义的实质，可以说，就在于它将“文本”概念与“作品”概念断然分离开来。

天才的创造性意念，是谁也不可能彻底理解的，可是，这并不会使浪漫主义的读者感到苦恼，因为读者本身正以其个性的独具一格而

---

① 帕耳那索斯山——希腊神话中阿波罗和司文艺女神缪斯居住的地方。——译者注

同作者相类似："每一个人都在自己的心理掌控长篇小说"——弗里德里希·施莱格尔（Фридрих Шлегель）曾这样说道——这一"某个天才的个体整个精神生活的百科全书"。作者的文本成为读者将其自身的"长篇小说"游戏般地现实化的一个由头与形式。特立独行的意识的接受者，被看成是同样这么特立独行的作者进行艺术游戏的一个配手。以这个观点来看，阅读，在精神上对文本加以"侵占"（一如普希金笔下的塔吉亚娜（Татьяна），那个要在别人的文本里"寻找并找到自己隐秘的激情、自个儿那些理想的塔吉娅娜（Татьяна）"），对于读者就意味着去成为其自身之所是，去获得独具一格的个性内在的自由。

艺术性上浪漫主义亚范式的出现，标志着审美对其自身的**创造性**这一面的自觉，创造性这一面是由独创性（创作行为的不可再生性不可复现性）这一规律来表现的。

后浪漫主义。19 世纪的古典现实主义尽管带有其同浪漫主义的种种推斥，却是善于创新的革新主义艺术文化的延续与发展。艺术性上的现实主义范式，是以对于他者（别人之"我"）——作为现实而出现的他者——彻底的发现为养分而维持其生命的，这一现实，同天才那种"特立独行的"意识相类似，却并不屈从于这一意识。

基于其根本上的唯一性，"我－在－世界上"（存在）——乃是这样的生活样态，那种并不听命于科学描述的生活样态；但是，基于其根本上的整体性，这样的生活样态听命于审美概括。文学作品的主人公（不必一定是人）——这也是人的内在之"我"的一个"行动模型"。作家的创作过程就是对这一模型进行的实验，这一过程中，对他者的体认同自我意识不可分割（相反亦然）。文本的这种或那种审美的整体性组织机制，同时也是对生活的涵义在存在论意义上的**发现**，也是"我"在世界上出场之概括性的原则。古典现实主义时代将对某个生活"真理"的发现，提升为艺术的最高使命这一角色。

黑格尔之后，艺术活动已然不再被看成是这样或那样简单地与认知相关联的现象，而是被看作其自身就是专有的**认知性**活动，那种被指向人物的世界的认知性活动。将作者虚构的人物作为真正的他者来看待，尽力将主人公的内在之“我”作为拥有主权而独立自主的世界来体认。由此而出现那些典型而颇能说明问题的情形，那时，现实主义作品的主人公会做出一些对于作者来说堪称“意料之外”的行为，而同作者最初的构思相矛盾相抵牾[①]。艺术活动的主体在这种情形下被理解为“当代的历史学家”(巴尔扎克，Бальзак)，这种历史学家对环绕其生活的隐秘的(内在的)方面进行重构，犹如一个学养深厚的历史学家对遥远的往昔中那些事件隐秘的原因、后果、动机一一加以重构。

从古典现实主义的立场来看，艺术作品乃是活生生的现实(多半是具有历史价值的当代现实)——那种在这一情形下会获得“超文本”意义的现实——**形象的类似物**。取代作为艺术创作的绝对命令的技艺技巧、趣味、独创性而出场的是**洞察性**，是对被想象的事物本质透彻的观察。这就使得**可信性**成为衡量艺术性的一个关键性的标准，而使得有可能“基于文学作品来对生活本身的现象加以解读加以诠释”(杜勃罗留波夫，Н. А. Добролюбов)。

成为一个接受者，那种同这一艺术系统相契合相等值的接受者，那种对存在论意义上的内涵很敏感而具备很强的领会能力的接受者，并不那么简单，并不像由现实主义的作品具有“生活的逼真性”出发进行推论而似乎就可能显示出来的那么简单。读者也一样地被要求具备洞察力——在对待他者之异己的“我”(这个“我”原则上是与作者之我相类似的)这一关系上的洞察力。19世纪的文学经典要求必须有高度的审美修养——**一同感受**的审美修养：情感反射被看成是一种发达的能力——在自己的个性之中看出共通的人性，又在共通的人性语境中看出富于鲜明个性特征的自我确定的那种能力。“通常，在获得真正

---

① 对比这一段话：“有关沃伦斯基在同她的丈夫会面之后已接受了他自己的这份角色的那一章，我早就写出来了。我开始对这一章进行修改，于是，对我来说完全出乎意料，但却毋庸置疑的是，沃伦斯基动起了自杀的念头。”(《Л. Н. 托尔斯泰论文学》，第155—156页。)

的艺术印象之际——托尔斯泰曾这样断言道——获得者就觉得，他先前对这个也曾知晓，只是不曾会表述出来"[①]。现实主义的读者乃是人物**活生生的类似者**——只是生活在另样的、在其自身特有的存在论的情境之中。

现代主义。这一有几分模糊的术语，用来表示**非古典的**艺术性范式却是相当通用，这一艺术性的基础，是由象征主义和历史上与之平行的自然主义在 19 世纪后叶所奠定的。象征主义与自然主义是作为艺术危机的产物——善于创新的革新主义艺术意识正在增长的危机的产物——而出现的，这一危机曾被巴赫金视为"作品出于某人手笔这一身份的危机"而加以审视，这一危机曾带来了古典的艺术性的基础与潜能已然山穷水尽的感觉。当年远不是弗拉基米尔·索洛维约夫(Владимир Соловьев)一人认为，"现代欧洲诸民族已然穷竭了……为我们所熟悉的那些艺术类别"，未来的艺术则注定"不是在单一的想象之中，而是确确实实地"去创造，它"应当使我们的真实的生活充满灵性，应当化为我们真实的生活"[②]。

对于一个宗教哲学家而言的"真实的生活"——这就是人与人之间相交流相沟通的精神生活。作为 20 世纪所有的后象征主义艺术探索的基础，对艺术自身特有的**交际性**这一本质的自觉"也确确实实地"得以显露出来。1898 年，列夫·托尔斯泰在以自己的那篇专论回答"艺术是什么？"这一问题时，就曾宣称艺术是"人们之间精神交流"最重要的方式之一。

犹如文本的形成渐渐地呈现为展示，它只不过是一种展示——对想象所进行的审美游戏的展示，艺术中的想象说到底也只不过就是一种交际方式。为了不沦为梦或者幻觉所具有的主观的幻象幻景，为了艺术的现实得以生成，一个意识所拥有的形象必须要去承受"转炉冶

① 《列夫·托尔斯泰论文学》，第 400 页。

② 《索洛维约夫文集》二卷本，莫斯科，1988，第 2 卷，第 404 页。

炼”而被熔铸于另一个意识所拥有的形象。但是，康德式的对于“审美的理念（形象）具有普遍通用的可传达性”的信念，已然显得是对问题无根据的简化。

一个创造者终究是要面对这样的必然性：不是在自身意识的领土上，而是在接受者意识的领土上，去建造去构筑艺术性的现实。托尔斯泰当年恰恰就是这样，譬如说，就是这样来组织他的“民间故事”。而在一个后象征主义者心目中成为公理（并不总是在主观上得到反省的，但却是植入当代艺术文化根基中的一个公理）的则是：在艺术中，活动——这就是“同接受打交道”——用当代观念主义诗人符谢沃洛德·涅克拉索夫（Вс. Некрасов）的表达法来说。先前占据主导性地位的那些做法——先是同材料“打交道”，然后（在 19 世纪）则是同自身的想象“打交道”——均不曾有可能从艺术中被消除，但它们已经一一退到幕后去了。

艺术作品会获得**话语**地位——一个由三方：作者——主人公——读者——参与的交际事件的地位。为了使这样的事件得以发生，为了使艺术作品得以“生成”，使这一事件在文本中得以创造性的（创作的）现实化是不够的，还必须要有它在艺术接受中实现的那种接受性的现实化。艺术的客体被移位到接受者的意识之中——被移位到“自己的他者”那种已然观念化的意识之中；作者本人则占据“导演的”位置——成为自己的文本的第一位读者、第一位观众、第一位听众那种“导演的”位置。

作品这一新的地位，对艺术结构提出了这样的要求：要具备美学上的非古典性：某种未完成性、某种开放性，能引发能促动**共同创作**的那种整体在结构布局上的不完满。但是，与此同时，艺术已经使自己对接受性意识的作用获得现实化。艺术家的创作行为转变成对异己的“我”之主权的入侵，因为它也将这一种或另一种生活观念——内在之“我”在外在世界上的出场方式——播散到延展到现实的接受者（而不仅仅是被想象出来的主人公）身上。

艺术活动从今往后被看成是被指向他人意识的活动；这样的活动真正的对象——乃是其接受者，而不是想象的客体抑或文本的符号性的材料。在后革新主义的范式框架中艺术活动的主体——此乃**交际性事件的组织者**。由此而有了导演在20世纪的艺术文化中这么重要的角色，导演艺术就实质而言也仅仅是在20世纪的艺术文化中才出现的。

艺术活动的接受者第一次得以被意识到自己是艺术本身一个不可被消除不可被割舍的构成性元素，**是交际性事件的实现者**，因为“一部长诗只是在自己被诵读的那个时刻才会获得生命”[①]。根据加斯帕罗夫（М. Л. Гаспаров）的界说，“整个现代主义诗学终究是在指望着读者积极的参与：读的艺术成为如此重要而并不逊色于写的艺术了”[②]。接受者的审美体验，应当成为用作者的文本那种独一无二的语言来进行的独立自主的、内在的“表述”，应当显示为独具一格的诠释者——与作者共同的那种“艺术任务”的诠释者，那时，接受者能以自己的方式（而在另一次阅读接受中则会比作者本人还要出色）使得交际性事件——在文本中已然现实化的交际性事件——潜在的内涵得以成为现实。

现代主义范式框架中艺术文化的决定性关系就是这样一对关系：作者——读者（观众，听众），这一对关系能将对接受性意识的那种作用的**效果**变为艺术性的决定性标准。

在对接受者的作用上的交际策略的众多——这是艺术发展中该阶段上的一个根本性的特征。艺术性上的后象征主义范式包含着并不少于四种彼此平行发展着的亚范式：**先锋主义**、**新原始主义**、所谓的**社会主义现实主义**与**新拟古主义**。若对艺术书写中这些话语实践的特征做出最为简要的界说，便可以确认：

由未来主义者所发轫的先锋主义倾向，在许许多多彼此互相排斥

---

① 《瓦莱里论艺术》，莫斯科，1993，第103页。

② 加斯帕罗夫：《“白银时代”诗学》，载《“白银时代”的俄国诗，1890—1917：诗选》，莫斯科，1993，第42页。

的实验——对善于创新的革新主义加以超越的实验——之中已然得以表现出来的那种先锋主义倾向，推行的是“冲击性的”、狂热亢奋的书写所倾心的**煽动性挑衅性的**策略。

新原始主义——推行的是那种使“笨拙的”、“幼稚的”书写得以回归的（源自拉丁文 recurrentis——回归的）策略，这种“笨拙的”、“幼稚的”书写定位于那些远古的堪称古风的文化模型。

社会主义现实主义，孕生于 20 世纪初“无产阶级文化”之中的社会主义现实主义——推行的是“被聘用被征用的”（意识形态上积极的、已然被政治化的）书写绝对命令般的策略。

新拟古主义，其开端由俄罗斯阿克梅主义者同与之类似的西方艺术文化现象（艾略特（Элиот）、瓦莱里（Валери）、里尔克（Рильке）、温格涅蒂（Унгеретти），以及诸如此类的人物）所奠定——推行的则是作为“相应和的对话”（巴赫金语）的那种“相幅合的”书写“同声相应的”策略。

后现代主义，作为特立独行的意识——这种意识被看成是具有文化构建性的精神状态——极度危机的时期，就像它所呈现出来的那样，它并没有推出新的艺术性范式。后现代的艺术就在于混合（“混搭”，剪贴镶拼），就在于将以上所列举的这些交际策略予以悖论式的兼容并蓄，就在于同它们进行元立场上的游戏，而在最好的情形下，它能作为当今时代艺术文化的一个亚范式现象而被考察。

析出文献中俄文对照表

阿尔贝蒂:《谈雕刻的十本书》二卷本，莫斯科，1935，第一卷。
Альберти Л. Б. Десять книг о зодчестве: В 2 т. М., 1935. Т. 1.

阿思穆斯:《美学理论与美学史诸问题》，莫斯科，1968。
Асмус В. Ф. Вопросы теории и истории эстетики. М., 1968.

阿韦林采夫:《古希腊文学的诗学》，莫斯科，1981，绪论。
Аверинцев С. С. Поэтика древнегреческой литературы. М., 1981. Введение.

阿韦林采夫:《普鲁塔克与古希腊罗马时期的传记》，莫斯科，1973。
Аверинцев С. С. Плутарх и античная биография. М., 1973.

阿韦林采大:《寓言故事》，载《文学百科辞典》，莫斯科，1987。
Аверинцев С. С. Притча //Литературный энциклопедический словарь. М., 1987.

艾柯:《玫瑰的名字》，莫斯科，1989。*Эко У.* Имя розы. М., 1989.

巴赫金:《弗朗索瓦·拉伯雷的创作与中世纪和文艺复兴时期的民间文化》，莫斯科，1990。
Бахтин М. М. Творчество франсуа Рабле и народная культура средневековья и Ренессанса. М., 1990.

巴赫金:《感伤主义问题》，载《巴赫金文集》7 卷本，第 5 卷。
Бахтин М. М. Проблема сентиментализма//Собр. соч.: В. 7 т. Т. 5.

巴赫金:《话语创作美学》，莫斯科，1979。
Бахтин. М. М. Эстетика словесного творчества. М., 1979. С. 353.

巴赫金:《论行为哲学》，载《科学与技术的哲学与社会学》，莫斯科，1986。
Бахтин М. М. К философии поступка//Философия и социология науки и техники. М., 1986.

巴赫金:《陀思妥耶夫斯基诗学问题》，莫斯科，1963。
Бахтин М. М. Проблемы поэтики Достоевского. М., 1963.

《巴赫金文集》7 卷本，第 5 卷，莫斯科，1996。
Бахтин М. М. Собр. соч: В. 7 т. М., 1996. Т. 5.

巴赫金:《文学批评论文集》。
Бахтин М. М. . Литературно-критические статьи.

巴赫金:《文学与美学问题》，莫斯科，1975。
Бахтин М. М. Вопросы литературы и эстетики. М.,1975.

本维尼斯特:《普通语言学》，莫斯科，1974。
Бенвенист Э. Общая лингвистика. М., 1974.

别列茨基:《读者，作者，文学》，载《耕耘者》，1927 年第 6 期。
*Білецький О. І.*Читач, письменник, література//Плужанин.1927.№ 6.

波斯彼洛夫:《文学的历史发展诸问题》，莫斯科，1972。
Поспелов Г. Н. Проблемы исторического развития литературы. М., 1972.

波斯彼洛夫:《文学风格问题》，莫斯科，1970。
Поспелов Г. Н. Проблемы литературного стиля . М., 1970.

勃洛克:《反讽》，载《勃洛克论文学》，莫斯科，1989。
Блок А. А. Ирония//Блок А. А. О литературе. М., 1989.

达尔文、秋帕:《普希金创作中的系列化》，新西伯利亚，2001，第 6 章。
Дарвин М. Н., Тюпа В. И. Циклизация в творчестве Пушкина. Новосибирск, 2001. гл. 6.

法力诺:《文学学引论》，华沙，1991。
Faryno J. Введение в литературоведение. Warszawa, 1991.

范・戴克:《语言・认知・交际》，莫斯科，1989。
Дейк ван Т. А. Язык. Познание. Коммуникация. М., 1989.

弗莱:《批评的解剖》，普林斯顿，1967。
Frye N. *Anatomy of Criticism*. Princeton, 1967.

福克松:《喜剧性文学作品》，克麦罗沃，1993。
Фуксон. Л. Ю. Комическое литературное произведение. Кемерово, 1993.

格列赫尼约夫:《普希金的抒情诗》，高尔基市，1985。
Грехнев В. А. Лирика Пушкина. Горький, 1985.

格林采尔:《印度古典诗学的基本范畴》，第三章，莫斯科，1987。
Гринцер П. А. Основные категории классической индийской поэтики. М., 1987. Гл.3.

古列维奇:《论日耳曼民族的诗歌中英雄性的本质》，载《苏联科学院学报·文学与语言卷》，1978 年第 2 期。

Гуревич А. Я. О природе героического в поэзии германских народов //Изв. АН СССР. Сер. лит. и яз. 1978. № 2.

古米廖夫:《谈论俄罗斯诗歌的书信》，莫斯科，1990。

Гумилев Н. С. Письма о русской поэзии. М., 1990.

果戈理:《密尔格拉德》，莫斯科，1995。

Гоголя Н. В. " Миргород". М., 1995.

哈利泽夫、科尔米洛夫:《Л. Н. 托尔斯泰的长篇小说〈战争与和平〉》，莫斯科，1983。

Хализев В. Е., Кормилов С. И. Роман Л. Н. Толстого "Война и мир". М., 1983.

哈利泽夫:《文学理论》，莫斯科，1999。

Хализев В. Е. Теория литературы. М., 1999, С. 68—78.

哈特曼:《美学》，莫斯科，1958。

Гартман Н. Эстетика. М., 1958.

黑格尔:《美学》，第二卷。

Гегель Г. В. Ф. Эстетика. Т. 2.

黑格尔:《美学》，第三卷。

Гегель Г. В. Ф. Эстетика. Т. 3.

黑格尔:《美学》，第四卷。

Гегель. Г. В. Ф. Эстетика. Т. 4.

黑格尔:《美学》，第一卷，莫斯科，1968。

Гегель Г. В. Ф. Эстетика. М., 1968. Т. 1.

加斯帕罗夫:《"白银时代"诗学》，载《"白银时代"的俄国诗，1890—1917：诗选》，莫斯科，1993。

Гаспаров М. Л. Поэтика "серебрянного века"//Русская поэзия "серебрянного века", 1890—1917: Антология. М., 1993.

康德:《判断力批判》,《康德文集》6 卷本，第 6 卷，莫斯科，1966。

Кант И. Критика способности суждения//Кант И. Соч.: В 6 т. М., 1966. Т. 5.

科尔曼:《论艺术作品的完整性》，载《苏联科学院学报·文学与语言卷》，1977 年第 6 期。

Корман Б. О. О целостности литературного произведения//Изв. АН СССР. Сер. лит. И яз. 1977. № 6.

科尔曼：《文学作品的文本研究》，莫斯科，1972。
Корман. Б. О. Изучение текста художественного произведения. М., 1972.

库恩：《科学革命的结构》，莫斯科，1975。
Кун Т. Скруктура научных революций. М.，1975.

里亚霍娃：《孤独之戏剧化（艺术母题的美学诠释）》，《审美话语》，新西伯利亚，1991。
Ляхова Е. И. Драматизм одиночества（эстетическая интерпретация художественного мотива）//Эстетический дискурс. Новосибирск, 1991.

里亚霍娃：《十二个走向何方（讽刺与革命）》，载《话语》，2000，第 8/9 期。
Ляхова Е. И. Куда идут двенадцать（сатира и революция）.//Дискурс. 2000. № 8/9.

《列夫·托尔斯泰论文学》，莫斯科，1955。
Толстой Л. Н. О литературе. М., 1955.

罗欣娜：《契诃夫的喜剧〈海鸥〉与〈樱桃园〉之艺术完整性的本质》，《话语》，1996，第 1 期。
Рощина О. С. Природа художественной целостности комедий А.П. Чехова “Чайка” и “Вишневый сад”//Дискурс. 1996. №1.

洛特曼：《电影艺术在文化机制中的作用》，《符号系统论丛 8》，塔尔图，1977。
Лотман Ю. М. Место киноискусства в механизме культуры//Тр. по. знаковым системам. 8. Тарту, 1977.

洛特曼：《艺术文本的结构》，莫斯科，1970。
Лотман Ю. М. Структура художественного текста. М., 1970.

洛特曼：《在思维的宇宙内部》，莫斯科，1999。
Лотман Ю. М. Внутри мыслящих миров. М., 1999.

曼德尔什塔姆：《词语与文化》，莫斯科，1987。
Мандельштам О. Э. Слово и культура. М., 1987.

梅德维捷夫：《文学学中的形式论方法》，载《带着面具的巴赫金》，莫斯科，1993，第 2 册。
Медведев П. Н. Формальный метод в литературоведении //Бахтин под маской. М., 1993. Вып. 2.

《美学史：世界美学思想经典文献》，莫斯科，1967，第三卷。
История эстетики：Памятники мировой эстетической мысли. М., 1967. Т. 3.

蓬皮扬斯基：《果戈理》，《符号系统论丛》，第 18 辑，塔尔图，1984。
Пумпянский Л. В. Гоголь//Тр. По знаковым системам. 18. Тарту, 1984.

《普里什文日记》,《文学问题》, 1996年第5期。
Дневники Пришвина/ Публ. Л. Рязановой//Вопр. Лит. 1996. № 5.

《普里什文作品集》8卷本, 莫斯科, 1984, 第7卷。
Пришвин М. М. Соб. соч.: В 8 т. М., 1984. Т. 7.

伽达默尔:《美的现实性》, 莫斯科, 1991。
Гадамер Г. Г. Актуальность прекрасного. М., 1991.

秋帕:《A. 勃洛克的长诗〈夜莺的花园〉之评析中的反讽范畴》,《文学作品分析诸原则》, 莫斯科, 1984。
Тюпа В. И. Категория иронии в анализе поэмы А. Блока "Соловьиный сад"// Принципы анализа литературного произведения. М., 1984.

秋帕:《契诃夫短篇小说的艺术性》, 莫斯科, 1989。
Тюпа В. И. Художественность чеховского рассказа. М., 1989. Гл. 3.

让-保罗:《美学预备学校》, 莫斯科, 1981。
Жан-Поль. Приготовительная школа эстетики. М., 1981.

仁金:《语言·言语·创作》, 莫斯科, 1998。
Жинкин Н. И. Язык. Речь. Творчество. М., 1998.

舍罗吉娅:《论意识与尢意识心理问题》, 第比利斯, 1973, 第2卷。
Шерозия А. Е. К проблеме сознания и бессознательного психического. Тбилиси, 1973. Т. 2.

索尔格:《欧文》, 莫斯科, 1978。
Зольгер К. В. Ф. Эрвин. М., 1978.

《索洛维约夫文集》二卷本, 莫斯科, 1988, 第2卷。
Соловьев В. С. Сочинения: В 2 т. М., 1988. Т. 2.

塔马尔琴科:《19世纪俄国古典长篇小说: 诗学与体裁类型学诸问题》, 莫斯科, 1997。
Тамарченко Н. Д. Русский классический роман XIX века: Проблемы поэтики и типологии жанра. М., 1997.

《瓦莱里论艺术》, 莫斯科, 1993。
Валери П. Об искусстве. М., 1993.

维戈茨基:《思维与言语》,《维戈茨基文集》6卷本, 莫斯科, 1982。
Выготский Л. С. Мышление и речь//Выготский Л. С. Собр. соч.: В 6 т. М., 1982.

维谢洛夫斯基:《历史诗学》, 列宁格勒, 1940。

Веселовский А. Н. Историческая поэтика. Л.， 1940.

沃洛希诺夫：《生活话语与艺术话语》，载《星》，1926 年第 6 期。
Волошинов В. Н. Слово в жизни и слово в поэзии//Звезда. 1926. № 6.

谢林：《艺术哲学》，莫斯科，1966。
Шеллинг Ф. В. Философия искусства. М., 1966.

亚里士多德：《论诗艺》（即汉译《诗学》），莫斯科，1957。
Аристотель. Об искусстве поэзии. М., 1957.

叶萨乌洛夫：《曼德尔什塔姆作品中的田园诗格调》，《曼德尔什塔姆的创作与历史诗学问题》，克麦罗沃，1990。
Есаулов И. А. Идиллическое у Мандельштама //Творчество Мандельштама и Вопросы исторической поэтики. Кемерово, 1990.

叶萨乌洛夫：《文学作品解读中等值性的光谱》（果戈理的《密尔格拉德》），莫斯科，1995。
Есаулов И. А. Спектр адекватности в истолковании литературного произведения (“Миргород” Н. В. Гоголя) . М., 1995. Гл. 3.

英加登：《美学研究》，莫斯科，1962。
Ингарден Р. Исследования по эстетике. М., 1962.

艺术因素分析法

（文学学分析导论）

第一编　艺术现实的本体论地位：介于文本与意义之间

第二编　作为科学描写对象的艺术现实

第三编　作为科学同一化对象的艺术整体：

《已故的伊万·彼得罗维奇·别尔金小说集》

结束语　理解与分析

绪 论

科学性面临艺术性

艺术文本分析是一门独特的文学学课程。在国内首次指出这一点的是斯卡弗特莫夫，他是在研究文学史时发现有必要对具体作品进行“理论研究”之后指出的[①]。苏联文学学长期以来厚此薄彼：重视主题思想的阐释和解释，轻视对作品及其艺术特性的科学分析。关于文学的科学的这个方面，只是在70年代才获得了官方的承认。不过，至今也根本不是各地都开设这样的课程，而且大量专业读者（文学学者、文学批评者、中学文学教师）并没有完全掌握文学学分析法，因为远不是所有被称为“作品分析”的东西是真正的文学学分析。各种文本注解经常被冠以这个名称，其中包括对文本的语言学分析，艺术现实被这种分析掩盖住了，就好像被一贯始终的社会学方法或者心理分析方法掩盖住了一样。

但是，“将艺术整体看作是统一的、动态发展的同时内部完成了的世界”，即使在提出文学学本身这个任务的情况下，也始终存在真正的分析被偷换的危险，正如吉尔施曼所正确指出的那样，要么是被“机

① 斯卡弗特莫夫：《文学史中理论与历史研究的关系问题》，载《萨拉托夫大学学报》，第1卷第3期，萨拉托夫，1923。

械地把各种各样的要素全归为意义的公分母（没有多样性的统一体）”所偷换，要么是被“孤立地研究整体中的各种各样的要素（没有统一体的多样性）”[①]所偷换。

文学学者分析文学作品的文本时，不可避免地陷入一种令人难以置信的境地：科学面临着艺术。如何研究作为独特现实的审美现实，斯卡弗特莫夫也认识到了这个认识论问题：“由于要对作为审美现实的文学史材料做出鉴别，如何识别所考察事实的问题带着其他的要求出现在了研究者面前。现在，文学事实即便是在被直接接受的情况下，也呈现为某种未知的东西，并且对科学意识而言遥不可及又难以企及的东西。”[②]

上述情形从一开始就存在着内在冲突。如果说意识的各种认识行为，其科学性的最重要的标准是这些行为结果的可复制性（可验证性），那么审美活动的真正的创作行为，其特征恰恰是不可复制性（独一无二性），而这正是艺术性的主要标准之一。由此对科学方法有权研究艺术创作且成效颇丰，不断地产生了怀疑。

可是，对各种艺术现象进行非科学的研究，其理由是否充分、目的是否合理，也是颇令人起疑的。譬如，曼德尔什塔姆在20年代初就坚决地断定：“教会所有识字的人去阅读普希金，读出普希金的作品是怎样写成的，而不是像他们内心需要所要求的那样和他们智力能力所允许的那样去读普希金，这比在苏联推行电气化还要困难。……应该让读者知道自己的本分，与此同时也要让被读者培养出来的批评家信守本分。对诗歌做任意解释的批评不应该存在，它应该让位于客观的科学研究，即让位于关于诗歌的科学。”[③]天才诗人的论断绝对不是无根无据的，因为文学批评如果不依靠拥有专业技能的文本分析，那么就

---

① 吉尔施曼：《文学作品：分析的理论与实践》，莫斯科，1991，第70页。

② 斯卡弗特莫夫：《文学史中理论与历史研究的关系问题》，第56页；亦可参阅谢泽曼：《艺术史中的审美评价》，载《思想》，1922年第1期。

③ 曼德尔什塔姆：《词语与文化》，莫斯科，1987，第46—47页。

会陷入创造性阐释（如在戏剧表演中）和科学知识之间不伦不类的境地。批评一旦脱离科学性，就无法接近艺术性，此时它的命运不是报刊上的热闹一阵，就是个人观点的不负责任。

关于文学学分析能否具有科学性的各种争论有时候充满着误解。经常有人把科学性与所谓的自然科学诸学科所制定的认识方法等同起来，也就是直接与客观性等同起来。但是，让我们倾听20世纪最杰出的一位学者的观点："古典物理学以假设，或者可以说以想象为基础，认为世界或者至少世界的一部分是可以被描写的，不要说是描写我们自身了……物理学的成就引出了世界可以被客观描写这个普遍的理想。"然而，海森堡接着写道，"我们必须记住，我们所观察到的东西，并不是自然界本身，而是借助于我们的提问方式呈现出来的那个模样的自然界"。所以，"我们的描写不能被称为是完全客观的"[①]。

科学知识的可验证性无法简单归结为客观性。验证具有主体间性，而科学认识（如同艺术创作）是人们精神交流的特殊方式。正如玻尔所说，"自然科学知识就是我们观察各种现象，并把自己观察所得的结果通报给其他人，以便他们能够对这些结果进行检验"[②]。换言之，"科学产生于对话"。这不是语文学者的说法，而是物理学家海森堡的说法，他提出了不要夸大实验性在自然科学认知特性中的作用：虽然像物理这样的学科依靠实验，但是"它们（这些学科——译者注）都是在从事这些学科研究并且彼此商讨如何解释实验的那些人的交谈中获得自己的结果的"[③]。

结果的可复制性实现起来当然千差万别，取决于该学科的对象有何特性。不过，这里存在着科学所共有的可验证性的诸种特征，而在科学认识的每一个可能的层级（步骤）上这些特征有着质的不同。这种阶段

① 海森堡：《物理与哲学·部分与整体》，莫斯科，1989，第26—27页。

② 同上书，第254页。

③ 同上书，第135页。

性层级总共呈现出5个，对于整个科学来讲它们是统一的，但在被科学性这个目标所维系的形形色色的知识领域中它们又表现出特殊性：

5. 观念化（концептуализация）
4. 解释（объяснение）
3. 同一化（идентификация）
2. 体系化（систематизация）
1. 记录（фиксация）

当然，具体科学论著不一定把上举所有5个认识步骤全囊括进去。不过，任何科学话语，只要是这种论著的组成成分，就必定归属于这些层级中的一个层级，也就是说，拥有科学性诸模式中的一种模式。

众所周知，科学思维不同于艺术思维，它与各种事实打交道，而不是与虚构（幻想）打交道。但是人们确认这一点，却并不总是在思考科学事实的真实状态。无论是物品、生物、过程还是其他什么现象，本身还不是科学事实。要成为科学事实需要观察者，面对现实持有相应的立场——从某种视角、范围、语境将现实凸现出来的立场——的观察者。科学事实——这始终是现实对学者之间的回答，这并不是与人毫不相干的现实，而是对人而言有着迫切意义的现实。

所以，对各种事实的科学确定（**记录层级**），从来都不是对某种客观的东西的消极描写。记录科学事实，是与人们科学交流的这个领域专有的语言不可分割的。最简单的例子：同样的温度，可以用摄氏度与华氏度两种不同的数字指标记录下来。

从文学学分析的视角看，扮演科学事实这个角色的，并不是符号与符号结构本身，而是“艺术印象诸因素”[①]，而作为文学作品审美现实

① 巴赫金：《文学创作中的内容、材料与形式问题》，载《文学与美学问题》，莫斯科，1975，第47页。下面征引该书时只注明《文学与美学问题》及页码。

之物质基础的文学文本，其实就是由这些因素构成的。经典的结构主义坚持认为，“读者感受”与“研究者分析”之间存在原则性的鸿沟[①]，而这种割裂是毫无前途可言的，借用斯米尔诺夫的观点来解释原因，就是这种割裂“会导致把文学艺术不同于其他一系列话语的内在审美因素、‘文学性’、独一无二性忽略掉”[②]。正如施佩特在自己的时代所写的那样，“如果不是根据对幻想意识的现象学结构的分析来评价审美客体，那么这种评价是不会深刻的”[③]。换言之，文学学者的科学的“客观性”，绝对不要求他与自己的审美印象脱离开来；这里的客观性只在于它要记录的，不只是个人的艺术印象，而是作品的文本实体的一切有序性，这些有序性能够在审美上被每一个潜在的读者所接受。

体系化作为科学认识的较高层级，指的是发现事实之间的这样一些联系和关系，这些联系和关系已经不可能被直接地记录下来，但是能够被间接地证明，或者采用实验或者采用重构论证的途径来证明。在科学思维的这个层级上，具体的事实失去其自身价值，而只以某个科学现象（整体）的非独立元素（部分）的面目出现。认知主体的积极性在这里得到加强，但同时得到加强的还有制约性，即可复制的（而不是派生的！）体系化的结果要受到彼此联系又相互依存的各种事实构成的这个体系的客观属性所制约。主体积极介入现实所形成的上述两极，重要性同时都得到增强，这一自相矛盾的倾向也保留在科学认知的余下所有阶段中。

作为科学性模式的**同一化**，要求对被认识现象的类型、等级、种类做出界定，换言之，把所发现的经验性事实体系引入另一个较高（理论性）层次的框架中。这就意味着要把各种事实排列组合的这种可变状态升华为某种恒常状态。譬如，把所记录的各种气象观察体系化，

---

① 洛特曼：《诗歌文本分析》，列宁格勒，1972，第 133 页。

② 斯米尔诺夫：《通向文学理论的道路上》，阿姆斯特丹，1987，第 4 页。

③ 施佩特：《当代美学问题》，载《艺术》，1929 年第 1 期，第 72 页。

就可以把丰富多样的彼此联系又相互依存的经验性事实同一化为低气压或者高气压等等。如果说在体系化这个层级上所研究的现象，即便是最为普通的现象，是当作某种个别来探讨的，那么在同一化这个层级上，即便是最出人意料的现象，也必须看作是类型上被确定了的东西。如果说观察者没有能力用该学科所制定的各种范畴把所观察到的东西同一化，那么可以把他对客体的关注视为欣赏、生气、吃惊、恐惧，而不是科学认知。

认识某种现实的上述几个步骤，综合地看，呈现出分析过程的一个循环。在此情况下，记录和体系化通常合在一起称为**科学描写**。而把被研究的东西同一化，或者说成**类型化**，在科学认知过程中起着特别关键的作用。然而，脱离开科学描写，它只不过会变成直觉式的猜想、未被检验的假设。

以对事实进行专业性记录并体系化为基础的同一化——这是科学分析的活动范围。处于这一范围之外的解释和观念化，则是以分析的资料为依靠的两种科学性模式。当它们之下没有分析这个基础的时候，就毋须置论这些智力行为的可复制性（科学性）了。

解释在文学学中是对文学作品产生过程的因果图景的详细揭示，这里的文学作品是文学进程的环节，也是一般文化的（包括意识形态的）历史倾向的现象。对此类解释性语境的建构构成文学史的领域。

同一化就是对各种被认知现象的意义的诠释：形成新意或者发现新意。这道智力工序，对文学作品而言，被称为阐释的工序，不可被归结为解释，因为解释在回答“为什么”这个问题时，总是从现时转入过去。相反，阐释面向的是未来，因为它总是或明或暗地回答“为了什么目的”的问题（该事实于我们具有或者可能具有何种观念性的含义）。十分重要的一点，正如巴赫金指出的那样，在于“解释的时候只有一个意识，一个主体；理解的时候则有两个意识，两个主体。对客体是不可能有对话关系的，因为解释没有对话因素”（第 5 卷，第 318

页）[1]，而阐释则是与认知对象发生对话化的关系。解释人的个性，意味着在想象中把这一个性转化为我感兴趣的不会作答的客体。相反，在巴赫金看来，对待自然现象也可以像对待特殊的主体那样，这在量子力学中就有发生（第 5 卷，第 317 页）。

在自然科学诸学科里阐释实质上归结为预测，这就是与解释的区别所在。在文学学里预测同样存在，但这绝对不是对文学发展可能倾向的空洞猜想式预言，因为艺术家的创造性求索不同于彗星，没有可计算出的运行轨迹。文学领域的预测——这是对文本的科学批评，其基础就是对文本的分析，因而可以“预测出”读者如何对文本做出相应的接受。对艺术创作的“意义的理解过程”，用哈利泽夫的话说，就是发现“准确阅读和等值性阅读的范围”[2]。

文学学阐释作为“把意义理性化”（巴赫金语），虽然揭开文本的语义潜能，但并不讲解某人是如何阅读这个作品的（这是艺术的和报刊政论的阐释），而是讲解什么样的接受前景等待着任何一种于这个现象而言文化味十足的艺术接受。艺术作品阐释者的任务就在于理解该艺术性的意义内容时，用施莱尔马赫的话讲，“要比其首创者理解得更好”[3]，也就是说，在当代审美经验的视野中将该艺术整体的超个人价值现实化。这个视野因为具有历史变动性，所以经常变化和变换，艺术科学的本质性特征就在于研究作品原则上是不可能完结的：对艺术杰作的最完美的分析，也不能成为关于该作的最终话语、完结话语的理由。

当然，对一个艺术文本没有也不可能有两种相同的阅读。甚至同一个读者的每一次新的阅读，也不等同于前面的阅读，因为除开文本中所包含的各种客观前提条件，艺术的接受还取决于形形色色的主体

---

① 《巴赫金文集》7 卷本，第 5 卷，莫斯科，1996，第 318 页。下面征引该版本时只注明卷次与页码。

② 哈利泽夫：《文学理论》，莫斯科，1999，第 290 页。（亦可参见哈利泽夫：《文学学引论》，北京：北京大学出版社，2007。——译者注）

③ 施莱尔马赫：《阐释学》，载《社会思想》，第 4 卷，莫斯科，1993，第 233 页。

性前提条件。但是，尽管这样，“阅读普希金”，可以“阅读其作品是怎样写成的”（曼德尔什塔姆语），也可以变着花样阅读，忽视或者不凸显文本中客观存在的艺术印象诸因素的现实意义。

文学学分析的使命就在于确定读者共同创作的某种**符实性视界**，在于为该作品揭示出这一视界的范围，而在这个范围之外开始了读者任意阅读的地带，这种肆无忌惮的阅读对整个艺术文化领域而言，（在每一次单个阅读的全部微观意义上）是毁灭性的。

总之，能够为解释和阐释提供依据的文学作品分析，要求（1）对作品文本的各种观察进行记录、（2）使这些观察体系化以及在某种程度上（3）对该艺术整体加以同一化这三者是一个协同一致的整体。但是应该认为，关于作品的任何见解，如果只归属于上文所述科学认知的某一个层级，那么就不能被列入真正意义上的文学学分析。许多此类见解只是对文本的注解，尽管这注解或多或少有些深度，或多或少有些宽度，或多或少有些启发意义。

艺术文本分析本身可以用两种基本策略来实现：科学描写和科学同一化。第一种情况是从记录所研究现象的各个组成成分一步步地走向对该现象的同一化。这种方法要寻找的是整体由各个成分组成的完整性。描写式分析的准确性比同一化的高，论证性比同一化的强，但是，将这一方法运用于大篇幅的文本，是十分困难的。

第二种分析是寻找这个统一整体的全部组成成分，这种寻找要求研究者采用逆向思维，即从把艺术印象同一化走向能够校正它的体系化和记录。这样的方法容易引起偏差，使阐释缺乏足够的根据，但这一方法原则上是可行的，因为在艺术接受行为中，我们体验到相应的审美作用之后，已经带着某种程度的明晰性把研究客体的特性同一化了。无论我们怎么去追求科学客观性，正如斯卡弗特莫夫所写得那样，“研究者获得对文学作品的理解只是在其个人的审美经验中”，在这里他“识别出作者通过文学作品的各种因素有何意义所展现出的那些内心审美经验的事实”[①]，对于科学地界定审美现象来说，这种初步的同一化是必须得到验证的：或者得到确定，或者遭到否定，或者获得修正。

根据邦吉的观点，“对节奏现象的任何研究（特别是研究诗句），应该以直接的节奏印象为基础〈……〉而后寻找各种客观规律〈……〉这些规律就是唤起我们感到确有节奏的原因”。所以，“对诗韵的科学研究要求每一句主体印象的话都得有客观的基础，每一次都得在客体自身身上、诗歌文本本身之中找到引起该节奏印象的独特规律”[②]。毋庸置疑，这个方法论原则应该推广到艺术整体的其他所有方面。

本专著第 1 部分和第 3 部分将相应地展示上述两种科学分析策略。

理解研究对象的特性，应该先于完全符合要求的科学分析。就我们的情况而言，先要理解的，是作为艺术现实的文学作品的特性。本书的第 1 部分将讨论这个极为复杂的问题。科学思维的方法论，要求按这样的次序来阐述。

但是，本项研究探讨的是对艺术现象进行分析的各种可能性，它不仅为自己提出方法论任务，还提出教学法任务。正如作者设想的那样，它也可以当作文学文本分析的教材来使用。不过，对文学学的初学者来说，从第 2 部分开始阅读是比较适宜的，这样就可以看到所提供的实例分析方法；然后，回过头来读第 1 部分，就可以思考这种分析的理论基础（脱离具体的文本就会显得十分抽象）；最后则是独立自足的研究，第 3 部分对该研究的最终结果而言，实践是其探讨的方向。

① 斯卡弗特莫夫：《文学史中理论与历史研究的关系问题》，第 58—59 页。

② 邦吉：《论节奏》，载《语境：1976 年》，莫斯科，1977，第 119、121 页。

第一编

艺术现实的本体论地位：介于文本与意义之间

第一章

审美因素和符号因素的互补性

文本是文学作品的固有特征。这是作品在文化中**表现**（在外）的真实方式。文学作品与自己的文本不可分割，但同时它也不可以被简单归结为作为符号体系的文本。符号学没有能力把文学作品囊括进它的对象的范围之内：艺术的本体论比符号学的认知能力更加宽广[①]。“揭示文学作品的稳定的——超体裁的和/或超历史的——特点是不可能的”，这是文学符号学领域广为流行的观点，斯米尔诺夫在提及这个观点时写道：“就拿形式主义-结构主义-后结构主义作为具有共同本质、且在每一阶段都有所变化的文化心理来说，既然它接受它的模式化力量不足以全部掌握可被模式化的东西这个事实，我们就不得不认定它在退化。”[②]

意义是文学作品的固有特征。“不可表达的”（用另一种符号体系的手段）艺术意义这种审美现象，是文学作品在意识中得到（内在）**现**

① 试比较：“界定艺术作品〈……〉是不可能的〈……〉为了产生文学作品，特定的取向（观点）和特定的社会要求是必不可少的，但是对象本身并不一定必须是从大量其他（非艺术）对象中分离出来的某种东西。”（法力诺：《文学学引论》，华沙，1991，第14页）

② 斯米尔诺夫：《通向文学理论的道路上》，阿姆斯特丹，1987，第6—7页。

实化的相应方式。“意义的真正的、真实的存在形式就是阅读。作品本身原本就存在于意义中”，因为作品本身被阅读，“目的并不是要对它了解什么，而是要认清它本身是什么样的”；米科正确地称之为“本体论意义的事实”①。

作品的意义，相对于“心智圈”（泰亚尔·德·夏尔丹②语）中其他所有意义，是如此独具一格，就如同作品的文本独立自在、与“符号域”（洛特曼语）中其他文本界限分明那样。轻视每一单个意义的“利己性”，就会使意义丧失在巨大得病态的互文性之中，因为在这里似乎“告知意义只不过是从文本发送到文本”③。不过，这种独立自主的特性是相对的，离主权完全独立还很远。

巴赫金认为，作为理解之对象的意义具有“应答的特点”：它“总是在回答某些问题。在我们看来，什么也不回答的东西是毫无意义的”；在这种情况下，意义“就其潜能而言是无穷无尽的，但它只有与其他（他人）意义彼此碰触后，即便是与理解者内部言语中的问题相碰触，才能得到现实化”（《话语创作美学》，第 350 页）④。所以，任何理解都是共同意义的两个版本的相遇，换言之，是对潜在的共同意义的现实化，或者是“真正的聚会（当两种思维倾向触及同一真理的某个方面）”（第 5 卷，第 317 页）。“参与就发生”（《话语创作美学》，第 369 页）在“相互改变和彼此丰富”（《话语创作美学》，第 347 页）中、在理解行为中同样积极的这些版本的互补中。

艺术意义表面上虚幻、不可琢磨，指的是这一意义是非逻辑的，作为审美客体，它不对显在的左半脑的思维开放，而是对隐在的右半

---

① Miko F., Aspekty literaneho textu. Nitra, 1989, p.197.

② 泰亚尔·德·夏尔丹，法国哲学家、神学家、古生物学家、地质学家，曾在中国生活多年，中文名为德日进。——译者注

③ Riffaterre M., Semiotics of poetry. Bloomington; London, 1978, p.34.

④ 巴赫金：《话语创作美学》，莫斯科，1979，第 350 页。下面征引该书时只注明《话语创作美学》及页码。

脑的洞察开放。结果，专业读者为自己（或者为他人——在文学批评领域）把这种洞察（对意义的审美感受），而不是把超出逻辑分析范围的意义本身显现出来。譬如，维戈茨基认为，“艺术的最主要的方面就在于，无论艺术的创作过程还是使用过程〈……〉都向意识隐匿起来”，而“艺术家或者读者对某个作品所做出的理智而合理的诠释，在这种情况下应该被视为是以后的理性化”[①]。

文学作品与自己的审美意义不可分割，但也不能被简单归结为这个意义。这也是文化现象的普遍特征。“意义存在于人类现实中，同时又外在于这个现实。生活充满着意义的能量（因为在努力与存在吻合），但不会成为它的全部体现。”[②]哈利泽夫的这个恰当的论断可以用于“人类现实”的任何个别形式。如果把作品概念归于意义，且与其文本性划清界限，那么它就消散在许许多多的“某种程度上与作者感受相符的读者感受”[③]之中。研究这类感受，假如不以系统的文本整体为支撑，美学就会丧失真正认识文学作品特性的可能性，因为它将不是与文本整体打交道，而是与大量纷杂混乱的主观表象打交道。与此同时，“失去系统的－哲学的美学这个基础的诗学（即关于艺术文本的学说——作者注），就其基本原理本身而言，就会变得很不稳定而模糊不清了”(《文学与美学问题》，第 10 页）。

综上所述，对于文学学而言，美学与符号学构成了认知活动的两个互补的领域，因为文学学者在探究艺术现实时不得不对符号学的客体（文本）采取美学的分析。为了搞清楚这一十分特殊的情形，就必须探讨我们习惯上所称的文学作品具有什么本体特性这个基石性问题。

---

① 维戈茨基:《艺术心理学》，莫斯科，1968，第 95—96 页。

② 哈利泽夫:《文学理论》，莫斯科，1999，第 109 页。

③ Richards J., *Principles of Literary Criticism.* London, 1955, pp. 226—227.

艺术性的本体论主义

艺术作品是极为复杂的构成物，其本体论的地位至今未必可以认为被完全阐明了。源于鲍姆嘉通的整体性公理讲的是文学作品乃“异宇宙”（另一个世界）、独特寰宇；在我们看来，这个公理虽无法辩驳，但太富于隐喻意味了。不过，不比泛符号学公理的隐喻意味更浓，因为后者把我们周围的“世界”或者无论另外哪个“世界”（宇宙）都与“文本”等同视之。对这两种公理来说，艺术现实有何本体论特征的问题仍悬而未决。

值得一提的是，韦勒克与沃伦曾经不得已抛开其他各种比较无争议的本体论的地位，对文学作品的“存在方式”构筑了自己的定义：“就自己的特性而言，它不是存在于现实生活中的某种东西（物理的东西，像纪念碑那样），不是存在于内心生活中的某种东西（心理上的东西，像光亮或者疼痛引起各种反应那样），不是存在于理想状态中的某种东西（像三角形那样）。它是一个由各种规范所构成的体系，带有主体间性色彩的各种理想的概念，就是用这些规范描写出来的。这些概念〈……〉只有通过个人的内心经验才展现在我们面前，并且依靠作品文本赖以构成的那些语言学单位的声音结构。”[①]

清晰明了又确信无疑是这个定义本身所具有的消极方面。它将文学作品的本体论从固存于文学作品概念身上的那些现实中清除掉了，尽管这个概念根本不可能被归结为这些现实中的任何一个现实。然而，定义的积极方面可以发挥得更好些。对研究各种具体文本的科学来说，这一定义并无多大的效用。而且也未足够清晰地认识到，正是被逐个否定了的上述三点连接在一起，给予特殊的“存在方式”以新的本体论的性质。

---

① 韦勒克、沃伦：《文学理论》，莫斯科，1978，第 170 页。

与此同时，在近几十年来的后结构主义人文思维中，引领潮流的是各种解构主义取向，这些取向导致文学作品作为认知对象的**去本体论化**。采用虚无主义态度对待作为艺术的同质“文学话语”的存在事实本身[①]，其基础便是对不再时髦的“审美焦虑”的忽视以及由此导致的误解，以为“一切可能的内容都能够成为‘文学的内容’”[②]。文学本身似乎“不可能在某一种秩序的框架内得到描写”[③]。

正如法力诺断言的那样，“艺术作品是材料构成的物品”，但“并不要求”作者“事先就创立艺术的对象——只要求接受的主体这样来对待对象”，因为“任何对象都可以被转移到艺术作品这个等级上，转移的条件是我们(至少在思想上)要让艺术作品失去其实践功能”[④]。如此阐述文学作品的存在方式，符合极端先锋派的实践，后者的首创者们把创作过程“专门看作是意志的行为”[⑤]，于是实际上就取消了关于艺术现象本体论地位的问题。一方面是“材料构成的物品”，它丧失了自己的实践功能，并且不再让自己的制作者承担任何责任，另一方面是“使用”这个物品的意识恣意妄为。

但是，20 世纪的文学还有另一种反先锋主义的新传统主义艺术实践[⑥]，以及对应于此实践的创作反映。茨维塔耶娃坚定地认为，“创作者是负有责任的”，因为“诗人的工作归结为精神上的（不是他私人的）任务如何得到物质上的完成”，“归结为精神上的存在（永恒）如何得到物质上的体现”[⑦]。用类似方式思考诗歌创作行为的，还有阿赫玛托娃

① 参见 Todorov Tz. Les genres du discours. Paris, 1978.

② Greimas A. J., Courtes J. Seviotique: Dictionnair raisonne de la theorie du langage. Paris, 1979, pp.283, 105.

③ 洛特曼：《论“文学”概念的内容与结构》，载《文学的诗学与历史诸问题》，萨兰斯科，1973，第 35 页。

④ 法力诺：《文学学引论》，华沙，1991，第 15、13 页。

⑤ 同上书，第 27—28 页。

⑥ 秋帕：《后象征主义：20 世纪俄罗斯诗歌的理论性概述》，萨马拉，1998。

⑦ 茨维塔耶娃：《茨维塔耶娃论艺术》，莫斯科，1991，第 72、87 页。

（“于是我开始明白，/ 直接听录于口授的诗行 / 一句句落在雪白的本子上”①）、曼德尔什塔姆（他的但丁作为理想的诗人，“按照口授写下诗行”，“他自己未添加一个词”②）、帕斯捷尔纳克（在日瓦戈－诗人③的活动中“主要的工作并不是他自己，而是高于他、凌驾于他之上且控制着他的存在完成的”）。最后是布罗茨基，他在自己的诺贝尔奖演讲中发展了这样一种思想，那就是艺术“不是由艺术家个性决定的”，但个性因素得到艺术的培育，因为艺术“总是在躲避重复”，并且提示创作者如何“每一次在审美上新颖别致地解决”④（法国符号学弃之不用的“审美焦虑”）。

现象学传统的新柏拉图主义这种变体，是新传统主义者对艺术特性所信奉的观点本身所固有的特征。譬如，英加登认为，艺术作品是“超个人和超时间的创作的成果”，“是作者的各种创作行为或听者的各种感知行为的意向所力图达到的”那种潜在的“边界”；这种创作是所有这些行为的“最高等级的意向等值物”⑤。

物品与个性

这样提出艺术现象怎样存在的问题，使得艺术作品本体论地位的问题急剧尖锐化了。如法力诺所说，假如作品真的“似乎在其创作之前和其作者之前就存在”，假如“它好像不是被创造而是被发现的，而

---

① 引自阿赫玛托娃《创作（творчество）》一诗。——译者注

② 曼德尔什塔姆：《词语与文化》，莫斯科，1989，第 145 页。

③ 帕斯捷尔纳克的长篇小说《日瓦戈医生》中的主人公。——译者注

④ 布罗茨基：《布罗茨基文集》，第 1 卷，圣彼得堡，1992，第 9 页。

⑤ 英加登：《美学研究》，莫斯科，1962，第 529、528 页。

创作行为不是由（主观的——作者注）目的而是由结果来调节的”[①]，那么它究竟是什么？

我们毫无保留地赞同类似的提问方式，却在对这个问题的回答上看法不同。然而，我们也不能完全同意另一种方法论立场——斯米尔诺夫的立场，因为他赞同法力诺的看法，即文学性的“最重要特征（规则），在不同的作者那里、不同时代和不同文化区域，都是依然如故的”[②]。

对“当代文学学先锋的信条”持反对意见的人，把文学作品的本体论阐述为“意义转换生成”的认知现实，阐述为用于“加工”的智力机制和把语义记忆——首先是对“各种文本、信息和信号系统”的“集体”记忆——文本性外化的智力机制的意义现实。文学作品作为话语，“使历史逻各斯中心主义化（不管德里达对此做出多大的质疑）。逻辑的即为创作的”[③]。

法力诺赞成斯米尔诺夫的许多原则性观点，但又有不同，因为他把作为“材料构成的物品”的“艺术文本”与“智力论著”并置在一起。实际上，文学作品与科学著述相对立，它其实并不是智力论著，艺术的创作因素终究不是逻辑因素，而是审美因素。众所周知，这两种因素的不可等同性，由大脑在功能上对称性两半的各种经验性事实得到证明。

与**物**构成本质性、本体论对蹠者的，绝非智力（有可能是人工的、“物品的”智能），而是**个性**。根据巴赫金的观点，正是个性与物（而不是观念与物质，不是主观与客观）是存在与认识的终极界限（《话语创作美学》，第 317、324、343、363、367、370 等等），而在这两者之间散布着一切丰富多样的生活现象。特别是人，他不只是个性，（因为

---

① 法力诺：《文学学引论》，第 19 页。

② 斯米尔诺夫：《通向文学理论的道路上》，第 11 页。

③ 同上书，第 3、20—21、12、14 页。

自己的肉体、公式化的行为等等）也是“物”。

为人格主义哲学提供基础的“个性－物”这对二律背反的范畴[①]，有三种主要的考察视角：

认识论的视角：与物相对立的个性，用巴赫金的话说，拥有自己的“内在空间”，这个空间是外在认识所无法企及的。这是从外部无法观察到的“内心世界”——是对外部世界的独一无二的**内化**。根据洛谢夫的论断，“内在与外在的对照，对于个性概念而言，是完全必须的”，首先是因为任何个性结构都是“永恒的内核和变幻不定的偶然因素”，其次个性“总是将自己与外在的一切并置，而外在的一切并不是它本身”[②]。只有个性结构的各个表层、其“物”象、偶然的（次要的）表现，才能得到科学的描写，内在之“我”本身是无法得到科学描写的，但是这个“我”在面对想要了解他的人时，出于这样或那样的动机，会忏悔式地敞开自己的心扉。

本体论的视角：如果说物品能够既被毁灭又被重新恢复，那么“个性的内核”，正如巴赫金称之为“我”的完整的内在空间那样，既不可被复制（是独一无二的），也不可被消灭（是永生不死的）。洛谢夫写道，个性“绝对是自然天成、与众不同的。过去从未有过，将来也不会有别的类似的个性”，因此，“它就是在整个变化过程中依然完全保持稳定不变的某种东西”[③]。然而，个性存在的完整性需要物质性（稳固的“内核”需要变动的“外壳”），因为个性就其本性而言具有共存性/事件性[④]：即使和其他物毫不相关也能成为物，只有与另一个个性发生关系才有可能成为个性。“没有他人我便寸步难行，没有他人我不可能

① 参见 Stern W., Person und Sache. System des kritischen Personalism. Bd.1—3. Leipzig, 1906—1924.

② 洛谢夫：《神话－数字－本质》，莫斯科，1994，第 73 页。

③ 同上书，第 162 页。

④ 原文 со-бытийна，既有“同时存在”的意思，去掉连字符又是“事件”一词的形容词。巴赫金在早期的哲学与美学论著中喜欢把“存在”与“事件”合在一起使用，如“存在事件”、“存在犹如事件”。——译者注

成为我自己；我必须（在彼此映照、相互接受中）在他人身上找到我自己，在自己身上找到他人。”（《话语创作美学》，第 312 页）每一个个性都是人世间生活的**内心事件**，是“心智发生”（泰亚尔·德·夏尔丹语）的不可分割的环节。

符号学的视角：任何物都能成为（或者个性的，或者别的物的，或者关系的）符号，而被各种符号展现出来的个性，本身不能作为任何的符号加以使用。个性——这是纯粹的**意义**，而且与任何意义一样，只有与其他意义相遇时才会得到现实化（为此它其实也需要物－符号这种个性间的媒介）。每个内在之“我”的存在意义，这种内在的意义，如阳光一般，用符号这一媒介分裂为许许多多相对的、非独立的含义，而这些含义构成个人生活的全部语义（视个人生活为每天都可被创作的生平传记的文本）。但是，就这个方面而言个性本身是超语义的。它是人的绝对的价值，是从“我”内部把外在世界图景调整有序的那个价值体系中的参照点。

从对美学具有显著启发成效的人格主义的立场看，艺术作品倾向于个性这一极，而不是物这一极，它原本就是或者至少“看上去”就是宽泛意义、本体论意义上的个性。A. H. 维谢洛夫斯基早就把对客体的这样一种接受称为“审美的”接受，这种接受“给予它某种完整性，就如同给予的是个性那样”[①]。“审美客体不是物”（《文学与美学问题》，第 70 页）；“作品具有生命力和艺术价值，是在与被辨识过又被行为评价过的现实的紧张而积极的相互确定中〈……〉是在同样具有生命力和认知、社会、政治、经济、宗教价值的世界中”（《文学与美学问题》，第 26 页），换言之，不是在物的世界中，而是在意义的世界中。

从任何意义的个性鲜明性出发，我们就文学作品的这样一个方面命名为它的意义，这个方面与文本相对立，不容许任何智力将它攫为己有，无论是表现力强劲的作者、科学的认知还是印象深刻的读者，

---

① 维谢洛夫斯基：《历史诗学》，列宁格勒，1940，第 499 页。

都不容许攫为己有。如果艺术作品“本身”讲述给我们的是另一种东西，那么没有什么可以强迫我们让自己的接受屈从于作者的构思。另一方面，文本分析的任何探索性努力，都替代不了读者以其生活的独一无二的内在意义与该作品的独一无二的内在意义之间的生动相遇。要知道，真正的创作者，如巴赫金开玩笑说的那样，不会邀请文学学者们坐享自己的盛宴。文学作品这一现象呼唤的，绝对不是解码式的和图解式的“认识”（这是文学学者的任务），而是对文学作品及其“利己性”的符实的审美“观照”、“聆听”、“描绘”（外在的或者内在的）。因为如伽达默尔所说，理解文学“并不意味着是对已逝去的生活做出结论，而是自己本身在当下成为所叙之事的参与者”[①]。

个性与语言

不管怎么说，把文学作品的本体论升华到个性的地位，是相当片面的，片面得就像把它简化为物理的（声响的）物品。因为文本的语言学现实不可能从文学作品中清除出去，就如同肉体性不可能从人类生活中驱除出去那样，虽然人在这个生活中依然首先是个性。根据 A. Ф. 洛谢夫的学说，内在与外在这一不可消除的对照，在个性身上却得到了“克服”，因为在个性身上“必定有两个不同的方面，而这两个方面必定在一张不可分割的面容上一致起来。〈……〉你们在这里看到的，必定是某种内在的东西，但是，你们看到的这个东西是什么样的，则是它只有通过外在的东西才能给定的”[②]。就文学作品而言，意义和文本的关系恰恰就如此，而这种关系允许文学学终究还是一门合乎常规的

① 伽达默尔：《真理与方法》，莫斯科，1988，第 455 页。

② 洛谢夫：《神话 – 数字 – 本质》，第 74 页。

科学，后者不会因为认知的思维与被认知的现实之间没有直接的联系而感到信心不足。

其实我们探讨的是存在（在这里是文学作品的存在）的两极：一极是**意义**，它只有在与其他意义（在接受者意识中是其他个性）相遇时才获得自己的**现实化**；另一极是**文本**，它对于接受者意识而言使这个意义获得符号的（物质的）**表现**。

就我们所讨论的艺术意义来说，意义这个词我们指的是该艺术文本诸价值构成的独特体系的某种极限的（或者更准确地讲是超限的、超验的）参照点，指的是它那不可复制和不可毁灭的“个性”，而绝对不是它赖以构成的全民语各种语言学单位的语义总和。要知道，如果拿这种语义作为根据，那么《我独自一人走上大路》这首诗将不得不被理解为是莱蒙托夫希望过一种与世隔绝的孤独生活。这个文本的真正意义对敏锐的读者而言是完全清晰明了的，清晰得如同他熟悉亲近之人的个性那样；但同时这个意义靠单义判定又是把捉不住的，因为如果深入想一想，它永远都是未被猜透的意义之谜团（如同猜不透与我们最亲近之人的内在之“我”）。

只是不应该认为，这是莱蒙托夫自身个性的秘密。有一种不同的看法，似乎“深入到作者的个性之中〈……〉就能获得对作品的全面理解”[①]，这是完全错误的。而问题不仅仅在于谁都不会邀请我们深入到作者个性内部，也不会放我们进入。作者本人之杰作的真正意义，对他自身的开放程度，并不比我们正在成长的孩子的心灵对我们的开放程度大。作者的权利只延伸到文本。面对其意义时作者依然只不过是读者之一，也许还是最偏心的一个读者。

把文学作品类比成拥有“躯体”（符号材料的秩序性）和“个性”（它在世界上存在的独特意义）的任何现象，终究还解决不了文学学

---

① 索洛乌西娜：《当代西方文学学中的读者观念》，载《理论、流派、观念（批评分析）：艺术接受与阐释学》，莫斯科，1985，第239页。

认识对象的本体论地位的问题。任何个性——从该词的本体论含义上说——是根本不可被描写的，只能是其他个性与之发生关系的直接客体，这就已经说明文学作品不可能被描写成个性。但是，将文学作品的这个无法被科学界定的方面“从括弧里移除”，那就会歪曲艺术现实的特性。给文学学的认识似乎没有留下其他什么东西，留给它做的，就是从自己的对象是“个性”这个“推定”出发，把它对这个“审美个性”所负有的全部道德责任托付给学者，专心致志地研究将意义和文本这两极连接起来时自身又横贯于这两者之间的那个现实。

正是在这个间隔地带，出现了情节、布局、节奏诸如此类的东西，用巴赫金的恰当表达法讲，是“艺术印象诸因素”，这些因素已经不属于文本本身的语言学符号材料，而且尚不是“艺术印象”本身——即接受者意识对作品的意义做出的这个反应。

处于符号的物质特性和意义的个性特性之间的，是**涵义**——对该文化同一性（无论有多宽或多窄）而言是特有的涵义——的领域。这是语言的现实，根据上举韦勒克与沃伦的定义，就是某种“具有主体间性特色的各种规范构成的体系”的现实。与流行的理解相反，真正的、“鲜活的”语言，与其说是适用于交际的“符号体系”，不如说是独特的涵义体系，因为正如法力诺正确说明的那样，任何语言“都把它对世界的切分强加给我们，而这种切分是被创造这种语言的一代代人包含在它身上的”，因此“我们的语言提供给我们多少，我们就被允许理会多少和说出多少”①。语言在这种情况下就能够使用它一开始所没有的符号（各种密码），其中包括他者语言的符号（借用）。这就如同作家在自己的审美活动中使用其本民族语言的符号时，要把它当作“语言学的确定性”（《文学与美学问题》，第 46 页）来“驾驭”那样。

把文学作品与独特的（民族的）语言进行类比，从本体论的角度看，内容是很丰富的。一方面，任何民族语言既拥有不计其数的言语

① 法力诺：《文学学引论》，第 482 页。

行为的符号“躯体”，又拥有它自己的“精神”、心智。用乌扎雷维奇的恰当说法来讲，民众是以自己语言的“面目”作为“能够涵盖相对宽泛的空间和时间的个性”[①]出现的。另一方面，如同语言是用该语言说话的一切言语行为的基础那样，文学作品则是对其文本的一切符实性阅读的基础。在这种情况下，阅读可以是不符合作品的，可以与之格格不入，就好像外国人用错语言并不是该语言本身有错那样。

语言与启示

但是，自然语言和文学作品有着本质的区别。**交际**是全民语的第一性功能，它是**心智**（赋予思想以形式、自动交际）功能的基石、必不可少的前提。而对于艺术语言来说，这两种功能的关系颠倒了。艺术语言所要直接服务的只有心智这一种功能。更有甚者，文学作品靠某种民族语言的各种符号资源“过着寄生生活”，却封杀这些符号资源的直接的交际性。

在语言艺术中，只要话语仍然是艺术的话语，作者不会本人出面对我们说些什么。他拥有的是“非直接话语的才能”(《文学创作》，第289页)，他让说话人发生关系并把他们展示出来（最显而易见的形式是在戏剧中，在任何其他真正的艺术文本中也同样如此）。即便是在最隐秘的抒情诗中，作者也只是紧张而心领神会地倾听（也激发我们和他一同倾听）抒情主人公本人的言谈，在长篇叙事作品中——则是倾听叙述人（讲述者、时闻记录者）。审美印象并不是从文本中得来的通告性信息。它是启示，是某种文化心理，后者指引我们沿着特定的审美轨道——英雄主义的或悲剧的、喜剧的或田园诗情调的等等——感

---

① 乌扎雷维奇：《抒情的悖论》，载《俄罗斯语文》，阿姆斯特丹，1991，第137页。

受生活（首先是我们自己的生活）。

如此看来，把文学作品的本体论当作语言现实来阐释，就可正确地指明探求的方向，但是这种阐释并不完全符合这一文化现象的“存在方式”。文学作品可以被描写为语言（作为认识论的视角），但是其本体论的地位，为“个性推定”所决定的这个本体论地位，超越了作为存在方式的语言。把文学作品看作是价值体系[①]，在这种情况下，文学作品与文本本身的融合性减弱并且变成可以选择的了：同一的价值体系可以被限定在意识中或者其他符号材料上。然而，把文学作品看作是涵义体系（语言），在这种情况下，就会丧失意义对文学作品的绝对制约性：不管是什么样的语言，如果拥有它，那么它就可以用来发声和用于其他各种意义。譬如，列夫·托尔斯泰将自己必选其一的意义“算入了”契诃夫短篇小说《宝贝儿》的文本中。

我们来到了我们本体论问题的“岔道口”，向右走——将会丢失文本，向左走——将会丢失意义。需要第三条道路，它既不否定文学作品存在方式的审美问题，也不拒绝符号学问题，它可以把这两种提问方式共轭于某个维度。

---

① 福克松：《阐释问题与文学作品的价值特性》，克麦罗沃，1999。

第二章

审美话语

洛特曼的“文本中的文本”模式为文学作品的本体论问题提供了纯符号学的解决方案。按照洛特曼的观念，文学作品属于这样一些文化形态，它们采用“将外在文本引入该文本的内在世界”这种方法来“产生各种新的意义”。所谓“文本”，在不同程度上既指作品的由作者合成的符号综合体，也指读者的意识，两者因彼此的“合并－框定”（相互渗透）的关系而联系在一起。文本作为“意义生成器”，就其本义而言，是“思维装置”，它类似于人的意识，“为了进入工作状态而需要交谈者”。文学作品已不以语言的面目出现，而以“符号空间”的面目出现，“各种语言就是在这个空间里彼此作用、相互干扰，并且按照等级秩序把自己组织起来”[①]。

艺术现实在这样的观照下就会获得**交际事件**的本体论地位，这就会排除“对待文本语用学就是对待某种外在的和表面的东西的立场”。因为“文本在读者（或者研究者）意识里的变化过程，与被引入文本中的读者意识的变化过程一样，〈……〉并不是对客观结构的歪曲，这种

① 洛特曼：《文本中的文本》，载《符号体系论丛》，第 14 卷，塔尔图，1981，第 5、9、7 页。

歪曲是应该消除的，而是对其工作机制之本质的揭示”[①]。但是，符号学思想的这一颇有前景的转变，受到了作为科学的“单一语言”的符号学的限制，因为这种“单一语言”和原则上“不可能是单一语言的”[②]描写对象发生了冲突。

首先，符号学不知道巴赫金－洛谢夫所理解的个性这个范畴。“思维装置”只不过是一种超级复杂的物。

其次，洛特曼只是把两种基石性的语言功能看作是文本在文化中的基本功能：如实传递共同的意义和产生新的意义。只有第一种情形的一个分支才思考对原始文本的“参与”功能，该功能是“以神话为取向的文化的典型特征”，并且为“保障集体的共同记忆”[③]提供服务。

但是，文学作品的意义既不可能是“共同的”，也不可能是“新的”。它类似于“他人”的个性是独一无二的，像“我”一样，且独立于我就已经存在了。对它应该参与（艺术的“神话取向”作为文化活动的领域是不会引起质疑的）；既不拒绝自身，也不对“他人”改头换面；应该“在他人身上找到自己，在自己身上找到他人”（《话语创作美学》，第312页）。艺术的接受既不是从文本中提取意义，也不是赋予文本以自己的新意，而是既在文本中，也在接受的主体身上使意义彼此现实化，这个意义具有跨文本性和互主体性，这个意义变成了犹如事件的存在整体的参加者，对它应该参与。实际上，审美感受就在于此（而不是以赋予被观照客体以“我的”意义的方式将这个客体享乐主义地攫为己有）。

当然，艺术创作要求产生新的东西，但并不是新的意义，而是新的“共同记忆”[④]，其基础是开启意义（首先是非现实化的、隐秘的意

---

① 洛特曼：《文本中的文本》，载《符号体系论丛》，第14卷，塔尔图，1981，第8页。

② 同上书，第11页。

③ 同上书，第5页。

④ 试比较：“在艺术中我们了解一切并且回忆一切〈……〉但正是因为如此，艺术中这样的意义就具有新颖别致、独一无二、出人意料、自由的一面。”（巴赫金：《文学与美学问题》，第31页）

义）。这样，通过读者“彻底改变文本结构之基础来产生新意”[①]，确切地讲，是对科学领域之特性的说明。（我们的情况恰恰就是这样：用美学家的眼睛阅读符号学家的科学文本。）

符号学与美学的科学语言，它们的彼此作用使得“语言”（在交际行为中行使功能的符号体系）和“个性”（内在生活意义的价值构成事件）这两个本体论概念相互叠加在一起，并且使我们将文学作品的本体论地位界定为特殊的交际事件——**审美话语**。

上述词组具有明显的矛盾修饰性，这并非偶然且用意特殊。自第一部《美学》(1750）的作者鲍姆嘉通时代以来，审美的独特性就是在与逻辑（从最终的意义上说是推论）的并置中揭示出来的。如果说可以分开来思考逻辑的客体、逻辑的主体和两者之间的某种关系，并且可以把它们像立方体那样组接起来，那么审美关系的主体和客体并不融合为一体，且其两极又不可分割。观照的对象只有在审美的主体出现的情况下才是审美的客体（譬如数学题在无人去解题的时候依然是原样）。相反，观照者只有面对审美的客体时才会成为审美的主体。而逻辑关系并不针对谁（是非社会性的），审美关系则纯粹是社会性关系，它要求有联合的眼光，“从肩膀后面看”，有意无意地顾盼主体可能和谁分享自己的喜悦、感动、怜悯、嘲笑，顾盼自己潜在创作努力的潜在受众。

审美关系的前提

但是，审美关系之主体、客体和受众的原则上的不可分离、神话综合主义，并不消除有关其主观的、客观的以及主体间性的各种前提条件的问题。审美的客观基础，乃是被观照之事物的整体性、其完满

---

① 巴赫金：《文学与美学问题》，莫斯科，1975，第9页。

与没有剩余，即通常所称的美。将美理解为“整体的统一的完满”，可以追溯到柏拉图。在这个极为简洁的说法中，所有的三个词汇都很重要，因为“完满”也可能溢出边界，变得有剩余，而“整体”在自身内部不再是“统一的”，丧失自己的整体性。人们大都用“美”这个词来评价各种现象的外在的完满和没有剩余；与此同时，内在的完整性——不但躯体（事物）的完整性，而且心灵（个性）的完整性——也可以成为审美观照的客体。此外，个性作为精神之“我”的内在统一体，乃是人类所能达到的最高形式的完整性。

情感反应、人的内心生活对于“感受之感受”的能力是审美关系的主观前提。诸如爱、愉悦、恐惧等第一性的、直接的情感反应还不是审美的反应；第二性的、通过审美客体对爱、愉悦、恐惧等及其内在事件性的间接感受，是审美关系的主观方面。

最后应该指出的是审美的**感染力**、情感暗示性，它作为审美的互主体性前提，用康德的话说，就是“在没有特定概念的情况下〈……〉认识方式的主观普遍的传递性”[①]。换言之，审美感受作为创作行为的潜能——不同于享乐主义的一维的快感——具有交际事件的多维的特点。

范·戴克在明确区分“语言使用与话语”的时候，将“话语”阐释为“交际事件”，并把“说者与听者、他们的个性特征与社会特征、社会环境的其他方面”，特别是“交际参与者都能理解的意义、对语言的知识、对世界的知识、其他立场与观点”[②]都纳入其中。这样理解的话语实践就不能归结为用文化的各种言语体裁生成文本的刻板公式，而文本则是对“社会文化互动”这个交际事件的外在的、符号的展现。在意识与文本相遇的情况下，这样的事件绝不是自动实现的：为了使交际环境发展成交际事件，某个话语之符号实体的接受者就必须进入某

① 康德：《康德文集》6卷本，第5卷，莫斯科，1966，第220页。

② 范·戴克：《语言·认知·交际》，莫斯科，1989，第83、122页。

种互主体性的交际（告知、参与、疏离）[①] 空间，后者既不可能纯粹是外在的（客观的），也不可能纯粹是内在的（主观的）。

超语言学把交际事件理解为跨文本的互主体性的现实，这样的理解完整地出现在巴赫金的话语理论中。早在 20 年代，巴赫金及其志同道合者（沃洛希诺夫）就有了如下出发点："实际说出的话语（或者深思熟虑写出的话语）〈……〉就是说者（作者）、听者（读者）与说谁或者说何事（主人公）三者社会性互动的表达与产品。话语乃是社会性事件。"[②] 而在 50 年代初，巴赫金为语言学中没有相应的术语指称"言语交际的现实单位——话语"（《话语创作美学》，第 249 页）而深感遗憾。从这个角度看，艺术因素"既不处于物之中，也不处于孤零零独立出来的创作者心理之中和观察者心理之中，'艺术因素'涵盖所有这三个方面〈……〉这是交际的独特类型，拥有他自己所特有的形式"[③]。

交际事件的边界

如果解析巴赫金思想的智力动因，那么可以认定，"作品及其整个事件"（《文学与美学问题》，第 404 页）包含交际事件的三个方面，是在同等程度上被文本所表现的三个方面：**创造的**方面——交际倡导者主体（作者）、**指称的**方面——交际的意向性客体（话语"指物述事意义的方面"）和**接受的**方面——拥有某种交际能力的不可或缺的受众。"它在艺术创作事件中具有自己的不可替代的位置"，"总是在顾及听者

① 俄文的"交际"（*общение*）一词与"告知"（*со-общение*）、"参与"（*при-общение*）、"疏离"（*раз-общение*）互为同根词。——译者注

② 沃洛希诺夫：《生活话语与艺术话语》，载《面具下的巴赫金》，莫斯科，2000，第 83 页。

③ 同上书，第 76 页。

这个第三方，而听者对作品的所有方面也产生极为重要的影响”[①]。

巴赫金是在所有其他的话语类型系列中思考艺术作品的，因为作品拥有的是宽泛意义上的文本，即与某种语言相关的“任何联系着的符号综合体”(《话语创作美学》，第 281 页)。考察作为特殊话语方式的艺术创作，使我们去参阅巴赫金最早的、探讨美学问题的论著，特别是“审美客体”概念，它既不可等同于艺术创作的文本这个实有存在，也不可等同于意识现象。“艺术创作具有两个经验性存在的因素：外在的物质性的作品（即文本——作者注）和创作与接受的心理过程”(《文学与美学问题》，第 53 页)。作为“面向作品的审美活动（观照）之内容”(《文学与美学问题》，第 17 页)的非经验性“审美客体”，原则上是不能归结为这两个因素的。

话语的主体——这同样不是“经验性存在的说者或写作者”本身，这是“说者在某个指物述事意义领域的积极立场”(《话语创作美学》，第 263 页)。要知道，同一个人作为文化的载体和参与者经常会分裂为两个人：“听者变成说者”，“说者本人在某种程度上是答者”(《话语创作美学》，第 246—247 页)。有生平的作者（著作权的主体）在书写过程中因为重读所写的东西，并且转持假想的受众的立场而常常抛开文本内部话语主体的立场，又常常返回到文本结构中，返回到说者的立场上。

总之，话语的主体——这不过是文本的功能之一，即**表现**意义的**创造**功能。对自己的作品也许“想说”点什么的真实的有生平的作家并不进入艺术的现实中：“即便他创作了自传或者最诚实的忏悔，他作为创作者终究还是在被描述的世界之外。”(《文学与美学问题》，第 405 页)只有艺术文本本身才是审美主体在文化中的真实存在形式，即“不是作为形象的作者，而是作为功能的作者”(《话语创作美学》，第 291 页)的存在形式。

话语的受众同样不是实际存在于其生平现实中的人。这是在某个

---

① 沃洛希诺夫：《生活话语与艺术话语》，载《面具下的巴赫金》，莫斯科，2000，第 89 页。

文化领域中“积极应答的立场”(《话语创作美学》，第 265 页)。这是一极，真实接受的意识这一极，不管这是哪个接受者的意识，包括某种程度上的说者，他在多大程度上倾听自己的话语，便在多大程度上是接受者的意识。至于艺术，恰恰是在这里，在接受中而不是在文本的符号中，显露出诸如“作者形象”、“主人公形象”、“世界形象”的想象力因素——这不只是读者意识中想象的现实(假象)，而且也是书写者(作者是自己文本的第一个读者)意识中想象的现实。

“理解者构成被理解之话语的一部分”(《话语创作美学》，第 302 页)，因为“预想中的回答本身也积极地作用于我的话语”(《话语创作美学》，第 276 页)。特别是任何内部言语形式的审美体验，其所不可或缺的受众不是别的，而是与文本的第一种功能相关的第二种功能，亦即把意义**现实化**的**接受**功能。

艺术文本的创造性结构与艺术理解的接受性结构具有何种相关性的问题，在 20 世纪被提升到了文学与美学理论的根本问题的地位。美学理论冒险地将自己分解为无法得到统一的书写“创造”美学和阅读“接受”美学，以此来反抗关于文学作品之意义的超时间本体论地位的“柏拉图语文形而上学基本原理”[①]。而且，这两种途径均导致艺术的去本体论化：忽视审美客体和把艺术性归结为“期待视界和作品之间的距离”(姚斯语)。

每个话语的客体，类似于主体和受众，不可能与任何经验性的现实相等同。因为它“已经被说遍、论透，得到各种不同的阐释和评价。〈……〉说者不是亚当，所以其话语的对象本身不可避免地会成为各种观点相遇的舞台”(《话语创作美学》，第 274 页)，成为各种“他人”意向交锋的舞台。客体“不是物”，而是“形式”，“我通过这个形式感受到自己是积极的主体，我作为其必不可少的结构性因素进入这个形式之中”(《文学与美学问题》，第 70 页)。换言之，“话语的指物述事

① Jauss H. R. *Literaturgeschichte als Provokation*. Frankfurt a. M., 1970, S.189.

意义的内容”是纯粹的心智之客体（эйдос，相 / 形态 / 理念），后者归属于社会意识（心智圈）的特定领域，尤其是“审美客体”，它（类似于国家或者法律）“无论是在心理还是在作品的物质层面（文本）上都是无法找到的”，而且“不会由此成为某种神秘的或者形而上的本质”（《文学与美学问题》，第 53 页）。它在精神上是积极的；这样的客体，从对话的角度看具有弹性，在与接受者意识的联系中不是任人摆布的。交际的客体将他人意识的各种意向及其“价值分量”移至自身的时候，便作为“价值 – 意义的取向”（《话语创作美学》，第 173 页）呈现在交际事件的参与者面前；这里的“价值 – 意义的取向”要求主体做出首创性的表现，还要求受众做出使其具有现实意义的应答。

换言之，话语的客体方面不是别的，而是文本的**指称**功能——对意义的**责任**功能。

无论文学的主人公是什么样的，它在审美话语中的立场完全是独立自足的，因为其立场根本无法与作者或者读者的立场相容。但同时，如果没有其他两者的立场，这样的立场又是无法实现的：只有在作者与读者“出席”的情况下才能成为叶甫盖尼·奥涅金（主人公）。不只是文学的主人公——任何其他话语的客体都具有意向性。它需要主体与受众，后两者是它得以实现的不可变动的条件，是其客体性的保证。假如与任何人的主观性都不相关，那么就没有也不可能有任何客观的东西，有的只是某种“中性的”东西。然而，主体也在同样程度上并因同样的理由需要客体。作为这个三角关系中的首倡方，主体（也如同受众及其主观性）要让自己对客体的超文本设定性负起责任。

话语的深思熟虑的内容对这类创造 – 接受活动而言是特殊的**虚拟的现实**，这就是这一设定性的本体论特性。而创造 – 接受的推理本身并不生成意义，也不赋予意义以结构，而是**开启**（表现）预先所存在的意义（使这种意义现实化）。譬如哈特曼认为，艺术作品作为审美客体“始终在场，并且只为等待接受者意识成熟的那一刻”；作品“需要理解的或者辨认的意识，在这样的意识面前它可能显现出自身”，而它想显现出来，只能是在“面对符实的观察者”[①]的时候，即便是作者（作为文本的写作者）本人也远非总是这样的观察者。

艺术阅读者的任务并不在于确定自己的奥涅金，也不在于猜出普希金的奥涅金；这个任务在于同普希金一道看出“自由小说的远景”，获得新颖别致地实现于普希金文本中的启示这一“神奇水晶”[②]。审美话语的交际事件——这不是受众把文本攫为己有，不是接受者意识陶醉于自我之中，也不是服膺于话语主体的意志或者话语客体（主人公）的魅力。这是个性升华为超文本的意义，用人本主义心理学的话讲，是从自我实现(самоактуализация)[③]转变为自我超越(само- трансценденция)[④],从自我走向各种意识相会（心智圈）的互主体性领域。

艺术意义的真正作用类似于龙卷风。它吸入人类的主体性，并且使得“心儿高飞于背后的天宇”（普希金语[⑤]）。不过，与费奥多罗夫的看法[⑥]相反，这并不意味着是取消“话语的两种策略之间”的交际张力，根据艾柯的观点，这两种策略乃是作者与读者的“文本性相互作用”[⑦]。在文学作品的交际事件中不可消除的，并不是有着统一而完整之来源的创造性和接受性的对抗性对立，而是互补性对立。将互主体性意义（指称的文本）分解为创造的文本和接受的文本相互交往的主体性，这一分解的强大力量构成任何话语的本体论之基石：“人的存在本身（无论是外在的还是内在的）就是最深刻的交际。”(《话语创作美学》,第 312 页)

---

① 哈特曼:《美学》，莫斯科，1958，第 204、127、143 页。

② “自由小说的远景”（даль свободного романа）和“神奇水晶”（магический кристалл）来源于普希金《叶甫盖尼·奥涅金》全诗结束前的诗段。——译者注

③ 参见马斯洛的著作。

④ 参见弗兰克尔的著作。

⑤ 参见普希金 1836 年诗作《隐居的神甫与贞洁的修女》(Отцы пустынники и жены непорочны)。——译者注

⑥ 试比较：“接受诗歌作品就是在恢复整个统一的创作－观察的事件，以及在这里、在艺术整体这个语境中创作行为和接受行为的区别。”参见费奥多罗夫：《论话语问题》，载《语境—1984》，莫斯科，1986，第 94 页。

⑦ Eco U., Lektor in Fabula. Warszawa. 1994, S.91.

如果说话语的创造版本和接受版本从其交际的（也包括艺术的）职能这个方面看是根本不能等同的，那么其**指称**版本则是整个话语的某种超文本宏观语义命题的“超级结构”（范·戴克语），即对交际事件的相应职能——创造、指称和接受职能的虚拟性组构。

审美话语的特殊性（艺术性）就是这三个职能的平等作用，并且是基本的文化交际的策略之一。

创造职能

须特别一提的是，审美话语的**创造职能**就在于符号的描述（编码）和解释（解码）的可能性在艺术文本中大大减弱了，减弱到只在个别情形中才出现。话语的描述性和解释性仅仅以“摄取”的形式被艺术言语所模仿，而在这里起结构作用的则是符号的隐含策略，这种策略并不以外在于推论实践的现成符号为前提。换言之，艺术文本的创造功能就是思想生成的功能，而不是告知现成思想的功能。这一最具有创作特色的人类活动，其所具有的这种创造性显露出创作行为的深层前提，根据斯米尔诺夫的观点，这个前提“就在于主体性的自我消失。创作之‘我’形成于‘我’消失的地方，不得不寻找自己的地方”[①]。

艺术接受并不在于掌握以共同语言为基础的话语内容，而在于把握其以共同内容（审美客体）为基础的独一无二的语言。审美话语（绝对不只是先锋派话语）“转变为语言课”[②]。艺术文本，正是作为文本而不是作品，完完全全是自动交际的，不过它也要求“在现实读者那里

① 斯米尔诺夫：《存在与创作》，圣彼得堡，1996，第 80 页。

② 洛特曼：《在思维世界的内部》，莫斯科，1999，第 19 页。

所发生的自动交际是文本内部所固有的自动交际性的反映”[①]。艺术印象的符实性（交际性）在于两种自动交际（读者的和作者的交际，接受的和创造的交际）的“共鸣”，在于作者文本生成和读者意义启示的审美情态（欣赏、同情、嘲笑等等）的同一化。令人难以置信的是，为了获取诸种意识在艺术中的审美一致性这个现象，“不是文本借助语言在沟通交流，而是语言借助文本在沟通交流”[②]。

受到心智（自动交际）功能限制的语言和“内部言语”的语言性质相同，维戈茨基和仁金对内部言语的语言这一现象做过十分有意义的分析。连续不断的谓词性，语义的非句法的粘着性，言语意义的第一性和不受所使用辞典词义支配的相对独立性，元音化的可选性（不难猜到每个声音的价值大幅度提高了）[③]，维戈茨基所揭示的内部言语的所有这些特点，也是文学作品的艺术价值体系所固有的。不过这里还存在着极为重要的区别：内部言语要求具备作为受话人的言语行为发起者，而艺术言语就其特性而言追求的是他人的审美感受。

文学作品的奇特之处在于其意义体现于自动交际的文本却拥有普遍的可传达性。文学作品的意义保持着自己不可穷尽的“个人秘密”，同时又能为任何一个拥有足够的艺术接受素质的读者所领悟。艺术的意义面临的是审美的接受，用海德格尔的话说，是“打开真理的事件”[④]。

在符号材料的表现和说明的资源被封闭的情况下，交际事件只可能在一种令人不可思议的情形下发生：接受者把握“指物－意义的内容”，把握的程度一如组织文本的作者本人所把握的程度。根据托尔斯泰的自我观察，艺术印象的效果则是一种独特的启示：我始终知道这个，只不过无法把它说出来。

---

① 列文:《抒情诗的交际地位》，载《派生模拟系统文集》，塔尔图，1973，第 105 页。

② 法力诺:《文艺学引论》，第 583 页。

③ 参见维戈茨基:《思维与言语》第 7 章，载《维戈茨基文集》6 卷本，第 2 卷，莫斯科，1982。

④ 海德格尔:《不同年代的论著与思考》，莫斯科，1993，第 111 页。

指称职能

看来，只有**我－在－世界中**，或者换言之，**存在**——内心存在于外部世界这个人类所特有的生存方式，才能被认定为这种初看令人不可置信、却事先为受众所了解并构成审美话语**指称职能**的内容。伽达默尔断言，“既然我们在场，那么在艺术作品中带着示范的明晰性实现着我们所有的人正在做的事情”[①]。根据伽达默尔的观点，文学作品“像对质”，对质的结果“是某种发现，也就是揭开秘而不宣的东西〈……〉因此，在理解艺术讲述的是什么的时候，人毫不含混地与他自己相遇了〈……〉艺术的语言就在于它是用来表达对所有的人和每个人的隐秘的自我理解的”[②]，这也是如何组织交际事件的隐含策略之所在。其实也应该从这个意义上来理解巴特的观点，他认为文学的功能“就我们社会的总体平衡而言恰恰是为了使主体性制度化”[③]。

只有一类意义拥有康德所讲的“无特定概念的普遍的可传达性”。正如舍罗吉雅对这一类意义所做的界定那样，这是“个性的基本关系”。人类之“我”乃是三种“个性基本关系”的交叉点：自己的“本我”（自我界定）、角色的“超我”（我之存在的超个人设定性）和生活中相毗邻的、与我的个性联系在一起的大写之他人的“共存之我”（个性间的实存）[④]。在我们看来，这些因素就是那个“全人类问题的内核”，根据吉尔施曼的观点，这个内核为读者的“介入”提供保障，为“把读者引入不同个性能够并且应该汇集其中的那个精神深处”[⑤]提供保障。用普里什文的话说，这个深处就是“普通的（逻辑的——作者注）分析所

① 伽达默尔：《美的现实性》，莫斯科，1991，第242页。

② 同上。

③ 巴特：《论文选：符号学·诗学》，莫斯科，1989，第231页。

④ 舍罗吉雅：《论意识与无意识心理问题》，第比利斯，1973，第2卷，第475—502页。

⑤ 吉尔施曼：《小说的节奏》，莫斯科，1982，第93页。

无法企及的普遍的个性自我界定的自然状态”[①]，是对内在之“我”**在场**于外部“世界”的存在主义**建构**。

“个性的完整变形”（舍罗吉雅语），或者某种“心灵秩序”（普里什文语），把主观方面（对作为自我存在的自我实现的建构）与客观方面（对作为“我”有意识地在场于外部世界的自我超越的建构）不可分割地融合于自身。存在的个性与普遍性连接在一起，其既不受解释也不受符号表现所支配的意义，便是审美体验的实际客体，用弗兰克的话说，正是在这个客体身上“真正具体的普遍性与真正个性的具体性相吻合”[②]。

这样的客体是从我的“我”内部直接给予我的，而我的“我”就是我个人生活于世界语境中的现实：“在观照自然、面对美的时候，对整体的审美感受就表现在我们心中充满的怀乡之情中”，用泰亚尔·德·夏尔丹的话讲，这是“给整体输入共鸣”，这是“彼此相逢的现实、近乡心怯的孤独游子之间深刻的和谐一致”[③]。评论审美关系之基础的时候，狄尔泰写道，“我们的心灵渴望通过扩大自己神圣生活的规模使自己的存在获得完满和广阔的空间”，不过，“我们要完全拥有类似的体验，只有当这一体验与他人发生内在联系因而发现自己涵义的时候。这种涵义永远不可能被简化为思想或者观点；但可以〈……〉把它放置在人类存在的整个语境中，因此可以在其意义中〈……〉来理解它”[④]。

物质性的（物的、符号的）观照材料通过审美体验与精神上的审美客体（eidos，理念）发生联系，它在**人格化**的创作行为中成为审美客体的比喻性说法，而人格化“不论在何种情况下都不是主体化。这里的界限并不是我，而是我如何与他人发生相互关系”（《话语创作美学》，第370—371页）。被观照之客体的人格化，与观照之主体的自

① 普里什文：《普里什文论罗扎诺夫》（由格里申与梁赞诺娃发表），载《语境—1990》，1990，第209页。

② 弗兰克：《不可理解之物》，载《弗兰克文集》，莫斯科，1990，第414页。

③ 泰亚尔·德·夏尔丹：《人的现象》，莫斯科，1987，第210页。

④ 狄尔泰：《诗歌想象的力量：诗学因素》，载《19至20世纪外国美学与文学理论》，第142页。

我人格化不可割裂，是人对世界之审美立场的各种不同形式的共同内容。审美主体对于用外在的观照材料来自我现实化而言是必定需要和必不可少的，因为外在的关照材料形成审美客体，而审美客体就是个性如何存在主义式地在场于存在中的精神内容的边界。

艺术作品自身能够最大限度地概括人类之我的内在整体性参与宇宙的外在超整体性的个人经验。按照谢林的观点，“作品越新颖别致，它就越具有宇宙普遍性”[①]。列夫·托尔斯泰曾给斯特拉霍夫写道：“您说陀思妥耶夫斯基用自己的各种主人公来描写自己，想象着所有的人都是这样的。是啊，这样的结果！即便是在这些特别的人物身上，不仅我们这些与他有亲缘关系的人，而且连外国人都认出自己，看到自己的心灵。越深入地汲取，对大家就越具有普遍性，大家就越熟悉和亲切。”[②] 如果换一种说法来表达约翰·多恩的诗句，海明威的长篇小说《太阳照常升起》之后已众所周知的诗句，那么可以说：不要问艺术作品讲的是谁——它讲的就是你。

审美话语的指称职能是这样的：艺术文本能够记录下最丰富多样的（其中包括科学的和宗教的）关于世界和生活的知识与看法，而这一切知识与看法对艺术而言是具有选择性的：不是必不可少的，也不是特有的。按照帕斯捷尔纳克的观点，其长篇小说的主人公受托拥有的艺术知识本身，这是“对生活的某种见解，这种见解就其无所不包的宽广度来讲是不可分解为个别词语的”，而同时是“狭隘的和沉溺于个人思想情感的”；归根到底，“包括悲剧在内的艺术，讲述的是存在之幸福”。人类存在的各种现象构成的独特整体，即我－在－世界中，是这种知识的对象。每一个“我”都是独一无二的，同时又是普遍的、与所有的人“相似的”，因为任何一个个性都是这样的我－在－世界中。普里什文写道，“感受自己本人，这对所有的人来说都是饶有趣味的，

---

① 狄尔泰：《诗歌想象的力量：诗学因素》，载《19至20世纪外国美学与文学理论》，第149页。

② 《列夫·托尔斯泰论文学》，莫斯科，1955，第264页。

因为‘所有的人’就是由我们自身构成的”[①]。

任何逻辑认知原则上无法企及内在之“我”（个性的核心而不是其外壳如心理、性格、社会行为）的秘密，而主人公的艺术现实——这又是一个（虚构的、假定的）个性，又是一个“内在的空间”，不过其秘密从一开始便为创造它的艺术家所掌握。有鉴于此，用黑格尔的话说，“某个事件、个人性格、行为所拥有的精神价值〈……〉在艺术作品中，与在日常生活的非艺术现实中相比，要更加纯粹与清澈”[②]。对这类知识的参与，使我们内心（个性）存在于外部世界的精神经验得到丰富，并且构成独特的艺术接受的中心环节。其他的一切概括，虽然可能在艺术作品中出现、但是可选的又比较表面的（心理的、社会的、政治的）概括，只有“在与艺术的意识形态因素的化学结合中”[③]，才成为艺术内容的组成成分。具有独一无二之意义的这种纯粹艺术的根基，就是从审美角度**把个人因素一般化**：“从价值上浓缩”围绕主人公之“我”所描绘的世界，主人公之“我”就是这个世界的“价值中心”（《话语创作美学》，第163页）。

艺术特点的上述因素，对艺术的现实如何区别于科学的、宗教的、神话的现实而言，是关键的和决定性的因素。后神话（童话）民间文学是人对现实的审美立场的初始阶段，按照格雷马斯的描述，自这一阶段开始，这种立场“是‘把世界人文化’，是赋予世界以个性的和事件的维度。世界为人的存在所证实，人被纳入世界之中”[④]。

艺术文本含蓄地展现出审美客体的建构，而审美客体“就其实质而言是与主体等值的”（斯米尔诺夫语）。“艺术文本的阅读者将意识外显出来，与此同时，意识则让自己深入内部。接受的主体〈……〉全神贯注于被接受的客体，就仿佛是在全神贯注于自身那样”；艺术“要求

---

① 普里什文：《普里什文日记》，由 Л. 梁赞诺娃发表，载《文学问题》，1996年第5期，第96页。
② 黑格尔：《美学》，第1卷，莫斯科，1968，第35页。
③ 梅德维捷夫：《文学学中的形式论方法》，载《面具下的巴赫金》第2卷，莫斯科，1993，第29页。
④ 格雷马斯：《转换模式探寻》，载《国外民间文学符号学研究》，莫斯科，1984，第108页。

受众能够把‘非－我’看作是‘我－形象’的等值替代物”[①]。斯米尔诺夫把艺术话语的这个特点坚定地引向图腾崇拜，因为后者的基础“是坚信客观现实等值于主体。客体（动物、植物、非生物的自然界）的世界作为这样一种等级出现在各种图腾崇拜的神话与仪式中，这种等级允许人（集体或者个人）认同自己。客体是以主体替代物的形式被意识到的”，因为它被赋予了“成为主体之祖先”的特性[②]。

正如我们想象的那样，个人意识出现前的图腾崇拜向个人心智的审美关系的历史转变，保存着主体与客体构成的混合体，催生出作为话语性的艺术性，且这种话语性因其不可言传性而令人难以置信。艺术作品使得观照主体（与“他人”世界同时共存）的存在模式在精神上为以主人公－客体的面目出现的他本人所感所观所见，而这个主人公－客体就是“艺术观照的形式－内容的组织中心”(《话语创作美学》，第163页)。作品的意义展现在人的意识面前，而人的意识就是“自身价值现存于世界中的这个人”(同上)；“主人公——他人意识——的现实，正是艺术观照的对象，而这个对象赋予这种观照以审美的客观性”(《话语创作美学》，第173页)，尽管这个“他人意识”的载体是虚构人物。艺术观照的主人公并不简简单单是“他人”，对交际事件的任何参与者来说是“自己的他人”。

接受职能

由此引出审美话语的**接受职能**，因为审美话语乃是特殊的“意义辐合”(《话语创作美学》，第304页)，是交际事件组织者（作者）及

---

① 斯米尔诺夫：《通向文学理论的道路上》，第30、24页。

② 斯米尔诺夫：《图腾崇拜与体裁理论》，载 *Wiener Slawistischer Almanach. Sonderband 20: Mithos in der Slawischen Modern.* Wiene, 1987, S.25.

其实现者（读者、观众、听众）彼此就把两者联合起来、而不是分裂开来的审美客体做出的**共同创作的共同体验**。符合艺术性这种文化交际策略的，是“歌德对观照的理解：这不是消极反映对象，而是积极的共同参与的观照”（《话语创作美学》，第 397 页），艺术文本独一无二的含蓄语言的目的就是为了激发这种观照。“严格区别于认知和行为的审美因素，其主要特征就在于它具有接受的、积极理解的性质”（《文学与美学问题》，第 29 页）。对艺术意义的接受就是“赞同”，也就是“通过融会（而不是等同）”其各种版本的“途径得到强化”（《话语创作美学》，第 300 页）。

诚然，任何东西都不可能妨碍读者与作者进行争论，妨碍他进入各个意识的思想斗争之中。然而，受众的类似立场意味着他将会越出审美话语接受职能的范围，意味着他将不参与此类交际事件，并且赋予艺术文本以不符合其特性的文化价值：政治的、宗教的、道德的、教育的等等价值。这样的游移在阅读实践中并不少见，不过这个事实并不消除各种意识的汇聚，而意识汇聚是艺术作品接受的审美特征，因为从接受职能的角度看，作品的本体地位按照伽达默尔那富有创意的观点是与**节日**具有相同本质的。

主体面对庆祝内心完全是自由的，因为任何力量都不可能强迫我去“欢庆节日”，尽管我也是不得不去完成欢庆仪式活动的。但是，我的不参与并不能对其他人参与其中的该主体间性事件这一现实提出质疑。节日的客观性，类似于艺术意义，终归还是需要主体的——不是简单的生活主体（个体），而是生活意义的主体，其目的是为了使客观性现实化：如果没有真正欢庆的人，也就没有节日欢庆本身，它就成为虚幻，成为组织者空洞的主观性。

有充足的理由可以把艺术文本与艺术意义的关系比作节庆的仪式方面与节庆性“精神”的关系；节庆性“精神”是作为个人的节日情绪为每个参与者在主观上所体验到的。这一类比允许把艺术创作的意义看作是“统一的真理”，根据巴赫金的观点，这样的真理“要求有众多的意识”，因为“在一个意识的范围内原则上是放置不下的”，不过，这样的真理“本质上具有事件性，并且产生于不同意识相接触的点上”[①]。存在主义的存在（我－在－世界中）真理，恰恰就是这样的，原则上讲这种真理是任何超个人的意识所无法企及的（譬如人民－历史整体的集体意识，或者科学的集体意识，或者呈现为非人形之上帝的集体意识）；它只能向个人之“我”展现出来，并且只有在与其他的这种“我”的相遇中展现出来。

阅读过程与书写过程的分离，并不把文学作品变成“孤独中体验的狂欢节”（巴赫金论浪漫主义怪诞的话），因为与文本生成的意义心智的真实关系会消除接受者意识的孤独。然而，审美话语的交际事件作为赞同型对话只有在这样的情况下才会发生，如果艺术文本的客观实存（文化的符号现象）与其形象“世界”的主观实存（意识的心理现象）彼此之间以特定的方式联系在一起，也就是：如果它们是对总体“建构任务”（《文学与美学问题》，第 22 页）的两种不可等同视之的——创造的与接受的——现实化，而总体“建构任务”则构成这两者的主体间性意义。

审美的设定性与符号的实存性

这种由三重身份所构成之整体的审美设定性就是艺术现实本身，而完全不是“先于文本的纯假定的状态”[②]，是从把书写的话语实践非本体论化的方法论立场出发所见到的状态。在这里我们拥有的，正如巴赫金描述“审美客体的事件性质”时讲的那样，是三位一体的“不可分

① 巴赫金：《陀思妥耶夫斯基诗学问题》，莫斯科，1972，第 135 页。

② M. Bal., *Narratologie: Les instances du recit*. Paris, 1977, p.17.

割性却又不可融合性”(《文学与美学问题》，第 71 页)。审美话语作为交际事件，要求艺术现象具备三位一体的本体边界，而不是文本与当作“艺术因素”及“审美因素”加以接受这两极，这样的两极似乎产生于假想的矛盾，以为“主人公在长篇小说中必须是被塑造出来的，而不可能是被见到的”[①]。

我们认为，一方面是接受美学，另一方面是从形式主义到后结构主义一切以文本为中心的学术范式，都渊源于文本及其接受这一虚假的二律背反。实际上，在文学创作行为中审美主体与审美客体的初始混合体分化为：(1) **理型**[②] 的潜在设定性(作为该话语的“建构任务”展现给作者，而绝不可能归结为个人的意愿及其主观性)；(2) 用风格的**声音**(话语的含蓄语言)来创造性地实现这一设定性；(3) 用该交际事件的**精神特质**[③] 来接受性地“鉴定”这一实现，而这种精神特质让人感受到用灵感启示的理型校核的文本本身是如何被作者编订出来的。

在艺术交际事件的第二个地带上发生的是类似的情况，不过次序相反：读者沿着与谈论审美客体的审美话语之主体相汇聚的路径推进的时候，“编订着”自己最初的艺术印象。艺术书写的文本性把作者意识所特有的主体与受众这个自动交际的统一体分解开来，而艺术意义的跨文本性则把这个统一体恢复起来，不过已经是在独立自主的两个与更多参与者的意识之间恢复这个统一体，同时还实现着真正艺术的使命，即如何在个性之间的精神交际中使个性获得完整的精神自我确定的使命。

审美话语(艺术作品)是这样的一种交际事件，这种交际事件符合索洛维约夫为“名副其实的存在”(美与德)所提出的那些要求。它在以下情况下确实存在：“首先，个别要素(在我们这里是指参与这一

---

① Jser W. Der Akt des *Lesens: Theorie astchetischer Wirkung*. München, 1976.

② 俄文为 эйдос，即柏拉图的术语 eidos，有不同的译法，如理念、相、型等等。——译者注

③ 俄文为 этос，即 ethos，意为(某一团体或某类活动的)气质、精神、风气、思潮等等。——译者注

事件的各种主观性——作者注）并不相互排斥，而是相反，一个个地把自己放置在另一个上，彼此联结在一起；其次，它们并不排斥整体，而是确认自己的个体存在是以统一的整体为基础的；最后，这个统一的整体之基础〈……〉并不压制和吞噬个别要素，而是在它们之中展现自己，给他们提供整体中完全自由自在发展的空间。”[①]

审美话语与宗教话语在亲缘上最相近，是显而易见的，也是具有历史根据的：艺术与宗教是最古老的传统，是神话这种“群居”意识的单一形态逐渐解体（之后在这种意识中个人因素和超个人因素得到了区分）的原生产品。两者的指物－意义的内容是这样的，这“于我们是经验的现实，就自身内容来说是可以对我们秘而不宣的”[②]。不过，如果说宗教话语的客体（超个人的他[③]－在－世界中）用理性**是无法理解的**，那么审美客体原则上向人的主观性开放，但用理性**是无法表达的**。

审美话语，因为自身具有发生学记忆的特点而直接产生于神话和其他各种交际策略，实际上就是“关于个性的话语，归属于个性的、表现和揭露个性的话语”[④]，表现的是艺术现象的个性本身，而揭露的是于该个性而言共存共生的人之个性。文学作品的这种主体间性意义就是德日进“最终点”[⑤]（“个性集合在一起”）的独特类似物，这个“最终点”为生活意义的各个主体的“人格化紧密结合”（“聚合”）提供保障。读者个性的自我超然性迎接这样的意义，就是在读者个性身上这个意义得到自我实现。

艺术现实，作为具有独特审美属性、克服人类在时空中离散性的

---

① 索洛维约夫：《艺术的一般意义》，载《索洛维约夫文集》两卷版，第 2 卷，第 394 页。

② 弗兰克：《不可理解之物》，第 197 页。

③ 俄文为大写的 Он，通常指上帝。——译者注

④ 洛谢夫：《神话－数字－本质》，第 196 页。

⑤ 泰亚尔・德・夏尔丹：《人的现象》，莫斯科，1987，第 214 页。俄文为 точка Омеги，即 Point omega。人类突破精神与物质的二元对立，进入超个人、超意识、超国家、超民族、超宗族、超时空的最完满的神圣境界。这种完全精神化的终极境界，便是“最终点”。——译者注

交际事件的现实，其实就是这种本体上内容丰富的辨认，是以陌生化的方式在他“我”身上认清自已和在自已身上认清他“我”。所以，尽管按照洛特曼的观点，“缺失直接的读者感受”似乎只是会“增加研究的工作量”[①]，然而，关于艺术的科学，如果“以没有体验过的交际为基础，也就是缺乏真正客体的第一性存在”，那么就其根基而言是“虚假的”(《话语创作美学》，第 349 页)。

对审美因素的、直接逻辑分析所鞭长莫及的**文本间性**现实采取艺术因素分析法，我们所要打交道的有两种实存：文本的**客观性**实存和艺术印象的**主观性**实存，而艺术印象就是共同创作时被共同体验到的意义。对学者来说，“这种（即第二种——作者注）实存的完满程度”高不高是极为重要的，“如果程度低，科学分析将不可避免地带上表面的甚或虚假的色彩”(《话语创作美学》，第 349—350 页)。但是，轻视文本性实存，引起的后果是科学认知的自我消除，是把科学认知变成某种可选择的“读者审美活动的个别方面”[②]。

艺术因素分析的最重要任务是把这两种实存彼此校正到协调一致。从第一种（客观性）实存通向第二种实存之路，是科学的描写之路；两者的反方向之路，是科学的（同一化的）阐释之路；把它们从原则上划清界限，这种二者必选其一是错误的。对艺术现实的科学认知，必须使用全部两种策略，使它们彼此补充。

---

① 洛特曼：《诗歌文本分析》，第 133 页。

② 费奥多罗夫：《论艺术现实的属性》，莫斯科，1984，第 141 页。

第二编

作为科学描写对象的艺术现实

在这一部分，我们将以一个俄罗斯古典叙事性散文文本为例，详细分析文学作品的结构，探讨该结构在**符号美学分析**即对艺术现实的科学认识中是怎样展现出来的，而这一科学认识在同等程度上考量艺术现实的两极——符号（文本）和美学（意义）。我们将以完全不同的艺术话语样本——后象征主义抒情诗为例，效仿这一研究逻辑。

每一部真正的艺术作品都是独一无二的，专业的分析可以在任何一部这样的作品中找到如何组织艺术现实的相同（尽管有时候并不均衡）的那些本体断面、层级和层次。同时，它们又是对这一文本进行艺术接受、审美思考的视角、层级和范围，相应地，也是如实的科学描写的认识论层级。为了记录这些重复出现的因素，为了使这些因素体系化、同一化（而科学所能企及的只是可以被复制的东西），就不得不使用由理论诗学的各种科学语言手段所制定的一整套共同概念。

在分析文本的过程中，我们将尽己所能，不仅会尽力实现被符号学所推崇的“严格的层级划分”，并揭示“当代科学分析所能企及的范围”[①]，而且还会尽力批驳在我们看来是错误的诠释学观点，如其认为“只有在作品本身内部才能找到现成的普遍概念”[②]。

---

① 洛特曼：《诗歌文本分析》，列宁格勒，1972，第 32 页。

② 福克松：《阐释问题与文学作品的价值特性》，克麦罗沃，1999，第 22—23 页。

第一章

符号美学分析的层级：莱蒙托夫的《宿命论者》

（体系性和整体性。艺术印象诸因素的主客体结构）

人文学科领域的科学分析——这是特殊的、十分具有特色的智力操作。将物质分解为化学元素这个流行的类比，在这里只不过是一种非常浅显的隐喻。维戈茨基写道，“使用化学元素分解方法的分析，实质上并不是真正意义上的分析，并不是用于解决具体问题的分析”；他将这一过程视为“把复杂统一体切分成若干单位〈……〉认为这些单位乃是分析的产物，虽然它们不同于化学元素〈……〉，并不丧失具有整体性又应得到解释的这些特性，但是自身又以最简单、原始的形态包含着为之进行分析的那些整体特性”[①]。

这一论断对旧的“逐个元素”分析的策略提出了挑战，这种分析策略的最新变体在最近几十年借德里达之手获得了解构之名。将审美话语简化为语言（文本）现象的此类分析，其经典的理据之基础由巴特提出：“文本分析不以描述作品的结构为目的；其任务并不在于记录某个固定的结构，而是为了〈……〉弄清文本在互文本空间（即语言——

① 维戈茨基：《思维与言语》，《维戈茨基文集》6 卷本，第 2 卷，莫斯科，第 296—297 页。

作者注）内如何爆炸与播撒[①]〈……〉我们不为自己提出探究文本的唯一意义，甚至其众多可能意义之一的任务〈……〉我们的目标是思考、想象、体验文本的多样性、指称过程的开放性。”[②]本质上讲，所谓的“慢速阅读”——语文注释的特殊形式，其取向在这里得到了显现。

洛特曼正确地指出，分析本身“原则上要求充分描写”，这种描写不是“这些或哪些元素的列表”，而是要“揭示功能系统”[③]。特别是价值十足的文学学分析，从来不是对建筑材料的拆解，而是对作为“复杂地建构起来的意义”[④]这个整体的各个构成部分及其相互联系与关系的分析。

上述言论绝不要求作品分析必定是无所不包的。分析可能针对的是文本的某个片断，但这时不能孤立地研究这个片断，而应将其视为该文本整体的不可分割的部分。分析可能针对的仅仅是艺术整体的一个或某几个面，但这时科学描写的对象必定是与作品文本（或者片断）**等量齐观**的。这就意味着分析就是对文本（在某种关系中）的**分节**[⑤]，而不是对文本的“分解”，也不是从文本之中“抽取”个别成分，否则，我们打交道的已经不是分析而是注解了。

用分析法“确定作品成分（非其起源）”的基本原则是斯卡弗特莫夫在1924年提出的。“艺术作品中没有任何偶然的东西，没有什么不是由追求创造精神的最终目的引起的”[⑥]，据此，他对文学研究中如何操作分析提出了以下方法论要求：(1)“全面研究作品的所有构成单位”

① 播撒，英文为 disseminate，与俄语动词 рассеиваться 的动名词 рассеивание 同义，是德里达解构主义理论的核心术语之一，强调意义的变动和中心的流散。——译者注

② 巴特：《论文选：符号学·诗学》，莫斯科，1989，第425—426页。

③ 洛特曼：《诗歌文本分析》，列宁格勒，1972，第136页。

④ 洛特曼：《结构诗学讲义》，载《洛特曼与塔尔图－莫斯科符号学派》，莫斯科，1994，第88页。

⑤ 分节（сегментирование），英文为 segmentation，有“细胞分裂”和“动物躯体分节”之意，用于此处意在体现出文本上下文的连贯性。——译者注

⑥ 斯卡弗特莫夫：《长篇小说〈白痴〉的主题布局》，载斯卡弗特莫夫著《俄罗斯作家的道德求索》，莫斯科，1972，第23页。

（在与文本等量齐观的某个分析层面上）；(2)“不允许出现文本事实之外的任何多余材料”，因为这些材料存在着“改变和歪曲整体各组成成分之间数量及质量关系”的危险；(3) 分析的关注点在于所有构成要素〈……〉之价值的“功能汇聚”：既然艺术作品“是一个按照特定目的组织起来的整体”，那么这一整体及其所有的构成部分都须具备创作意识的某种基本取向，其结果，每一个成分，无论多独特，无论在他预先确定的哪个位置上,都必须带有整体共有的统一目标”[①]。斯卡弗特莫夫认为，在文学史领域，这一理论诸程序的功用是为了“获得更充足的机会去检验各种评论者的某些观察和共同结论，分清其争议或无争议的界限”[②]。上述原则,尤其是分析对象与文本等量齐观这一关键假设(“若分析范围不应小于作品，则也不应大于作品”)，在我们看来，远未失去其方法论的意义。

同样是在 1924 年，巴赫金提出了作为研究艺术现实之科学方法的“审美分析”概念。这一智力操作的最终目标就在于“将外在的物质性作品视为实现审美客体〈……〉以及艺术印象诸因素的总和”(《文学与美学问题》，第 17—18 页），换言之，从文本的指称功能和接受功能的角度解释该文本。揭示文本的创造功能——弄清楚作者的各种意图——是文学史家的分内之事。

巴赫金的审美分析旨在揭示这一“总和”的合乎意义的建构整体性：发现构成整体之各“因素”的完满和无冗余性、完成性和集中性，而这也正是艺术作品的美之所在，亚里士多德及其众多追随者（譬如阿尔贝蒂）早就讲过，为了不使作品变得糟糕，就既不能增加，也不能删减，更不能做任何改动。

为了做到充分科学，对文本进行审美分析时，便不能忽视所分析

---

① 斯卡弗特莫夫：《长篇小说〈白痴〉的主题布局》，载斯卡弗特莫夫著《俄罗斯作家的道德求索》，莫斯科，1972，第 28—30 页。

② 同上书，第 27 页。

之直接客体的符号特性。严格地讲，这种分析应该获得较为准确的名称——符号美学分析。对艺术现实的符号美学分析——这是文学学认识的途径，这种认识充分考虑到自己对象的特性（完整性），但又不离开科学性的框架（系统性）。完整性与系统性不能被等同视之，因为它们是同一对象的两个不同方面。全方位组织现实的这两个基本面，就其根本性的辩证对立而言，是相互补充的：

> 如果系统是不连续的，则完整性是连续的；
>
> 如果系统是对众多元素进行有序分化，则完整性是对不可分割之整体中彼此确定和相互补充的各个方面进行极化整合；
>
> 如果说体系性的基础是各种对立关系，那么完整性的基础则是各种支配关系；
>
> 如果说体系的特点是可控性（各元素之间的联系和关系服从于特定的体系构成规则），那么整体性的特点则是自我发展，相应地，还有发生不具有体系性的各种突变的能力①；
>
> 如果说体系原则上讲是可以复制的、备份的，逻辑上讲是可以模式化的，起源上或历史上讲是可以继承的，那么整体性则是自足的，原则上是唯一的，如同泰亚尔·德·夏尔丹意义上的不可替代的"演化实验"那样；
>
> 最后，整体性就是这种或那种现实（当文学作品是艺术现实的时候），那么体系归根结底只是人把握这一现实的方式而已。

艾柯是最先意识到把结构主义方法本体论化是错误的学者之一，因为该方法将现实简单地归结为由各种二元对立构成的超级体系。用他的话说，"最终的理据不可能用结构主义术语加以确定〈……〉正如康德的各种范畴那样，它们只有作为现象世界中可能的认识标准才具

---

① 文明时代众多艺术杰作的生命更是如此。

有意义，而且还无法把现象世界和本体世界连接起来”[①]。然而，在我们看来，翁贝托·艾柯本人错误地将现实与“任何符号[②]之前”就存在的“混沌”等同起来[③]，而把现实存在混沌化——人类意识的这种认知取向，一如把现实体系化。任何现实的“最终理据”就是它的整体性，把作为自己两极的混沌性和结构性整合起来的整体性，而不是各种二元对立的诸种成分。

体系性是间接的和连续的（阶段的）、逻辑上可分解的研究之对象，个体的完整性则与之不同，它是直接和即时的美学分析对象（“停留片刻吧，瞬间，你是如此美妙！”）。科学认识连同其结果可复制性这一基本目标不得不受到限制，用理论研制上与之更相符合的各种体系——科学思维的这一“特殊对象”（马马尔达什维利语）来“顶替”整体性的位置。尤其是留给作为学者的文学学专家做的只有一件事：分析作为体系的文本这个**客观性实际存在**，同时，沿着这一分析思路，将自己的认识投放到作为**整体性**的作品这个**主体间性预设存在**，而这个整体性只有在对文本审美体验的**主体性实际存在**身上才能得到最完满且无冗余的展现。“任何理论手段都无法将艺术作品的生动与完满传达出来，只有观照者直接的、生动的接受才能企及这种完满〈……〉只有在返回到生动地接受作品本身的情况下，共同创作的移情（意义的现实化）才能得到具体实现；分析只有在指出和意识到这种共同创作的移情的指向性的时候，才会获得意义和作用。”[④]

我们挑选莱蒙托夫的《宿命论者》（部分地考虑到篇幅适合于例证的目的）作为符号美学“示范”分析的对象。作为大部头艺术整体的

---

① 艾柯：《缺失的结构：符号学导论》，圣彼得堡，1998，第 24 页。

② 符号是一切“有所指”的东西，它不仅包括语言符号，而且包括非语言符号。符号包含三种类型的关系：符号与其对象的关系，符号与人的关系，符号之间的关系，并分别属于语义学、语用学和语形学的研究对象。——译者注

③ 同上书，第 20 页。

④ 斯卡弗特莫夫：《长篇小说〈白痴〉的主题布局》，第 31 页。

结尾章节，这一文本同时也是“一篇情节跌宕起伏的故事体小说”[①]。它内部凝练，外部完整，允许将其视为系列小说的独立自主的构成部分。此外，大小如此适中、完全拥有相对完成性的这一文本片断，可以用作揭示作品艺术整体性的审美分析之对象：这样或那样的审美模态的虚拟整体性不可分割地存在于整体的任何一个片断中，这就像现代生物学所熟知的“遗传密码”现象。

这样，我们的符号美学分析的对象将是**与文本等量齐观的艺术印象诸因素体系**，当读者具备相应的审美素养时，这一体系便转化为特定的艺术现实（艺术性模型）。在这种情况下，我们将努力实现对整体各构成要素进行考察的完满与无冗余的原则，而整体各构成要素就是体系的各个切分单位。

统一的艺术印象的不同层级诸因素构成的各个体系，从美学角度讲是等值的，但从符号学角度看却具有深刻的差异性。在巴赫金的“艺术印象诸因素”这一不甚清晰的说法背后，隐藏着不容混淆的因素：(1)心智（内在）**视觉**因素；(2)心智（内在）**听觉**因素；以及(3)心智（内在）**言语**因素。

对这些因素的必不可少的定界，就在于区分文学文本的所有符号材料的双重结构性——**主体结构性**（谁说和怎么说）和**客体结构性**（说什么）。科尔曼一贯始终地最先作出了这种定界，并将之引入了通行的文学学分析中[②]。

在任何情况下都不应该把艺术整体的主客体结构与认识论概念“主体性”和“客体性”相混淆。任何话语都属于某个言语主体（言语载体），并引起受众对某个言语客体的注意。这就是作为语言艺术的文学的材料本身的特征。文学作品的文本是“两条不断线的统一体。首先，这是用语言指称语言外现实构成的链条；其次，这是有主体（叙述人、

---

① 马尔科维奇：《屠格涅夫和俄罗斯19世纪现实主义长篇小说》，列宁格勒，1982，第40页。

② 参见科尔曼：《文学作品的文本研究》，莫斯科，1972，及该学者的其他著作。

主人公、各个人物）归属的话语构成的系列”[①]。

文学作品的客体结构直接指向审美受众的内在视觉。文本的各种语言学单位，其语义的这种有序性，正是读者心智视觉**观照**的结构，即充斥着作品艺术世界之意义的结构。换言之，我们与特殊的**艺术空间**的虚拟现实打交道，而这一空间也同样不可分割地包含着主人公生活的客体（被描述的）时间，即作为自己的“第四维度”[②]的时间：读者可以沿着凝固的故事情节时间，前后移动穿越，如同在穿廊式房间内一样。艺术现实的这一方面借助巴赫金的轻灵之手被称为“时空体”[③]。

艺术文本主体结构的首要问题，同样用巴赫金的话讲，就是“描述的言语和被描述的言语相互关系的问题。这是两个相互交叉的平面”（第 5 卷，第 288 页）。文学作品的主体结构指的就是言语的各种词汇单位、句法单位和语音单位的非语言学有序性，而这个言语指向的正是读者的内在听觉，亦即文本的审美接受者是怎样用心智**聆听 / 接受**文本之意义的。这是**艺术时间**的结构，不是所叙述的事实和过程这一被描述的（客体）时间的结构，而是叙述本身这一描述的时间的结构，同时，这也是读者的时间的结构，正是在这一时间中进行着共同创作的移情活动。

艺术整体的这样或那样的有序性，都可以在与文本等量齐观的三个层级——核心层级、表面层级和纵深层级上得到精细的分析。等量齐观这个特征，是指文本的所有符号单位无一例外地参与到文本所展现的各个相互等值的意义层级中。任何一个别的层面上的作品研究，

---

① 哈利泽夫：《文学理论》，第 99 页。

② 我们所熟知的“三维空间”，其“三维”是指：上下（高度），南北（纬度），东西（经度）。而爱因斯坦相对论则指出，时间为空间的“第四维度”。——译者注

③ 参见巴赫金：《时间形式和长篇小说中的时空体形式》（巴赫金：《文学与美学问题》）。巴赫金笔下的“时空体”是指“文学中已经艺术地把握了的时间关系和空间关系相互间的重要联系”。——译者注

要么不能与文本等量齐观（譬如研究隐喻），要么是层级太多（譬如研究体裁）。上述每一个层级都可以在以下两种反映中得到理解：文本因接受而得到现实化（意义一极）的反映和用作品用符号得到展现（文本一极）的反映。

情节

通常被归为情节的艺术整体的结构诸因素，是文学作品的**客体结构的基础**。

从读者接受时想象（意义的反映）的角度看，情节乃是虚拟的一连串事件构成的链条，后者将虚拟的众人物框置于虚拟的时间和空间中。情节的这个方面，通常被称为**本事**[①]，以区别于**情节**本身，后者则是与文本等量齐观的作者对本事的叙述[②]（文本的反映）。

本事的基础

阐明艺术整体的情节－本事结构，需要历史背景，对于情节而言神话就是这样的历史背景。在洛特曼的经典著作《情节起源的类型学阐发》中，这些阶段上属于不同类型的思维结构得到了明晰的划分。神话思维"把人周围的过度和异常的世界归之于准则和秩序"。虽然各种神话文本在现代传播中（采用使事件的循环往复断裂开来和平直起来的线性叙述的各种手段）"获得情节文本的样貌"，但它们本身并不是真正的情节文本。它们讲述的并不是一次性的和超常规的各种现象，

---

① 俄语词"сюжет"和"фабула"分别对应"情节"与"本事"。"本事"侧重对事件因果关系的阐释，"情节"则是对所发生的事实进行叙述。情节必定体现某个本事。——译者注

② 叙述是最基本的文学创作方法之一，叙述一般包括时间、地点、人物、事件、原因、结果六要素。——译者注

而是超越时间的、无休止复现的各种事件，不是某一次发生的什么，而总是出现的什么，而“记录各种一次性的事件”则是“情节叙述的核心”[①]。

充当神话思维之建构向度的是“世界之树”[②]这一垂向纵轴，后者“对于各种具体的神话体系而言发挥了特殊的组织作用，决定着这些神话体系的内部结构以及它们的所有基本因素”[③]。与临冬衰败、春季复活的植物相关联的世界之树，为不可毁坏的世界秩序的可重复性提供了保证，它赋予神圣的世界中心和周而复始的生命以象征蕴含，排除了其周遭正在发生的各种仪式－神话行为的不可重复性。

相反，情节思维的向度则是水平的横轴，是一个由始至终贯穿着诸多不可逆的一次性事件的链条。从历史诗学的立场去审视情节时，探索情节性强的本源——仿照世界之树的说法是“世界本事”，就会有广阔的前景；“世界本事”不仅是早期传统情节学的公共基础，而且也是最近新颖的情节学的公共基础。

正如 В. Я. 普罗普所证明的那样，文本的情节结构的原始形式——神奇童话，就自身基础而言，表现出的是作为文化－历史之基础的成人礼的过渡仪式。众所周知，古老的过渡仪式是按照神的死亡和复活这个神话模式来进行的。然而，人的象征性死亡和象征性复活已经把少年不可逆转地变成了男人（猎人、战士和未婚夫）。更准确地说，人达到性成熟的成人礼在某种程度上获得了事件的地位（即该成人礼被认为是不可逆转的），这个人在多大程度上开始把自己看作是个性，而不是族群里毫无区别的个体单位，这个成人礼就在多大程度上获得事件的地位。艺术与神话相对立（正如与科学相对立），它始终讲述着个

---

① 洛特曼：《情节起源的类型学阐发》，载《洛特曼文化类型学论文集》，第 2 版，塔尔图，1973，第 11—12 页。

② 世界之树，又称为“宇宙之树”（The World Tree）或乾坤之树，是北欧神话中的一棵巨树，它的枝干构成了整个世界。——译者注

③ 托波罗夫：《世界之树》，载《世界民族神话：百科知识》，第一卷，莫斯科，1991，第 398 页。

性如何存在，某个人如何出现在世界中。

成人礼仪式的原始情节框架由四个（而不是人们有时所想象的三个）阶段构成：离开阶段（个体从先前的亲属关系中解脱出来）——象征性死亡阶段——象征性逗留阴间阶段（增长智慧、获得前辈们所积累下的成人生活的经验和技能）——回归阶段（以新身份象征性复活）。然而，如此古老的本事，实际上与神话不可分割，甚至在童话中也远不总能见到。

“情节叙述”的实际“核心”则是詹姆斯·弗雷泽研究出的略有不同的四阶段模式，他考察了“有关离开本国以便在他国争王的王子们的许多传说”[①]。讲的是国家体制形成的最古老阶段之一——“婚姻继位制”阶段，该阶段要求国王－巫师的神奇权力不是由父亲传给儿子，而是由岳父传给女婿。世界原始情节的本事（很明显来源于成人礼）讲述的是实际存在的不可复制的历史事件——政权更迭、外来人掌权，后者在殊死考验（有时候是与原国王决斗）中证实了自己的能力、经受住了诱惑并成为驸马。

在世界民间口头创作中广为流传的这一本事，区别于成人礼事件的，是第三和第四个阶段的变异。神奇童话的主人公一般来讲都经历“增长智慧”阶段、诱惑考验和磨练阶段以及生死考验的决定性阶段。将诸多最新的文学情节放入世界本事模型之时，便可揭示出文本之本事结构的普遍的四阶段模式。正是这一模式曾经被理论诗学逻辑化为四个范畴：开端、发展、高潮、结局。然而，从历史诗学的角度看，在分析具有独一无二的本事的情节（更不用说各种传统本事了）时，使用历史上形成的文本情节如何展开的阶段所构成的体系就更为有效了。

这些阶段中的第一个阶段准确来讲应称之为**离群**阶段。除了外在的、空间上的离开（其中包括寻找、逃跑、追逐）或者与之相对的隐居之外，这一阶段可以用背负使命或者冒名顶替来展现，而在最新的文

① 弗雷泽：《金枝》，莫斯科，1980，第180页。

学里则可以用“孤僻自省”、愁苦、失望、冷酷、幻想来呈现，总之是用与先前的生活关系决裂或者使之实质上的弱化这一生活立场来呈现。最终，能够解决该阶段情节任务的，是把自己从共同的世界图景中分离出来的人物的史前史或者哪怕是对他的相当详尽的介绍。没有这种分离，而且不把注意力聚焦在某个“我”的载体上，文本就不可能奢望获得艺术性。

第二个阶段为（新的）**伙伴关系**阶段：建立各种新的主体之间的关系，其中包括主人公找到“帮手”与/或“树敌”。这时经常会发生各种失败的（不应有的）生活行为的尝试（包括可能是欺骗性的伙伴关系），这些行为预示着主人公在以后各阶段里的有效行为。在本事展开的这一阶段，人物经常会遭遇各种各样的诱惑，这些诱惑极大地提高了人物的生活经验水平。在新时代的文学里，原始情节的这一阶段有时被放大而铺展成凝练的“教育情节”。

根据范·根纳普和泰勒[①]在民族学中所建立的术语[②]，第三个阶段应该称之为死亡考验的**阈限**（门槛）阶段。这个阶段可以以主人公仪式-象征性死亡或者主人公造访彼岸的“阴曹地府”的各种古老形式出现，可以激化为殊死冒险（包括上演为决斗），也可以简化为轻度负伤或者与某种形式的死亡相遇（譬如失去亲近之人或者目睹他人之死）。正是这一阶段可以被放大成能够得到无限复制的各种考验构成的凝练情节。

最后，第四个是**改观**阶段。这里如同在成人礼的结束阶段出现主人公地位——外在（社会）地位或者尤其是在最新时代内在（心理）地位的改变。这种变化、象征性的“第二次诞生”，往往伴随着主人公返回到自己过去各种关系早先被动摇或者被弱化了的地方，在这些关系的背景中主人公新的生命品质得到了强调。

---

① 参见B.泰勒：《象征与仪式》，莫斯科，1983，第3章。

② 范·根纳普在其著作《过渡礼仪》中指出，成年礼、婚礼、生育仪式、葬礼等分为三个阶段：分离阶段（separation）、边缘阶段（margin，或者阈限阶段）、聚合阶段（aggregation）。阈限阶段（liminal phase），源于拉丁文limen，具有“门槛”之意。——译者注

情节文本的各种本事节点，其所表现出的连贯性，与对人的神话思维产生了本质影响的有机过程，如卵－幼虫－蛹－成虫（成熟个体）这种昆虫阶段性发展，有着惊人的相似，也许这并不偶然。

在分析《宿命论者》之前，我们先举普希金的一个鲜明的例子来说明上述观点。在《驿站长》中，普希金用萨姆松·维林住宅的四张德国画就将范式化的世界情节的所有四个阶段清楚地表达了出来。

在第一幅画里："一个头戴便帽，身穿宽袍的可敬的老人送走一个心气浮躁的少年，他匆匆忙忙接受老人的祝福和一个钱袋。"与之相应的是离群阶段。

在第二幅画里，"集中尖锐地描绘了年轻人的堕落：他坐在桌边，一群酒肉朋友和厚脸皮的荡妇围绕着他"。这描述的是新伙伴关系阶段，尤其是诱惑阶段（"放荡阶段"）。

第三幅画引用的是福音书的寓言中所出现的转机，这一寓言应该被理解为殊死考验的**阈限**（门槛）阶段。在耶稣所讲述的寓言里，阈限阶段被简化为遭遇饥饿之死："大饥荒降临那个国度"，变成了养猪人的放荡儿子，"感到可以用猪吃的细通心粉来填饱肚子而高兴，可是没有人给他"；接着，饿晕之后他生龙活虎起来，"苏醒后〈……〉站了起来，并且向自己的父亲走去"，父亲则说着"儿子死而复生了"。

最后，考虑到路加福音的相关点，第四幅画明显与改观阶段相联系。具有标志性意义的是，寓言中的回归不仅被阐释为死而复活，而且还被赋予外来者－儿子取代继承者－长子获得权力的象征意义："父亲对自己的奴隶说：把最好的衣服拿来，给他穿上，把宝石戒指[①]给他戴上，把鞋给他穿上。"

总之，普希金的情节诗学一般来讲都有机地复现着世界原始情节

---

① 试比较法老说："把自己的宝石戒指（代表着权力魔力）摘下，戴到约瑟夫的手指上"（阿韦林采夫：《英俊的约瑟夫》，载《世界各民族神话：百科辞典》，第1卷，第556页）。

的这一范式性模型[①]（即使之现实化）。譬如，《棺材匠》的情节演变始于移居（离群阶段），接着便是与德国手工艺者相识、相聚（新伙伴关系阶段），后来则是女富商特留欣娜的假死以及死人的光顾（阈限阶段）。小说以期待中的改观阶段收尾：棺材匠“眉头紧锁，心思重重”，“常陷入阴郁的沉思”，经常责骂女儿，在听到女富商健在后，他立刻变得“欢天喜地”，把女儿们叫来喝茶（生命延续的一种田园牧歌式的借代）。

当然，特别是在最近数百年的文学中，远非任何本事都是完全按照显在的模式建构起来的。但是，在关于外来人掌权的“世界情节”这一模式的背景下分析研究情节不同寻常的文本，可以更加深刻地透视独一无二的情节在结构和意义上的独特性。情节结构的新颖别致经常是通过把基本的本事模式系列化（如在《上尉的女儿》中）或者把这一模式的几个变体交织在一起作为情节线索而获得。

第二个变体的最简单的例子恰好可以用《宿命论者》的本事来充当。

乌里奇这条情节线索只实现四个阶段中的三个：叙述人对这个作为**特殊之人**的人物的铺陈介绍，起着离群阶段的作用。与毕巧林打赌对应伙伴关系阶段，这似乎是从结构上把乌里奇从事先安排好的死亡情节中拯救出来：如果手枪不哑火，那么小说情节就不会成立。与哥萨克人的致命相遇则是乌里奇不能成功避免的阈限阶段。因此，第四阶段没有出现，这通常意味着这种人物的生活立场有着艺术上的瑕疵（在这种情况下宿命论便是这一立场）。

对毕巧林而言（在《宿命论者》的框架内），离群阶段是暂离要塞，是到靠近前线的哥萨克村庄出差。在伙伴关系阶段中两个人物的情节线索混合在一起。抓捕杀害乌里奇凶手的冒险措施对毕巧林来说变成了阈限阶段。因为主人公成功地逃脱了这一阶段，等待他的将是改观阶段。正如我们后来看到的那样，返回要塞后毕巧林确实发生了改变，

① 详见秋帕：《普希金文本中范式性的原始情节》，载《Ars interpretandi》，新西伯利亚，1997。

虽不太明显，但对整部长篇小说的艺术意义而言已经是本质上的很大改观了。

情节片段体系

从审美接受诸因素的文本有序性的角度看，情节本身作为展现意义的作者对本事的叙述，乃是连贯的各种片段，具有三位一体的特点：(1) 地点，(2) 时间，以及 (3) 事件，也就是全部人物（角色）构成的整体。

换句话说，两个相邻片段的边界，其标志为空间上的转移、时间上的断裂或者人物成员的变化（出现、消失）。段落是各片段之界限的选择性标识。远非作者叙述本事时以停顿为标志的任何文本进展（段落），都说明是情节的进展。不过，新片段的开头一般来讲都是与段落相吻合的。这一规则很少有例外，而任何的例外则都具有艺术上的深意。有时候片段之间所出现的界限模糊不清，也同样意蕴深远。能够对各种片段做出选择性描述与评价的，绝非楔子①、开端、发展②、高潮、结局这些总是适中的经典定义。

简而言之，情节——这是具有自己的组合上的切分界限和聚合上的与本事相关的各种片段的语言。

我们再次特别强调，这里讲的情节是作为与文本等量齐观的片段体系。这就意味着有时不得不作为片段加以研究的，不仅有情景、事件，还有那些似乎是非事件性的文本片断。整体中的这些片段的篇幅同样也是可以千变万化的：从单个句子到情节具有不可切分为各个片段之整体性时的整个文本。某片段之“情景性”或者篇幅的限度，畛域划分的细碎性，以及相应的数量，决定于情节构成（也就是对该作品

① 楔子为长篇小说的非必备部分，若出现则通常位于小说故事开始之前，起引起正文的作用。——译者注

② 俄语原文“перипетия”(Peripeteia)，即“情节发展”，指作品的情节、人物行为等向与常理预测相反的方向发展。——译者注

的艺术世界的内在切分）是否合乎意义，而不取决于本事之事件性的虚拟现实的数量或者质量。

这样看来，《宿命论者》的开篇段落，尽管其事件轮廓不甚清晰，也同样毫无疑问属于艺术印象诸因素的情节之列：

> 一个偶然的机会，使我在左翼一个哥萨克村子里度过了两周；那里驻扎着一个步兵营；军官们相互间轮流着在各家聚会，一连几夜地打牌。

把事件在某种程度上框置于时间和空间内，便足以把这一叙述段落认定为片段。可以视类似的片段为“零位”片段，因为从本事的角度看该片段中还未发生任何事情。但是，不应该认为“零位”片段是某种不必要的、次要的、结构和功能上无关紧要的东西。当然，该片段中所包含的一些信息也可以在第一个“价值十足的”片段中传达出来，而小说完全可从第二自然段的第一句话开始：有一回，波斯顿牌我们玩得不耐烦，把牌扔到桌下，在少校家里闲坐了许久…… 正如我们现在正努力展现的那样，如果真是这样的情况，那么是另外一种情节结构了。

从总体上看，《宿命论者》情节构成的示意图如下（标明了片段的音节数量）：

> （0）一个偶然的机会……（60 音节）；
>
> （1）有一回，波斯顿牌我们玩得不耐烦……（2409）包括从据说，有一次部队出去打仗…… 到…… 与车臣人稳扎稳打地扫射的插入片段 1—a（303）；
>
> （2）很快人们就各回各家……（1071）；
>
> （3）我刚刚把它看清……（136）；
>
> （4）他们走远了……（76）；

（5）她像往常一样等我……（96）；

（6）我随手关好房门……（82）；

（7）在早晨4点……（179）；

（8）乌里奇一个人走了……（212）；

（9）杀人凶手躲在一间空房内，门从里面反锁着……（1190）；

（10）回到要塞后……（279）。

占整个文本40%多篇幅的片段（1），整个儿都在描述乌里奇的亲身实验——说服毕巧林相信命定论是真实的实验。假如短篇小说的“艺术任务”仅限于此，那么后续的所有片段就是多余的了。然而，并非偶然的是，讲述事件的毕巧林对自己在当下亦即本事范围之外是否准备相信命定论犹豫不决。

片段体系的结构本身，由文本的各种语言学单位所展示出的虚拟现实的事件链条，是作者对命定论问题的真正艺术的、非直接的回答。有鉴于此，被我们称之为“零位”片段的艺术合理性就格外值得关注。

结束第九个片段的是毕巧林关于宿命论的论断，这个论断与零位片段相衔接，造成“框架”效应，因为已经完结的各种惊奇事件的链条仍然属于在左翼哈萨克村庄的那两周。短篇小说基本事件的所有九个片段，都被零位片段吸附般地联合在了一起。处于这一情节结构之外的，则对宿命论者乌里奇生平史的独特的补充片段、“边缘”片段（10），而在这个片段里毕巧林一回到要塞就从马克西姆·马克西姆维奇那里获得了关于命定论的悲剧般严肃问题的喜剧般模棱两可的回答（又是鬼使神差，又是命中注定）。从这一回答可以看出，所有问题都不在于解释宿命论的亚洲“玄学”，而在于亚洲热兵器和冷兵器的质量（手枪哑火，而乌里奇死于军刀？）。于是，被令人难忘的跌宕起伏的本事所遮掩而不容易被人所发现的情节“添头”，就让自己履行起短篇小说结构上的“结尾”作用——这对于短篇小说经典体裁结构而言是必不可少的结局“转折点，此后原先的状况便焕然一新”[①]。

人物之间争论的实质上是人类之“我”的存在主义界限。这个界限是不是**超个人**的（人的命运上天注定）并且因此而必然的？或者是介于个人之间的？这样，命运之签的偶然性、个人意志（为什么我们被赐予意志？）的自由的相互作用，乃是这个界限所固有的特点。在第一种情况下，人的内在之“我”与整个世界秩序相毗邻，因为他在世间被赋予了特定的角色：命运——这是个人的**角色**界限。在第二种情况下，个人之“我”把占着生活空间，于是在不可预料的生活、个人间的共存中，与别的个人之“我”相毗邻，与这些他人之“我”发生“边界上的冲突”（把短篇小说的事件框定在冲突发生地带是其意义不可分割的要素）：起着决定作用的是“我”与“他人”之间的**事件性**界限。

根据塔马尔琴科的准确评价，第一位置[②]将乌里奇视为“英雄类型的人”[③]。然而，正是关于“我－在－世界中”存在界限的问题的第二种解决方法，为《宿命论者》的情节形成提供了养料。

《宿命论者》的片段体系相当简单。在偶数片段中，毕巧林在角色外空间内短暂独处（回到临时过夜的地方与做梦），而在片断（2）中他有意与“才智过人者”划清界限，因为这些人认为，世界秩序的各种力量正在参与他们的“微不足道”的争论。在奇数片段中，毕巧林作为这些人的生活的偶然参与者与他人进行互动。零位片段在某种意义上规定着“不参与的片段”与“互动的片段”如何交替出现的这个原则：文

① 塔马尔琴科：《论〈宿命论者〉的意义》，载《俄罗斯语文》，1994 年第 2 期，第 27 页。该文作者对《宿命论者》的短篇小说性质产生怀疑，正是因为没有看到这里的“结尾”。然而，正如我们下文试图证实的那样，文本的结尾片断恰恰就是这样的“转折点”，而且不仅仅是情节发展中的“转折点”。

② “第一位置”与“第二位置”、“第三位置”并列构成“感知位置”这一心理学范畴。第一位置为“我”，第二位置为“对方”，第三位置为“抽离”（旁观者）。对一件事情的看法，一般也称为态度，NLP（神经语言程序学）称之为“感知模式”。“感知位置”指在某一刻对那个“感知模式”的内心定位。“感知位置”后来发展出第四、第五……第八位置等。——译者注

③ 同上书，第 29 页。

本的这一片段展现出主人公临时参与了与之格格不入的他人生活的情景，亦即参与了前线的哥萨克村庄平静的日常生活的情景。业已形成的交替模式因为独立于零位片断的结尾片段（10）而被打破了，结尾的效果因此得到了加强：期待中的离群索居（偶数片段）始终没有来临，取而代之的则是毕巧林与马克西姆·马克西姆维奇进行了对话，主动地、抱着极大的兴趣参与了“他人”的生活立场，目的是为了从后者那里得到答案。

文本片段交替出现的上述结构规律在片段（5）与（8）中变得复杂起来。在真正的艺术文本中，严格的结构发生类似的弱化总是有用意的：这样的片段获得了加“着重号”的情节的性质。

算上零位片段，全文共有11个片段，片段（5）处于中心位置（按照数量在中间），就其展现的冗余性（当然只看上去是多余的）而言也许是最出人意料的。这个片段与打赌及其后果没有丝毫关系，所以不见得是转述给马克西姆·马克西姆维奇的，虽然毕巧林向他讲述了我身上所发生的和我所目击的一切。

以下便是因其不必要的臆想而显得怪异的文本片段：

> 她像往常一样，身裹皮袄，倚靠柴门等我，月光照亮了她妩媚的、让深夜的寒气冻得发青的双唇。认出我后，她莞尔一笑，但我却顾不上她。“再见，娜斯佳！”我说着就从她面前走了过去。她本想回答点什么，但仅仅长叹一声。

情节构建的交替原则得到了保存：在奇数片段里，主人公不独处，他和其他人物进行接触。但是，这一文本片段的事件内容却是“相逢——离别”（阿赫玛托娃语）。与女主人公的互动被简化为孤零零的、排斥其他人存在的手势语言。主人公沉湎于用“玄学”去探究与世界秩序的角色界限，为自己虚拟出一个他人（但我却顾不上她），并将此人当作可能的非必然生活的事件界限。从这个角度看，结尾片段（10）与中心段落（5）完全对立。同时，就臆想的冗余性、与正在发生之事在本事上的跌宕起伏毫无牵连而言，这两个片段本质上是相似的。

在偶数片段（8）中，最应该期待毕巧林的，是独处的状况。然而，这一片段类似于插入段（1a），转述的是别人的话，并且整个儿都在讲乌里奇，而讲述人本身并没有作为角色出现在这两个文本片段中。这就把宿命论者乌里奇推到了毕巧林的“第二个我”的角色位置上，而毕巧林打心底就摇摆于唯意志论和宿命论之间。这样的情节“置换”因两位军官孤身夜归的巧合情形和其他一系列因素（参看下文）而得到了加强。

在这种情况下，结构上被片段交替所预备好了的主人公独处，因为“他人”（哥萨克人）的闯入而遭到了破坏，不过，随后又因为仿佛被凶手“挤了出去”的乌里奇之死而得到了恢复。这种死亡互动并未毁坏片段交替的结构规律（如在情节结束的片段中发生的那样），反而使之得到加强，而这绝不说明命定论的思想取得了胜利，正如不由自主地预言宿命论者死期将近的毕巧林能够感觉到的那样。

故意用出乎意料且本质上是挑衅的问题（你找谁呢，老兄？）吸引哥萨克醉汉对他的注意，而在死前说出“他是对的！”，乌里奇的这种不可解释的行为，在考察显示宿命论者莫名热衷于赌博的情节上类似的片段（1a）时，就会得到清晰的说明。突然停住脚步，说的正是乌里奇，他毫不犹豫地决定继续与毕巧林的死亡赌局，而毕巧林实质上把自己的“庄家”“置于”快速死亡之境地。乌里奇反复地进行着具有死亡危险的试验。如在插入片段（1a）中那样，在运气出奇好过后，乌里奇再次下注，结果赌输了——又一次没有见证者。然而，像头一次那样，他还是又一次诚实地宣告自己输了，却是以只有毕巧林一个人明白的（只有我一个理解这几个字暗含的意思）临死前承认别人是对的方式宣告的。

情节的这种转折，证明的完全不是命定论的威力。宿命论者的最终（生命）的失败，是两个自由意志发生碰撞的偶然（赌博）结果；这两个意志，一个是乌里奇本人的，另一个是毕巧林的，而毕巧林用不合时宜的话语反复挑起了对两人而言如此趣味盎然的试验的疯狂激情。乌里奇的生命界限原来并不是角色界限，而是事件界限。

第三个实验的类似结论更加明显。虽然毕巧林突发奇想地要拿命去试验，且认为这种试验和乌里奇的试验相似，但这种相似完全是表面的、虚假的。乌里奇扣动随手拣起的手枪的扳机或者喊住持刀的哥萨克醉汉，就如同从一副牌中抽取一张牌——都是在碰运气；而毕巧林将哥萨克视为对手，与其进行积极而深思熟虑的搏斗。在这里一切都决定于搏斗参与者个人品质的碰撞，此刻每个搏斗参与者都是对方最近的生命事件的界限。

最后，结尾片段（10），破坏了业已形成的情节切分规则，不让毕巧林独处，而是让他与长篇小说最先两章里的关键人物相遇，而这个关键人物在《塔曼》和《梅丽公爵小姐》里均未出现。如果说在自己的虚拟生活中毕巧林像回避娜斯佳那样冷冷地摆脱马克西姆·马克西姆维奇，那么在小说自身的艺术时间里作品则以面见交谈者收尾。

若要让独处片段与交往片段的轮替规律能够很轻松地保存下来，那么叙述人关于宿命论的那些总结性思考就必须单列为独立的片段。用一个句子能够直接达到这样的效果，然而，在文本中这些思考与前一片段并没有某种客体上的区分，于是明显违反了功能、违反了意义指向。从作者意志来看，马克西姆·马克西姆维奇对于毕巧林而言乃是“自己的他人”，这就要求他们不具有对峙者的对立关系，而具有互补关系，而且文本的这个片段的意义，与其说在于马克西姆·马克西姆维奇谈论的恰好是命定论，倒不如说在于《宿命论者》的结尾片段、也是整部长篇小说的结尾片段讲述的并不是主要主人公（毕巧林在这里依然是问询者和聆听者），而是他的“他人”，即标志着任何内在之“我”的真正的——事件性而非角色性界限的这个人物。当然，这样回答情节怎样构成的问题，其正确性是可以商榷的，但不是在该艺术整体的内部进行商榷，而是在莱蒙托夫长篇小说的范围之外进行商榷。

历史上渊源于笑话（幽默段子）的短篇小说，就其体裁策略而言，与超个人的世界秩序之思想是完全扞格不入的[①]。短篇小说体裁结构的典型标记——结尾，把注意力集中在马克西姆·马克西姆维奇这个人物身上，该人物的“他性”对于热衷权力的毕巧林来说是无法驾驭的，但与他热爱自由的天性又不是敌对的。**揭示“他人”的独具一格的特性**（这种特性乃是真正的生活现实），正如后文所证明的那样，不只是情节结构的独特的艺术结论。

长篇小说是一个完整的话语，从逻辑上推演它，接受者就会获得一定的结论；不过，读者当作这个结论所接受的那个东西，实际上先于该结论而存在，这个东西就是文本的创造性版本的指称形态。

为了表现这个对艺术接受而言具有总结性色彩的小说意义，《宿命论者》放弃了女性人物，这并不偶然。莱蒙托夫这部作品中的各种女性性格，对于使结尾部分所达成的“异性中心主义”现实化，作用甚微。女性人物要么对毕巧林来说过于“格格不入”（试比较：塔曼美人的毒蛇天性），要么过于轻易地顺服于他，并且丢掉了自己相对毕巧林而言的“他性”，就自己的“边界”功能而言她们失去了现实的意义。让我们回忆一下毕巧林的观点：我从未成为心爱女人的奴隶，相反，我总是驾驭着她们的（这个没有特定面目的复数具有深刻的意义——作者注）意志与心智而获得不可战胜的权力。根据马尔科维奇的注解，“毕巧林把人们之间的爱情关系归结为统治与服从的关系，因此注定在致命的两难选择中进退维谷：一个总是奴隶，另一个是主人，第三个则没有”[②]。不仅如此，在毕巧林与任何人的关系中，一个总是胜利者，另一个则是被打败者。然而，在与马克西姆·马克西姆维奇的最后一次交往中却出现了未知的“第三种情况”：展现出的是“我”和“他人”

---

① 参见秋帕：《故事体小说与寓言故事》，载《俄罗斯故事体小说：理论和历史问题》，圣彼得堡，1993。

② 马尔科维奇：《屠格涅夫和俄罗斯19世纪现实主义长篇小说》，第55页。

的平等人格，作为"《宿命论者》事件发展之结果中（更不要说日志的贯穿始终的整个情节）所达到的全人类立场"[①]的对另一个意识的对话开放性。

娜斯佳出现的这个片段（毕巧林仿佛是当着她的面与自己之前艳遇的所有的女主人公道再见）被引入情节，正如我们所感觉到的那样，目的只是为了断绝前面各章已经形成的毕巧林行为动机强劲体系的线脉，并净化主人公之"我"以建立其真正的存在主义界限。但文本的这个片段的功能更复杂、更重要。特点并不明显的这个片段，讲的不是被动的而是主动的孤独，是如何摆脱女性（双数）人物，怪不得该片段正如上文所讲在地点、时间和事件的情节结构统一体链条中占据着中心的（单数的）位置。所有其他的（双数的因而与双数相匹配的）片段均对称呼应，造成环绕关键片段即"基本"片段形成各种同心圆的效果。

在篇幅最短的片段（4）和（6）中毕巧林依然孤身一人。在片段（3）里他从哥萨克人那里了解到后来杀害乌里奇的凶手，而在片段（7）里从军官那里获悉杀人事件本身（这两个片段要比第4和第6片段长一些）。在片段（2）里是毕巧林、而在片段（8）里是乌里奇行走在黑夜的哥萨克村庄里（两个片段均篇幅中等）。在篇幅最长的片段（1）里是乌里奇、而在片段（9）里是毕巧林冒着生命的危险敢拿自己的命运做实验。最后，零位片段和结尾片段彼此呼应，同时又相互比照；遥相呼应又彼此比照的，还包括作为基本情节的"引子"和"尾声"。

至于有娜斯佳出现的"核心"片段本身，它暗含着毕巧林生活之剧的基本动因：这是离群意识的戏剧，这种意识从内心里就远离任何他人之"我"，因而注定在"他人"中间茕茕孑立。

---

① 塔马尔琴科：《论〈宿命论者〉的意义》，第30页。

布局

在文学学里术语“布局”意蕴丰富，因此使用起来极为不便。就其最常用的意义即把某些部分——从“句子的布局”到“人物性格的布局”——“结构”成为某个整体而言，这是一个完全空洞的术语，可以用于文学作品结构的任何一个层面，虽然不会有严重的不良后果，但是并没有效用。不过，由于文学中的“结构”首先指作为自然语言之话语的整体是如何在逻辑上组织起来的，也就是在文本的范围内把话语组织起来，因此可以很容易地给予文学学概念的布局以确定性。

从这个意义上说，布局乃是文学作品的**主体结构的基础**。

文本中的任何一个词都不可能单独地归之于作者。在文本范围内，一切话语都是特定类型的角色（人物）、叙述人或者抒情主人公的话语，而文学作品的审美主体（作者），类似于话剧的导演，“穿上了缄默的衣裳”（巴赫金语），因为他仅仅用别人的嘴巴说话。唯有文本整体归属于他，而这个整体则由对作者而言是各种“他人”说的话或者对他而言是各种“自己的他人”之主体的言语合理地配置而成。文学作品的布局，就其文学学本身的理解而言，乃是各种类型的独白与对话的这种组合。

作为艺术印象诸因素的总和，布局具有表现作者创作意志（意义反映）的丰富内容；而在以现象学还原的方式似乎在布局那里“被清洗干净”的情节中，作者的创作意志是完全觉察不到的，正如也不被“幼稚”的读者所觉察到那样，因为这种读者虽然共同经历着主人公的意图表达和体验，但是并没有准备好进行共同创作，没有把布局视为他们（接受主体，审美受众）与作品客体世界之间清晰横亘着的障碍物。“我们找到的作者是作品之外作为有着自己生平经历的那个人，但是我们与作为创作者的作者相逢则是在作品中〈……〉我们首先是在作品的布局中见到他（即他的积极性）的：他把作品分成各个部分”（《文学与美学问题》，第 403 页），似乎未触及各种事件本身的进展过程。

就文本的表现而言，最容易被觉察到的，是在文学作品的内部界限（各章和较大的区分单位以及诗节、段落）、尤其是外部界限（文本的开端和结尾、章题）上作者创作意志的流露。除了这些明显的和表层上的分界，布局就其文学学术语的专门意思而言乃是文本内部各种**话语**构成的体系，或者说，是文本内以主体和话语方式的统一体为特征的各种片段构成的体系。

在文本连贯生成的过程中，言语主体（谁在说话？）的更替，是主体结构的两个相邻片段（话语）之间最显而易见的界限。谈及“话语的诸种方式”，也就是**各种布局形式**，我们指的不仅是这样一些文本内部引言类专门话语，譬如信函、日记、文件，而且首先是一些主要的**叙述**变体，还有**对话**和**沉思**[①]。在这个系列中经常被提到的静态描写（肖像、风景、室内布置）和评论（评价），均是从客体角度组织文本的方式，并且都需要在聚焦化这个层面上加以探讨（见下文）。

叙述是话语的**叙事**形式，其实质在于具有双重事件性：指称和交际的事件性。正是在交际状态中，“我们面对的是两个事件，作品中所讲述的事件和讲述本身这一事件（我们作为听者－读者也参与这个事件）”(《文学与美学问题》，第 403 页)。“言语主体（叙述人、讲述人）的各种话语，实现着被描绘的世界与作为完整的艺术话语的整部作品的受众之间的‘中介’功能”，这些话语的总和被塔马尔琴科称为“宽泛意义上的叙述”[②]。

叙述的最重要的变体如下：

(1) 在交际事件性在结构上压倒指称事件性的情形下出现**故事叙述**（被赋予了特定的视点、相应地多多少少具有某种视域局限的叙述

---

① 俄语原文“медитация”，源自拉丁语“meditation”，其意为默想、沉思、冥想。——译者注

② 塔马尔琴科：《叙述》，载《文学学导论・文学作品：基本概念和术语》，莫斯科，1999，第 288 页。

人对各种事件的相对主观的、带有评价色彩的讲述）；在说话人带着相当确定的言语面具的情形下被称为“故事体”。

（2）在指称因素与交际因素在结构上处于均势的情形下出现**时事新闻叙述**（具有自己视域的事件直接参与者或见证者对事件的相对客观的、见证式地描述）；在强调是用书面形式记录的情形下可被称为“史实记述体”。

（3）在指称事件性在结构上压倒交际事件性的情形下出现**作者叙述**（叙述人——就其本义而言——被赋予了和时空中特定立场不相干的作者全知全能的视角，而在拥有时空中特定立场的情形下事件只部分地展现在讲述人或者时事新闻记录员面前）。

不是所有的作为他人直接话语被赋予了显著形式的文本片段，都具有对话布局形式，因为他人直接话语的布局形式既可以是叙述性话语（故事中的故事），甚至也可以是沉思性话语。组织艺术文本的对话方式本身就要求人物具有直接针对人物的以言行事的各种言语姿态（取该词之广义）：问－答，祈使－命令，誓约－诅咒，挑拨－濒死，诸如此类。

以言行事与叙事话语不同，它乃是自动指称的交际事件，在这样的事件中言语行为本身也是事件的真正内容（“我发誓”或者“我诅咒你”是施为性/以言行事的经典例子）。对话语轮在艺术文本中的施为性，在于言语姿势的同一个交际事件对人物来讲是言语交际事件，对叙述人来讲（故事讲述者、时闻记录者）则是指称事件。然而，在以对话形式布局的情况下，叙述人并不叙述这一事件，而是直接“引用”这一事件，要叙述时也只用各种旁白的形式来叙述。文本内部的对话就其性质而言乃是交际事件，但又是“被讲述的事件”，并不是“讲述本身这个事件”。艺术话语主要主体的言语行为，在上述情况下就是模拟的言语行为。

最后，叙述人（故事讲述者、时闻记录者）本身的施为话语，并不传达指称事件，而是沉思，是文学学专门意义上的沉思。这样的沉思在人物世界里是“听不见”的，因而既不是指称事件，也不是交际事件。它类似于戏剧的“旁白”，只面向读者，并且只属于“讲述本身这个事件”。文本的沉思片段——这是创造意识和接受意识直接相逢之处。

如果人物言语从交际言语姿态转变成自动交际的、与自己内省式交谈的话语行为（即便有别的人物在场，这时别的人物乃是见证者而非直接的听者），那么这个人物言语也可以获得沉思的布局地位。

在这种情况下，思考的深刻性并不是沉思布局形式的条件或者特征。沉思的特殊性只在于插叙（有时候毫无充分理由地被称为“抒情插叙”），是说话人（思考者）对事件系列的超越方式：这是对事件的反思、说教、评价、解释或者说理等等。因此，沉思与叙述及对话不同，并不能构成独立的片段。这始终是一种话语性，夹杂在客体结构的这个或那个片段中。

人物们的交际或者沉思活动有时候只在情节层面上被记录下来——通过将话语作为外部行为来记录的叙述：他们给我讲了发生的一切，并添油加醋，掺和了有关气数的种种看法，他死前半小时，使他在那次必死无疑中逢凶化吉的也正是这个气数。假如逐字逐句地转述这些看法，那么就能大大提高这些看法在艺术整体语境中的重要性，但作者并不允许这么做。

文本的客体性与主体性分节一般来讲是不相互吻合的：可以把分属不同主体且有着不同言说方式的几个话语放置在一个片段里，不间断的连续对话（在戏剧中）或者不间断的连续叙事则相反，可以涵盖几个片段（《宿命论者》中的第4、5、6片段）。这样看来，两个不重合的切分系列，即情节系列和布局系列，它们相互叠加而成的特殊“网状”就是文学作品的整个文本表现的结构基础。清晰地区别这两个系列，并且在接受中将这两个系列清晰地凸显出来，是读者文化素养的基础。

叙述与对话

在长篇小说《当代英雄》复杂的总体布局的背景中，《宿命论者》的布局就显得相对简单了。这个短篇小说文本乃是时闻叙述（而从这一点看毕巧林“互补于”马克西姆·马克西姆维奇，因为后者在长篇小说的开篇《贝拉》中是故事体叙述的主体）的各个片段、各种对话语轮和沉思的“自然”连贯体。开端与结尾，小说的这两个外在界限，在这种明晰的文本布局中特别引人注意。

《宿命论者》以第一人称代词开篇（一个偶然的机会，使我……），以对马克西姆·马克西姆维奇的评价结尾：他本来就不喜欢玄学式的空洞辩论。正如上文讲过的那样，从自己到“他人”的这种过渡，作为个人之“我”的现实界限，具有重要意义。

在与毕巧林“日志”的前几个片段的结尾进行比较时，《宿命论者》乃至整部长篇小说结尾的作者总结（从第二章中我们已经知道主人公毕巧林恰好对马克西姆·马克西姆维奇的友谊不屑一顾）就显得愈发明显了。《塔曼》与长篇小说整个第一部分的收尾句子以下列词语开头：我哪儿还能顾得上人间的快乐与不幸呢……而《玛丽公爵小姐》的结尾句子则是自我欣赏的主人公对自己的评价：我这人，就像那在双桅横帆的海盗船上出生并也在那儿成长的水手……等等。

以时闻叙述为主导的布局形式，要求具备无偏见的**见证人**的立场，正如文本结尾时闻记录人（即写日志的人）称自己为见证人那样。这恰恰是毕巧林觊觎得到的生活立场：我所步入的正是心里苦苦体味过的那种生活，于是我就感到无聊与腻味，就像一个人，他早已熟读过一部作品，再硬着头皮来读这部作品拙劣抄袭本时的心情那样。

毕巧林既不想成为**命定**（争论的对象）生活的作者（唯意志论），也不想成为**命定**生活的人物（宿命论）。然而，他始终无法在这种旁观者中立立场上站稳脚跟：主人公的个性比他所期盼的不参与性更宽泛。

讲的与其说是日志记录者的情节积极性（生死试验不但排除而且

更要求具备“见证人”的立场），还不如说是他的叙述积极性。毕巧林的时闻叙述（日志叙述），虽要求叙述的两个事件方面是平衡的，但更偏向于作者（全知全能）叙述，特别是充斥了各种旁白，这些旁白有时候是铺陈的，伴随着几乎所有的对话语轮，而在这种情况下这些语轮本身符合毕巧林的风格，是极为简洁的。毕巧林在自己的“援引”中并不太在意他人的言语。

在这个背景中极少量的无旁白语的语轮获得特殊的意义。这样的语轮交替总共出现了两次：乌里奇和毕巧林之间关于是否相信命定论的简短的“对话－同意”，还有毕巧林得到乌里奇死了的消息。这两个场景中都没有出现旁白——这是主人公－叙述人内心慌乱的表征。这是虚假的客观叙述这个隐藏的作者动机得到弱化的两个短暂瞬间，而在所有其他的情景中这种叙述明显排斥对话、使之遭到自己的“书刊检查”。

从这个角度看，具有典型性的是对话被缩减为一个打上了引号的语轮，仿佛这个语轮是能够被叙述吞没的。极端的情形是中心片段里没有回答的语轮“再见，娜斯佳”：进入对话原来就是终止和扼杀对话。如同上文讲到过的那样，这个微型片段的布局形式把注意力集中在毕巧林离群索居意识的反对话性上，而娜斯佳则“想回答点什么”。

在毕巧林不是见证人的乌里奇赌博和死亡片段（第1a和8片段）的叙述中，能更明显感觉到的是叙述人话语的外在时闻性（日志性）向其内在作者性（第三人称性）的倾斜。比如，他与作者的主人公一样十分乐意地说道：乌里奇担心的既不是车臣人的子弹，也不是他们的军刀。在这些片段中日志记录人依循的是别人的讲述，这些片段与余下的叙述完全没有区别，这不得不让人猜测，毕巧林的不安和贪婪的想象力也在不小的程度上参与到所有其他的情形之中。

在毕巧林的独白意识的背景中，对话的明显弱化同时提升着每个被文本所刻画的语轮在布局－意义上的重要分量，尤其是在语轮重复的情况下。“我不听凭发落！”——躲开所有人的哥萨克喊了两次（第二次喊是在回答大尉的话：自己的劫数你是逃不脱的）。除了这个词之外，哥萨克在回答乌里奇的问话时也只说了一个词：你！对拒绝伏法以及对乌里奇蓄谋已久的这种着重关注，使得哥萨克似乎变成杀害宿命论者的必然凶手。但是，哥萨克并不是命定论的武器，而是这样一个人的思想上的特殊敌对者，这个人的宿命论要求的正是屈服于命运。

哥萨克为与乌里奇肆无忌惮争论的毕巧林的失败进行独特的复仇。这个人物实质上是毕巧林本人——现在已经是唯意志论者——的又一个身份。日志记录人轮流与这两个人物进行斗争，却没有在斗争中克服自己内在的双重性，这并不是偶然的。

沉思

毕巧林的孤独意识的戏剧性双重性为其对沉思话语的反思提供养料。在《宿命论者》文本中一共有六次叙述者沉思。片段（2）里两个篇幅最长的沉思是文本的布局中心，这并不偶然。正是在这里，毕巧林思考着自己“**轮流的**”倾向性：“一会儿亲近心情抑郁的形象，一会儿亲近心情开朗的形象。”此处他在唯意志论及其对立面两者之间摇摆：嘲笑祖先古老的宿命论，同时赞叹他们的意志力，还**不由自主地**重蹈他们的覆辙，因为他自己已经消磨掉了自己的坚忍不拔。此处在毕巧林的意识中生活本身分裂成两个部分，一个是心中所经历的理想的真正生活，还有一个是现实中对理想生活的拙劣效仿。这实质上是统一完整的沉思，只不过被不喜欢抽象的思想这句话（它正好是《宿命论者》音节长度的“几何”中心）分割了开来（又被分成了两部分）。

斗争形象的双重化具有特殊的意义。一方面，与人或者与命运的任何斗争，本来就应该给祖先带来真正的享受；另一方面，与自身的徒劳无益的斗争（夜斗灵魂），带给现代人的只有疲倦与心灵衰竭。这一论点凸显出以下三种紧张对立的现实意义：乌里奇与毕巧林、哥萨克与乌里奇以及毕巧林与乌里奇（三人中的每一个，都分别获得一次胜利，也分别遭受一次失败）。乌里奇朝自己开枪时便是在与偶然的庄家作斗争；哥萨克与酒精幽灵斗争时杀死了乌里奇；毕巧林则在与自己的一个片面性作斗争时镇住哥萨克的反抗，而这个片面性来自另一个人，是与乌里奇相一致的片面性。

毕巧林的另一个版本的行为也具有较大的正义感：在大尉威胁要射杀不屈服的哥萨克之后，毕巧林让“我”，也即第一个“我”，经受死亡的考验，以便保全自己的“另一个我”的性命（我会生擒他的）。莱蒙托夫笔下的人总是比其介于自己之“我”和“他人”之间的事件性界限要宽广：与自己斗争时他会给别人以打击，而与别人斗争时他却给自己以打击。

毕巧林妄自菲薄的反思（而我们，他们可怜的后代们……）具有单义性，这种单义性对作者的个性观念而言是多余的。所以，《宿命论者》包含的，不是似乎全面展现出主人公孤独意识这个画面的一个关键沉思，而是它们构成的完整体系，是完全对称的体系。文本的两个中心沉思片段（第 4 和第 5 个沉思），类似于我们在围绕娜斯佳片段形成的情节结构里所观察到的，被成对的沉思所构成的特殊同心圆所环绕。

最简洁的一对叙述者沉思（第 3 和第 6 个沉思）是第一个这样的圆环，因为这对沉思把毕巧林对生活的“自我中心主义”和“异我中心主义”的思考两极化，而毕巧林的思考构成了布局的沉思中心。没有我，他似乎找不到合适的机会（自杀），就这一自我辩护而言，毕巧林对他人个性完全漠然置之，也不认为他和乌里奇的会面是存在主义的“界限”（第 3 个沉思）。看到罪犯母亲的嘴唇蠕动，毕巧林突然陷入思考：他们是在喃喃自语地祈祷，还是在自言自语地诅咒？（第 6 个沉思）。对完全陌生且不知情的他人生活的这种出乎意料的无动于衷，可视为短篇小说内的一点特殊启示：敞开“他人”心扉，这是与排斥娜斯佳和乌里奇（在自我辩护话语中）相对立的、与远离人类的快乐与灾难（《塔曼》结尾处）相对立的内心姿态。

第 2 个沉思——这是短篇小说文本中毕巧林第一次沉思（如果不考虑长篇小说的前面章节），这次沉思稍微向我们开启了主人公的内在双重性。赌局中在没有命定论、个性不受制于命数上下注的时候，毕巧林立刻想到的是在注定快要死的人的脸上出现劫数难逃的迹象。

同心圆环上的第 2 个与第 7 个沉思，是文本中毕巧林的最后沉思，这是完全合理的。在自己的总结性插叙里，日志记录人既不接受宿命论，也不接受与之相对立的信念，因为他喜欢怀疑一切，并认为可能谁都不了解自己，他是否信奉什么，或者不信奉。换句话说，人的个性比自己的信仰宽泛——毕巧林与信仰宿命论的人相逢的个人经验在短篇小说中就是这样被刻画出来的。

第 1 个沉思布局片段里的话语主体，是用不定人称代词某人来表示的。因为在《宿命论者》中军官的对白通常都是不记名的，归属于许多人，而其余的所有沉思都出自完全特定的人物之口，所以这个论点获得特殊的地位。把这个论点视为“作者化了的”设问未必是错误的：再说，假如确有命中注定的气数，那还赋予我们意志和理智干什么？我们为什么还得为自己的行为担负责任呢？

在铺陈的中心沉思里，毕巧林从本人的内心经验出发，对这个问题做出自己的回答。是的，上天给人以意志和理智，但这是脱离世界秩序而消耗着意志的孤独意识的理智，其结果是现代人正在丧失现实生活中必不可少的坚忍不拔。应该认为，个人意志不坚定是毕巧林在唯意志论和宿命论之间摇摆不定的原因。不过，毕巧林的回答是否正确，本身仍是问题。

结尾的沉思插叙（第 8 个沉思）属于马克西姆·马克西姆维奇：他这是鬼使神差，竟会深更半夜与一个醉汉攀谈！……不过话又说回来，看起来，他这也是命中注定的！两个相互排斥的依据（主观上的错误和超个人的不可避免性）被马克西姆·马克西姆维奇联合在了一个话语中，这在布局上是合乎规律的，但没有对关于自由意志的（第 1 个沉思）“作者化了的”设问做出回应，令人唏嘘。

除了短篇小说中两极对立的人物乌里奇及杀害他的凶手之外，所有人物都一致认为关键问题是无法解决的。老少校（他在布局上被分裂为另一个老军人即马克西姆·马克西姆维奇这个形象）的对话语轮，也是文本开篇第一个对话语轮，“所有这些，诸位，什么也证明不了”，针对的便是“不可证明的推论”这个说法，而这并不是偶然的。

毕巧林本人一进入这场对话，就见证了深深吸引他的争论是无法解决的。毕巧林就乌里奇讲的寿限已定表示暂时同意他的看法，他说道：信，只是现在说不清怎么回事，我感到今天您必死无疑……假如毕巧林也像乌里奇那样相信命定论，那么就没有理由表现出类似的惊讶（乌里奇本人如此严肃地看待这一点并不是偶然的）。然而，假如在射击之前对命定论的否定是正确的，那么毕巧林就不应该产生乌里奇注定会失败的想法。

大尉的长篇说教也源于那个无法解决的矛盾：既然你的罪孽使你执迷不悟，那就毫无办法了：自己的劫数你是逃不过的！老哥萨克的议论从内部看是荒谬的，就像毕巧林的怀疑是荒谬的那样：他的议论承认命数的决定作用，但同时却让罪犯负起他个人的全部责任。大尉毫不怀疑自己说的话是正确的，他的这种非逻辑性实质上是对日志记录者智谋的反讽。

结束上述遥相呼应的对话语轮的，是马克西姆·马克西姆维奇被毕巧林所诱而说出的施为话语，而在这个施为话语中包含着十分独特的质朴而狡黠的回答。马克西姆·马克西姆维奇避开意志力、理智和责任的形而上学问题，开始议论当地武器的质量：火器让人希望有比较好的，而军刀则真正是好的。乌里奇即便向自己开了枪也没有死于子弹，但是在军刀下丧了命。看来，人实际上不可能完全自由地支配自己的生命，只不过原因不在于命定论。

“作者的”问题没有被解决；在没有被解决这一点上可以说所有的人物（宿命论者和唯意志论者除外）意见是一致的；在如此引人注目的没有被解决中，暗藏着如何寻找答案的途径，而这个答案就直接包含在文本的艺术结构之中。这是摆脱孤独意识的二律背反（唯意志论——宿命论）并通向与“他人”真实生活相接触、与其他众多意识发生对话碰撞的一种途径。这样的碰撞——即便对话遭到独白叙述的压制——出现在文本的所有沉思话语和各种关键对话语轮之间，展现出作者的创作意志，而乌里奇和哥萨克作为毕巧林的双重生活立场之两极的化身，丧失沉思并被排除在这一深刻的“对话－赞同”之外。这再次强调他们相对于毕巧林这个集日志记录者、反思者、人物于一身的核心形象在艺术上并不是独立自主的。

从这个角度看，像标题这种布局元素，其作用是十分显著的。“宿命论者”一词，从表现上讲，并不涵盖短篇小说中所展开的各种生活立场的相互关系和彼此作用。早就临死的宿命论者怎么也没有成为叙述的主要主人公，尽管叙述的是他。乌里奇对毕巧林而言只是“自己之他人”的一种变体。

我们要关注的是，长篇小说的所有组成部分的标题，称呼的就是这样的“他人”，“当代英雄”相对于这些他人找到了作为某个内在之“我”的自己：贝拉，马克西姆·马克西姆维奇，梅丽。“塔曼”同样与其说是事件发生地的名称，不如说是“自己之他人”（走私者）的借代称谓，即“他人生活”方式的借代称谓，而这种生活对毕巧林来说是如此格格不入，又因自己的一往无前的唯意志论而在他内心产生共鸣。

聚焦

严格地说，各种情节片段构成的链条，只是文学作品的客观结构的骨架。每一个这样的文本片段，其长度取决于对各种人物在时间和空间中如何出现和如何行动（互动）的细节化描写的程度。数年生活的事件梗概，在不展开细节描写的情况下，可以压缩为一两句话，反之，短时间的片段，在最为详尽的细节描写的情况下，可以铺叙成好几页篇幅。

对艺术现实的细节描写层面的详尽无遗的科学描述，工程浩大，且极其繁冗。因此，我们在这种情况下虽然还遵循分析的对象与文本等量齐观的原则，但是就陈述各种所得结果而言不得不把注意力只集中在《宿命论者》细节化描写的各种关键要素以及某些颇能说明问题的例子上。

不仅展现在外的生活的各种详尽物象，而且非物品性质的各种智力－心理表现，都拥有细节化描写层面上的艺术印象因素的地位。比如，毕巧林讲到，怎么把玄学抛掷一边，并开始看脚下〈……〉什么东西？在我面前躺着一头猪。对心智（“内在的”）视觉而言，这也是对文本客体结构的艺术接受，玄学和猪是艺术上同样值得描写的细节，在这种情况下可以把这些细节放置在意义构建的对立关系中：祖先的宿命论玄学及其占星术将人的存在与上天联系在一起，而猪却让他回归大地，其实他就在这大地上漂泊着，用毕巧林的话说，如同无忧无虑的流浪汉。

考虑到艺术现实的细节描写层把我们读者的注意力既集中在事物的详细情形（通常被称为“细节”）上，也集中在话语其他类别的语义“量”[①]上，我们所考察的客体结构的这个层面，用当代叙事学科学词典中的术语聚焦来命名，要更准确得多。这是作者和读者之间交际的特殊层面，在这一层面上起着符号作用的并不是词汇本身，而是它们的所指——被文本隐性模式化的接受意识的“前谓语经验的明证性”（胡塞尔语）。

需要补充说明的是，我们使用热奈特为叙述类型学引入的“聚焦”这一术语时，取义将稍有不同。在我们看来，应该讨论的是“叙事焦点”（布鲁克斯和沃伦语）如何适用于每个具体的句子，因为在叙述过程中内部视角的聚焦通常都是随句子与句子的更替而变化。从这个意

---

① 原文为“квант”，对应拉丁词“quantum”，北京大学中国语言学研究中心语料库将其译为“语义量”，本文予以采纳。——译者注

义上说，古典的（全知全能的）叙述无论如何都不能被认为是“非聚焦叙述或者零聚焦叙述”[①]。此外，文本的任何一个语句都是视觉印象的某种结构，而不是只有叙述者的语句才是视觉印象的某种结构。

由于与情节紧密结合，聚焦层仍是各种艺术价值的相对独立的体系。冈察洛夫曾经注意到了这一点。他在文章《迟做总比不做好》中特别写到，“断断续续地和单独地、以看上去彼此不相联系的人物面貌、场景展现在总体框架之远景中的各种细节”，最终“都在生活的总体结构中融为一体”，“仿佛有未被观察所捕捉到的、看不见的细线，或者也许是磁流，在这里起着作用”。在创作过程中，对艺术现实这个方面的审美上的揭示，也可以先于情节的形成。众所周知的经典范例，就是作者（果戈理）感觉到自己实际上为撰写喜剧（《钦差大臣》）做好了充分的准备，虽然还没有喜剧的情节（是普希金提供的情节）[②]。

艺术现实在聚焦层面上，也像在其他任何层面上那样，呈现为两种反映。就文本的反映而言，聚焦是各种视觉“框架”、内在视觉画面的体系，或者更准确地说，是文本的各种“承载画面”的微小片段的体系；就意义的反映而言，聚焦是各种母题的体系。

文本的任一语句，甚至是从全民语角度看最平常的语句，对于艺术接受来说，都是或多或少充满了各种细节的一个内在视觉画面。正如阿思穆斯所说，“各种主人公被作者有序地引入叙述画面，而被读者——在阅读过程中——引入读者接受画面。在每一个细小的时间片断里，在读者视野中出现或者移动的，是一个单独的叙述画面”[③]。成为这种“画面”的意义成分的，只有文本中点名说出的东西，而不是读者能够或者希望想象到的一切东西。如何在语句的画面整体中分布各个

① 热奈特：《修辞》第 2 卷，莫斯科，1998，第 205 页。

② 1835 年 10 月 7 日，果戈理在信中请求普希金指点“某个情节，哪怕搞笑或者不搞笑，但纯属俄罗斯式的趣闻”。

③ 阿思穆斯：《作为劳动与创造的阅读》，载阿思穆斯《美学理论与美学史诸问题》，莫斯科，1968，第 59 页。

细节，决定提供给读者的是何种视角，其中言语的各种画面生成能力的特点是这样的：文本的各种语义单位，其位置在语句的开头尤其是结尾，会造成内在视角的“宏大画面”。

在契诃夫的短篇小说《宝贝儿》中我们读到：这是一个文静、善良、体贴的娇小姐，目光温顺、柔和，身体十分健康。确定聚焦接受的次序是这样的：“宝贝儿”的“心灵”特征描写，逐渐深入，直到描写目光（这个“心灵的窗口”），这一描写突然被末尾的“身体”说明这个宏大画面所打断，而这种说明的位置似乎只能在这组话语链的最前端：如果是在这种假定的次序中，那么“非精神性”就该逐步消失。然而，被后续的聚焦画面所涵盖并强化的这个“非精神性”（要是看到她那丰满、红润的脸蛋儿，看到生着一颗黑痣的柔软白净的脖子……等等），使得先前那些“精神性”特征的描写遭到讽刺性的贬低。

转化成虚构现实世界的丰富而完整的生活画面的，是画面承载语句（文本反映）的连贯性，而不是鲜明的或者被读者想象辨认出是可信的各种零散细节；而这样的虚构现实世界，就意义的反映来说，是对各种母题的某种复杂配置。文学作品的母题实质上是艺术语义的单位，这些单位深深地扎根于民族和全人类的文化和习俗之中；它们借助语义上的重复、平列、对照出现在文本中，同样也因各种互文性的重复（回忆、用典）而使意义得到凸显。某个单词的词汇重复，只是母题构建的个别情况。所谓的文本“母题结构”[①],使得语义上有亲属关系或者偶然近义的各种外在和内在生活细节的任何重复，包括能够产生完全是偶然的印象或者相反是必然的印象的那些细节的重复，在艺术上具有重要的意义。

这样看来，乌里奇和哥萨克的开枪在聚焦层面上呈现为各种母题情结，是被各种重复在语义上所“押韵”的情结：单词的词汇重复响起了枪声，两次提到充满房间的烟雾和扣动扳机的咔嚓声这些鲜明的细

① 参见加斯帕罗夫：《文学的主题》，莫斯科，1994。

节，还有第一发子弹射穿军官制帽，而第二发打碎军官肩章，甚至这两枪都是往窗子方向打的。毕巧林生活中如此不同的时刻在细节上却具有同类性质，这是具有艺术意味、意义指向性的：还有一个乌里奇与哥萨克之间的平列，是揭示出毕巧林戏剧性双重意识在情节上的两个化身相对照的平列。

内视画面

在事件内容最丰富和细节描写程度最高的《宿命论者》两个片段（1 和 9）中，内视画面的组织结构有着明显的不同：

让我们来考察一下第 1 片段中的高潮画面：我现在还记得，我从桌上拿了一张红心 A，朝上一抛：所有的人都屏住了呼吸；所有的眼睛，都流露出害怕和一种心神不定的好奇心，从枪口迅速移到了那张致命的红心 A，见它在空中噗噗啦啦作响，慢慢落了下来，就在它碰到桌子那一霎那，乌里奇扣下了扳机……枪打哑了。

时间上的间隔距离，因为被想象中该距离的消除所强调（我现在还记得），使得日志记录人实质上处于“画面之外”：他看到整个场景，知道所有在场人物的情况，他不仅像其他人那样看到手枪和红心 A，而且还看到注视着这两个物件的所有的眼睛，他给所发生事件的描写附加上充满感情表现力色彩的评价用语（致命的、噗噗啦啦作响），饶有兴趣地增强紧张气氛。语句的视角就是这样的；这就迫使人们不是从参与者的立场，甚至也不是从局外见证者的立场（从不能看见“所有的眼睛”这个方面看），而仿佛是从导演控制台上观看这一幕场景：实际发生的事件转变成孤独意识的被戏剧舞台化了的画面。毕巧林是这一场景的审美主体（作者）。他只是冒着失去 20 块金币的危险，就拿别人的性命做起赌博试验，还贪婪地观察着试验的进程。在这个场景中，别人的性命对毕巧林而言只不过是一种材料，是用于凸显他本人如何存在于世上的材料，而这样的存在又是被浪漫主义反省所戏剧舞台化了的存在。

第9片段中的高潮画面：房子的门和护窗都从里面反锁着，它的周围挤满了人。军官们与哥萨克们在情绪激昂地议论着；女人们嗷嗷乱叫着，一边哭喊，一边诉说。她们中间，我看到有一个老太太的脸格外惹眼，她脸上显出一种疯狂的绝望。她坐在一根很粗的圆木上，双臂撑在膝头，两手托着自己的脑袋：这就是杀人凶手的母亲。她的双唇时不时蠕动着：是在喃喃自语地祈祷，还是在自言自语地恶意诅咒？

在描述这一场景时，日志记录人非但没有强调时间上的间隔距离，反而使用现在时态似乎是在消除这个时间距离。感觉不到从观察者角度的任何“导演式的”介入：几乎没有带着情感表现力色彩的细节化描写，没有对场景强行实施整体化，这个场景在巧妙构筑成的一个画面（如在第1片段里那样）里，这次“没有被容纳下”而分布在几个不连贯的画面之中。相反，毕巧林却只关注整个画面的一个细节——老太太的格外惹眼的脸和姿势；老太太无论如何都不属于毕巧林自我中心主义的世界，而是对他构成某种谜团。这是与真正“他人”的真正的相遇。

这次偶然却意义极为重大的眼神相遇（这一相遇带有短篇小说趣闻故事体裁策略的明显印迹），也使得毕巧林本人的生活参与到周围人的生活之中，参与的程度达到了促使他在那种情况下敢拿自己冒险的地步，当时的情况完全允许他袖手旁观充当事件的看客，而与乌里奇的赌博冲突却根本没有打开孤独意识的封闭圈子：正如上文所讲，乌里奇只不过是毕巧林的“第二个我”。这一点在聚焦层面上表现得异常明显。

这一双重性的离奇之处在于两个主人公的面目不同，而其表现的力度达到了漫画式夸张的地步。乌里奇拥有魁伟的身材和栗色的面庞，乌黑的头发，深邃的黑眼睛，大而周正的鼻子，而在《马克西姆·马克西姆维奇》一章中得到详细肖像描写的毕巧林，身材不高（也指出他的贵族的小手），天生苍白（乌里奇只是在临射击前脸色发白），拥有淡黄色的头发以及短扁（外形不规整）小巧的鼻子。不过，通过毕巧林的“底片”看乌里奇的外貌，根据日志记录人的发现，乌里奇给人的印象完全是毕巧林式的孤独意识之主体的印象，这个主体就是一个特别的、没有能力与命运赐予他的那些伙伴们分享思想与激情的人。可以很容易地把这些话当作日志记录人不由自主的自我评价，因为他的面貌同样显露出内向的性格。看上去也像是这种自我评价的还有对乌里奇说话风格的客体性细节描写，因为乌里奇完全像毕巧林那样“说话少，但说起来尖刻”。

人物的塞尔维亚人相貌，犹如狂欢的面具，把自己的个性，某种意义上类似于“当代英雄”的个性，隐藏起来。并不偶然的是，尽管两个人物存在所有的“差异性”，他们的眼睛和微笑——这些无法被面具所遮掩的内心生活的躯体表现——却很相似。毕巧林在议论乌里奇封闭得冥顽不灵时提及命运，看来也并非偶然：宿命论的思想对他那慌乱不安的意识而言至少是清晰明了的。

至于哥萨克，对其肖像的细节描写同样被限定在脸庞的苍白和炯炯有神的眼睛上。后者与乌里奇的肖像描写相吻合，而深邃的眼睛乃是乌里奇和毕巧林肖像的共同细节。我们看到的哥萨克和早前的乌里奇一样右手握着手枪；两人的相似之处还有小说中三次提到的拨动扳机的手势，以及两人都被别人抓住了手。不过，唯意志论者的双眼惊恐地转动着，他那不安的眼神与宿命论者目不转睛的淡定眼神形成直接的对照。这一切都展现在毕巧林那审视的目光面前，因为他细心观察着这两个对峙者，仿佛他们两人是他在镜子中的映像。

有关乌里奇我们所了解到的可以说明这一切，他几乎不喝酒（隐约反映出乌里奇的“穆斯林”信仰，故意把他与醉酒的哥萨克对照起来），也与毕巧林对照起来——从来不追求年轻的哥萨克女人，而迷恋哥萨克女性的美色却间接地使叙述者与哥萨克接近起来。这种接近因各种内视画面的平列比照而得到深化：我随手关上了房门……以及杀人凶手把自己反锁在了一间空房子里……这些离群姿态的颇有意味的重合，回溯性地让我们想起乌里奇的封闭与内向，他从来不把自己内心的和家庭的秘密告诉给任何人。

还可以指出一系列聚焦的这一类平列比照。譬如，两只拳头敲向毕巧林的窗子，以及用尽全力敲向被哥萨克关上的房门；充满遗憾的、模糊不清的回忆（毕巧林）与一阵痉挛，伸手揪扯自己的头发，似乎迷迷糊糊地想起昨天发生的事情（哥萨克）遥相呼应。还有，梅丽公爵小姐让毕巧林拿刀刺她(“难道我像凶手吗？”“你比凶手还坏……”)。

简言之，有一整套的艺术印象诸因素的体系，这一体系将三个人物联系起来成为矛盾的统一体，是某个孤独意识主体的各个化身构成的统一体。譬如，值得指出的是他们在空间上的相关性：坐在房间角落里的乌里奇，走到桌前，移动到中心位置（他使了个眼色邀请我们在近旁坐下）；相反，哥萨克在村子中心（在街上——文本中之前只提到拐角处）遇到乌里奇之后，移动到边缘位置（把自己反锁在村子尽头的一间空房子里）；而毕巧林则总是处于事件的中心位置，唯一的例外是宿命论者和唯意志论者（日志记录人本人的极端的生活立场）碰面的那个血腥夜晚。

母题

莱蒙托夫的短篇小说——与其他任何文学作品一样——是一个母题群，是一个由这些母题交织而成的独特图案；在这个母题群中，在这个独特图案中，起着关键作用的是赌博和死亡主题。艺术语义的“神经纤维”① 构成的神经节② 早在零位片段中就已隐隐显出萌芽。开头几个内视画面的视角是这样的：居住在侧翼（前线），也就是死亡的边界上，对毕巧林而言，归结为玩牌；牌局的结束则是谈论死亡话题的开始（命定论如同一个清单，上面写着我们死亡的时刻）。

持续的谈话把几个主题连缀起来，引出乌里奇和毕巧林的生死赌局（摸牌使赌博母题得到强化）。上文已经讲过，狂热的赌徒乌里奇，

① 神经纤维是由神经元的长轴突外包胶质细胞所组成。——译者注

② 神经节是功能相同的神经元细胞体在中枢以外的周围部位集合而成的结节状构造。——译者注

把哥萨克叫住，决定继续这一赌局，因为在他看来这比赌斑卡牌和什托斯牌更有意思。在插入片段（1a）中也很容易找到交织在一起的上述几个母题。

毕巧林赌博返回途中的那番夜思给死亡母题定下基调，而赌博母题如影随形地伴随着这个死亡母题。祖先们的激情与期望（激情这个副母题通过乌里奇与赌博联系起来）连同他们自身早已经湮灭殆尽（死亡）。接着，毕巧林思考不可避免的终结（死亡）以及享受与人或者命运作斗争的快乐（赌博）；在夜斗鬼魂（令人费解的话语，特别可以当作偶得之赌博委婉语来解读）耗尽心力之后，思考着他自己的呆板生活（在心里苦苦体味过这种生活后，我步入了这种生活），直到被某个死物（一头被劈死的猪——是对死亡母题降格的、贬低的浓缩）绊到。

然后，沉默的娜斯佳发青的嘴唇（也死猪胴体一样被冷冷的月光照着）以及毕巧林点着蜡烛睡觉（明显的死亡象征）这些细节，隐蔽地发展着给定的母题——目的在于最终人格化为通知乌里奇死讯的三个（古希腊、罗马的命运女神帕尔卡[①]的数量）信使形象，而这三个人本身也是面色如死一般苍白。在紧接着的惊险情节，对毕巧林而言是消解死亡危险的惊险情节的语境中，这三个随我接踪而至的死讯信使——意蕴十分丰富。

接下来，无论是在文本的词汇表层（不止一次出现的被打死、死亡、凶手），还是在更深入的语义层，死亡母题起着主导作用。例如，紧接乌里奇被杀死了这话之后的是被弱化的死亡形象：我呆若木鸡。而被嚎叫与哭诉的女人们围在中间的老太婆，双手托着仿佛被砍断的头（况且又是凶手的母亲），读到这个人物很容易把她当作人格化的死亡形象。她那蠕动着的双唇，让读者的心智视角向后回溯——想起娜斯佳冻得发青的嘴唇露出的微笑，接着想起乌里奇死时脸上的微

① 命运三女神的合称，是指掌管着人的命运的阿特洛波斯、克罗托和拉克西斯三个女神。——译者注

笑：……他的苍白的嘴唇微笑了一下：但是〈……〉我在他那苍白的脸上察觉出了死亡的迹象。

不过，死亡未发展到高潮（我们的人就会被他打死很多），代之出现的是赌博母题：像沉湎于赌博激情中的乌里奇一样，毕巧林也心血来潮地想试试自己的命运凶吉如何。

成为把赌博和死亡连接起来的关键副母题的是心（内心、心灵、心脏）母题，被毕巧林向上抛起、掉下来时噗噗啦啦作响的那张红心A便是对这种内心母题的描绘。意识到不可避免的终结时出现一种难以自持的、钳制心灵的害怕，在日志记录人的这一反思中内心副母题与死亡母题彻底结合在了一起。并不偶然的是，乌里奇被砍后几乎当场毙命，因为那一刀将他从肩膀差不多一直劈到心脏。

在短篇小说第二个高潮里出现对决定命运的内心描绘的毫不掩饰的用典。在片段（1）里，所有眼睛〈……〉从枪口迅速移到了决定命运的红心A；而在片段（9）里叙述人贴近了决定凶吉祸福的那扇窗户。我的心怦怦直跳（与此同时，眼睛却注视着手持手枪的哥萨克的一举一动）。最后，毕巧林头往下一扎，从窗户冲了进去。这是人体在矩形窗户（已经与确定凶吉祸福的矩形扑克牌发生了联想）里翻牌式的翻转，这种翻转将毕巧林的“急冲”比作成功的赌博过程：人没有被打死。同时，往下冲这一姿势，与短篇小说情节开始时停止玩波斯顿牌遥相呼应（波斯顿牌玩得不耐烦了，并把牌扔到桌下），也与毕巧林本人未敢拿性命冒险时将红心A向上抛形成对照。

死亡（比死亡更糟糕的事情是不会发生的）谁都躲不过，但毕巧林的最后一次沉思却是以意外死亡母题来结尾的，这次沉思讲到了赌博特有的生活方式：狂热赌徒的骗招、失策和果敢（我不知道前面会碰到什么的时候，我一向都是更加勇敢地往前闯）。总体而言，所分析的赌博和死亡主题的相互关系具有这样的（艺术）意义，即**赌博**被推至**生命**的位置，也就是与死亡形成多方面的对照。“您打起赌来运气真好。”——毕巧林对乌里奇这么说，因为他的交谈者还继续活着。

生命观照的类似结构打破命定论这个思想本身：生命是偶然的（每个人都在讲自己的形形色色的事情）；文本中多次提到命运绝对不是劫数（无论是决定祸福的红心A，决定命运的窗户，还是致命的时刻，都不是命定的），只不过是签——幸运签抑或非幸运签，如同在赌博中所发生的那样。然而，这种观点也没有给唯意志论留下位置：随心所欲地支配自己的生命，是不允许作为任何个人存在和意识的实质性障碍（界限）的“伙伴”即毗邻的他人出现的。

不过，马克西姆·马克西姆维奇是“自己的他人”，对毕巧林的自我定位来说，不是障碍，准确地讲是支点。个性的自我实现是可能的，不但在驾驭“他人”的情形下可能，而且在与他保持一致的情形下也可能。毕巧林的虚假失败（我从他嘴里再也没能掏到什么），从前文的背景中来看，是短篇小说文本中对尝试解决人是否能随心所欲地支配自己的生命这个问题的反讽。尤其是马克西姆·马克西姆维奇的出人意料的话：……一不小心，火就会烧了鼻子——相当明显地呼应毕巧林的话：枪声紧擦着我的耳朵响了起来以及……把枪口对准了脑门。在对身体细节部位的这种平列比照中，不危及生命的鼻子枪伤是对“决定命运”的枪击的反讽式贬低，因为乌里奇和毕巧林本人都充当了枪击的靶子。

值得注意的是，在聚焦层面上半反讽的尾声片段（同时也是短篇小说的结尾）似乎没有添加什么新东西。实际上这个文本片段里的所有细节（或者与它们类似的细节）早已经在前面出现过了。不过，片段(10)在母题层面上也同样极为有趣，特别是其“结尾性质”完全从赌博和死亡母题的细节化描写中消失了。仿佛是万花镜，稍稍转动，会使同样的那些细节翻出未曾见过的新花样：孤独意识这种浪漫主义文化所特有的各种二律背反和隐晦譬喻，被朴实得浅显易懂的常理所取代，早在《贝拉》中《毕巧林日志》出版者便为马克西姆·马克西姆维奇身上的这种常理所震惊。生命已不是赌博，而是日常生活的经验性实践。

声音化[①]

类似于各个片段构成的情节系列，只需要客体细节描写（在被文本语义量的聚焦所指引的读者想象中），就成为真正的文学作品，布局也同样需要自己独特的“主体细节描写”：需要各种饱满的言语特征，用亚里士多德对各种不同寻常、有代表性的言语形式（古旧词、未被同化外来词、新词新义等等）的命名来表示，就是声音。文本的声音化使其言语结构在接受上变得可感可触。当然，即便是符合标准语规范的单词，从符号美学分析的视角看，也同样是“声音”，只不过从修辞上讲是中性色彩的“声音”。因为在这些或那些对给定之话语具有现实意义的语言标准的范围内，也总是存在着选择各种语言学手段的某种可能性，而实现这种可能性就是在用特定的方式表现说话人的特征。

换句话说，就文艺作品的主观结构而言，除了布局之外，还有一个与文本等量齐观的艺术印象诸因素层面。这个层面乃是被选用于表述各种客体细节的那些词汇，还有在这种情况下所使用的各种句法结构，与言语主体的相关性。由于这一相关性，言语主体便获得修辞－言语的确定性，即自己的“声音”。

这样，对于毕巧林激发乌里奇完成他们赌约的语轮而言，可以使用极为不同的动词。但是，毕巧林是一个不拘于客套（我讨厌这么冗长的礼节）、生性豪爽、也不在乎别人看法的人，却说道：……要么开枪，要么把枪挂到原处。性格果敢的毕巧林，他嘴中说出的这个二者必选其一的句法结构，也如同不带婉言巧语的率直措辞那样，并非偶

① 俄语原文为“глоссализация”，是指构成文本风格及其“声音”的言语特点，秋帕用“глоссы”一词来命名这些语言特色。文本的任何一个细节都通过词来传达，所以任何措辞，甚至是极其典型的中性词，都对文本的意义产生影响。本文将“глоссы”译为“声音”，“глоссализация”译为“声音化”。此外，秋帕用另一个术语——“система голосов”，即“声音体系”，来指通过语言表现出来的某人思想、观点、态度的综合体。——译者注

然为之。

所考察的这个艺术现实层面，即词汇本身的层面，或者准确地说，是作品的言语结构层面、作品的“言语化”层面，就文本的反映而言，是被语言符号性直接呈现出来的，即被词汇－句法的修辞、甚至在不小程度上被语音（尤其是在诗歌中，词汇的选择常常受到辅音重叠、元音重叠、形近或音似的影响）直接呈现出来的。不过，正如巴赫金所强调，“问题不在于是否存在特定的语言风格、社会方言本身”，而在于“它们在什么样的**对话视角**下在作品中得到比较或者对照”[①]，以便在意义的反映中形成某种**声音体系**。标准语的言语，在相对于另一种修辞的特定“对话视角”下出现时，同样能够获得独立“**声音**”的地位。

声音化——这是由各种艺术价值构成的又一个子体系。这个子体系因为把作者的“无声”的布局与文本的客体结构联系在一起（任何一个细节都是通过词语传达给读者的，选词从来都不是随随便便的），无疑具有结构自足性。特别是展现在文本中的“声音”的数量，一方面可以比角色的数量少或者多，另一方面可以比话语的布局主体的数量少或者多。

从声音化角度所理解的艺术整体在自己的构成中拥有各种“声音”；有多少种对话角度相关联的意识类型（思维方式、生活状态），就有多少种这样的“声音”，而这些意识类型都是以十分简单的文本标志为基础凸显出重要的现实意义：(1) 选词；(2) 构句（选择句法结构）。艺术印象的这些因素，如古科夫斯基所言，在审美受众的意识中形成“同情或者反感的载体的形象，给予所刻画之对象以关注的载体的形象，言语的载体的形象，言语的性格的形象，言语的社会－文化、心智和情感典型性与表现力的形象。这是意识的体现、视点的体现，因为这种意识、视点决定〈……〉如何选取进入读者视野的各种现实现象”[②]。

---

① 巴赫金：《陀思妥耶夫斯基诗学问题》，莫斯科，1963，第 242 页。

② 古科夫斯基：《果戈理的现实主义》，莫斯科，列宁格勒，1959，第 200 页。

声音体系

在《宿命论者》中，不管是乌里奇，还是其他军官，都没有被赋予声音；如果有，那么他们的声音在词汇上或者句法上与日志记录人本人的声音有着本质的区别。在后者的言语中，大概只有书面语的“pro（赞成）”和“contra（反对）”稍微越出了全民标准语口语的规范，而文本的整个前半部分却遵循着这样的规范。这种镶嵌式的拉丁语词汇，精炼地概括争论的内容，是开启毕巧林内心矛盾和二律背反意识的一把独特钥匙。并不偶然的是，各个叙述片断的句法，特别是毕巧林那些沉思的句法，充斥着连接词和关联词：连接词通常用各种矛盾将思想流截断，而关联词则轻易地将这些话语碎片连结到封闭的孤独意识中。

在短篇小说开头的那些话语中缺失其他人的声音，有力地说明日志记录人的意识独白式地操控着情景及其参与者们的对白。譬如，开玩笑这个动词，在军官对白中效法使用之前（别人效法附和），一开始便在叙述人言语中出现两次。对话仿佛在其见证人意识的“导演”下展开，因而完全是单声的，虽然有许多的说话人。

有一次毕巧林直接说出一个意识是如何操控其他意识的：我们什么话都没说就遵从了他的吩咐，因为此时此刻他对我们具有一种神秘莫测的权威。不过，在客体结构的层面上（遵从）呈现出来的乌里奇控制毕巧林本人的这种权威，却怎么也没有在主体上得到承认：不管是在这里，还是在文本的其他地方，乌里奇从未获得真正自己的、修辞上独立自主的声音。

这样的声音也没有赋予给哥萨克，他在文本中总共只吼了两个词，且都是不带修辞色彩的词。然而，毕巧林本人的言语却明显是双重声音的。

毕巧林各种沉思的词汇，与叙述和各种对话语轮相比，具有较为明显的书面语色彩，不过尤为明显的则是句法上的不同。使用很多形动词和副动词短语、修辞格、感叹句、圆周句末尾用省略号表示的停顿——所有这些都让毕巧林反思的“内部”言语在修辞上十分引人瞩目，而他针对别人说的“外部”言语则极为吝啬与克制，不在乎产生什么效果。在这种情况下，毕巧林的言语完全可以同化那些无名军官和他那两个“半双重性格”（乌里奇和哥萨克）的言语。显然，毕巧林离群意识的本性为这样的声音化结构提供了理据。

第一次闯入短篇小说文本的另一种声音——在词汇、句法，甚至发音上都明显具有不同特征的声音，是在其中一个哥萨克说的语轮中，该语轮是这样开始的：好一个强盗！之后出自大尉之口的言语，其结构类似于这种声音。这是从世界秩序的等级制度中撷取自己论据的**权威（专制）意识**的声音：诚惶诚恐敬奉上帝吧！〈……〉要知道这只会激怒上帝。你没瞧瞧，大家这都已经等了两个钟头啦。诙谐的处事态度是与权威意识相敌对的，所以大尉呵责宁折不屈又绝非有意开玩笑的哥萨克：你咋回事嘛，笑话我们不成？

权威意识这一角色所固有的对人的看法，也是不给自具价值的个性留下位置的看法，表现在把自己与其余所有的人对立起来的哥萨克所得到的评价中。如果说毕巧林把能够做出别出心裁的乖戾言行的乌里奇称为特殊人物，那么这个“特殊的”哥萨克却被自己人即哥萨克人称为强盗。在靠近前线的哥萨克村庄里强盗这个词首先指的是车臣人或者切尔科斯人、穆斯林、不是自己人（在《贝拉》中马克西姆·马克西姆维奇谈论切尔科斯人时所讲的，与哥萨克人谈论喝醉契希尔葡萄酒的兄弟时所讲的几乎一样：……布查酒一喝多〈……〉就开始砍人）。

三次称呼杀人凶手的大尉，一开始叫他叶菲梅奇老弟。从字面意思看，这个称呼意味着有亲戚的亲近感或者甚至同族的同类感，换句话说，是对“自己人”的称呼。第二次是重复第一次的称呼，这是把受过训诫的哥萨克放置在宗教信仰的宇宙界限上，而这一界限在军官争论命定论时得到了凸显，并且在此情形下与前线相吻合：要知道你不是一个十恶不赦的车臣匪徒，而是一个虔诚的基督信徒。第三次大尉已经把这个不顺服的哥萨克直接称为十恶不赦的匪徒，也就是说，终究是车臣人、强盗、“不是自己人”。

权威意识将世界秩序的参与者划分为“自己人”和“不是自己人”，并且不知道有“他人”这个范畴，不知道有角色外的个性。离群意识最珍视个性、孤独、独特、“他性”，不过还得是他自己的个性、孤独、独特、“他性”（试比较莱蒙托夫的观点：不，我不是拜伦，我是他人……）。从这种浪漫主义思维方式的内部来看，任何“他人”（“你”）归根结底都“不是自己人”；只有双重性格对这种思维方式而言才是“自己人”。

《宿命论者》的声音体系揭示出毕巧林意识的这种特点：哥萨克人的言语模仿了与叙述人相异的“他人话语”的风格，而乌里奇的言语，尽管他不是俄罗斯人，却失去了风格的模仿，听上去就像是毕巧林本人的言语。不屈服的哥萨克没有被剥夺说话的机会，不过他的感叹句都很简短，不允许将他的言语和哥萨克人模仿风格的言语等同视之，并与叙述人的声音对立起来。最后，女性人物——符合毕巧林对女性的态度——完全是不说话的。娜斯佳的叹气，女人们的嚎叫，老妇人的沉默，营造出无意识本能（或者更准确地说是前反思的“群体”意识）的“零位”声音的效果。

短篇小说文本中出现的第三种声音归属于马克西姆·马克西姆维奇。从他的对白的第一句话开始，这个声音就以额外带有后缀字母 c 以示对交谈人礼貌有加为标志（是呀！当然啦！），这种后缀字母从修辞上看不但与毕巧林的贵族言语格格不入，而且也与哥萨克的粗俗语迥然有别。赞叹语“那可真算绝了！”的修辞应该说也同样如此。在这一人物的言语结构中，命定论（他起初听不懂这个词）被改称为玄妙的玩艺儿，而切尔克斯步枪的不便捷则是用朴实的笑话来加以夸大的（就会烧了鼻）。对这些亚洲人的手枪扳机的专业评价也很有代表性（毕巧林不将穆斯林称为亚洲人，哥萨克不将十恶不赦的强盗称为亚洲人，而称这些人为亚洲人则是马克西姆·马克西姆维奇所独有的特点）。

马克西姆·马克西姆维奇的声音与毕巧林的声音有着明显区别，日志记录人复制出这种声音，目的在于表现这一声音的个性特征。譬如，在这个高谈阔论者的简短言语里面两次使用让步词不过，而毕巧林完全不用这个词。要是毕巧林的话，就不会允许自己的言语这么蹩脚了：……手指头扣得不够用力。

这正是**他人**的声音，而不是与叙述人相异的“**不是自己人**”的声音。具有重要意义的是两者对乌里奇之死的情感反应是一致的，虽然这些反应具有不同的修辞色彩：我无意间为薄命人预卜了他的生死祸福（毕巧林）以及——是啊，可惜了倒霉蛋（马克西姆·马克西姆维奇）。可以说，在《宿命论者》的结尾，短篇小说的独白被长篇小说的对话片断所取代，被恒常的、存在主义角度颇为重要的谈话者所取代（试比较毕巧林在《贝拉》中的语轮：要知道我们早就同甘共苦了），这就是被日志记录人所引入的话语——明显断断续续的并且轻松过渡到毗邻话题的话语——具有这种结构的原因。

马克西姆·马克西姆维奇言语的声音在某种程度上是与权威意识的非个性化声音遥相呼应的，而这种遥相呼应则凸显出这一言语无法融合于毕巧林的声音之中。尤其是说切尔克斯步枪的话我们的弟兄不知为什么有些用不惯具有特殊的意义。在这里，无论是像大尉嘴上也说的兄弟一词，无论是非制式武器用不惯的理由，还是“我们的”和“不是我们的”之间醒目的界限，都超出了自己直义的范围。在马克西姆·马克西姆维奇和大尉的以下话语中，成语性短语的等值关系十分明显：罪孽让你迷失了方向和他是鬼使神差；自己的命运你是逃不过的与他这也是命中注定。

不过，这些修辞性质相同的短语在马克西姆·马克西姆维奇的意识中却并不具有超越个人的意义。其中，表明这一点的是日志记录人的最后一句话，这句话把其交谈者的思想与玄学思想对立起来（在毕巧林的中心沉思中玄学与权威意识的宿命论是偶然同义的）；证明这一点的还有对待所发生事件的个性 - 个人立场的表达，是与其他军官及毕巧林本人对乌里奇命运的试验 - 哲理兴趣相对立的表达（可惜了倒霉蛋）。最后，马克西姆·马克西姆维奇的最后一句话（也是整个文本的倒数第二句话），在整部长篇小说的语境中获得了令人注目的个性化含义。

早在上尉讲述有关毕巧林的故事（《贝拉》）的开头，他便用下列言辞来形容这个主要主人公：要知道，有那么些人的命运是上天注定的，这些人身上会发生些奇怪的事情！换言之，马克西姆·马克西姆维奇对乌里奇（实质上是把他比作了毕巧林本人）的评论（看起来，他这也是命中注定的！），从形式方面看十分平常，从意义方面看却与毕巧林把塞尔维亚人当作特殊人物来评断相吻合，而与是否相信记载着我们死亡时刻的名册不相吻合。

另一个隐含的、却极为重要的吻合，是由埃亨鲍乌姆第一个指出来的，出现在毕巧林说的话中。短篇小说（和整部长篇小说）的文本，以叙述人对马克西姆·马克西姆维奇的评论结尾：他根本不喜欢玄之又玄的空洞辩论。但要知道，早早就抛起了玄学的毕巧林本人也不喜欢辩论，况且据他本人承认，他不喜欢在某种抽象思想上劳神费时。

所以，叙述人在与马克西姆·马克西姆维奇对话时从中没能了解到什么；这种失败，正如已经讲过的那样，是不真实的。对读者和作者而言，这里发生的是作品的一个主要艺术事件：**意识的对话相逢**——在这些意识各不相同的情况下。在短篇小说的出人意料（结尾）的规则身上发生长篇小说共有的两个人物（其余各个人物都不越出自己所在章节的范围）之间达成与“自己的他人”的一致点[①]。

---

① 试比较：“一致（赞同）作为最重要的对话范畴〈……〉从来都不是机械的或者逻辑上的一致，这也不是回声；它总是克服疏远并且趋于相近（但不是融合）〈……〉因为对话赞同就其性质而言是自由的，也就是说，不是预先确定好了的，也不是不可避免的。”（《巴赫金文集》，第5卷，第364页）

神话建构

符号美学分析接下来的两个层级（神话诗学和节奏的层级），虽然一个属于作品的客体结构，另一个属于主体结构，但都主要触及应被视为内部言语因素的艺术印象诸因素，也就是说，从超逻辑、超推论的角度把作品当作统一话语来理解的因素，且这种统一话语带有某种“感情－意志的语调”，而在占取相应的“事件参与者之感情－意志的立场”[①]之后，就需要从内部把这一语调复现出来。因为价值完满的艺术接受，不仅要求具备内在审美视觉和内在审美听觉，还要求用内部言语的各种非推论形式对作品进行无声的“演绎”（有声地演绎文本乃是文本阐释的可选因素）。具有艺术价值的内部言语诸因素，其所面对的已经不是读者的语言能力（这种能力对于如实接受所探讨之层级而言是必不可少的），而是读者作为某个“我”存在于世上的个人经验的前逻辑的、深刻的层面。

譬如，艺术印象（对文本的审美思考）的完满不仅要求具备在修辞上被各种声音所“有声化了的”情节细节，还要求对其进行一**般化**。读者在情节这个层面上了解到的是各种具体的、主要是虚构的人物的生活。但是，艺术讲述的则是普遍的个性，而因此也是其每个读者的个性（当然，如果我们所接触的不是只模仿艺术的政论文或散文）。娱乐的或说教的散文局限于情节布局的各种衔接和具象化的细节，但后者在这里却是完全不够的。

“如果没有独立于作者意志、独立于显而易见的作者积极性而形成内在支撑”，那么为高超艺术所要求的“艺术整合力”是不可企及的。马尔科维奇将这种“支撑”称为“神话学潜台词”，或者文本中形成“完全特殊关联”的“超情节”。该研究者信心十足地展示了《叶夫

---

① 巴赫金：《论行为哲学》，载《科学技术的哲学和社会学》，莫斯科，1986，第 103、129 页等。

盖尼·奥涅金》、《死魂灵》、《当代英雄》的这类超情节潜台词在俄罗斯现实主义长篇小说形成中的关键作用。不过，在“个性、社会典型、时代”的深刻层面揭示出“全民族、全人类、永恒因素”的启示，乃是任何真正艺术的不可或缺的品质，这是所有时代的真正艺术，而不只是经典现实主义框架内的真正艺术，因为这种艺术“掌握人们的社会生活和私人生活的实际现实〈……〉还力图超越这一现实的界限，追求社会、人、世界的‘终极’本质”[①]。

讲的是艺术印象诸因素的客体结构的这样一个层面，只有以这一层面为基石情节与聚焦以及它们各自的艺术功能才有可能实现。巴赫金关于如何围绕作为世界“价值中心”的主人公之“我”“对世界在价值上进行浓缩”的话，在很大程度上恰恰适用于艺术整体的这一层面。

不管有多少个人物参与情节，在文学作品的最深层面、真正的“建构”层面，我们只与这样的一个中心打交道。人们经常称“托尔斯泰式的人物”或“陀思妥耶夫斯基式的人物”、“契诃夫观念上的个性”等为此类型的一般化，指的是艺术创作本身所特有的艺术概念我－在－世界中，不应把这一概念等同于作者本人的个性、等同于作者思维所掌握或制定的某种理性观念。至于各种情节性人物，他们要么都是这一概念的人物－言语的面具、变体，要么都是审美上得到“浓缩了的”艺术“世界”的背景成分。

在作品的文本实体的反映中文学作品的深层建构呈现为**时空体**[②]体系，即观照世界的各种空间－时间视野。内在的－外在的，中心－边缘，上－下，左－右，远－近，封闭的－开放的，生－死，白天－夜晚，瞬间－永恒，光亮－黑暗等等，对于一般世界总图景而言是基础性

---

① 马尔科维奇：《屠格涅夫和俄罗斯 19 世纪现实主义长篇小说》，列宁格勒，1982，第 61、62、59 页。

② 试比较：“只有经过时空体之门，才能进入（艺术的——秋帕注）意义领域”（巴赫金：《文学与美学问题》，第 406 页）。我们不能不想到，读者通向这些“门”的路径沿着情节和母题体系蔓延，这些母题体系在内在视觉画面链上展开。

的这些对照关系，在这里就成为艺术印象的最重要因素。艺术价值的这一子体系的极端边界就是最一般化了的视野，“主人公”（内部时空体）的视野和“世界”（给自己的个性中心框定不同类型之边界的外部时空体）的视野。

必须预先说明的是，巴赫金独创的术语遭到了许许多多不正确的使用。只有在“空间与时间的特征在可知的与具体的整体中发生融合”（《文学与美学问题》，第 235 页）的情况下，在谈到人类之“我”如何身处“世界”之中的各种稳定的建构语境的情况下，对时空体概念的使用才是恰当的。譬如，“道路”可能在作品中只是物象细节的一种，或者只是母题，或者只是情节构成的手法。在所有这些情况下没必要说这是“道路时空体”。不过，道路、旅行作为生活的空间 – 时间形式，其概括的形象能够用作对个性的某种存在方式的艺术一般化。在这种情况下，用巴赫金的话说，这种概括的形象“本质上就是时空体性质的”。

在艺术接受的文本主体实体（意义这一极）的反映中，对文学作品的一般化就是集体无意识的**原型**体系，并且在这一点上类似于**神话**，而神话讲述的从来都不是某一次发生在谁身上的事情，而是普遍发生的事情，并且无一例外地与每个人发生某种关系的事情。对“世界的”外部时空体（超个人的世界秩序或个体间的生活结构）的艺术建构——具有神话的基因，发端于宇宙蛋、世界树、宇宙河、宇宙力的世界矛盾等等。个性这个艺术概念乃是不为远古神话意识所知的对**存在**（个性生存）的**神话化**：这是普遍的我 – 在 – 世界中。

在共同创作和共同体验的神话建构这个层面上，作品的意义在读者意识中的现实化，是依据人从神话角度在世界中得到自我实现的规律进行的，很大程度上遵循原始思维的神话逻辑。由于这一原因，艺术接受的这个方面一般不进入读者反思的场域，读者是意识不到的。对神话建构的审美接受，类似于韵律感知，给读者留下艺术整体“深奥”、“无以言传”、“神秘”的印象。碰到真正的艺术作品时，展现在敏锐的受众面前的，除了文学作品中的情节、细节、布局和言语结构之外，还有道不明的“某种东西”，这种东西隐藏于作品最深处，并确保这些表面的艺术结构具有真正的审美价值。这是神话的深度所在，不过是原始人所无法理解的神话，即关于个人的内在之“我”如何存在于外在于他的“世界”中的存在主义的神话。

时空体体系

《宿命论者》的神话建构，其特点是有两个外在时空体，一个是基本时空体（在边境村庄逗留两周），另一个是附加时空体（返回要塞……）。

如果将上下文扩展到整部长篇小说，那么就可发现对要塞的以下评价：毕巧林觉得要塞与他的整个生活一样无聊（我们从《宿命论者》的中心沉思中了解到主人公活得无聊与龌龊这一主导生活感受），而在要塞之外发生的关于命定论的谈话（和这一谈话所引起的后续事件），与往常不同，却很让他关注。不过，在短篇小说文本范围内，对要塞并没有任何评价，一次间接评述除外：这是毕巧林的事件意识与外在于整个所发生之事的“他人”意识相逢的时空体，换句话说，这只是他人意识的轮廓上得到描绘的时空体，而这一意识与要塞有机地结合在一起，并受后者的限制。

短篇小说的基本时空体获得神话化是有据可依的。首先，该时空体明显地被限制在夜晚时间：假如前线村庄白天发生了什么事情，我们根本不知道。甚至插入片段（1a），同样也是夜晚的，虽然它也包含了多半是在白天进行的军事行动。

开启这种时空体不成比例的神话学“钥匙”，就隐藏在文本的开篇中：一个偶然的机会，使我在左翼一个哥萨克村子里度过了两周。就上面讨论的文学作品组织结构的任何一个方面来说，“左翼”这个词完全是偶然的：假如用“右”来替换“左”，即便从文本的节奏看，都不会有任何的改变。但是可以说，《宿命论者》的神话建构却会因为这种替换而遭到破坏。

在神话意识中，“左”与“右”相对立，左是世界秩序的消极一端——与积极一端相对立，就如同“地狱的”与“神圣的”相对立那样。在与开篇语句的对照中，马克西姆·马克西姆维奇使用成语的语轮——简直是鬼使神差，他竟会深更半夜与一个醉汉攀谈——便获得神话建构的意义：在《宿命论者》里所发生事件的艺术空间乃是“鬼”活动的领域，是存在的反面、“黑夜的”一面，是彼岸世界的**地狱**时空体。不应该忽略的是我们在长篇小说最后几章里读到的是死者的日志。

就艺术意义现实化的这个层面而言，短篇小说的客体与主体结构的众多个别因素看上去是“神秘的”。譬如，在手枪哑火之后就有人惊呼：感谢上帝！没有装弹。——不过我们得看一下。——乌里奇回答道，他有意要开第二枪。为了反驳没有装弹这个说法，乌里奇随后再开了一枪，似乎也是在否定上帝（而不是他的对手）参与赌局的输赢。

视觉上的地狱这一时空体展现在简洁精致的素描风景画上：……一轮圆圆的、红彤彤的月亮，宛若一抹大火的反光，从参差错落的齿状地平线上渐渐显露出来。——这是对地府怪物吞吐星球的血盆大口的十分清晰的引喻。与寒夜（在同样的月光下娜斯佳因寒冷嘴唇冻得发青）相结合，这一视觉形象很容易让人联想到诸如冻在但丁地狱之冰中的喷火魔王路西法[①]。让我们顺便回忆一下，路西法有三副面孔，一副是红色的（如同毕巧林所见的月亮），第二副——苍白色的（像哥萨克凶手的那张脸），第三副——黑色的（试比较：乌里奇黑黝黝的面庞，乌黑的头发，乌黑而洞察一切的眼睛）。

相当重要的是，这轮不同寻常的月亮不是向上升起，而是往地下降落。它与一位疏忽大意的流浪汉在林边点燃的那一小点火苗遥相呼

① 《圣经》中的路西法（Lucifer），由光（lux）和带来（ferre）组成，意为光之使者。在古希腊神话中，路西法为晨曦之星，即黎明前除了月亮之外在天空中最亮的金星。路西法原为上帝身边最美丽、最有权势的人，因不满上帝要求其下跪于神之子而叛变，最终堕落为魔王，成为地狱主宰之一。——译者注

应，沿着“下－上”的轴线，与星星形成对照，而这些星星在月亮升起的那一刻，在深蓝的穹窿上悄然无声地闪耀着。按照毕巧林的判断，被他称为天灯的星星，范围实在太高太广，距离为了巴掌大一块土地的微不足道的争论太遥远了，而月亮即使在地平线上升起的时候，仍保持着自己向下的特性，因为直接照射在路上，为毕巧林（也为读者）照亮猪和娜斯佳。

这些虚拟人物和神秘的、不真实的月光以及地狱时空体之间的神话学联系是很容易追踪到的。猪是传统“恶魔”动物之一，而它被哥萨克劈成两半，则可以当作是对恶魔力量来自猪的身体并将之植入哥萨克体内（试比较：福音书关于将群魔从附身者体内驱逐出去并将之放入猪群身上）来解读。在这一上下文中，娜斯佳的面孔（裹在黑衣里面，冻僵的笑脸，发青的嘴唇）获得明显的巫婆特征，此后是很多嚎叫的妇人奔向那地狱般的小木屋（村子边缘的一间空房内，门从里面反锁着），明显让人联想到巫婆狂欢夜会。

在这幅充满幻想的可视图景之中心的是被魔鬼附体的哥萨克的母亲——老婆子，她坐在一根粗圆木上（这是肥猪的语义呼应，有可能对魔鬼传统而言是传统公猪的语义呼应），双手托着自己的脑袋（这是被劈开脑袋的语义呼应）。她仿佛是某种阴暗知识的保存者，默默地盯着他看了一眼，晃了晃脑袋。

同样应该归入地狱时空体之恶魔情调的，还有空无一人的母题（空旷的小巷；空荡荡的农舍；一个人走在漆黑的街上），呆若木鸡的母题，自杀者以及之后的杀人者神秘控制围观者的母题，特别是两次笼罩小屋且传统上与魔鬼出没相联系的烟雾的母题。笑的母题在这里也同样获得重要意义，指的是作为魔鬼之笑出现的嘲笑或者冻僵嘴唇的冷笑。这一主题把四个人物联系了起来：毕巧林、乌里奇、哥萨克和娜斯佳。

在《宿命论者》艺术现实的这个层面的组织结构中数字4起着不小的作用，虽然明确称呼这一数字只有一次：在凌晨四点钟（文本中唯一一次精确指明时间）毕巧林被告知乌里奇死了并被领去会一会凶手。

数字4这个象征具有多层的含义且正反同体，但是在基督教神话的发生语境中（宿命论的问题是在基督教和伊斯兰教的争论中提出来的），它作为恶魔因素发挥作用，即相对于3这个圣神数字的多余、无知和解构的因素发挥作用。莱蒙托夫笔下“深得造物主宠幸”① 的恶魔——这是圣父圣灵圣子三位一体之外的第四位个性。

就3+1这个如此具有价值的变体而言，这一地狱数字（在此语境中）不止一次出现。文本中两次提到与分钟（瞬间、霎那）连用的三分钟，而这两次在人与命运的赌博中这种分钟都是决定性的。第一次：……就在它（红心A——作者注）碰到桌子那一霎那，乌里奇扣了扳机；在再次尝试射击后约有三分来钟，谁也说不出话来。第二次：就在这一霎那〈……〉心血来潮地想试试自己的命运凶吉如何；哥萨克射击之后，不出三分钟，罪犯就被绑起来押走了。

因为有三位军官紧跟着毕巧林，所以他在这一伙人中就是第四个人。建议乌里奇向自己开枪时（该语轮前面有整整三个语轮：有人喊道，另一个人附和道，第三个高声叫道），毕巧林也是作为第四个人出现的。并不奇怪的是，乌里奇本人建议大家拿自己试一试命定论威力的语轮，在毕巧林对争论的陈述中是第四个片断。至于哥萨克，从人物来看，短篇小说文本中提到的恰恰是四个哥萨克人：毕巧林见到的两个，大尉以及最后的凶手，这位凶手对于日志撰写者而言正好是这一行人中的第四个。

构成《宿命论者》神话建构之基础的地狱时空体，凭借自己的现实化本身，在艺术上对神定命定论做出否定。在毕巧林看来，虽然铁证如山，但是这种证明展示的不是神圣力量的因素，而是与之截然对立的力量、撒旦的力量的因素。

众所周知，古犹太语的“撒旦”一词，指的是对立者（法庭上，

① 引自莱蒙托夫长诗《恶魔》。——译者注

争吵时，战争中）。它不仅是上帝的对立者，撒旦还让人际关系变得不和谐。尤其是他将人孤立出来，把不和睦带入“我”和“他人”的关系之中。

从这一点上看，《宿命论者》整个艺术世界的“建构断面”就获得了特殊的意义：边界划分将所有人划入两个对立阵营（赞成与反对）。文本的第一句话就已经在强调事件发生地靠近前线，这一事件的第二次高潮上演在村庄边缘，也就是在战线前沿。加剧这一划分的，是基督教和伊斯兰教争论命定论的对立立场（引出哥萨克信仰归宿的大尉说的话便是对这一对立的呼应），还有毕巧林的论断中把先祖及其多神教占星术与后代子孙进行比较。甚至乌里奇的民族属性也隐约闪现出魔鬼撒旦之不和谐的光芒，因为乌里奇被归列为南斯拉夫民族，而这个民族在历史上按照信仰特征被戏剧性地划分了出来。需要顺便指出的是，马克西姆·马克西姆维奇的话，他这也是命中（一出生）注定的，也引用自叙述人的话——他一出生就是塞尔维亚人——似乎是在用出生异族来确认受到邪恶力量（鬼使神差）的影响提供理据。

地狱的神话建构要求“黑暗公爵”作为中心人物。外貌以黑色为主的异族人乌里奇和十恶不赦的哥萨克（“十恶不赦”与“黑色”是下层民间神话的称呼），在这一上下文中都可以很容易地解释为着魔（一个痴迷于赌博，另一个烂醉如泥），但是不等同于魔鬼本身。奇怪的是，成为恶魔式中心人物的并不是彼岸的“黑夜”世界的主人，而是这一世界的客人即日志编撰者。

要知道，毕巧林是开着玩笑（“逗笑者”、“狡诈的”都是对魔鬼的委婉俗称）建议开始赌局的，目的是要挑起罪恶的自杀实验（随意地支配自己的生命）。同样是毕巧林用不合时宜的话刺激乌里奇第二次尝试赌一赌自己是否幸运，用毕巧林自己的话说，这个赌博比斑卡牌和什托斯牌危险那么一点点，尤其是毕巧林肯定地说您打起赌来手气真好，虽然他非常清楚乌里奇平时手气并不好（挑逗者是古犹太语词“撒旦”的义项之一）。

毕巧林用话迫使乌里奇先于其他人离开，可以说让后者遭受哥萨克之害，从这个意义上讲，他就是哥萨克杀人的间接罪犯。所以说，不仅哥萨克鬼迷心窍成了凶手，而且这同一个鬼让乌里奇鬼使神差撞上醉汉。马克西姆·马克西姆维奇并不知道谁是所发生事件的挑唆者，而毕巧林很清楚地说，乌里奇的话和行为的神秘含义，就我一个人理解。

就神话反映来说，《宿命论者》的短篇小说情节是很容易被解读成心灵遭恶魔收买的故事的。无可争辩的是，毕巧林和潜在自杀者的赌局就与这种交易类似（根据民间口头诙谐语自杀者乃是“赠予鬼的公绵羊”）。十恶不赦的哥萨克，仿佛受了魔鬼的教唆，找到乌里奇并将其一劈直到心脏，就像来了一个“挖人心的‘死亡天使’的化身”[①]，因为这颗心庄家在这一罪恶的赌局里赢回了自己的20金卢布。然后，毕巧林狡猾地控制着魔鬼计谋的忠实执行者（我来生擒）。让我们思考毕巧林叙述的不合理性：为了在深夜四点，在带有固定挡板的昏暗农舍内，透过裂缝辨别清楚哥萨克的一切动静，甚至其眼神，就必须拥有真正魔鬼般的视力。在几近超自然地战胜杀害乌里奇的凶手的同时（军官们都来向我恭贺……倒也不错，确实理当恭贺一番！），叙述人似乎从凶手那里拿到自己的合法胜利品——死者的心。

围绕毕巧林的地狱世界之“价值浓缩”就是这样的，假如说毕巧林只是从外部得到了展现，那么他就会发展成为操控各种致命事件的恶魔式人物。老实说，据主人公本人猜测，在其余那些军官的眼中，毕巧林看上去就是这些事件的发起人。不过，《宿命论者》的神话建构层是由三个时空体组成的体系：除了两个外在时空体外，还有第三个——内在时空体，即毕巧林反思的内省时空体。

想象的、臆想中活过的一生这个时空体，是浪漫主义的梦想时空体（血气方刚的年轻时代我曾是一个幻想家等等）。毕巧林的内在时空体，其特征是心灵的空虚，而绝对不是心灵的着魔。毕巧林的孤独在

---

① 阿韦林采夫：《撒旦》，载《世界各民族神话》，第2卷，莫斯科，1988，第413页。

地狱时空体范围内就把他与光明联系在一起，而不是与黑暗联系在一起：我随手关上了自己的房门，点燃了蜡烛（这对准备入睡的人而言是相当出乎意料的动作）——他进入梦乡时已将近黎明。

不过，幻想者心灵空虚的视野不仅远远地超出了黑色的夜晚的死亡时空体，而且也大大超出了与之相对的、与永恒直接相衔接的生命时空体：满天星斗在深蓝的穹窿上悄然无声地闪耀，这时我不禁哑然失笑……虽然毕巧林将（外在的）自己归列为大地上天南地北辗转迁徙的可怜后代，但从永恒天空的高处审视人的生死时，“内在的”毕巧林仍觉得“好笑”。

同长篇小说中的任何一处一样，毕巧林比自己的各种事件界限要宽广。不能说主人公－日志编撰者属于《宿命论者》的地狱时空体。准确地说，这一时空体属于其孤独意识的骚动不安且贪无止境的想象，因为他的孤独意识比地狱更加宽广。正如被短篇小说叙述所形构的毕巧林式双面（孪生）人物——宿命论者和唯意志论者，就归属于他的孤独意识。双面性这个神话因素，来源于孪生神话[①]，在基督教文化语境中，与魔鬼模仿造物主美好力量这个思想联系在一起，而毕巧林与这些人物在情节上的彼此影响，就是那个夜里同梦中妖魔、同自己心头所产生的反思苦苦争斗的变体。无论是乌里奇还是哥萨克，虽然都是事件的行为主体，但是不仅没有自己的“声音”，而且也不作为具有内在时空体的主体出现，始终是地狱背景的剪影，这不是偶然的。

马克西姆·马克西姆维奇这个人物是另外一回事，因为在《宿命论者》范围内他完全没有被赋予某个行为主体的功能。在他吝啬的言辞里出现的是某种白天的、清醒的所见之世界的轮廓（试比较：不允许在晚上和醉酒的人谈话），这些所见之物具有自己的下（鬼迷心窍了）和上（命中注定，与上天对命运的记载同义）。这是特殊的日常战斗的

---

① 神话的一个类别，在该类神话中往往出现孪生人物或者神灵，并充当某个物种的开创者或者某种文化英雄。——译者注

要塞时空体，具有自己军人职业的价值体系，甚至具有自己的相称性，在这里切尔克斯步枪是小枪托儿——一不小心，扑出的火就会烧了鼻子，这是三个老兵中一个老兵的视野，毕巧林认真倾听了他们的看法，而这个老兵的视野对毕巧林来说绝对不是格格不入的，虽然他自己的内在时空体是无法被容纳在这种视野里的。

马克西姆·马克西姆维奇所拥有的那种观察世界的视角，在短篇小说范围内并没有发展成为独立的内部时空体，但是把自己展露出来，展露到能够说明毕巧林的意识界限即为其孤独划定界限的程度。“莱蒙托夫式的人物”自身所承载的地狱时空体的**出路**——这就是前面所研究的艺术整体各个表层层面的合乎意义的建构基础。

如果谈论《宿命论者》就像谈论存在主义的艺术神话那样，那么可以把它确定为关于个性从自己的双面人这个他人世界返回到该个性所固有的自己的他人世界的神话，即确定为关于类似于一切神话事件的循环往复事件的神话。这就是“宇宙性的神话真理”（马尔科维奇语），不管作者愿不愿意，它很可能就是莱蒙托夫作品的本质特征。只能去猜测作者对这一真理有多大的认识自觉性，但是艺术并不要求这种认识自觉性。

节奏建构

文学作品的主体结构从镜像上看是与客体结构类质同像的。无论是在客体结构中还是在主体结构中，硬性的建构基础（一方面是情节基础，另一方面是布局基础）既会受到细节化，也会受到特殊的一般化。如果说文本内部各种话语的声音化使它们“细节化”，制造出文本散布于几种声音之间的效果，那么节奏便是文本的言语“一般化”，因为它为所有其他的结构切分与界分打下某种审美整体公分母的基础。

严格地说，指向内在听觉的艺术声音，其节奏如何运动只是读者的印象。艺术现实由于自身的完成性、浮士德永恒瞬间的停顿[①]，其相应的层级乃是用作品语言材料记录下来的艺术话语的深层节奏建构，而这一话语需要读者阅读文本的“表演性”冲动以实现自己的事件性交际。从词源意义上讲，希腊词“ритмос”也恰好“指某种运动的、变化的、流动的东西在当下所获得的那个形式”[②]，而不是指这一过程的变化情况。

作为“有序运动的原则”(本维尼斯特语)，节奏是一切主体结构——话语的艺术时间的结构以及相应地该话语在读者内心中实现的结构——的基础。作为“有序而连续的快慢运动”(本维尼斯特语)，节奏在文本中呈现为各种节律长度，是用两个停顿之间的音节数量衡量的长度。作为“轻重缓急的交替”(本维尼斯特语)，节奏由重音来表现：重音密度(重读音节数量与节奏长度之比)越高，文本的言语运动就越紧张。在这种情况下(特别如果是讲小说)，最靠近停顿的重音——节奏序列中开头和结尾的重音，具有最为重要的意义，因为它们构成各种节奏引子(句首轻音节[③])和各种节奏尾部(句尾重音节或尾音节)，并且因此形成节奏的语调色彩。

作为从文本角度看合乎分寸感的**声音片段**的体系，节奏把文学作品的一切主体结构及其与客体结构的各种相互叠加和相互作用都语调化。从艺术印象的角度看，也就是从意义的角度看，对整体的节奏建构，不是别的什么东西，而是由被心智听觉区别开来并且被内部言语

---

① 在分析体系性时秋帕引用了《浮士德》原文“停留片刻吧，瞬间，你是如此美妙。”(详见本部分第一章《符号美学分析的层级》)。——译者注

② 本维尼斯特：《普通语言学》，莫斯科，1974，第383页。

③ 原文为“анакруса”，源于希腊语“anacrusis”，或译为俄语词“анакруза”。中国英美文学研究者将之译为“起首轻音节”或“行首轻音节”；王福祥等俄语专家则译为“首音节”，如“诗行的首音节(анакруза)是指诗行第一个节奏重音前的音节”(王福祥，吴君：《俄罗斯诗歌掇英》，北京，外语教学与研究出版社，1999，第144页)。本书中统译为“句首轻音节”。——译者注

复制出来的语调所构成的体系。由此，依据谢林的经典定义，节奏“是把本身并无所指的有序性转化为有所指的有序性”[①]，转化为把整体的意义模式化为合乎文本艺术意义的目的性，但所采用的却并不是给全民语言的语义内涵增加负担的手段，而从这个意义上讲，也是把整体的意义“过滤为”合乎文本艺术意义的目的性。

语调是言语的表现力方面、感情－意志方面，标志着说话者的双重价值立场：对言语对象和对言语接受者的立场。为了把表现力语调和语法语调区别开来（完结性的、解释的、区分的、列举的等等），巴赫金把前者确定为“话语的结构特征。在语言体系中，换言之，在话语之外，没有表现力语调”（第5卷，第194、189页）。语调具有事件性，因为正是它把言语的主体、客体和接受者联结成为交际事件的具体整体（话语）。它作为个性的“情绪－意志倾向”[②]的表现产生于内部（非话语）言语中，是生成文本之思维意向的异位（向外显现），而这种思维“是感情－意志的思维，是语调化了的思维”，具有“感情－意志上的兴趣”[③]。作为特殊的声音“姿态”，语调通过对外部言语（符号）材料在语势上加强作用这一途径，直接指向接受者的听觉，并且是不能转化为符号的内部言语的冗余，这种冗余绕开文本的语言意义，展现出的是话语的意义。“正是在语调中说话者与听者们相接触”[④]。语调充满着意义，但不受话语逻辑的支配，而语调则能够加强逻辑，在情感上改变或者弱化甚至贬损逻辑：诅咒的话语可以用爱的语调说出来，也可以相反，其结果语调“仿佛把话语带出词汇的界限”[⑤]。

语调与活生生的说话者声音不能分割开来，把语调记录在文本中是十分困难的。不过，在特定文化群体的框架中交际关系的成套的语

---

① 谢林：《艺术哲学》，莫斯科，1966，第198页。

② 维戈茨基：《维戈茨基文集》6卷本，第2卷，莫斯科，1982，第357页。

③ 巴赫金：《论行为哲学》，第107、126页。

④ 沃洛希诺夫：《生活话语与艺术话语》，载《面具下的巴赫金》，第80页。

⑤ 同上。

调并不是无穷无尽的，因为话语的那些基本感情－意志语调（调位）是可以辨认出来的，“最重要和稳定的语调构成某个社会团体的语调基石”（《话语创作美学》，第 369 页）。语调的基石（就其核心而言是全人类的语调基石）具有超规约性，它不是作为符号系统，而是作为从一系列全人类的感情－意志之反应的土壤中汲取营养的传统，在社会个体中形成并发挥作用的。譬如，对任何语言（至少对印欧诸语言和突厥诸语言）来说，语调的底层（比中调低 2 到 3 个音符），“用于告知某种神秘莫测甚至于恐吓的事情”，而语调的高层（比中调高 2 到 3 个音符），则用来传达对言语对象的“喜悦、明朗甚至热烈”的态度[①]。

艺术文本的语调特征，就在于这里以基本语调构成因素的面目出现的节奏，乃是对合乎整个文本之意义的组织结构的评价，而不是对个别片段的评价。作者的艺术话语是某种审美特性（情态性）的复杂的节奏－语调（旋律）统一体。在这种情况下，节奏的重音（特别在诗歌中）从语势加强的角度看可能与句法重音不相重合。在诗歌中节奏系列是诗行系列（等同于诗句），并且与句法系列不相吻合；小说节奏与诗歌节奏的区别，恰恰就在于小说的节奏切分是与其“自然的”、句法的切分相吻合的。

我们虽然追随吉尔施曼[②]关于艺术整体节奏的看法，但是将对这位学者所创立的小说节奏结构的描述方法做某些修正。我们认为，节奏切分的基本单位并不是言语节拍（意群），而是两个停顿之间的系列音节，这两个停顿在文本是用各种标点符号标记出来的，与格里什曼那里的“句子成分”相一致。被逗号隔开的非重读句子成分（譬如副动词短语前的连接词）例外，这种情况为数不多；在朗读时这里一般不出现停顿，而如果想要有停顿，那么在这种情况下作者会使用更强烈的标点符号（省略号、破折号）。

---

① 切列米辛娜－延尼科波洛娃：《俄语语调的规律和规则》，莫斯科，1999，第 16 页。

② 参见吉尔施曼：《小说的节奏》，莫斯科，1982。

问题在于将语流划分成各种意群，正如加斯帕罗夫所说，“在某个程度上具有任意性（同一些词经常同样可以被放入两个短的意群内或者一个长的意群内）”[①]。换言之，言语节拍不是客观－节奏的单位，而是诠释切分的主观－语调的单位。因为不能以鲜明的形式被记录在文本中，所以意群不能被视为是艺术印象因素，而由标点符号所标示出的停顿，毋庸置疑是这样的艺术印象因素。与两个意群之间的可选停顿不同，这些停顿对切分而言是必须无条件执行的。意群之间的停顿毫无疑问是存在的，特别是在演员朗读文本的情况下，然而对文学学分析而言是非常“细小的材料”，并且潜藏着任意研究和迎合预期结果的危险。而重要的是，在语调上切分为各种言语节拍，这些不太经得起严格推敲的做法，在如实的艺术接受和表演的情况下，终究与从句法上把语流较为严密地切分成句子成分一样，同样受到一般节奏规律的操控。

在描写《宿命论者》的节奏建构时，我们考虑到了以下因素：(1) 两个停顿间的音节数（节奏系列的长度）；(2) 重音音节数量（可以说明相对于总音节数的重音的密度和节奏系列的强度）；(3) 第一个重音在节奏系列中的所处位置（阳韵句首轻音节、阴韵句首轻音节、扬抑抑格句首轻音节、超扬抑抑格句首轻音节）；(4) 最后一个重音的所处位置（阳韵句尾重音节、阴韵句尾重音节、扬抑抑格句尾重音节、超扬抑抑格句尾重音节）[②]。

节奏的语调体系

《宿命论者》节奏建构的基本参数是这样的。文本由 654 个句子成分（节奏系列）构成；节奏系列的平均长度为 9 个音节；重读音节的

---

① 加斯帕罗夫：《现代俄罗斯诗歌》，莫斯科，1974，第 11 页。

② 试比较：“我们把开头和结尾的基本类型与诗歌的行尾进行类比：把带有重音的开头和结尾称为阳韵，把单音节（非重读的——秋帕）称为阴韵，双音节称为扬抑抑格，多于双音节的称为超扬抑抑格。”（吉尔施曼：《小说的节奏》，第 28—29 页）

平均密度为 0.35（这一指标说明文本中大致每三个音节便有一个是重读的，这对俄语言语来说完全是有代表性的）。句首轻音节是按照这样的方式分布的：210 个阳韵（重音在第一音节上），224 个阴韵（重音在第二音节上），220 个扬抑抑格（也包括至少在这个文本中未获得独立意义的超扬抑抑格）。换句话说，从节奏的这一角度看缺乏贯穿全文的主导之韵，因而还说明不了节奏的艺术价值。尾音节的关系如下：232 个阳韵（重音在最后一个音节上），294 个阴韵（重音在倒数第二个音节上），128 个扬抑抑格（连同超扬抑抑格）。这样，阴韵句尾重音节构成贯穿全文的主导之韵，而使用最少的扬抑抑格和超扬抑抑格凝聚在一起，则能够带来"节奏着重号"的效果。

所有这些总指标本身重要性不大。给人以最大兴致的是文本内部"稳定的一整套节奏以及这些节奏的价值"（语调），正如法力诺所说，这一整套节奏，"通过自身各种重复，使文本停顿，使它处于静态，让人看到的不是连续的而是聚合的各种等值单位"[1]。我们的分析也将关注艺术整体的这些节奏－语调成分的聚合体。

讲述相信命定论的乌里奇用"神秘莫测的威严"镇住其周围那些怀疑命定论的普通凡人这个片段乃是关于宿命论者小说的节奏－语调中心，这完全是必然的：

> Все замолчали и отошли.
>
> Вулич вышел в другую комнату и сел у стола; все последовали за ним: он знаком пригласил нас сесть кругом. Молча повиновались ему: в эту минуту он приобрел над нами какую-то таинственную власть. Я пристально посмотрел ему в глаза...
>
> 所有的人都哑口不语，从他身边走开。

---

① 法力诺：《文学学引论》，第 444 页。

> 乌里奇进入另一个房间，坐到了桌前；所有的人也跟他到了桌前：他使了个眼色让我们在近旁坐下。我们二话不说遵从了他的吩咐：因为这时他对我们已经具有一种神秘莫测的威严。我盯住他的眼睛看了一眼……

在这 7 个连续的节奏系列中，所有的句首轻音节和尾音节均为阳韵。类似的节奏高潮不可能留在艺术接受之外[①]。令人关注的还有高密度重音（从 0.35 变成 0.4），是在颇有意味的中等长度（9 个音节变成 12 个音节）节奏系列情况下的高密度重音，这就提高了叙述语调的紧张感。只有在乌里奇死亡的片段中叙述文本才达到同样的重音密度，但节奏系列的平均长度为 7.6 个音节（在这种情况下，其紧张感稍微低些，这很容易理解：所发生之事是由他人之口叙述的）。

在《宿命论者》文本中，阳韵句首轻音节，特别是与阳韵尾音节及高密度重音相结合，展现出乌里奇的语调。只举他的一个对话语轮就足够了：Может быть, да, может быть, нет...（可能是，也可能不是……）——这一对话语轮几乎清一色由句首轻音节和尾音节（阳韵）构成，它们混置在单音节节奏系列中；重音的密度在这里超过 0.7，这甚至对于对话语轮而言也太高了。乌里奇死前的一个对话语轮 Он прав（他是对的）（密度 =1），是其节奏主题的独特语调模式。

不过，独立的语调构成角色在这里只属于句首轻音节，因为阳韵尾音节在此文中也可以归属于其他节奏主题（见下文）。特别是乌里奇说的话本身，即短篇小说基本事件赖以开端的话本身，恰恰就是被阳韵句首轻音节所语调化的：Вы хотите доказательств: я вам предлагаю испробовать на себе, может ли человек своевольно располагать своею жизнию（各位想要证据：我建议你们拿自己来试一试，一个人是不是

---

① 对于从接受的（审美的而非逻辑的）角度使节奏现实化而言，我们认为最少需要重复两次（当一个性质的节奏连续出现三次），而在相应的节奏期待中——甚至只有一次重复就够了。

能随心所欲地安排自己的命运)。也是同样的句首轻音节(是在上述辅助性节奏性质参与的情况下),把毕巧林谈论乌里奇的叙述话语语调化了,这些话语既有在相应节奏高潮之前的 [Он был родом серб; Он был храбр; Вулич докинул талью; карта была дана; Вулич молча вышел в спальню майора; Мы за ним последовали. Он подошел к стене и т. п.(他是塞尔维亚人;他有胆量;乌里奇发完了一圈;牌发给了;乌里奇不声不响进了少校卧室;我们紧随其后;他走近墙体等等)],也有在相应节奏高潮之后的 [Он взвел опять курок; выстрел раздался – дым наполнил комнату; Этот же человек; Он взял шапку и ушел(他再次扳动枪;枪声响了——房间硝烟弥漫;这一位;他抓起帽子就走了)]。

如果是其他人物对乌里奇说话,那么这些话也获得类似的语调–节奏色彩。少校对乌里奇说:только не понимаю, право, в чем дело и как вы решите спор(真的,我只是不明白问题在哪里,你们又如何解决争执)(少校的第一个语轮是以别的方式语调化的)。马克西姆·马克西姆维奇谈到乌里奇:Да, жаль беднягу... Черт же его дернул ночью с пьяным разговаривать!... Впрочем, видно 〈...〉(是呀,那个不幸的人真可怜……简直是鬼使神差,他竟会深更半夜与一个醉汉攀谈!……不过话又说回来,看起来〈……〉)。毕巧林获悉乌里奇死讯的对话,明显也属于乌里奇的节奏主题:

Я наскоро оделся и вышел. “Знаешь, что случилось?”〈...〉

— Что?

— Вулич убит.

Я остолбенел.

— Да. Убит!〈...〉

我很快穿好衣裳,走到外面。“知道出事了吗?”〈……〉

出了什么事?

乌里奇让人打死了。

我呆若木鸡。

真的，让人打死了！〈……〉

似乎是在向获胜伙伴的语调让步，毕巧林本人对乌里奇说：Вы счастливы в игре.（您赌起来手气真好。）然而，在毕巧林的叙述言语中乌里奇的语调——绝对不是个人影响的结果，这是宿命论、命定论和命运的节奏主题。毕巧林带有类似主导节奏的宿命论观点，也与这一主题的语调高潮有着直接的联系（该系列使用各种阳韵句首轻音节和句尾重音节）：... я читал печать смерти на бледном лице его. я замечал 〈...〉 есть какой-то странный отпечаток неизбежной судьбы（我却觉得，我还是在他苍白的脸上察觉出了死的迹象〈……〉常会出现预示着劫数难逃的那种稀奇古怪的迹象）。接着（紧随乌里奇“他是对的”这个语轮）：Я один понимал темное значение этих слов: 〈...〉 я предсказал невольно бедному его судьбу; мой инстинкт не обманул меня: я точно прочел 〈...〉（只有我一个理解这几个字暗含的意思：〈……〉我无意间曾向这个薄命之人预卜了他的生死祸福；我的本能没有蒙我〈……〉）。

截然对立的生活立场是被两次重复[Не покорюсь！（不屈服！）]所语调化的（与阳韵句尾重音节相吻合的超扬抑抑格句首轻音节，以及急剧减小的重音密度——0.25，指定出相应的节奏－语调模式）。这一模式首次出现在毕巧林的话中：Предлагаю пари（我建议打个赌）（重音密度为 0.3，低于标准密度）。第一次讲述专横跋扈的哥萨克如何肆意妄为的节奏也同样如此：как напьется чихиря, так и пошел крошить всё, что ни попало（奇希里红葡萄酒一喝醉，见到什么他都会砍个稀巴烂）。实际上，与阳韵（宿命论者主题）相反的是，扬抑抑格句首轻音节具有语调构形的作用，而超扬抑抑格也如同重音密度减少那样（在引用的文本片段中密度为 0.315），只增强这一节奏的效果。

至于阳韵句尾重音节，它是所有哥萨克人言语的语调特征。紧接上引语句的是：Пойдем за ним, Еремеич, надо его связать, а то...（咱们追他去。叶列麦伊奇，得把他捆起来，不然的话……）（断断续续的句子使得阳韵句尾重音节的意义变得更加触手可感）。大尉的言语也是按照类似的方式被明显语调化的，譬如：А если дверь разломать, то много наших перебьет. Не прикажете ли лучше его пристрелить?（可要是砸门，那我们的人就会被他打死很多。您下令开枪把他打死岂不更好？）

如果阳韵尾音节的重复作为辅助的节奏表现具有多功能的特性（下文将解释其是合乎意义的），那么以扬抑抑格和超扬抑抑格开头的节奏系列，特别是与低密度重音相结合，便与宿命论的对立牢固地联系了起来。这一节奏主体也出现在第一次（十分格格不入）提及命定论的文本中：Рассуждали о том, что мусульманское поверье, будто судьба человека написана на небесах 〈...〉（说是有一种伊斯兰教的传说，似乎人的命运天上都有明文记载〈……〉）（重音的密度只有0.26）。这一节奏主题也在日志编撰者所复现的第一个对话中得到延续，是与其怀疑论相一致的：Всё это, господа, ничего не доказывает, — сказал старый майор: — ведь никто из вас не был свидетелем тех странных случаев, которыми вы подтверждаете свои мнения?（“所有这些，诸位，什么也说明不了，”一位上了岁数的少校说，“你们证实自己观点时引用的那些稀奇古怪的事例，你们可是谁也不曾亲自目睹过不是？”）

两个主导的节奏主题形成于倾向作者立场的话语范围内，在该范围内被阳韵句首轻音节和加大的重音密度所语调化了宿命论思想是带着嘲讽提出的（用对话语轮的布局形式），并且在向沉思话语过渡时被截然对立的观点所取代，而这一对立的观点则是被扬抑抑格句首轻音节和超扬抑抑格句首轻音节所语调化了的：Всё это вздор! — сказал кто-то: — где эти верные люди, видевшие список（重音密度为0.5），на котором означен час нашей смерти?... И если точно есть предопределение, то зачем же нам дана воля, рассудок? почему мы должны давать отчет в наших поступках?...（“全是胡诌八扯！”有人说，“看见过明文记载我们寿限名册的那些靠得住的人在哪里呀？……再说，如果确确实实有命中注定的气数，那还赋予我们意志和理智干什么？我们为什么还得为自己的行为担负责任呢？”）在话语的后半部分，重音的密度降低到 0.365，虽然稍高于全文的平均密度，但是在对话语轮的开头几个节奏系列的背景中，让人觉得是在急剧地下降。

并不偶然的是，由唯意志论者的鲁莽举动所引起的乱成一团（让世界秩序暂停的混乱），是被扬抑抑格句首轻音节和重音密度的明显下降（即重音与非重音音节的交替规则的弱化）所语调化的：〈...〉по временам опоздавший казак выскакивал на улицу, второпях пристегивая кинжал, и бегом опережал нас. Суматоха была страшная（〈……〉时常迟到的一名哥萨克急急冲到街头，匆匆挎上短剑，跑到了我们前面。街上乱成一团）（重音密度值仅为 0.31）。

与乌里奇相关的自由意志的节奏主题只出现了一次，那是谈到乌里奇对哥萨克冷漠以待的时候。有趣的是，叙述中两个哥萨克妇女（老妇人和娜斯佳）的出现，都是被扬抑抑格句首轻音节和节奏速度的急剧减缓（这两者出现的重音密度均为 0.26）语调化了的。两个女性人物本身在短篇小说中是极为消极的，而且她们与这一节奏主题有着明显的相关性，大概是这种相关性表现出叙述人所持立场的特点：对毕巧林而言（尤其是在整部长篇小说的语境中）女人——是他恣意妄为的客体，是他那被乌里奇否定的自由意志的客体。

以类似的方式被语调化的，是日志记录人把唯意志论者当作暴力的客体、坚决克服阻力的客体来对待，其例是毕巧林对少校说：напрасно он не велит выломать дверь и броситься туда казакам, потому что лучше это сделать теперь, нежели после, когда он совсем опомнится.（他应不失良机地指派哥萨克们破门而入，直扑过去，因为现在这样做，总比等到让他完全醒过神儿来好。）

从光明母题得到发展的叙述片段使用扬抑抑格句首轻音节，这其中可感觉出与夜晚注定会出现的梦境世界的语调化对立（梦中正好没有给人以意志和理智）：〈...〉 засветил свечу и бросился на постель; только сон на этот раз заставил себя ждать более обыкновенного. Уж восток начинал бледнеть 〈...〉. (〈……〉点起蜡烛就倒在床上；但是今晚比往常更加难以成眠。当我入睡时，东方开始发白了〈……〉）这一节奏主题与自由意志一极的相关性在毕巧林挑逗命定论的否定者乌里奇的语轮中还要更加明显：〈...〉 или застрелитесь, или повесьте пистолет на прежнее место, и пойдемте спать. (〈……〉要么开枪，要么把枪挂到原处，然后我们就去睡觉）（重音密度为 0.28）。

上举节奏–语调的文本统一体的诸种变体的对立，因具有过渡倾向性的意义相关性而得到加强：不属于特殊人物的众人的匿名立场通过阴韵句首轻音节的重复得到语调化。第一个无确切说话人的语轮就使用了这样的节奏：Конечно никто！ — сказали многие: — но мы слышали от верных людей... (“当然，谁也不曾目睹，”众人说道，“可我们是从靠得住的人那里听到的呀……”）用类似方式被语调化的还有关于这些众人的非人格化叙述：...но когда он взвел курок и насыпал на полку пороху, то многие, невольно вскрикнув, схватили его за руки: ... сказали мне в один голос три офицера, пришедшие за мною; они были бледны, как смерть.（可是当他扳起枪机，把火药装入药池时，很多人不禁大叫一声，一把拉住了他的手；……三个来叫我的军官齐声说；他们脸色煞白，像死人一样。）

转述有关乌里奇的佚名故事时，叙述人由众人的语调（阴韵）平稳地过渡到上文所论宿命论者的语调：Рассказывали, что раз, во время экспедиции, / ночью, он на подушке метал банк.（有人讲述说，有一次部队出征打仗，/ 夜里他在坐垫上做庄发牌。）

颇有意味的情形是匿名语调出现在那些放弃自己真实观点的具体人物的言语中。认为最好射杀不屈服的哥萨克的大尉，仿佛是用不属于自己的、“无署名的”言辞来劝他；在这种情况下他的言语成为被阴韵句首轻音节所节律化了的言语：Побойся Бога! ведь ты не чеченец окаянный, а честный христианин.（诚惶诚恐敬奉上帝吧！要知道你不是一个十恶不赦的车臣匪徒，而是一个虔诚的基督信徒。）毕巧林这个众人中之一员反复提议：Однако ж довольно, — сказал он вставая: — пари наше кончилось 〈...〉（“话到此处为止！”他说着站起身来，“我们打的赌已经完了”〈……〉）听到这些话后，原本沉静的宿命论者顿时满面通红又惶惶不安了。毕巧林对迎合人心的星占术大为着迷，后来与众人一样回避命运的玄学和自由的意志，在他本人的言语中也有类似的语调：... попал невольно в их колею; но я остановил себя вовремя на этом опасном пути, и, имея правило ничего не отвергать решительно и ничему не вверяться слепо, отбросил метафизику в сторону и стал смотреть под ноги. Такая предосторожность была очень кстати 〈...〉（却不由自主地重蹈了他们的旧辙；不过我在这条危险的道路上及时地悬崖勒马了，而且本着既非对什么都一概不信，也非对什么都盲目相信的原则，把虚无缥缈的玄学抛掷一边，开始低头看自己的脚下。这种谨慎小心还真的用在了节骨眼上〈……〉）

叙述人的言语是特殊的媒介，在这个媒介中不同指向的节奏倾向相互作用。不过，毕巧林也拥有专属自己的一些语调特征。这些特征首先可以在第二片段主人公最冗长的沉思节奏中找到。在这里节奏系列的平均长度（11.4）明显高于全文指标，而重音密度（0.31）则低于全文指标。节奏系列的 51 个句首轻音节的韵律数量关系如下：10 个为阳韵，21 个为阴韵，20 个为扬抑抑格；尾音节的韵律数量关系如下：13 个为阳韵，19 个为阴韵，19 个为扬抑抑格。这些指标与全文指标有着明显的差别，不过与第九片段毕巧林展开较少的沉思节奏非常相近。

数量相对不多的阳韵句首轻音节（少于五分之一）明显说明——用各种具有语调意义的艺术语言说明，宿命论者与叙述人是扞格不入的（尽管毕巧林有一次在口头上承认乌里奇是对的）。

具有特殊意义的，还有阳韵尾音节（在沉思结尾 15 个节奏系列中总共 3 个）与毕巧林沉思的本质特征不相符合。我们已经讲过，阳韵尾音节在同等程度上既属于乌里奇的节奏主题，也属于其敌对者－哥萨克的节奏主题。正如指出的那样，这些节奏主题是以哈萨克言语的总体语调特性的面目出现的；也同样是以军官们非人格化言语的语调特性的面目出现的。例如：——Не мне, не мне! ——раздалось со всех сторон:——вот чудак!（“我不必了，我不必了！”话声四起，“好一个怪人！”）如此看来，在短篇小说文本中被阳韵尾音节所语调化的是**他人言语**，这对莱蒙托夫作品的总体艺术观具有重要的意义，而阴韵与扬抑抑格尾音节的重复则是毕巧林节奏主题的变体。

我们举一个简短而能说明问题的例子：

Составились новые пари.（形成了一场新赌局。）（9 个音节）

Мне надоела эта длинная церемония.（我腻烦这种冗长的过场。）（15 个音节）

阳韵尾音节与阴韵句首轻音节及文本平均长度的节奏系列相结合，对于“他人”（众人）的语调主题而言是具有代表性的。叙述者不仅是在语义上，而且还在节奏上，与这些人划清界限。在这种情形下，乌里奇获得神秘莫测的威严镇住了周围的人，而毕巧林本人也体验到了这种威严，这一场景为阳韵句首轻音节提供了充分的理据。

扬抑抑格尾音节——文本的节奏着重号——与加长的节奏系列及减小的重音密度相结合，构成毕巧林反思的节奏－语调的模式：

... мы неспособны более к великим жертвам ни для блага человечества, ни даже для собственного нашего счастия, потому что знаем его невозможность, и равнодушно переходим от сомнения к сомнению.（试比较：长度为 22 个音节，密度为 0.3）

（我们不能再做出伟大的牺牲，不论是为了全人类的利益，或者甚至为了我们自己的幸福，因为我们知道幸福难以实现，于是漠不关心地从怀疑走向怀疑。）

В первой молодости моей я был мечтателем: я любил ласкать попеременно то мрачные, то радужные образы, которые рисовало мне беспокойное и жадное воображение.（密度为 0.3）

（血气方刚时我曾是一个幻想家，我爱朝三暮四，对骚动不安的和漫无止境的想象给描绘出来的形象依次亲近，一会儿亲近心情抑郁的，一会儿亲近心情开朗的。）

在这第二个例子中，节奏系列的平均长度（15）要比整个文本的指标超出很多。

不过，正如毕巧林本人所说，思维方式上的这种倾向不妨碍性格上的果敢。由此出现主要主人公主题的第二种语调变体，这一变体构成被日志记录人意志所牢牢掌控的文本的总的主导节奏。可以用以下一个不大的片段来展示这个主导节奏是怎样在叙述过程中形成的：

（1）Я схватил его за руки,（2）казаки ворвались,（3）и не прошло трех минут,（4）как преступник был уж связан и отведен под конвоем.（5）Народ разошелся.（6）Офицеры меня поздравляли—（7）и точно,（8）было с чем!

（1）我一下抓住了他的手,（2）哥萨克们冲了进去,（3）于是不出三分钟,（4）罪犯就被绑起来押走了。（5）人群一下散去。（6）军官们都来向我恭贺——（7）倒也不错，确实,（8）理当恭贺一番！

在片段的一开始（阳韵句首轻音节）和结尾（整个第 8 节奏系列）出现环绕乌里奇的节奏主题，原因是很容易找到的：对毕巧林而言，所发生的事情是要看乌里奇的脸色（像乌里奇一样）来进行的祸福试验。阳韵尾音节以及第 2 与第 3 节奏系列的简明，同样可以从语义角度找到理据：他人参与事件。其余的节奏系列（8 个中的 5 个）具有阴韵尾音节，平均长度为 9 个音节，重音密度为 0.36，这实际上是与全文的指标相吻合的。

当然，指出阴韵尾音节在叙述中确实起着主导作用，还不能保证这些尾音节与作为人物和日志记录人的毕巧林有语调上的相关性。不过，在考察真正由毕巧林定调的一系列相关文本言语相关片段的节奏时，这种相关性就变得清晰明了了。我们举例如下：Скоро все разошлись по домам.（很快众人都各自回家了。）（响应乌里奇的节奏主题，因为他刚刚第一个离开。）вероятно, в один голос называя меня эгоистом, потому что я держал пари против человека, который хотел застрелиться; — Погодите, — сказал я майору: — я его возьму живого: ... я всегда смелее иду вперед,（大概是异口同声称我为自私鬼，因为我与之打赌的是一个自己想要枪杀自己的人——“等等，”——我对少校说，“我来生擒他”）;（我一向都是更加勇敢地往前闯，）（用的又是“乌里奇”的语调）когда не знаю, что меня ожидает. Ведь хуже смерти ничего не случится — а смерти не минуешь!（我不知道我会碰到什么时。要知道最糟糕的情况不就是一个死……而死你是躲不过的！）等等。

整体节奏建构的一个特别重要的因素在于，文本的前 5 个节奏系列（甚至是 7 个中的 6 个）都是阴韵尾音节，这毋庸置疑为内部听觉制造出节奏期待，而这种期待在语调上被众人的主题所破坏，或者相反，被孤独的反思意识的主题所破坏。使语调－节奏期待得到加强的是一个框架：阴韵尾音节的重复不但完成了短篇小说的基本情节（第 9 片段），也结束了整个的文本。所有这一切导致阴韵尾音节凝聚的那些地方日志记录人全知全能干预的效果可感可触。譬如，讲述乌里奇如何看待赌博的那个独立成特殊段落的片段就是这样的：

Когда он явился в цепь, там была уже сильная перестрелка.

Вулич не заботился ни о пулях, ни о шашках чеченских: он отыскивал своего счастливого понтёра.

（他到散兵线时，那里双方射击已经十分激烈。乌里奇担心的既不是车臣人的子弹，也不是他们的军刀：他要寻找的是自己那个幸运的赌友。）

阴韵句尾重音节的重复在与乌里奇语调（阳韵句首轻音节）的搭配中，一步一步地指明这种行为与叙述人的内在近似性：毕巧林轻易地将自己放置在场景主角的位置上，而他自己却不是该场景的亲历者。

阴韵句尾重音节与扬抑抑格句首轻音节（唯意志论者的节奏主题）的结合把谈论自由意志和责任的匿名沉思语轮语调化了。这在节奏层级上（连续 7 个阴韵尾音节只被一个同样是毕巧林式的扬抑抑格尾音节所打断）使上文所称之“作者化了的”语轮与毕巧林本人在发端上的一致性得到了确认。上述结合，伴随着节奏系列重音密度的降低，同样表现出描写娜斯佳和老妇人的语句之结构的特点（试比较：女性角色是毕巧林任性行为之刺激因素的上述假设）。

类似的例子揭示出叙述人的人物角色语调（决定性语调）的媒介和联系作用，因为这一语调将上面所分析的对立主题共轭于整体的节奏－语调统一体中。从这一角度看，结束情节第一个场景的叙述小片段可以充当文本结构的节奏模式：

Он взял шапку и ушел. Это мне показалось странным, — и не даром!...

（他拿起帽子走了。这使我感到十分蹊跷——而且，也不会是无缘无故的！……）

这一叙述小片段，不仅在语义上（短篇小说在此处完成情节的急剧转变，即促使乌里奇离开并引发后续事件；毕巧林再也未能见到宿命论者）具有深远的意义，而且在节奏上（重音密度为0.45，对整个文本的叙述而言是最小的密度）也具有特殊的意义。第1与第2个节奏系列属于乌里奇的语调主题，第2与第3个属于叙述者本身的语调主题，第3个则属于哥萨克的语调主题。毕巧林的语调，与第1个节奏序列相排斥（阳韵尾音节在节奏上的异类性），然后与最后一个（第3个节奏系列的阴韵尾音节和扬抑抑格句首轻音节是由同一个重音音节形成的）相混合。构成情节的角色是不是也这样在毕巧林积极的媒介干预下从宿命论者转变为唯意志论者的呢？

整体的统一体

以情节和节奏的相互关系为例，可以展现出莱蒙托夫作品艺术现实诸层级所构成的有机统一体。

零位情节片段不但是《宿命论者》艺术现实神话建构层级的支柱，而且也是节奏建构层级的支柱。它包含4个节奏系列，每个节奏系列（在4个阴韵尾音节的情况下有2个阳韵句首轻音节和2个扬抑抑格句首轻音节）中已经蕴含着乌里奇与哥萨克语调对立的萌芽，不过都是毕巧林本人统一的生活立场的化身。节奏的缓慢暗含着隐秘的紧张：尽管各节奏系列相当长（平均15个音节——在所有片段中最长），可是这里重音密度（0.37）超过全文的标准。这个缺乏事件性的小片段是文本节奏最紧张的片段，因为在重音密度较高的片段（第6、7和8片段）中节奏系列的平均长度要小得多（从9.1到6.4）。节奏紧张感的意义是显而易见的：零位情节片段的场景乃是骗人的、虚假的平静的场景。

片段1从情节的角度看是乌里奇胜利的片段。然而，其节奏主题在这里却远未占主导地位。在片段的语调结构中起到关键作用的，是阴韵尾音节和阳韵尾音节的对立（在60个扬抑抑格尾音节的情况下有119阳韵尾音节和120个阴韵尾音节）。换句话说，毕巧林的节奏主题从语调上看与被“众多他人”而不光是乌里奇一个人的节奏主题势均力敌（阳韵句首轻音节在数量上少于把众人的匿名性语调化的阴韵句首轻音节）。值得注意的是，在零位片段之后，与所发生事件的紧张感相对，节奏的紧张度在下降（密度指数为0.3，而平均长度只有8个音节）。片段的节奏结构明显说明高潮的虚假，因而是在抗衡宿命论思想的取胜。

在描写毕巧林返家时独自沉思的文本片段中重音密度合乎规律地降到最低（0.315是这些片段中的最低指标）。不奇怪的是，第2片段中的阳韵尾音节（26）不仅少于"毕巧林式的"阴韵尾音节（38），而且甚至还少于——文本中唯一的一次情形——把叙述者的反思语调化的扬抑抑格尾音节（29）。

第3片段中第一次提到残暴的哥萨克时伴随出现的是他的节奏主题：在18个节奏系列中有9个扬抑抑格句首轻音节和11个阳韵尾音节。毕巧林与"众多他人"这一现实的接触又急剧地提升了节奏的紧张度（重音密度为0.375）。

最短的第4片段（除了更加短的零位情节片段）勾画出文本的各种情节－节奏的相关性是具有某种规律性的：毕巧林沉思的几个片段，其节奏系列的长度超过文本的平均长度，而重音密度则小于全文平均数，也就是说，其特点是节奏－语调的紧张度减弱了。具有代表性的是，离开哥萨克情节片段的范围，阳韵句首轻音节几乎消失（只有一个），而在与那些哥萨克相逢的场景中，阳韵句首轻音节却占据主导地位。

娜斯佳在第5片段里的出现导致节奏系列的长度急剧变短（缩减一半），也导致"众多他人"的节奏主题出现语调波动（在15个系列中有9个阴韵句首轻音节和6个阳韵尾音节）。

与毕巧林独自一人睡觉的第6片段的语义相反，节奏的紧张感在这里达到高峰，仅次于零位片段：系列平均长度为9.1，重音密度却增至0.39。对上文所述规律的这种偏离，再次让我们回到夜间与幻想战斗的母题。

但是，在紧接着的第7片段，也就是毕巧林得知乌里奇被打死的片段，节奏的急促感有些许降低（在长度为6.4个音节的情况下重音密度为 0.38），这可能让人感到奇怪。我们需要确定的是，由于对立三角人物中一个人物的消失，节奏层级对总体情形的简化做出敏感的反应。如同在第 1 片段内一样，节奏急促感的缓和伴随着阳韵尾音节和阴韵尾音节语调对立的加剧（在 26 个音节中分别有 13 个和 12 个）。这种对立的语义是相当清澈明了的：叙述者之“我”面对的是“众多他人”（与三个军官交谈）。

第 8 片段——乌里奇死亡的片段——明显是被乌里奇的节奏主题语调化了的：28 个节奏系列，重音密度（0.4）达到最大，13 个阳韵句首轻音节和 15 个阴韵尾音节。如同赢得赌局的节奏并没有作为乌里奇取得胜利的节奏来表现那样，毕巧林所预言的宿命论者之死，从节奏上看并不是当做其“庄家”（叙述者）的胜利来表现的。

在第 9 片段中扬抑抑格句首轻音节（哥萨克的主题）和阴韵尾音节（毕巧林的主题）占据优势。对两者的一对一的交锋来说这是很自然的。不过，引人瞩目的是节奏紧张感的明显降低（在长度为 9.15 个音节时重音密度为 0.355，这非常接近文本的平均指数）。如同在“平行”片段 1 中那样，这一效果与事件的紧张感发生矛盾，也弱化了第二个本事的高潮的艺术意义。

带有节奏紧张感减弱倾向的最活跃片段的平行重复，与此同时节奏紧张感在最不活跃片段中很强烈，这些都可以由叙述人的个性来提供艺术上的理据：在外在果敢性格的表皮下隐藏着永远怀疑、诸矛盾共轭的内在对抗性。

最后，无论从情节上看，还是从节奏上看，在短篇小说文本中具有特殊地位的，是结尾片段 10，因为在这一片段中叙述者把言语主导权交给了马克西姆·马克西姆维奇。在这个情景外的交谈者语轮中，三个阳韵句首轻音节的连续重复被扬抑抑格句首轻音节的同样的重复所替换，而接着是三个阳韵尾音节的重复。换句话说，两个对立的节奏主题“势均力敌”，并且被自己的“公分母”所通分，从而未偏向任何一方。

诚然，就是这个马克西姆·马克西姆维奇的第二个语轮，几乎无一例外地被阳韵句首轻音节（连续 5 个）所语调化，不过这首先是由话语对象引起的，因为谈论的已经不再是命定论，而是可怜的乌里奇本人。与此同时，阳韵句首轻音节形成为马克西姆·马克西姆维奇本人言语的主导节奏（20 个系列中有 11 个）。乌里奇的语调（是与哥萨克的语调势均力敌的）在转向日志记录人的交谈者时成为了“自己之他人”的节奏主题。在收尾片段中叙述人本身的主导语调正是与这一节奏主题相耦合的：在 32 个系列中有 16 个阳韵句首轻音节（“他人的”语调）和 16 个阴韵尾音节（毕巧林的语调）。

整个短篇小说的各种节奏－语调的变体在结尾时的“和弦”就是这样的。各种语调在文本节奏建构运动中的斗争和相互作用，是以形成《宿命论者》（也是整部《当代英雄》）艺术现实之意义的既不融合又不分割的合乎意义的两极——我和“他人”——来完成的。

* * *

正如我们已经能够确信的那样，在与文本等量齐观的《宿命论者》艺术现实的各个层级上展示出相同的一些核心概念，这使得我们可以讨论整体建构的各个层面在符号属性上如此各不相同，而在意义（审美）上却类质同像。首先，这是“开启了他人”，这允许我们把莱蒙托夫的这部作品与**后浪漫主义**作品等同视之。其次，莱蒙托夫作品的理念之“我”总是比与“他人”现实的任何事件性界限都要宽广，这允许我们把《宿命论者》和整部长篇小说的艺术性模式与**戏剧**模式等同视之（参看本书第三部分的“审美模式”一章）。

第二章

文学作品的结构：审美客体的建构（阿赫玛托娃的《缪斯》）

在对《宿命论者》进行符号美学分析的过程中，我们遵循了建构作为审美客体的任何文学作品的某种一般模式。这一模式就其成员而言有 6 个层级并且带有现象学的性质。在文学学中科学描写的可能层级的数量原则上几乎是无穷无尽的。但是，只有上述 6 个层级完全符合我们的基本要求，即与文本**等量齐观**以及——在作品具有可靠的审美特性的情况下——艺术现实在符号上不同性质的各个层面在意义上的**类质同像**。

艺术作品的大多数层级模式[①]都十分抽象，并且很少把艺术学（包括文学学）分析实践定为自己的目标。另一方面，亚尔霍的专门以这种实践为目标的模式，虽然被加斯帕罗夫所使用，但看起来很不完整，也很简单。

这一模式的顶部是“思想 – 情感”层级，能够被“智慧和想象”所理解，由表示“思想和情感”、“形象和母题”的词汇和词组构成。“主

① 最著名的艺术作品的层级模式是英加登和哈特曼提出的。

题”的这个层级，似乎也构成“作品的艺术世界”，在加斯帕罗夫的论著中却不与文本等量齐观，因为它被归结为是对各种名词、形容词和动词的归类，这一归类所揭示的是平常所说的“诗歌的基本主题”（例如：“面临危险时的紧张形象”）①。

中间是“修辞”层级，能够被“语感”所理解，并且包含颇具艺术意义的词汇和句法，基本上对应我们所理解的声音化层级（但没有声响表现法这个因素）。

底部是“语音”层级，用“听觉”来接受，除了散布在节奏诸因素上之外，还遍及韵脚、声响表现法和诗节布局中。

这一模式的不完备是显而易见的，而且加斯帕罗夫所承认的艺术印象诸因素并不是文本的整个客观性实存，而只是“偏离于日常生活言语中我们直觉所感觉到的中态背景”②的那些因素。换句话说，对文本的客观主义的科学描写是以读者不稳固的主观性为基础的。不奇怪的是，在用这种视角看待艺术现实之本质的情况下，如果“‘在常理层面上’无法获得对文本的共同理解”，那么就不得不“将阐释这个因素纳入分析之中”③。

我们认为，由文学文本所展现的审美客体，其多层级的建构——正如被分析所证实的那样——是这样：

[客体组织结构诸层级（Уровни объектной организации）]

聚焦（ФОКАЛИЗАЦИЯ）

情节（СЮЖЕТ）

神话建构（мифотектоника）

节奏建构（ритмотектоника）

---

① 加斯帕罗夫：《“头顶又现乌云……”分析方法》，载《М. Л. 加斯帕罗夫著作选集》，第2卷，莫斯科，1997，第11、13、16页。

② 同上书，第12页。

③ 同上书，第20页。

布局（КОМПОЗИЦИЯ）

声音化（ГЛОССАЛИЗАЦИЯ）

[主体组织结构诸层级（Уровни субъектной организации）]

当然，在每个个案中，尤其是在这种或那种艺术话语（某种体裁策略的美学话语）中，某种“光谱”美学分析能揭示出艺术现实层级中不一样的发展程度（艺术印象诸因素的充盈程度）。它们中的某些层级在很大程度上是被弱化了的，而某些层级则相反是被强化了的（试比较：情节的简陋和声响的丰富——节奏和声响——在抒情诗中）。但是，在整体的整个结构中，与文本等量齐观的符号材料所有6种有序性，是必不可少的，这一点毋容争议，而所提供的模式从整体上看是相当完满又无冗余的。以上所区分出的每个层级，各有自己的历史渊源、自己的审美和交际地位，不可分割地属于三种主体－客体关系即三种艺术现实本体层级之一：外层有弹性的“肌肉”组织（细节化和声音化），中层坚硬的“骨架”组织（情节和布局），以及内层细腻的“骨髓”组织（神话结构和节奏结构）。

真正被阅读的文学作品，按其存在方式而言作为一种审美话语，它所实现的是如何把审美主体（作者的创造功能）、审美客体（主人公－在－世界中的指称功能）和审美接受者（读者的接受功能）之间的交际事件（会聚一起的同时共存）组织起来。艺术所确定的三方会聚一起的同时共存，就是主体、客体和受众既不融为一体（艺术不是神话），也不相互割裂（艺术因素不是逻辑因素）。由文本主体和客体的组织结构的各种符号现实之间的紧张对话所构成的各种艺术价值的每一个层面，在这里都有自己的作用。为了解释这些层面的符号－美学功能，就必须持续地关注它们中单独的每个层面，同时对其余各个层面进行“现象学还原”。

把注意力放在艺术现实的外部层级即聚焦和声音化之后，读者便很容易地把自己与作者和主人公的界限区别开来。对读者而言，文本由对他而言是他人的各种话语构成，这些话语分为描述性言语（被视为“作者的言语”）和被描述的人物言语。聚焦内部视觉的人物外貌及其周围环境的细节化描写，同样一方面属于主人公的世界，另一方面属于作者：让读者看到的只是作者认为有必要展示给他看的东西。

不过，在转入艺术现实的中间层次时，如果完全脱离开外部层级，那么作者对读者而言便会“消失”。当然，有文化素养的现代读者永远不会忘记，无论是情节还是布局都是作家想象出来并组织起来的。但是，与此同时，内行的读者不会将叙述者或抒情主人公这样的人物与作者本人混为一谈。

作者作为主体并不是符号性的（写出这一切的写手），而是审美性的（紧张地观照与体验这一切的，细细观察、静心聆听并在内心复制这一切的见证人），根据巴赫金出奇准确的话来描述，就是“穿着沉默的衣裳”。也应该用这话来界定读者在作品的符号审美交际事件中积极的共同参与。莱蒙托夫类似于自己的读者，而不是自己的主人公，因为他并不是带着毕巧林面具说话的那个人，而是看到、听见并理解毕巧林的那个人，也就是思考毕巧林所说话语的那个人。

在情节的本事现实和布局的文本内部话语面前，审美主体和审美接受者之间的界限变得难以察觉。对世界图景的各种细节的指述，不管是借谁之口说出来的，显然是作者说给读者听的。细节化（不管是客体的还是主体的、言语的），这是作者的“指挥鞭”。情节和布局则是另一回事。如果读者在接受活动中不产生移情作用，那么就不会接受作为不受制于见证人作者所发生之事件的规约客观性（虚拟客观性）；如果读者不去共同创作，不去与作者分享该事件的布局、局部－整体有序性的美学积极性，那么文本将以作者的“虚假臆想”的面目呈现在读者面前，而“艺术印象”这种美学现象也根本不会出现。

从另一方面看，没有与虚拟接受者的共同创作的移情作用，作者的审美活动本身是无法实现的。反之，作者的审美活动会变成伪艺术的说教，或者类似于胡言乱语的自发性的文本产物。

因此，艺术现实的中间层级要求审美客体和审美接受者汇合在一起，它们既具有不可分割性，但也不具有暹罗双生子的同一性。文学作品的外部层级会阻碍审美关系的这两种立场融为一体，而在艺术整体的建构内核中正好相反，主体和客体之间的界限已被消除了，所以所有这三个审美等级在这里处于神话因素的混合状态中。

文本的语流的节奏将作者、主人公和读者一体化为一个成分驳杂、却不间断的整体。毕巧林（主人公）的言语的节奏－语调结构同时也是书写这位人物及其所有言语的作者的言语节奏；这一节奏也是读者内心“演示”文本的节奏，是把作为读者接受时间的艺术时间组织起来的节奏。因为没有接受者意识在审美上的现实化，文学作品就像未发芽且等待自己复活的种子那样是没有生气的。但是，如果发生真正的现实化，那么节奏如同法力诺所说，“羁留在我们内心”，而且“作品不是在我们之外而是在我们自身身上完成（流动）。在这种情况下作品的意义已经不是靠理智得到理解（保持着某种距离），而是直接被领会（我们和作品之间的距离消失不见）”[①]。

艺术整体的审美现实化，就其最深层次而言，是对本事的节奏化了的神话化。在艺术现实这一层级上，任何参与这一现实的个性（人物的、作者的、读者的个性）都会与“我－在－世界中”（存在）这个普遍的个性、与出现在外部生活中的内心存在的某种建构形式发生同一化。在这里不存在主体、客体和接受者的逻辑划分。这种逻辑划分只产生和积聚在中间层级，因为它完全呈现和固定在文学作品的被赋予了文本形式的“表层”上。

由于专注神话－节奏核心（在对更外部的各个层级进行“现象学还原”的情况下），读者的接受意识完全失去自己外位于作家创造性意识的特性。“在这一层级上接受者处于文本主体的地位”，这导致“接

① 法力诺：《文学学引论》，第469页。

受者个性的自动变革”[①]。这一现象的本质在于，神话建构层面和节奏－语调层面的有序性主要是由超意识的创作冲动来形成的，而这些创作冲动则是作者本人从他所实现的作品之审美个性中获得的。当然，整个的艺术现实都贯穿着这些冲动，但审美话语的建构核心，则是这些冲动的显而易见的聚集点。

这里被命名为文学作品诸建构层级的东西，其深刻性在历史上也是得到确认的：神话和节奏乃是文化的最为古老的方面，它们的出现远早于语言艺术。二者的共轭——神话的节奏化、节奏的神话化——是所有审美活动的历史前提。

对于语言艺术作为艺术实践的产生而言，还需要以下条件：(1) 把情节性作为思维的事件－历史形式来把握和 (2) 制定艺术文本的各种布局形式（独白、对话、它们的变体）。历史上最晚形成的是艺术作品的客体与主体组织结构的各个外在层级。

在文学实践中聚焦尤其是声音化长期以来被给予了修辞“装饰”的辅助作用。它们作为内视画面体系和声音体系获得完全独立的艺术意义只是在新时期[②]的文学中。古典现实主义时期是培育这一层级特别富有成效的时期。

艺术现实的外层从历史来看是最为年轻的，因此也是最富于表现力的。文化的民族独特性、时代的历史特殊性、作家生平的个性正是在这个外层上不断留下“烙印”。情节－布局层的特点在于其结构具有相当大程度的因循守旧性、相对的刻板性，有时在一系列作品中可以多次复制。自然，内部各层级遭受历史的变故最小，它们归属于整体的建构核心，并且最终被归为数量有限的普遍因素的有序性：我们能够相当轻松地列数出的一些宏观母题－神话因素和节奏特征。最后，在这一扇扇的“门”之间隐藏着文学作品的个性内核（其文本性的意

① 法力诺：《文学学引论》，第 469 页。

② 一般指欧洲历史上自文艺复兴到法国大革命这一时期（1492—1789）。——译者注

义），这一内核完全不为理性化的科学思维所知，却用虚拟的艺术存在（理念/形式）之光照耀着自己“外壳”的艺术现实。

假如不是这样，并且读出艺术文本的意义就如同尝到坚果硬壳下面可以食用的核肉，那么某一次被“正确”解读的文学作品（被文学学家“吃掉”的文学作品）对其他所有的读者而言就走向了死亡。然而，幸运的是，事实上审美分析越深入到文本之中，对意义——对所有的人而言是统一的意义、却是每个人独一无二地体会到的独特意义——的“艺术印象”就变得越丰富，尽管就其审美模态来说越确定。

最后一个层级在我们的理解中就是自我确定的内在统一体本身（任何个性本质上都是这种统一体），这种内在统一体用黑格尔的话说“来自于自我本身，目的在于使自身不同方面和部分得到真正的分离”，“用这些方面和部分来展现自己与描述自己”，“把自己当成无所不包的统一体宣告出来，而这个统一体把一切特殊的东西构成的整体联系在一起，并且把这个整体吸纳到自身之中”[①]。如果把这样的意义述说出来，那就意味着重新给予该作品的艺术性以科学的界定。但是，就这种操作的结果来说，审美事实被科学事实所取代，对艺术性的界定变成将其取而代之的科学性。

回到《宿命论者》的分析，可以提出如下结论性的说法：审美话语的主体（作者），一旦脱离开自己的“双重性格”（主人公），那么就会在“他人”（读者）身上找到自己孤独的障碍，并且同时就会参与到各种“他人”的真实存在（不同个性的存在）之中。在这种情况下，马克西姆·马克西姆维奇与读者在功能上的混同是完全合乎规律的：要知道他也是毕巧林故事的听众，而毕巧林的故事就是莱蒙托夫的小说。

我们在所有的六个分析层级上都发现了作为“垂直重复”所形成的交际事件。如同法力诺正确指出的那样，“我们习惯于把被重复者与重复者的共位视为重复，亦即只是在横坐标上看到重复，然而重复在

① 黑格尔：《美学》，第3卷，莫斯科，1971，第364、366页。

纵坐标上也同样能够得到实现。”[①]。如此确定艺术现实的重复，其实质就在于统一的审美思想在艺术意义的不同符号体系内被编码了六次。同时，这一交际事件的审美模态（艺术性模式）的特征在于，内在之“我”在这里就其本质而言始终且不可避免地要比其外部的、事件性的界限广阔。

类似的界定自然不能取代艺术印象，但是它标示出等值于文本的这种印象的界限，将这种印象与读者恣意任性的各种可能表现隔绝开来。在艺术意义根本无法用科学话语来表达的情况下，落在文学学者肩上的担子并不那么小：在艺术印象诸因素得到记录和系统化的基础上使文本类型（体裁——在这里是短篇小说）同一化，使意义类型（艺术性的模式——在这里是戏剧性）同一化，使作品所要求的读者职能类别（艺术性的范式——在这里是后浪漫主义）同一化。如果最后谈论文学学研究在科学上是否完满，那么这些同一化能够并且应该获得历史基础（解释的层级），也能够并且应该当作这个作品的各种可能解读是否符合实际这种界限的校正器（知识的预告等级）。

* * *

所阐明的六层级模式乃是文学作品的现实结构模式，这一模式并不是分析强加给艺术现实的，而是从这一现实本身引发出来的，为了夯实这一观点，我们将考察原则上是另一种艺术性的现象——另一种体裁策略、另一种审美模态和另一种艺术性范式。

用阿赫玛托娃的短诗《缪斯》来举例说明洛特曼关于抒情话语最大程度地接近神话话语的观点[②]是最好不过的了。用抒情的诗歌手段来刻画现实中某个个别的冲突事件，就是对这样或那样的合乎规律的过

---

① 法力诺：《文学学引论》，第 469 页。

② 参见洛特曼：《情节起源的类型学解释》。

程的艺术思考，这一过程说明的是“我”在世界宇宙中的存在。在这种情况下，这是艺术灵感的过程：

Когда я ночью жду ее прихода， 当我在夜里等候她的到来，
Жизнь，кажется，висит на волоске. 生命，似乎危在旦夕。
Что почести，что юность，что свобода 在手持小笛子的可爱女宾面前，
Пред милой гостей с дудочкой в руке. 荣耀、青春、自由算得了什么？
И вот вошла. Откинув покрывало， 她就这么走了进来。掀开面纱，
Внимательно взлянула на меня. 入神地注视着我。
Ей говорю：«Ты ли Данту диктовала 我对她说：“是你口授给但丁录写了
Страницы Ада？» Отвечает：«Я» 《地狱篇》？”她答道：“是我”。

情节

抒情诗是没有“本事”的。在这里取代虚拟现实事件链的，是抒情主人公的施为话语的虚拟现实场景。如果有使用造成本事效应的诗歌叙事的情况发生，那么文本便是抒情叙事性质的了。不过，谈论抒情诗的无情节性，对于分析其例子来说是不会有成效的。抒情诗话语的客体组织结构的特征就在于，通过审美浓缩赋予生命过程的连续性或者循环重复（先例性）以史无前例的事件之面貌。

抒情诗的情节通常可归结为唯一的一个时空和活动语境（情节片段）。但是，就我们的例证而言，在阿赫玛托娃的诗歌文本中很轻松地发现两个情节片段：等待片段（第 1 节）和缪斯到来、降临的片段（第 2 节）。

导致抒情情景分裂的这一情节发展，其意义就在于被期待者之非期待性，在于所期待之灵感的不可预知性，在于例行之先例的无例可循性。正如我们在后面的分析中要证明的那样，这一审美话语的存在主义超事件（理念 / 形式）便是如此。

布局

在抒情诗话语中，艺术印象主导因素的结构角色并不属于心智“内视”的各种现象在客体上是如何组织起来的（正如在各种叙事长诗体裁中出现的那样），而是属于“内听”的各种现象在主体上是如何组织起来的。尤其是在抒情情节简洁而平实的情况下，抒情诗的布局形式，通常来讲都带有积极的特征（文本的展示性编排格式，诗行配置，开头和结尾的外部界限之标记的加强），并且经常具有复杂的双重的性质。

抒情诗话语的主导布局形式——沉思，其自动交际的施为性要求吸纳受众与抒情主人公话语的感情－意志的语调发生共鸣。指称的事件性需要面对读者的“心视之眼”来展开叙事，对这种事件性的弱化就会把抒情诗归结为“作为一切文学类型之基本‘内部形式’”[①]的沉思。不过，这一“内部形式”可以穿上别的、外部的形式——可以以叙述或者对话的建构性面具的面目出现。

抒情诗通常都没有题名。抒情诗的整个文本——是对某种体验和亲历场景独特的拓展。但是，所分析的这首阿赫玛托娃的诗歌是有标题的。这是该诗布局的吸引我们注意的第一个因素。

如同作品布局结构的其他任何片段一样，题名展示的是作者的积极性。从展现在我们面前的艺术印象诸因素体系与该文本的创造性版本相关性的角度看题名的作用尤为重要。在有题名的情况下，这个题名便是作者的不管篇幅有多长的话语的“主题”，而整个后面的文本都是其“述题”。

诗题《缪斯》使诗歌灵感的各种不同的拟人手法的广泛互文关系在世界诗歌中得到现实化。形成一种期待效应——期待神奇现象的某一个可能面目的出现，期待也是艺术印象的一个因素，这种因素把读

① 波斯彼洛夫：《抒情诗》，莫斯科，1976，第 159 页。

者放置在与抒情主人公（女主人公）的紧张创造意图联合为一体的状态之中。把文本划分为两个诗段，使被期待者之非期待性这个关键因素得到加强。

每个诗段照例被话语布局形式的更替切分成两个部分。在第一个诗段中，替代叙述（第 1 和第 2 行）的是沉思（第 3 和第 4 行），似乎后者自身就带着开启整体之意义的钥匙。在第二诗段中，替代新叙述的是对话，后者把缪斯从客体性的抒情人物转变成主体性十足的抒情主人公。

在这个文本内话语体系中直接沉思绝对不比话语的非直接抒情形式更加接近艺术意义的内核，而这一点似乎是可以预料到的。相反，手持小笛子的可爱女宾这个沉思形象却变成了虚假的期待。缪斯出现的真正意义，只在两个抒情之“我”（大我和小我）的对话中稍微有所表露，只在关于抒情女主人公并且得到威严又意蕴丰富之回答所确认的猜想中稍微有所启示（“是我！”作为单独的话语乃是任何施为话语的独特精髓）。

聚焦

在抒情场景的客观性细节化的层面上，诗作《缪斯》就内视画面的组织结构而言从第一情节片段到第二情节片段发生了急剧的转变，而这一转变标志着各个抒情人物的极为重要的转换。

在期待这个片段中，缪斯无比珍贵（比荣耀、青春和自由还珍贵），但是以客体的面目出现（所期待的带着小笛子的女宾形象）。在缪斯出现这个片段中，抒情女主人公自己便是关注的对象（入神地注视着我），而女宾却掌控场面，成为场面的主人，即该交际事件的真正的主体：她降临人间口述让但丁录写《地狱篇》。

把出场形象的可视性、客体性还原的中世纪禁欲主义的面纱，以及明显让人联想到古希腊、罗马享乐主义的优雅、客体性的欢快的伴舞的小笛子，在这一内视画面体系中原来是一对随机反义词：抒情女主人公等待的根本不是那个降临在她面前的缪斯一样的女宾。但是这种非期待性是可以期待的，因为这种非期待性并不导致任何冲突。

期待这个场景的关键母题乃是义无反顾地准备牺牲所列举的各种生命价值。不过，这种义无反顾的牺牲是表面上似乎如此（生命，似乎危在旦夕）。抒情女主人公与生命的一切欢乐隔绝开来，是为了在可爱女宾那里期待到其他的各种欢乐。

缪斯的到来并没有证实这一期待。对于作为最高（第二诗段中所列举的）生命价值的自由确实不得不加以拒绝，还不得不在口授下录写。不过，接替被贬值之生命母题的，并不是死亡，而是永生，是诗人中的诗人但丁，他的神圣的篇章《神曲》和地狱（永恒痛苦和至高正义的图景）。口授的缪斯是超越生命的永恒价值的载体，或者（用巴赫金的术语讲）是真正的创作所特有的“超越生命的－积极的立场”。

声音化

一个文本框架内几个声音的对话关系乃是小说的特权。在抒情诗中这一现象并不经常遇见，而且主要是在古典诗歌之外遇见（从象征主义开始）。在所分析的这首诗歌中也未遇见这一现象。

不过，依据音意匹配来甄选诗歌用词，这是文本言语组织声音化的一个重要方面，它与修辞加工这个方面同样重要。这两个方面在两类文本中都存在，不过一个是在诗歌中占据上风，另一个则是在小说中占据主导地位。诚然，诗歌能够很容易地在自己的构成中携带上援引而来的“风格外”的各种声音（其中包括“日常生活用词”），而小说可以“发出充满诗意的声音”（譬如契诃夫《大学生》的开篇几个语句采用元音 У 重复，而结尾的几句则采用重音 A 重复）。

在文本的词语中这样或那样一些元音（元音重复）或者辅音（辅音重复）或者它们的组合（用韵还有字母换位词或者同源近音词），特别对抒情诗而言，是十分重要的艺术印象因素。声音化（即文本言语组织清晰可感）的声音重复，不少时候是对某个关键用词（底层语义成分）的字母换位。在这类字母换位词之间有时会建立起意蕴丰富的各种复杂的文本内部关系。

文本的诗歌声音化，其最简单的现象，就是关系到意义的押韵。该诗作的所有韵律都把用词与上下文毗连的意义连接在一起：比自由更重要（即离开的可能性）的那个来了；能打破生命危在旦夕的那只手；作为开启隐藏于面纱下秘密的口授录写。超个性的、元诗歌的缪斯之我与抒情主人公－女诗人的个性之我彼此之间也是以这样的方式发生关系的。

元音重复的结构在俄语诗歌中由各种重读元音形成（在非重读状态下，不出现具有语音学价值的弱化的 У，其重复在个别情形中是可以在艺术上有价值的）。我们要预先说明，我们把 Й/Ы 音视为一个共同音素的变体，是取决于语流中怎么与其他音相邻的变体。我们同样要预先说明，与众多诗学学者不同，我们把代词（尤其是人称代词）当作全重音词加以研究，这些全重音能够让自己携带超越刻板模式的重音。人称代词不仅不能让自己的语言学地位降格为前置助词、连接词和语气词，而且相反，在施为话语的文本中一般具有关键意义。

考虑到以上所做的预先说明，诗作《缪斯》的节奏－元音重叠的子结构是这样的：

1. - А А О - У- О - О –

2. И А - - - И - - - Е

3. О О - - О У - О - О –

4. - И- О - У - - -Е

5. - О - А - И - - - А –

6. - А - - - У - - - А

7. Е - - У И А - - - А –

8. - И - А - - - А – А

在对应于抒情情节第一个片段的第一个诗节中，明显占主导的是元音 О——有 9 个（是在有 3 个 А 音素、3 个重音 У、3 个 И、2 个 Е 的情况下），它在功能上是以关键词 гОстья（女宾）的字母换位词的面目出现的。重音 О 凝聚在一起，为这个关键词（及其所指的抒情人物）在第一诗节尾行的出现在语音上做好了准备：нОчью... еО прихОда（在夜里……她的到来）。不过，值得注意的是，在与 жизнь（生命）（第二句）的毗邻中“超越生命的 – 积极的立场”这个拟人的语音消失了，为的是这个信号在各种生命价值的消失中能够急剧地活跃起来（第三句）。

在第二个诗节里，随着女宾的出现（и вОт...）（就这么……），处于重音位置的 О 完全消失了。明显占据主导地位的是同样有 9 个的重音 А（是在有 3 个 И、2 个 У 与 1 个 Е 的情况下）。可以充任用来释读这种元音重复的那些关键词的，是 покрывАло（面纱）（与小笛子无法相容）、Дант（但丁）、Ада（地狱）（被前面两个音的字母换位联系在一起）。不过，应该把收尾的 Я（我）（诗歌以三次重复重音 А 结束）看作是占主导地位之重复的最重要、语义最深刻的替代音。无论是 вниматeльно（入神地）还是 диктовАла（口授录写），都归属于这个“Я（我）”。

在俄语诗歌中元音 А 重复经常标志着整个作品语境中的抒情之“我”这一极。不过在阿赫玛托娃的《缪斯》中，女主人公这个“小写”的个性之“我”（只在诗文开头出现）处于缪斯超越个性的大写之“我”的阴影下。所以，这个“小写之我”并没有以字母换位的方式（采用诗歌声音化的各种手段）展现出来，而在这样的情况下表露在外的 A—O 在结构上的对立完全没有冲突的性质（这在很多情况下是经常出现的）。被声音化所凝聚起来的那些音素实质是同一个人物的语音替换，而这个人物从期待场景到来临场景的抒情情节中角色发生了根本的改变：女宾原来是女主人。

诗歌文本的辅音重复子结构——依据特尼扬诺夫所说的诗行紧凑性的规则——都是由诗行内辅音重复来形成的。不过，并不是所有的重复都具有充分的接受价值。具有价值的首先是带有很少偶然性的被确定过的（被重复过的、被增加过的）重复，也就是说，在同一句诗行内不少于三次的重复。处于标记性位置〔譬如相邻词汇的头音：Данту диктовала（口授给但丁录写了）〕的重复也具有价值。文本的辅音重复子结构得到这样准确而详细的说明就显得非常直观又意味深长：

1. ДДД
2. ССС
3. ЧТЧСТЧТСТЧТС
4. ДДД
5. ВВВ
6. ВНЛНВЛНЛНН
7. ТДТДТ
8. ТТТ

因重复而显得繁重的第 3 句诗行传达出抒情女主人公溢于言表的惊慌，这种惊慌使习以为常的生命价值荡然无存。第 6 句诗行在辅音重复上的繁重则表明它与第 3 句诗行有着某种类似性，但在这里我们感觉到的，并不是明显表达出来（只是通过辅音重复表达出来）的惊慌，而是另一种惊慌。这已不是失去自身稳定价值立场的主体的惊慌，而是客体的战栗：抒情之“我”是纯诗“超我”评价视角的客体。

辅音 С 重叠明显地标志着生命价值（почеСти, юноСть, Свобода）（荣耀，青春，自由）被动摇（виСит на волоСке）（危在旦夕）的主题。并不偶然的是这个音在第二诗节中实际上消失了（只出现了一次）。

辅音 В 重复毫无疑问是与结束 С 音重复的化身入侵的母题（и Вот Вошла）（她就这么走了进来）联系在一起的。在第二诗节中，把 В（第二节有 8 个，全诗共有 12 个）、Н（第二节有 8 个，全诗共有 11 个）与 Л（第二节有 7 个，全诗共有 9 个）聚集在一起，是缪斯那改变情势的目光的影响，是显而易见的字母换位的影响（ВНимателЛьНо ВзгЛяНуЛа）（入神地看着）。

但是，作为诗作《缪斯》的辅音重复之基本对立立场出现的，是浊辅音 Д 与其自然语音二选之一的清辅音 Т 重复的对立立场，而这些重复与第二诗节中占主导的元音 А 以及凝聚在第 6 句诗行中的 Н 一起构成了Дант（但丁）这个名字的字母换位词。在这种情况下重要的是，音素 Т 从一开始便在文本中占据主导地位且分布均匀：其使用的 17 次情形中，第一诗节有 8 次，第二诗节有 9 次。与之相比，Д 获得现实意义，却被第一诗节所限定（10 次中出现了 7 次）。

小笛子（ДуДочка）是轻快、欢乐之诗歌的象征，通俗易懂，人所共知；作为这个小笛子母题的字母换位的替代形式，辅音 Д 的重复凭借第一句和第四句诗行的重复，为第一诗节定下基调。伴随着 ч 音的重复而得到加强的 Т 音的重复，一开始听上去就是与生命的愉悦隔绝了开来（第三句诗行）。在诗歌的末尾，Т 合乎规律且又合乎意义地加强了辅音 Д 的重复（Ты ль ДанТу ДикТовала сТраницы... оТвечаеТ）（是你口授给但丁录写了《地狱篇》……她答道），因为代替期待中的诗意般“吹笛”的，是缪斯降临在负有作诗之责任这个绝对命令的女诗人面前。

神话建构

“缪斯”的原型清澈而鲜明。不过，艺术从来都不局限于对神话因素（在这里是神的消息这个神话因素）的简单复制。艺术的生活图景总是因为存在着“我－在－世界中”的内在时空体而变得复杂起来。

阿赫玛托娃诗歌中的时空体体系是极其简单的：期待内在时空体，作为一个小圆圈，完全被内切在启示（神之秘密）外在时空体这个大圆圈上。

这种内切的实现特别依靠了夜间发生的这个抒情事件在时间上的定位。最高秘密的“垂直”时空体——就全人类的各种文化传统而言——这主要是夜晚时空体。（而白天时空体在阿赫玛托娃的抒情诗中大多数是会面－分手“横向”时空体。）

夜晚之“我”完全内切于诗歌上效命于缪斯的超时间的时空体，这种内切既得到了直面隐秘的这个“我”内心准备接受任何启示的保障，也得到了其外在的选择性、先验的信任的保障。缪斯不但作为独白的灵感造访抒情女主人公，而且还回答她，在对话中登场。小写的个性“我”与大写的超个性（先验）之“我”的这种共轭就来源于建功立业的英雄原型。

节奏建构

诗歌用五音步抑扬格写成，而抑扬格在俄语诗歌传统（特别与标题的古旧传统相结合）中具有语义上的悲剧色调。不过，不管怎么说，在这一审美话语中并没有出现任何悲剧性的不和谐的语调、分裂的语调、为“我”在世界秩序中所起的作用在主观上显得过分而承担过错的语调。

值得一提的是，一对随机的（却是显而易见的）反义词“свобода и диктовала（自由和口授录写）”在节奏上凸现出诗文所拥有的两个跨行连续[①]（在每个诗节的第三句诗行）。口述记录要求具备排除自由可能性的等级森严的强制立场。然而，问题在于抒情之“我”为了与缪斯会面一事从一开始就摒弃了自由和其他各种生命价值。所以，这次会面并没有带来任何的悲剧性冲突，尽管缪斯是以出人意料的化身来临的。

最清晰可感的超规范标准重音（在诗行的第一个音节上）突出的正是抒情情景的两极 Жизнь и Муза（ей говорю）[生活和缪斯（我对她说）]，而“我”就处于这两级之间。但是，抒情女主人公并没有在这两者之间一分为二，而只不过实现着自己既定的选择。

两个诗节（两个抒情情节片段、两种时空体、两个声音化的字母换位场域）在语调－节奏上并未被界分开来，而是相反，被连接成为一个整体。绝大多数诗行的节奏标示图是丰富多样的，不可能区分出主导的节奏，实际上每一行诗听上去都是节奏上加了着重号的。只有第 5 句诗行，末尾为文本的“黄金分割”点的那句诗行，其节奏才与第 4 行诗的节奏完全相同，这就实质性地冲淡了两个诗节在语义上的差异。缪斯的降临不但没有成为文本的节奏高潮，而且相反，导致节奏－语调的紧张感得到消除，标志着被满足的期待心情得到平复。

后续的几个五步抑扬格的节奏变体，仅仅是用来维持必不可少的语调紧张感的，而且不允许紧张感过度强烈。这样一来，第 6 行诗就是第 2 行诗的节奏呼应（在第二和第四音步上各有两个抑抑格），但是在第六句诗行的第一个音步上并没有使第 2 句诗行变得复杂的超越规范标准的重音。在第 7 行诗中，如同在第 3 行诗中那样，在一个抑抑格的情况下各有两个超规范标准重音（在第一个和第三个音步上），但在第 3 句诗行中并不是两个扬扬格，而总共只有一个扬扬格（在这里

① 俄语原文为“анжанбеман”，源自法语词“enjambement”。——译者注

第一个音步是称呼缪斯时的重读与非重读音节的扬抑格的变体）。

从节奏角度看最显眼的是第 1 和第 8 行诗。首行诗是文本中唯一一句全重音 5 音步抑扬格（有超规范标准重音落在第二音步上）诗行。尾行诗——同样是文本中唯一的——在自己的构成成分中具有落在第三音步上的抑抑格。

就这些布局和节奏上的关键诗句的相互关系而言，紧张感的下降（从 6 个重音下降到 4 个）是显而易见的，而呈现在首行诗中的只有一个孤独的、等待中的我（超规范标准重音的载体），而尾行诗则容纳了这个小写的抒情主体和大写的“我”之间交流的两个语轮。在 6 重音诗行表现惊慌失措和 3 重音诗行表现惊慌平息 [Внимательно взглянула на меня（入神地注视着我）] 的背景下，节奏上组织得匀称的（抑抑格处于中心音步上）4 重音诗句，获得被责任压得沉甸甸、却被消释平和的个性与其命运之超个性拟人化的语调。

* * *

可以信心十足地做出总结，无论在这种情况下还是在《宿命论者》的分析结论中，我们发现同一个意义、艺术话语通过性质不一的符号手段以不同方式得到实现，而使同一个审美模态获得 6 次“垂直”重复。这一重复，意味着与文本等量齐观的艺术现实诸层级在意义上的类质同象，标志着作品作为审美客体的包罗万象的建构。

就阿赫玛托娃《缪斯》这个案例来说，具有建构性质的是个性之“我”与其超个性的设定性、与明确个性在世界秩序中的使命与地位的角色界限融合在一起。在莱蒙托夫《宿命论者》这个案例中却是相反，具有建构性质的是个性的内心存在相对于把“我”与另一种“他人”个性生活共轭在一起又区分得泾渭分明的那些外在–事件性界限的广度、冗余性、“凸显性”。

第三编

作为科学同一化对象的艺术整体：

《已故的伊万·彼得罗维奇·别尔金小说集》

第一章

整体性问题

在这一部分，我们将关注俄罗斯古典小说的“源文本”，后者的统一性和整体性曾经引起过并且正在引起说法不一的讨论。《别尔金小说集》经常按照单独的部分来接受，就譬如像阅读“普希金的诗歌”，而不是阅读《叶甫盖尼·奥涅金》的章节，尽管这些章节也曾被作者单独出版过。而别尔金系列小说从一开始就是作为某种艺术统一体被赋予了形式并出版的，而且这种统一体注重对整体中每个部分的阅读顺序和上下文。

故事之间是否有托尔斯泰所说的“粘连”，能够对这些故事内容产生决定性的影响。比如，如果《一枪》是完全独立的艺术整体，那么小说最后一句话（西尔维奥在希腊解放战争中的拜伦式死亡）似乎真的允许把这个人物性格看成是英雄主义的关键人物了：“普希金的小说要求我们把所知道的有关西尔维奥的一切与这个结尾联系起来，要求在开头中寻找到结局”[①]。但是，如果《一枪》——这不是“普希金的小说”，而是普希金虚构出来的别尔金编写的故事，且这个故事以独特的“一

① 别尔科夫斯基：《文学论文集》，莫斯科－列宁格勒，1962，第229页。

章”进入更为广阔的艺术整体中，那么我们完全有理由对这种英勇精神表示怀疑。因为在第二种情形下，西尔维奥的许多特征在弗拉基米尔身上会得到回音，在小别列斯托夫的浪漫姿态中会得到回音，甚至在阿德里安·普罗霍罗夫和萨姆松·维林身上会部分地得到回音，而结尾那句话将只不过是对“故事”的装饰性招牌[①]而已，这块招牌用审美方式所完成的并不是出场人物（西尔维奥）的性格，而是作者化了的故事讲述者（别尔金）的视野。

《别尔金小说集》是不是各种不同作品的文本的集合，或者一部作品的完整文本，这个问题对于如何把这部小说集进行科学的同一化来说是极为重要的。

引起我们最明显兴趣的问题是乌津提出的，他公正地认为，如果“序言是这整个系列小说不能分割的环节，那么在被称为《伊万·彼得罗维奇·别尔金的小说集》的整个叙事圈中就不应该有任何一个因素会影响相邻的因素、进而影响小说的整个体系，那么就不可能也不应该出现具有不同于其他几篇小说之意义的这样一篇小说，而是所有五篇小说都必须具有相同的意义”[②]。

大多数偏好从整体上阅读普希金的别尔金之书，多多少少还是倾向于把这部书视为数量上涉及几个作品的系列小说。盖伊像人们通常做的那样正确地抱怨道，“把《别尔金小说集》标示为系列作品依然是不言自明的，而对它们的考察是隔绝开来进行的”；“一面非要把《别尔金小说集》称为系列作品，一面谁都毫无充足论据地不研究这些小说彼此间的连续性，不研究从中得出的逻辑和意义，不研究所读作品受到其所占位置的制约”[③]。譬如，在波罗·德布勒森尼和沃尔夫·施密特的有趣而深刻的研究中，普希金对整体的各个部分的位置安排完全遭到

① 试比较：“多余的或者是小说本身，或者是其结尾”（米哈伊洛娃：《普希金小说〈一枪〉中的西尔维奥形象》，载《构思，写作，体现……》，莫斯科，1977，第139页）。

② 乌津：《论〈别尔金小说集〉》，彼得堡，1924，第6页。

③ 盖伊：《普希金的小说：叙事诗学》，莫斯科，1989，第70、76页。

忽视[1]。鲍恰罗夫把小说的系列化当作“第二顺位完成性”来讨论，他在这里看到的不是质的飞跃，而只不过是“更加完整的完成”：“尽收在别尔金著作权下的这些小说，在系列作品的组成中，保持着自由的存在方式：可以分开单独来读它们，某种程度上可以无视别尔金的存在来读”[2]。

最后一种见解是完全错误的。我们把《别尔金小说集》一方面与《狄康卡近乡夜话》进行比较，另一方面则与《当代英雄》组成中的《毕巧林日记》进行比较。前者真的可以在“某种程度上”零散地和“不存在”鲁德·潘柯地阅读，因为果戈理整个儿地隐藏在了灵巧机变的养蜂人的面具背后。而把毕巧林从其“日记”这个括弧中移出来是完全不可能的（不管毕巧林的“面具”多么让我们想起其作者的真实“面孔”），这是由双重作者这个原则上重要的建构因素所决定的，而这个因素在果戈理作品中并不存在。艺术组织结构的这种建构因素第一次在俄罗斯文学中出现正是在《别尔金小说集》中[3]，这也就使得谢列兹尼奥夫理据充分地指出：“《当代英雄》独特形式的来源并不是普希金的诗体长篇小说，而是长篇小说的这样一些可能性，这些可能性通过普希金的短篇小说为长篇小说开辟出了道路。”[4]

带来了如此崭新品质的文本联合体，被别尔科夫斯基不无道理地称为“长篇小说的雏形”，而施瓦茨邦德直截了当地断言：“被《别尔金小说集》的现实作者所选定的体裁形式就是长篇小说。”[5]

但是，我们会讲得稍微谨慎一些：《别尔金小说集》是一种过渡现

---

① 参见德布勒森尼：《放荡的女儿：普希金小说分析》，圣彼得堡，1995。

② 鲍恰罗夫：《普希金的诗学》，莫斯科，1974，第 127、147 页。

③ 试比较：“普希金之前的各种作品，其整个气氛、修辞、全部语调〈……〉都是由作者的意识形态和风格所决定的〈……〉在普希金那里从 1830 年开始就出现另一种情况。”（古科夫斯基：《普希金与现实主义风格诸问题》，莫斯科，1957，第 295 页）

④ 《在普希金的世界里》，莫斯科，1974，第 421 页。

⑤ 施瓦茨邦德：《普希金〈别尔金小说集〉的体裁属性》，载《情节构造诸问题》，第 3 卷，里加，1974，第 142 页。

象，从数量上的系列短篇小说向似乎是在自己生成那一刻“突然来临”的长篇小说过渡的现象。看来，这部作品是具有完全崭新的**整合性**气质的系列叙事作品，是“长篇小说化”类型的艺术整体。

因此，我们的后续任务就是对十分复杂又有争议的文学现象进行科学同一化。由于研究普希金的别尔金系列小说及其单个儿构成部分的专门文献庞杂浩繁，我们将不采用对该文本进行详细科学描写的方法，而是把注意力重点放在文本分析的结论阶段。不过，所提出的同一化自然是从我们和许多其他研究者在对习惯称为《别尔金小说集》的艺术印象诸因素的全部总和加以记录和系统化这两个方面所做出的研究中得出来的。我们的方法的特色，就在于我们在这里考察的是统一的艺术现实的完整文本，并且我们努力在与该文本等量齐观的（而不是充斥在很多研究论著中的各种零散的解释性的用于补足想法的）这个或那个分析层面上反映出每个个别的观察。

标题诗学

艺术文本的标题（如同题词，如果有的话）是布局及其诗学的最重要因素之一[①]。标题从来都不是符号综合体的简单索引，而总是某种意义的象征。按照弗洛连斯基的定义，象征，“这是某种东西，这种东西并不是它自身，比它大，但实质上通过它表现出来”[②]。换句话说，文本的标题就是作品的名称，用神名学的范畴来讲，亦即作品本质的显现。

大家都熟悉普希金一首诗歌的起首句：“Что в имени тебе моём？（我的名字对你意味着什么？）”名字的重要意义，在诗文开头就被否定

① 问题史文献请参阅维谢洛娃、奥尔利茨基、斯科罗霍多娃：《标题诗学：文献材料》，载《文学文本：研究的问题与方法》第3卷，特维尔，1997。

② 弗洛连斯基：《在思想的分水岭旁》，莫斯科，1990，第287页。

了，但在结尾峰回路转，得到了恢复，拥有了新的力量。普希金本人对名字及其文化意义的兴趣是毋庸置疑的，他写道："有一些人对这样一位圣徒的生平事迹一无所知，却从受洗之日起直到进入坟墓都在使用这位圣徒的名字，并且每年都举办活动祭奠这位圣徒。虽然我们不允许自己苛责这些人，但是至少不能不为他们的毫无好奇之心深感惊讶。"

从被神名学所激发的称名哲学的视角看，神之名与神的关系乃是名与被命名者之联系的普遍模式。如果对年轻的洛谢夫笔下的"神名之学的提纲"[①]换一种方式来表达的话，那么就标题理论可以形成以下一系列基本观点：

1. 文本的标题作为作品的名称是作品本身之**实质的能量**。

在这里"实质"指的是诠释的对象，而展现这个实质的文本本身则是分析的对象。用洛谢夫的话说，这是"追无止境的目标"（对于主观意识追求主体间性意义而言）。

2. 作为这样的"能量"，文本的标题与作品的实质是不可分割的，所以它也就是作品本身，亦即与被命名者**等值**。

标题是艺术整体的被特权化了的和悬挂于外的部分。在艺术作品中，也如同在神的现实中，不存在部分与整体之间的"分离"（弗洛连斯基用该词替换洛谢夫的"区分"一词）。所以，按照维戈茨基的判断，在标题中，"在一个词（或者词组——作者注）身上真实地包含着作品整体的意义内容"。譬如，"要想完整地揭开果戈理叙事长诗之名称的意义，就需要解开《死魂灵》的整个文本[②]。但是（从另一方面来说——作者注）〈……〉这部叙事长诗的全部丰富多彩的意义可以包含在两个词构成的紧凑框架之中"[③]。

3. 标题等值于整个作品，但作品本身并不是名称，它远不能等同

---

① 参见《语境—1990》，莫斯科，1990，第15—17页。

② 果戈理称自己的《死魂灵》为叙事长诗（поэма）。——译者注

③ 《维戈茨基文集》6卷本，第2卷，莫斯科，1982，第350页。

于自身的标题。

就按照洛谢夫的理路发展弗洛连斯基初始说法（“神之名即上帝，但神本身既非神之名亦非一切之名”[①]）而得出的这个核心点而言，这里讨论的是文本的标题是用面向读者的作者诠释的方式真正充当作品本身的。艾柯写道，“作者不应该诠释自己的作品〈……〉。但与这一旨趣相矛盾的是长篇小说需要标题这个事实”[②]。取名是作者的创意，是作者对作品的原始诠释，任何一种诠释都是对未知实质的这样或那样的展现，而展现的途径就是把这一实质转译成另一种文本性。

4. 标题不只是作者的“声音或者（读者）对声音的感受”，而也是作品的某种本体论现实对处于交际事件（со-бытие，亦可译作共存）中的作者与读者的启示。

这就把正在为写作中文本或者已写成文本寻找名称的作者放到为创作本身的跨主体性实质“服务”的立场上。

5. 标题乃是读者与作品**相遇**的场所与时刻。

“既然命名是有效用的〈……〉所以此处还有人的能量参与其中”[③]，而这个人就是使名字获得现实意义的人：与名字的现实永不分割地联系在一起的是命名者的主观性。所以，在头脑中念出作品之名的时候就已经在发生接受者意识与被其所接受之实质的相遇了。

这样看来，文本的标题被视为是所展现之作品文本的专有名称，在这样的文本的标题中会碰到三种最重要的意向：

> 指称意向，指的是文本与艺术世界的相关性，是与主人公生存的外部时空体或者与主人公本身（内部时空体）的相关性；
>
> 创造意向，指的是文本与作者的创作意志的相关性，作者是某种交际事件的组织者。

---

① 《语境—1990》，第 17 页。

② 艾柯：《玫瑰的名字》，莫斯科，1989，第 428 页。

③ 《语境—1990》，第 16—17 页。

> 接受意向，指的是文本与读者的共同创作式移情的相关性，读者是这种交际事件的潜在实现者。

上列三种意向的动态的相互关系，在每一个具体的案例中，都会形成三种基本标题类型中的一种类型。在指称意向主导的情况下，作品之名与其主人公（主人公们）这个专有名词或者普通名词相吻合，与事件名称或者基本情节的环境（地点或者时间）相吻合；这样文本的主体间性意义得到重点强调。在以创造意向为主导的情况下，标题获得评价的色彩，其作者的诠释性是相当清晰明显的。最后，接受意向主导命名，显露出标题针对接受者意识的指向性；这种名称会使作品问题化，它寻找读者符合真实的诠释。毫无疑问，在俄罗斯古典文学早期杰作中，《叶甫盖尼·奥涅金》属于第一种类型，《当代英雄》属于第二种类型，而《死魂灵》属于第三种类型。

必须预先说明的是，作者定下文本标题并不总是成功的。真正的文学作品是主体间性的文化现象，而作者——作为展示在他面前并被他所实现的作品的阐释者——绝对不拥有赋予文本本身以意义的垄断权。但是，从另一方面来说，以标题形式记录下来的作者对艺术整体的最初阐释，不可分割地进入这个整体的构成中，然而有别于随后对该整体的一切阐释。由于这个原因，曲解作者的标题在文学学实践中是不容许的。

不过，轻视甚或曲解作品名称的情况并不少见。在这方面具有代表性的案例恰恰就是“别尔金小说集”，小说集的专有名称为：**亚·普**[①] **出版的已故伊万·彼得罗维奇·别尔金小说集**。系列小说作者生前各种版本的封面和扉页的形式，极为显眼地强调了复杂艺术整体实质上是个统一体，也突出了双重著作权的结构因素，如果不考虑这个因素，那么对艺术整体或者其任何部分的阐释都不可能被承认是符合实际情况的。

① 即亚历山大·谢尔盖耶维奇·普希金。——译者注

双重著作权及由此普希金所得之“小说集”整个文本统一体这个因素，不仅因为作品的完整的标题而得到突出，而且因为在单独每篇小说无传统结束语“到此为止”的情况下整个文本结尾的旁白（伊·彼·别尔金小说集到此为止）而得到强调；得到凸显，也因为题词体系，在这里至少挑选第一个题词的无论如何不可能是别尔金本人，尽管选择该题词与“小姐扮村姑”末尾提到的塔拉斯·斯科季宁遥相呼应；还因为序言“出版者前记”的戏谑语调，这个语调和别尔金本人的写作意向的严肃性恰相对照；还有许多其他原因，一直到书中诸篇小说绝非偶然的排列顺序[①]。

结果，普希金的“第二顺位完成性”（鲍恰罗夫语）与其说是在补充归属于别尔金的那些第一顺位艺术完成性，不如说是在与这些完成性颉颃抵牾：别尔金看到五篇作品，普希金看到一部作品（包括作为真实作者艺术兴趣之对象的别尔金本人的创作努力）；别尔金认为矛盾得到解决、主题得到穷尽的地方，普希金认为这里是臆想的完成，因此又依例转向下一篇小说，是按照蒙太奇布局规则将前一个文本的意义前景建构充分的小说。这种实验导致一项重大的艺术发明，正如巴赫金就此所写的那样，“作者的意图在故事讲述人的话语里发生折射；话语在这里是双声的”[②]。

在《小说集》的第二版（与《黑桃皇后》在同一卷）里，双重作者权的效果变得如此明显，以至于激怒了《北方蜜蜂》的一位思想保守的书评家（斯特罗耶夫）：“到处是别尔金，是的，别尔金，这是要干什么嘛？读者想要的是小说，不是别尔金”（《北方蜜蜂》，1834 年第 192 期）。而对名字、父称和姓被如此努力地整整齐齐写在普希金书册封面正中的别尔金这个核心人物的意义，当代文艺学经常评价不足。在评

① 试比较：“《别尔金小说集》发表的核心问题是这些小说的布局”；“依次发表（而非创作）的 5 则‘意趣横生的逸闻轶事’，它们的布局统一体能够并且应该当作作家普希金的有目的性的行为来解释。”（施瓦茨邦德：《〈别尔金小说集〉的历史》，耶路撒冷，1993，第 144、180 页。）

② 巴赫金：《陀思妥耶夫斯基诗学问题》，第 256 页。

价不足这种情况下，研究者不由自主地会站在“想要的是小说，不是别尔金”这种幼稚的现实主义读者的立场上。

整合化的系列小说

利用瓦尔特·司各特1829年（带有新型序言和附注的“威弗利小说”问世）研制的前言加注释的创新形式，与薄伽丘那里所形成的按照“每晚”口述故事的模式进行系列化的方式恰相对立，普希金“把匿名发展成了完整的艺术形象”[①]。他比自己的前辈走得更远，因为前辈只局限在虚构叙述人的各种虚假面具（试比较：“读者啊！‘店主的故事’终于要结束了，而我的目的在于以杰德迪安·克莱什包瑟姆的面目讲述给你听，但是，像阿斯马尔的儿子荷拉姆[②]，也像所有其他的叙述人，杰德迪安消失了，踪影全无”[③]）。在普希金笔下别尔金以司各特模仿者的面目出现：关于被他所指定的那些讲故事人的形象，也可以说他们在叙述的字里行间“消失得无影无踪”。但是“已故的”别尔金本人被赋予了价值十足的人物的艺术现实性。

当然，在普希金之前假冒作者的手法也不止一次地在世界文学和俄国文学中使用过。然而，比如说，如果在丘尔科夫的《漂亮厨娘》中把第一人称的讲故事女人改换成第三人称（用叙述人来替换讲故事的女人），那么不会因此改变什么。作品的全部意义都集中在所讲述的各

---

① 雅库波维奇：《〈别尔金小说集〉的前言与瓦尔特·司各特的叙述手法》，载《世界文学中的普希金》，列宁格勒，1926，第171页。

② 对Jedediah Cleisbotham这个人物国内有不同的译法，譬如《中洛辛郡的心脏》中译为杰第迪亚·克里希波桑；《密得洛西恩监狱》中译为吉德狄亚·克莱斯伯坦，杰德迪安·克莱什包瑟姆是《修墓老人》中的译法。本书译者选用了《修墓老人》中的译法。Asmar和Horam出自“店主丛谈”第四辑《蒙特罗斯的传说》(A Legend of Montrose)。——译者注

③ 转引自：德布勒森尼：《放荡的女儿：普希金小说分析》，圣彼得堡，1995，第74页。

种事件上。丘尔科夫还不擅长赋予“讲述事件”本身以艺术的重要性。

在普希金那里，别尔金的任何话语本身都变成了事件；假冒“作者”的描写话语本身也变成了被描写话语，要求对这种话语所指涉的各种事实和这种话语本身采取审美的立场。结果，正如波波娃所发现的那样，在富有洞察力的读者面前展现出“看到两个被陈述事件的版本”的可能性，“看到的不仅有心地醇厚的叙述人讲出来的那个版本，而且还有作者沉默不语的那个版本”①。

巴赫金在别尔金身上细察出“他人声音”、“具有特定社会面目和个性特征的形象”，鲍恰罗夫与之争论，而这种争论在我们看来是如此缺乏理据，什克洛夫斯基的观点也同样如此，似乎“在《别尔金小说集》中看不到别尔金本人”②。别尔金是“没有声音”的，他没有话语“形象”③，仿佛这话语始终属于被他所记录之故事的讲述人，鲍恰罗夫的这种假设很容易被《一枪》的第 2 章文本所推翻，我们在那里读到：

> 家境败落迫使我迁到某县一个贫穷的村子。我在操持家业的同时，常常静静思念我以前那种热热闹闹、无忧无虑的日子〈……〉午饭前，我和村长聊聊，出去看看干农活的，到新的作坊去走走，还可以马马虎虎把时间打发过去；可是等到天渐渐黑下来，我就一点儿也不知道该往哪儿去了。我从橱柜下面和储藏室里找出来的几本书，早已读得滚瓜烂熟。凡是女管家季里洛夫娜能记得的那些童话，我不知听过多少遍了〈……〉我想喝喝不怎么甜的甜酒，可是喝了酒头疼，而且说实话，我也怕〈……〉变成要命的酒鬼，这种事儿我在我们县里见得多了。

---

① 波波娃：《〈别尔金小说集〉中的笑与泪》，载《普希金：别尔金小说集》，莫斯科，1999，第 481 页。

② 什克洛夫斯基：《关于普希金小说的札记》，莫斯科，1937，第 79 页。

③ 参见鲍恰罗夫：《普希金诗学概述》，莫斯科，1974，第 132 页。

让我们比较下面的信息；遵照出版者之托，这些信息得自作传者，真实可靠：

> 他的父母的几乎同时去世，迫使他退伍来到戈留欣诺村自己的领地，在这里（很可能思念着过去热闹而无忧的生活）他很快掌管了家业〈……〉他把办事认真、精明能干的村长撤掉，因为他的农民对村长不满意（这是他们的习惯），叫一个善于讲故事博得他信任的年老女管家掌管村里的事儿。伊万·彼得洛维奇过的是及其节俭的生活，在各方面都避免奢侈浪费；我从来没有看见他喝醉过（这在我们这个地方可以说是闻所未闻的奇迹）。

作传者关于别尔金非常爱慕女性的信息（确实害羞得像个姑娘）在《一枪》中以讲述者的相应承认得到回应：我得承认，听说要来一位年轻貌美的乡邻自然非常兴奋；我急不可待地要见见她；……我已经渐渐恢复常态，突然伯爵夫人走了进来，这使我比先前更局促不安了。

很明显，至少在这种情况下，假中校 И. Л. П.（故事的讲述者）与别尔金（小说的作者）[①] 是难以区分的，因为别尔金好像是不小心把自己创作的故事说漏了嘴：西尔维奥（我是这样称呼他的）……就好像是作者别尔金没有权利自己捏造出上面的那个军衔一样（但他还是不敢公开地用“中校”这个军衔），但这与故事叙述人别尔金的胆小、激动和极度腼腆没有关系，那时他感觉到自己是伯爵书房里乡下来的送消息的人。邻居–作传者对别尔金的经营能力的评价和故事讲述者的自我评价之间的不同，大概只会加强对同一种日常生活状态的这两个主观性版本彼此补充的印象。但是，尤为重要的是（不是对小说《一枪》来说，而是对整个系列小说而言），别尔金承认了把储藏室里和橱柜下

① 比较：“《一枪》开启了系列小说的开端，也使别尔金的形象在读者的脑海中扎下了根。”（莫萨列娃：《叙事特点：从普希金到列斯科夫》，伊热夫斯克、叶卡捷琳堡，1999，第179页。）

面找到的旧书读得滚瓜烂熟。

正如瓦祖罗证实的那样，充当《别尔金小说集》之基础的那些作品与情节，实质上是“早已退出舞台、且对19世纪30年代的读者来说完全过时了的各种文学形象。有时在文学中遇到的观点认为，普希金用自己的各篇小说来努力揭开情节环境的虚构性和人物性格的纯真质朴性——凭上述这一点这种看法就应该被否定。在1830年根本没有必要与这样的文学进行辩论，因为这样的文学在受过教育的读者眼中已经不存在了，它只为因无聊而喜欢翻看百年前杂志和书籍的外省地主所熟悉”[①]。

不过，别尔金本人的“声音”就植根于此；正如哈利泽夫指出的那样，别尔金“执拗地努力用一些固定角色、〈……〉他耳熟能详的书面陈式来冒充自己的主人公”[②]。过时的文学习气和笨拙的尝试看上去比他实际的样子更加意趣横生——这就是小说假冒作者之言语姿态的基本特征。从我做这件事之后（向杜尼娅索吻）——不仅是匿名摘自橱柜下面找出来并记得滚瓜烂熟的旧书里的引言，而且还是羞怯的别尔金毫无根据的自吹自擂。这种自夸显然与摘自作传者信函的未发表的逸闻趣事发生不和谐的争论。与该信函中关于别尔金形象缺陷的评论发生这类假争论的，还有《一枪》故事讲述人表明自己浪漫想象的宣言，而浪漫想象的结果是他对西尔维奥产生了兴趣，因为他在我眼中像某种秘密小说的主人公。这种文学的第二性结合天真的自视甚高（他爱我），在别尔金本人所陈述故事的叙述人身上相当清晰地泄露了出来。

相反，我们确信，通常被研究者们夸大其作用的那些臭名昭著的故事讲述者们，在小说集里恰恰不拥有自己的声音。出版者关于别尔金文本的口头来源的注释，其出现“不早于1831年8月中旬，就在准备出版小说集之际”，正如施瓦茨邦德公正地认为的那样，“要求我们

① 瓦祖罗：《评论者笔记》，圣彼得堡，1994，第36页。

② 哈利泽夫、舍舒诺娃：《普希金的系列小说〈别尔金小说集〉》，莫斯科，1989，第40页。

完全拒绝把故事讲述人当作所指明的‘来源’”[①]，这些故事讲述人把叙述人这个人物遮掩住了。首先，类似的注释——这对普希金来说是书面记录口头来源故事的自然而然的标志物。在个人的笔记本里，他在记录有关历史人物的各种奇闻趣事的时候，通常会指明：“引自……”加上信息提供者的首字母。其次，出版者注释面向的是好奇心很强的探寻者，活跃着读者的接受能力，同时也把被称为第一篇的“驿站长”作为关键文本推到最前面。用大写首字母称呼的重要人物（带官职或者官衔——是用另一种方式指向别尔金的标准化的思维方式），实质上是普通的信息提供者、日常生活材料的载体，而这种日常生活材料是别尔金所努力赋予其以表面上抢眼的、特别是要求具备瓦尔特·司各特式的故事讲述人面具的“文学性”的。

譬如，关于莎士比亚和司各特笔下的掘墓人的讨论明显属于作者，而不是店主。正如研究者们已多次指出的那样，姑娘 К. И. Т. 的 Б. В. Женский 的故事明显是男性“声音”讲述出来的，这一点不仅得到阳性语法形式的证明，而且还得到关于县城姑娘的漂亮劲儿、她们对生活的“书本化”看法的玩笑-保护式语气的讨论得到证实。看不出有任何理由把别尔金与《一枪》和《驿站长》的故事讲述人区别开来。特别是九等文官 А. Г. Н. 讲的故事，不可能在 1823 年（这一年退伍并独居在父亲的戈留欣诺庄园）之前被别尔金听到；但是，这个似乎经验老道、在这之前连续 20 年时间里跑遍了俄罗斯的中年人，在 1816 年时毕竟还年轻气盛，而他讲述的故事无论如何都塞不进这七年的空隙中。德布勒森尼认为，“普希金大概是想用这种不合理连同《别尔金小说集》里的其他许多东西来提醒读者，这些故事的讲述人只不过是一种想象的游戏，不必严肃待之”[②]。

但是另一点更重要。前面引用过巴赫金的观点，这一观点把“声

① 施瓦茨邦德：《〈别尔金小说集〉的历史》，第 177 页。

② 德布勒森尼：《放荡的女儿：普希金小说分析》，第 129—130 页。

音”概念引入文本的文学学分析中，根据这一观点，“问题并不在于是否存在特定的语体、社会方言”，而在于“这些语体和方言是从什么样的对话角度在作品中得到比较或者对照的”。在文本中并没有显露出别尔金及其信息提供者的意向之间的这种“对话角度”，而在别尔金的“写作”与普希金的系列小说著作权之间明显暴露出这种对话角度。正如哈利泽夫所说，小说集获得“审美上的双重完成：别尔金试图给予这些讲熟了的逸闻趣事以教益、千篇一律的严肃性甚至昂扬的庄重性（在他眼中没有这些特征文学就会丧失存在的理由），而真正的作者在用调皮的幽默抹去自己‘前辈’的‘指点之笔’。这样，前所未有的原创叙述形式使系列小说艺术观念得到实现”[1]。而完整标题的每一个成分都在指向这一观念。

譬如单词小说集，在这里绝对不是中性的体裁用语。在紧接标题之后的题词中就已经出现书面话语和口头话语的对立立场（小说——故事）。别尔金是各种故事的猎奇者（他甚至把耶稣关于浪子回头的训诫也称作故事），可以说，他是这些故事的“挖掘者”（听到萨姆松·维林的死讯时，他感到惋惜的不是驿站长，而是白跑一趟还花了七个卢布，这些卢布并没有带来听开端就值得听完结局的训诫故事），因为他是那些小说的编写者，而这些小说则是以各种生活事件的文学化“标本”的面目示之以人的。

单词已故的，给标题增添上虽不明显却极为重要的“死气沉沉的”色彩。而且标题中将别尔金称为“已故之人”，就把他与小说集里所有将死人物并列在一起：西尔维奥，弗拉基米尔，维林——又与活着的Б. 伯爵、布尔明、明斯基对立起来。如果说自然而然倾向于归入第一列的还有埋死人的棺材店老板这个人物，那么倾向于归入第二列的则是出版者本人这个人物，不仅是作为活着的人（用以平衡“已故的”作者），而且还作为把他所编写故事复活的人：由 А. П. 出版。下面将揭

---

① 哈利泽夫、舍舒诺娃：《普希金的系列小说〈别尔金小说集〉》，第 42—43 页。

示这种贯穿始终的“双列性”的艺术价值。

在我们的分析的末尾也将展示出初学作者的名字、父称和姓具有深刻的非偶然性：可以用皮耶罗母题情结来为它们解码，而且甚至是普希金本人的首字母在上下文中也可以出人意料地被解读成一对狂欢式人物阿尔列金-皮耶罗的缩写（后面会谈到这一点）。

显而易见，普希金书中人为缩略的标题丧失了展现其真正实质的能力。应该承认为《别尔金小说集》里第一重要的系列小说构成因素的恰恰是**双声语**的效果，这种效果是普希金第一个在俄罗斯文学史上，也差不多是在世界文学（如果不是全部的话）史上展示出来的。至少像陀思妥耶夫斯基这样的“复调”小说家认为，想进入“有别尔金”的文学中，“就意味着要果断地与天才的**新型话语**一起出现，这种话语至今在任何地方都**完全**没有出现过，也在任何时候都没有讲述过”[①]。

如果我们面对的是统一而完整的艺术现实，那么我们应该有可能在其中发现主客体组织结构各个层级（宏观层级）的真正统一体，而这些层级都是与带着创新者“双声诗学”的整合型系列小说的整个文本等量齐观的。我们将在这种视角的观照下来剖析《别尔金小说集》。暂时我们只关注系列小说宏观情节的本事结构以及作为宏观布局因素的标题体系。

在论著的前一部分里，我们已经考察过别尔金所描写的通俗故事“浪子回头”这种世界性原型情节四段式模式的同一性。《棺材匠》的本事就是以最鲜明的形式复制了这一模式：搬到周围有德国手艺人的尼基塔街（离群阶段）——与新的邻居同桌会餐（伙伴关系阶段）——梦到特留欣娜下葬和来自阴间的客户们（阈限阶段）——主人公高兴地清醒过来（“真的吗！”棺材店老板高兴地说道），主人公在故事一开头就感觉到他的心里并不高兴（改观阶段）。在普希金笔下类似的情节组织结构并不少见。不过，令人惊奇的是系列小说的构成次序都与那个

---

① 陀思妥耶夫斯基：《陀思妥耶夫斯基论艺术》，莫斯科，1973，第415页。

德国画所展现的四段式模式相吻合。

毋庸置疑，在系列小说的整个宏观情节中《一枪》实现了离群阶段的结构功能，因为无论是核心主人公西尔维奥还是故事讲述者本人，他们的生活状况和生活立场的特点，恰恰就是离群索居或者倾向于离群索居。

把《暴风雪》的情节组织起来的，是诱惑、浪荡、真假伙伴关系（就爱情与友情而言）的母题。

将独特的、可以说是纯粹的普通“本事模式”付诸实现的《棺材匠》，在系列小说中占据核心地位，而且在被《驿站长》及其被毁驿站上的坟茔这一场景所展现出来的宏观情节“阈限阶段”之前，实现着中间媒介的作用。顺便指出，这两篇小说在主题上汇合成统一的阈限阶段，而按照叙述的语调却被一分为二。不过，让我们回忆一下《一枪》和《暴风雪》的情节同样也分为两个部分，而在最后一篇小说中人物们的行为也分化为两条线路。

最后，《村姑小姐》无疑是以自己的许多变形（换装和改变地位或生活立场）把宏观情节的收尾本事阶段纳入了自身。

还可以指出系列小说组织结构的这样一个特点，那就是每一篇小说都被赋予了独特的母题“桥”，而这些母题桥引向系列小说的前后各个部分（核心的《棺材匠》在这个意义上同等程度地与其余各篇小说联系在一起）。譬如，在《一枪》第一部分里的西尔维奥与故事讲述者之间、在其第二部分里的故事讲述者与Б. 伯爵之间建立起来的新型伙伴关系，在这里并不是主导的关系，而只是辅助性的情节因素；但与此同时，上述关系似乎是在为这些因素在《暴风雪》中发挥关键性的作用做准备。

逃跑（因为不成功而不允许它成为主导性的情节母题）和接下来弗拉基米尔的离群（他对他们宣称，他的脚永远不会踏进他们的家，并且请求忘记……），把《暴风雪》和前面的宏观情节阶段（离群）联系在一起，而弗拉基米尔的死则与随后的阶段（阈限）联系在一起。各种不同的引诱关系（包括带走未婚妻），把《驿站长》和《暴风雪》联系在一起，而可怜的杜尼亚变身漂亮的小姐，则为《村姑小姐》铺平道路。在这最后一篇小说中（不说引自《驿站长》的阿列克谢·别列斯托夫走明斯基之路与普通村姑结婚的愿望）同样有几个阈限阶段的母题，这些母题是对前一阶段的讽拟性回应（只要想一想绘有死人头像的黑色戒指就行了）。

考察系列小说统一的宏观布局结构之后就可以发现，标题体系原来是其很重要的一个方面。如果说系列小说的总称展示出双声文本与表层–深层双重含义的作者意向，所以具有被鲜明表现出来的创造性特征（属于这类特征的还有“出版者前记”），那么别尔金为每篇小说命名的标题就具有深刻的指称性，不过带有某种示范的动态性。前面两篇《一枪》和《暴风雪》的标题强调主人公生活的外部状况，而接着三篇的标题都取自主人公本身的名字。但这毕竟是角色的、去人格化了的名字，与被引入作者创造性标题中的全名伊万·彼得洛维奇·别尔金恰相对立。

但是，对人物的外部–指称性称呼在最后一篇小说题名中的双重化，破坏了这个称呼的指称性，因为出现了标题的问题化，而这种问题化的应尽义务就是引起读者的好奇（小说最后一句话表现出对读者想象的期待并不是偶然的）。如此一来，系列小说尾篇的标题归属于接受类型。标题布局结构的总的方向——从创造性经过表面上的指称性到接受性——与诸如出版者注释这种异乎寻常的布局进程协调一致，而出版者注释面向的就是好奇心很强的探寻者，就是该书的内行并给予信赖的读者。

在我们看来，这些暂时还是表层的观察，就确认了这样一种思想，那就是在分析《由 A. П. 出版的已故伊万·彼得洛维奇·别尔金的小说集》时，应该与一个文本和一个总的意义打交道，而不是与各个文本和各个意义的大杂烩打交道。

第二章

体　裁

在当代科学范式的框架内最富有成效的是巴赫金研究体裁的方法，这种方法将体裁区分为两大类，“第一性（口头对话的某些类型）的”（第5卷，第166页）和“第二性（意识形态）的体裁”（第5卷，第161页），后者是“言语整体、其完成性、考量听者的建构”形式（第5卷，第166页）。巴赫金认为，体裁的“整体是语言外的整体，因而是中立于语言的整体。所以，体裁作为整体的形式（由此是事物－意义的形式）具有语际性、民族间性。同时，体裁和语言有着本质的联系，给语言提出特定的任务，在语言中实现特定的可能性”（第5卷，第40页）。“当我们在建构自己的言语时，我们总是在脑海中设想我们的整个话语：用一定的体裁图示的形式来设想，也用个人的言语构思的形式来设想”（第5卷，第190页）。“体裁与典型的言语交际场合相适应”（第5卷，第191页）。“作者权的形式（前面被称为‘面具’——作者注）取决于话语的体裁。体裁自身取决于话语的对象、目的和场景。〈……〉谁在说话和说给谁听”（《话语创作美学》，第357—358页）。

概括起来可以说，体裁——这是话语的文本构成的方面：把话语的主体与受众联系起来的某种约定俗成、交际的彼此制约性。体裁现象是文化的元语言学的语言（方言）。它要求具备历史形成的传统规约体系（把文本组织起来的各种习惯性条件），这种体系能够把作者的创意（古典演说术的术语），也就是“事物－意义的”寻觅过程，或者，说者的发明，传达给受众。

换言之，体裁是富有历史成效的话语类型，后者使文本生成的某种交际策略得到实现。

如果从历时角度看体裁标志着某种被传承性复制于文化中的交际场景（“典型的交流场景”）的传统，那么体裁的共时性——这是由作者发起的交际事件（话语的“想象整体”）的聚合体，亦即话语的历史形成的主体间性职能（“某些可能性”）的体系。

其中，“作者权形式”是体裁的创造职能（在与之不相符的情况下——从“个人言语构思”的主观能力方面看——说者或者作者不会取得成功）。其他两种职能实质上是指称（事物－主题）和接受（与“作者权形式”相关的面向受众的旨趣）职能。交际事件的指称、创造和接受这三个方面，同巴赫金的“话语的对象、目的和场景”三种参数相一致。

主题上构成体裁的各种约定，决定体裁的指称职能，实质上就是主人公与世界图景这些对它而言是传统的概念。

体裁的创造职能要求具备作为整体的话语主体与形式在文本构成上的归约性：谁在说和怎么说（作者立场和说者演说行为的概念，或者作者面具的概念）。

最后，体裁的接受职能，其实质就在于“概念化了的”（科尔曼语）受众（读者、他的阅读能力的概念）生成意义的规约。

交际策略

下面我们将考察小型史诗形式的系列文本，所以我们将限定在对一些小型叙事体裁特性的分析上。对史诗体裁具有代表性的叙事性不只是文学话语的最基本的创造职能之一。作为相应的主观性职能，叙事要求具备讲述的能力，讲述发生在“那里和那时”的事件，从自己的站位出发讲述发生在“此地和此时”的事件，而不是通过模仿式呈现的方式来讲述（不与指称的事件混淆一气，像神话传说的载体那样溶入了神话之中[①]，或者像剧作家那样把自己分散在人物们的对白之中）。另一方面，有必要把叙事性和以言行事（自我指称）的行为区别开来，这种行为正如在抒情诗中经常出现的那样，本身就是生活进程的无事件背景中的事件。

在各种体裁职能的正在形成和已经流行的交际策略具有共性的情况下，巴赫金从历时性角度区分了“作为布局上被确定了（实质上是凝固了）的整体和各种体裁萌芽（主题上和语言上）的体裁，与尚未长结实的布局骨骼，可以说是各种体裁的‘原初现象’”[②]。其中须指出的是，代表整个文学体裁谱系的这类原初现象的是传说故事（传说、传奇）、寓言故事和趣闻故事，它们——不说神话与文学之间的歌谣－童话这些中介——在语言艺术形成过程中发挥了决定性的作用。

阿韦林采夫就寓言故事的问题已经说过这样的话：它是“世界民间文化和文学创作的普遍现象”[③]。如果是讲传奇故事或者趣闻故事，这番话同样也是正确的。按照各自的起源来讲，上述三种话语类似于各种“星形曲线”的体裁构成，这些体裁构成诞生于精神文化各种基础环

---

① 弗莱登伯格：《叙事的来源》，载弗莱登伯格著《神话与古代文学》，莫斯科，1978，第206—229页。

② 巴赫金：《笔记》，载巴赫金著《文学批评论文集》，莫斯科，1986，第513页。

③ 阿韦林采夫：《寓言故事》，载《文学百科辞典》，莫斯科，1987，第305页。

境的边缘：对萨迦故事来说，这是神话传说的环境；对寓言故事来说，是宗教教义的环境；对趣闻故事来说，是公共史料的环境（试比较：拜占庭御用史学家普洛科皮乌斯[①]在趣闻故事体裁传统形成中的作用）。

上述三种话语类型至少在三个重要方面是一致的。首先，从原初意义上说它们都是口传的，即直接交流的话语方式；它们流传的书面形式（间接交流方式）是第二性的。其次，它们都属于叙事话语，这使它们与童话故事发生亲缘关系，并且开辟出一条直接通往文学书写领域的道路。再次，这是艺术上富有成效的言语体裁，这些言语体裁的话语策略已被文学所深刻地掌握：就这三种情形的每一种而言，我们要探析的是其后各种体裁形式——某种跨历史传统的各种历史性变体——所构成的整个“群”的“主根茎”。

不过，传说故事的修辞、寓言故事的修辞和趣闻故事的修辞性质上是十分不同的（这里谈诗学还为时过早，因为我们涉及的并不是纯粹文学的言语体裁，而是各种前文学的言语体裁）。它们各有差别，首先是自己的客体（真正世界图景中的主人公）各有各的存在（指称）职能，还有话语的主体及其受众（交际事件的参加者们）各有各的相应的交际职能。

论及这种或那种叙事话语的指称职能（人物的存在职能围），那么它取决于被相应体裁的各种文本所模式化了的世界图景。

传说故事使角色的世界图景获得模式化。这是必须遵守而无容争辩的世界秩序，在这个世界秩序里任何一个人，若其生命值得传说，都会被引向特定的角色：命运（或义务）。从历史上看，传说故事体裁发端于远古社会关系状况，黑格尔称这种状况为“英雄时代”。当人物们“不是被选定的，而是就其本质来说实际是他们想要并完成着的那

① 普洛科皮乌斯，亦译作普罗柯比，6 世纪东罗马帝国时代凯撒里亚人，著有《战争史》、《建筑记》、《秘史》等名著。——译者注

个东西”[①]的时候，行为意识的存在职能在这里就被归结为实现使命。

相反，被寓言故事所模式化的世界图景，恰恰要求具备作为行为意识存在职能的自由选择的责任。这是绝对命令的（价值上极端化的）世界图景，在这里人物所实现的（或者所违背的）并不是预先勾画出的命运，而是某种道德法则，而后者本身也构成寓言训诫中道德劝谕的“高深道理”。寓言故事讲述的不是那些史无前例的全民（传说故事）或者个人（趣闻故事）生活的事件，而是一些合乎规律的事件，按照寓言话语共同参与者的看法，是“经常发生”的事情（利哈乔夫语）[②]。根据阿韦林采夫的观点，出场人物在这里不是作为审美“观察”的“客体”（传说故事和趣闻故事的主人公们恰恰是这样的），“而是作为伦理选择的主体”[③]呈现在我们面前的。寓言故事中他们的一切行为就是实现这种选择（这种选择并不总是显现在文本中，但总是隐含地存在于人物的行为中）。

趣闻故事的指称职能截然对立于传说故事的事件性，同时在这一点上也与寓言故事有着很大的差别。当代极为诙谐的城市民间文学体裁只是趣闻故事话语的一种变体，而这种话语经受了来自文学的反哺影响。趣闻故事就其原始的词义来说并不一定要传达某种诙谐可笑的信息，但是一定要传达有趣的信息：新奇的，令人着迷的，出人意料的，新颖别致的，难以置信的。趣闻叙述创造的是随机性的世界图景，后者则以自己的“狂欢节的”不可靠性来否定、颠倒、嘲笑人类关系的一切仪式性。趣闻故事不承认任何世界秩序，趣闻故事眼中的生活——这是偶然的游戏，是各种状况的汇集，是一些个人自我确定的碰撞。趣闻故事人物的存在职能——这是具体个性的自我实现，是其在随机的（冒险的）世界图景中首创的（冒险的）行为，这种行为从诙谐机智

① 黑格尔：《美学》，第3卷，莫斯科，1971，第593页。

② 利哈乔夫：《作为体系的古斯拉夫诸文学》，载《斯拉夫文学：第六届斯拉夫学家国际会议·俄罗斯代表团报告集》，莫斯科，1968，第45页。

③ 《文学百科辞典》，第305页。

上看要么是成功的，要么是愚蠢的，要么纯粹是古怪的，经常是亵渎不敬的。

叙述话语中所传达的信息可以有三种交际状态，即知识、说服或者见解的状态，这些状态决定叙事的创造职能。（第四种状态，即童话规约框架内所允许的谎言、妄想、虚构的状态，会被我们放置在一旁，因为它对于文学的一切体裁都同样具有重要的现实意义）。上列每一种交际状态都需要特殊的言语行为，引起相应交际事件的言语行为。这就允许讨论我们所分析的各种话语类型的三种不同的修辞术。

在传说故事的交际情景中话语主体拥有值得信赖却无可验证的知识（如果去验证这种知识，那么就意味着要把知识转移到另一种交际状态——科学真理的状态）。相应地，传说故事的修辞术——这是角色的无个性差别的词典词汇的修辞术。这里的说话人——只是被传达文本的表演者。用体裁理论的语言来说，这就是传说故事的“作者立场”。即便是传说故事的人物们，也“不是出于自己的意志去做事，而是尊奉上帝的命令去做事”（《往年故事》中谈论哈扎尔人的话）。传说故事在某种意义上说具有“前独白”的性质，它用共同的知识把说者和听者联系起来，所以这种话语的用词都是独特的全民“夸赞”或者“贬损”的“合唱式”用词[①]，而趣闻故事或者寓言故事的讲述者很明显是在独唱。传说故事的修辞界限就是（原则上）可以把传说故事简化到英雄主义的简短格言（试比较众所周知的两句话：“来了，见了，胜了”或者“她仍然转个不停”）。与之相对立的界限则是科学地描写历史事实的语言。

在讲述寓言故事的状态下讲述者的创造职能是他要有说服力，是组织训诫劝谕话语要有说服力。寓言故事的修辞术——是绝对命令话语、独白化话语的权威修辞术。正如巴赫金所说的那样，“话语中可以

① 试比较：“正是在这里，在纯粹夸赞的领域里，创造出了各种完结的和沉闷不语的个体形式”，（《巴赫金文集》，第5卷，第84页），亦即主人公的角色扮演的形式。

感受到完结的和被严格限定的意义体系；这种话语追求单义性，而且首先是价值上的单义性〈……〉在那里听到的是一个声音〈……〉它生活在现成的、被固定分化了的和被评定了的世界中”[①]。传说故事的话语还不是这样的话语；趣闻故事的话语已经不是这样的话语。趣闻故事把交际事件的参加者们分化为训谕者和被训谕者。这样的区分具有等级的性质，它不要求话语里碰到的各个意识具有合唱（传说故事）或者对话（趣闻故事）中的平等地位。寓言故事类型的言语行为是纯粹的独白，从一个意识绝对命令式地指向另一个意识。充当寓言故事修辞界限的，一方面是布道说教，在这里经常碰到作为叙事插叙的寓言故事，另一方面是箴言诵读，是寓言故事从中舍去了叙事性的压缩版。

最后，趣闻故事讲述人的创造职能，是不可信赖的知识，因此就其交际状态来说等同于见解（由此讲述者的技巧而不是内容对趣闻故事有着如此重要的制约性）。无论是虚构的还是非虚构的趣闻故事，都不会觊觎获得可靠知识的状态。即便有时这些趣闻故事实际上确有其事，也当作道听途说或者流言蜚语传播于世，换言之，它们属于故事讲述的状态本身，而不属于价值上远距离化了（在传说故事中）的被叙述出来的状态。趣闻故事的修辞术，是随机的、情境的、对话化的话语的修辞术，是趣味横生的修辞术。人物们的对话通常是趣闻故事里的情节构成因素。在这种情况下，趣闻故事的文本本身（比如选用词语）在很大程度上就取决于讲述故事的对话情境，因为讲述的重要目的在于获得直接的应答式回应。所以，趣闻故事是不可能讲述给自己听的，而寓言故事原则上是可以讲述给自己听的，回忆一下寓言的内容，并且用这个内容来衡量自己的生活抉择状态。能够轻松地把趣闻故事缩减到的修辞界限是滑稽可笑的格言，即俏皮话（或者颠倒过来：愚蠢，不恰当，犯错，口误）。在这里话语是去仪式化了的、首创的、具有个性色彩的，所以充当趣闻故事话语的对立一极的是自白／忏悔话

① 巴赫金：《文学批评论文集》，第 513 页。

语（自白/忏悔离传说故事或者寓言故事的话语策略很远，这种“自我袒露”在某种程度上就是关于自白/忏悔本身的“逸闻趣事”）。

任何话语都有一个特点，就是其结构上所固有的面向性——该交际事件共同参与者的被引向接受意识的某种立场、接受职能。实际的听者（读者）也可能不占据这个为他所准备的立场，但在这种情况下，他的参与交际将是不符合该话语之实情的。

特别要指出的是，传说故事把占据移情立场（以内部模仿式的参与全民的“夸赞”、“贬损”或是“哭天喊地”为目标）且被赋予了复现职能的受众当作公设。复现职能要求 a）对被告之的知识采取绝对信任的立场，以及 b）能够保存这一知识并把它传达给类似的受众。

寓言故事受众接受的职能（该体裁可能有的接受职能）在这个系列中可以被确定为标准的职能。听者对待寓言故事内容的立场不要求像对待趣闻故事内容的那样自由、像对待传说故事内容的那样消极。这是积极接受的立场——赞同。寓言话语不满足于复现式的接受，所以要求 a）能活跃受众接受立场的阐释，以及 b）受众能从寓言情节中汲取某种教训——对受众自身而言是个人的教训。如果说第一点讲述者就能够做到，那么记录在寓言故事中的针对个人生活实践的普遍经验的标准附录只能由听者本人来实现。对寓言故事而言必不可少的言外之意，是活跃接受者意识的独特机制。不过，受众的内在积极性在这种情况下仍然是权威的，寓言故事不要求对被告知之内容采取内在自由的、游戏式的、换一种表达法的立场。

从受众方面来说趣闻故事的接受职能以共同创作、见解互戏的立场为公设。向谁讲述趣闻故事，就必须对谁做出交际特征的描述，这种描述就是再创造职能，后者特别要求具备所谓的幽默感，要求善于远离生活的“强制性严肃”（巴赫金语）。趣闻故事应该不是去汇聚听者们的注意力（让他们全神贯注），因为要克服他们内心的孤独感，而是应该分散他们的注意力（给他们消愁解闷），向受众提供针对所讲述之内容的内心自由的、戏谑的、“狂欢”的立场。值得指出的是，尽管口口相传是如此轻松、没有负担，趣闻故事似乎并不以再现为目标，因为在另一种情境中，由另一个讲述人来叙述，使用另一些细节和语调，被讲述的故事实质上已经是另一个交际事件了。所以，重复倾听同一个趣闻故事，不论对讲述者还是对听众来说，通常都是不被接受的。

充当上述体裁传统之原初现象的直接继承者的是一些小型叙事作品：萨迦（相对于传说故事）、动物故事（相对于寓言故事）和奇事短篇（相对于趣闻故事）。

在这种情况下，萨迦（比如《伊戈尔出征记》）被视为是源自传说故事交际策略且要求世界图景本体论化、文本生成过程和交际事件即读者个人参与集体经验这一过程本身本体论化的小型史诗形式[①]。体裁上的“著作权形式”在萨迦中是全民见证的面具（试比较《塔拉斯·布尔巴》中的人物叙述者）。叙述者与主人公之间“水平的”（遥远的）价值评判的距离是这种创造职能的特征：他们的视野无法融合，而且活动积极的主人公的指称－本体论立场——不受其行为的道德价值所左右——从一开始就比叙述者创造－认识论的、见证者的立场更加珍贵。

动物故事——这个在普希金时代人们乐意使用、却毫无理由地被遗忘了的术语——被认为是小型史诗形式，发端于寓言故事的交际策

---

① 小型史诗形式相对于大型史诗的特点在于事件－行为的主题化（文本向心叙事的布局形式及其相应的篇幅容量即由此而来），而大型史诗形式的体裁建构的主题化则是事件－存在的主题化（离心叙述策略的布局形式）。试比较巴赫金对《伊戈尔出征记》的评价：“体裁的基础仍是英雄史诗形式（歌颂祖辈和父辈们英勇的过去），但在这里充当讲述之对象的则是怎么‘辱没’祖辈之荣耀。”（《巴赫金文集》，第 5 卷，第 39 页）再比较作为斯米尔诺夫所说之“仪式穷尽性”的短篇小说性：“短篇小说讲述的是世界最初秩序的不可重建性”，它“产生于这样的一种过渡文化中，这种文化否定远古的神话仪式，并以这种否定为满足”（斯米尔诺夫：《论简洁的意义》，载《俄罗斯故事体小说：理论与历史诸问题》，圣彼得堡，1993，第 10 页）。与之形成平衡状态的，是创造或恢复世界秩序的史诗，是描写风土人情、展示稳定生活的史诗，以及不管怎样都展现出崭新的、非仪式化了的生活秩序的长篇小说：“完全是另一种生活和完全是另一种具体价值－意义的世界图景的可能性，具有完全不一样的事物与价值之间的界限、不一样的毗邻关系。正是这种感觉构成长篇小说的世界观照、长篇小说的形象和长篇小说的话语的不可或缺的背景。这样的另一种可能性也包含另一种语言的可能性，还有另一种语调和评价以及另一种时空规模和相互关系的可能性。”（《巴赫金文集》，第 5 卷，第 134—135 页。）

略，并且要求世界图景的价值论化、文本生成和交际事件本身这个过程的价值论化。动物故事所具有的特殊艺术教育意义，不仅在于作者做好了劝谕的准备，而且读者也做好了被劝谕的准备。作者的立场乃是有力的道德价值论劝说（智慧）的立场；作者的面具就是法官的面具，而不是见证者的面具：叙述者与主人公之间“垂向的”价值评判的距离，而主人公的视野从一开始就已经是高于指称事件参与者的叙述者的视野。

故事体小说是发源于趣闻故事交际策略且要求世界图景相对论化、文本生成与交际事件本身这个过程相对论化的小型史诗形式。符合奇事短篇之创造职能的作者面具，是亲昵得不拘礼节的面具，这种面具要求叙述者与主人公之间不存在价值评判的距离，而两者的视野部分吻合、部分分离。奇事短篇的“概念化读者”是拥有再创造职能的受众，这种职能意味着内心摆脱各种角色界限和世界秩序的绝对准则。巴赫金认为，“破坏‘图腾’、允许羞辱、不敬神灵和口出污言秽语是奇事短篇的趣闻故事来源。故事体小说中的‘非同寻常之处’就是打破禁忌，就是亵渎神职人员。奇事短篇是羞辱行将没落之太阳的夜晚体裁”（第5卷，第41页）。

与长篇小说并列形成的短篇故事（短篇小说）这种小型史诗形式，在长篇小说去经典化影响的场域里，是奇事短篇传统的继承和发展，是沿着奇事短篇“小说化”、脱离经典体裁形式和获得完全崭新的“整体形式”之路的发展。但是，作为体裁的奇事短篇本身此时逐渐消失在了与其他各种体裁策略的建构性相互作用中[①]：首先与动物故事（较少与萨迦）特别是与它们的各种“原初现象”，即传说故事、寓言故事、奇闻怪事。此类“对立平衡”、历史上性质各异的“艺术语言”在同一个文本框架里的“动态整体”，被塔马尔琴科令人信服地阐释为长篇小

① 试比较：“体裁是最终的话语整体，不是较大整体的部分。成为其他体裁之元素的体裁就其性质而言已经不再是体裁了。”（《巴赫金文集》，第5卷，第40页。）

说的体裁属性，而长篇小说是非经典体裁，其替代外部经典所实现的是自己的“内在衡量标准”①。要对这类文学作品做出科学的同一化，就要求揭示它们的体裁构成成分的“内在衡量标准”。

《小说集》在体裁上的双语特征

前面我们已经讲过，《别尔金小说集》还不能被看做是长篇小说，尽管把它视为系列故事的简单相加也是不正确的。不过，系列化的崭新（一体化）品格并没有消除关于整体各个成分有何体裁特性的问题，因为系列文学作品本身终归是一个“超体裁的构成物”②。

在我们看来，术语“小说”③极为含混不清，并且在当代文学学中除了表示该文本的叙事性之外就没有更多确定的含义了。别尔金讲述的故事通常被解释为是短篇小说。但是，一股脑儿地把这些故事的体裁策略归结为上述阐明了的那些短篇小说职能的体系是错误的。无论怎样，揭示动物故事体裁职能在这里反复出现是有不少根据的。

因文本系列化而围绕虚构人物已故的别尔金出现的阅读“双重性”具有真正的原则性和深刻性。正如马尔科维奇就此所写的那样，特别是在别尔金所讲故事的各个事件中“可以看到某种合乎目的的联系，这种联系要么表现崇高的意志，要么表现内在的生命法则”（动物故事？）；但是同时在这些故事中“普通日常生活的特点是如此的明显，以至于可以毫无阻碍地将它们置于命定思想的光环之中”，所以同样那

---

① 塔马尔琴科：《19世纪俄国古典长篇小说：诗学与体裁类型学诸问题》，莫斯科，1997，第14、26、32等页。

② 参见达尔文：《文学作品的艺术系列化》，载秋帕、福克松、达尔文著《文学作品：理论和分析诸问题》，克麦罗沃，1997。

③ 俄文原文为 повесть，本义为故事，一般译成中篇小说。——译者注

些事件“能够”理据十分充分地“只呈现为偶然事件的游戏”（故事体小说？）。尽管“在所指深处清楚地显现出存在着决定人们幸福与不幸的普遍法则的暗示（动物故事？），同时，“象征－诗歌的倾向，与之相对立的小说的真实——讽刺、怀疑或者简单事实的真实，在这里不管得到了怎样的增强，都是根本不会被消除的”[①]（故事体小说？）。对统一的艺术话语的各种对立性体裁策略的这种说明，在我们看来，不仅是深刻的和令人信服的，而且也是下一步分析工作所需要的。

在《别尔金小说集》中毫无疑问存在着类似长篇小说的“内在衡量标准”。形成这种衡量标准，靠的是为俄罗斯古典小说奠定基础的独特系列小说构成拥有两种深刻的体裁来源。

趣闻故事与寓言故事这两种前文学体裁在发挥这种作用时显露出自己的面目，它们天生倾向于系列化，它们的体裁策略创造出独一无二的对照点，而这个对照点贯穿于该系列及其全部组成成员的诗学。从体裁的角度看，我们面对的是真正双声的文本，这种文本要求具备同时既用趣闻故事的语言又用寓言故事的语言来阅读的可能性。

寓言故事[②]和趣闻故事[③]具有不少共性。这两种原始文学体裁的共同点有：精致的情节与充实的场景相结合，紧凑严密的布局，不铺陈的描述与描绘，对少量似乎放大了的细节的作用的强调，言辞表达的简洁与准确。这一切公认也是普希金小说之风格的固有特点。比如：“吝于各种细节描写，缺乏铺陈描绘，封闭的人物性格〈……〉主人公的行为缺乏足够的心理动机”，还有“口语体的语调”[④]——这既是寓言故事的本质特征，也是趣闻故事的本质特征。它们共同的效果就是列

---

① 马尔科维奇：《俄罗斯文学史上的普希金与莱蒙托夫》，圣彼得堡，1997，第44、46、48页。

② 参看最新的研究：罗莫达诺夫斯卡娅：《古俄罗斯文学中寓言故事的体裁特点》，载《18至20世纪俄罗斯文学中的福音书文本》，彼得罗扎沃茨克，1998。

③ 参看概括性论著：库尔加诺夫：《作为体裁的趣闻故事》，圣彼得堡，1997。

④ 波波娃：《〈别尔金小说集〉中的笑与泪》，载《普希金：别尔金小说集》，莫斯科，1999，第503、509页。

夫·托尔斯泰指出的“事件本身的趣味”，因此普希金的这些小说从古典现实主义立场看“是有点赤条条的”[①]。

但在这种情况下，正如上面已讲过的那样，寓言故事的标准话语就其独白式不诉诸人的角度看是专制的话语（《棺材匠》中：“难道棺材店老板是刽子手的兄弟不成？”），有发起人的趣闻故事话语则因其对话的随机性而具有趣味性（《村姑小姐》中：“不是你的痛苦，而是她的幸福”）。趣闻故事在自己的范围内“浓缩”为俏皮话（试比较《一枪》中：……知道兄弟你一只手还没伸向酒瓶；或者《村姑小姐》中：我们怎么可能像英国人说的那样破产呢！照俄罗斯人的说法我们至少还是富裕的呀），而寓言故事“浓缩”为劝善言辞、醒世恒言式的格言警句（试比较《驿站长》中：……今天穿着锦罗绸缎，明天就穷得跟扫大街的一样；以及《村姑小姐》中：心是自由的，而路是尘世的）。

这两种修辞术不可分割地交织在别尔金文本肌理之中。甚至在一个语句里有时也出现再创造的俏皮话语（弱化了的趣闻故事）和标准劝善话语（弱化了的寓言故事）不可分割的错综交织，譬如：活人没有鞋到处跑，死人没有棺材没法活。”

趣闻故事的主人公别尔金（在出版者的第一条注释里我们读到：趣闻故事关注的是我们未刊登的人，因为我们认为他是多余的；然而我们想让读者相信，它本身并不含有任何对伊万·彼得罗维奇·别尔金的提前预判）和《浪子故事》里的那些寓言人物，本质上都是系列小说情节外的人物。这些人物为《小说集》里的虚构现实定下框架，便留在文学情节的边界上，因为第一个人物完全属于民族－历史的日常生活风俗（趣闻故事的职能），第二类人物完全属于超历史和超民族的全人类存在（寓言故事的职能）。

在情节本身的范围内，寓言故事的主人公（按照“浪子回头”套路发展私奔和悔过这一计划的弗拉基米尔）变成趣闻故事的主人公（迷

① 《列夫·托尔斯泰论文学》，第 18 页。

途的未婚夫与住在孤零零小村子里的一个男人之间的对话），而关于意外婚礼的趣闻故事的主人公（布尔明）变成关于天配良缘的寓言故事的主人公。寓言故事典型的主人公（西尔维奥或者萨姆松·韦林，都非常认真地实现某种绝对顺从生活的态度）与趣闻故事的典型主人公（Б. 伯爵和他的甜樱桃，假装生病的明斯基）面对面发生冲突。寓言故事的象征（这些小说的各种题词强化了象征）透过《棺材匠》和《村姑小姐》情节的鲜明的逸闻趣事特征显露得一览无余，而认为自己是受良心折磨的寓言故事主人公（我把你交给你的良心）的西尔维奥，变成关于打苍蝇的趣闻故事的主人公（您在笑话我吗，伯爵夫人？天哪，她是对的）。

弗拉基米尔的证婚人显而易见使故事具有趣闻色彩：因为“四十岁退役骑兵少尉”（军官最低军衔，对未成熟青年男子而言是体面的军衔）和没有姓名的十六岁枪骑兵具有骠骑军的特征，从事和平职业的“留着大胡子、穿着马刺的土地丈量员”施密特这个人就展示性地补足了趣闻色彩。同时弗拉基米尔本人却和玛丽亚一道计划着如何以实际行动来实现“浪子回头”寓言故事的套路。

在诸如玛丽亚·加弗里洛芙娜的父母亲的着装这样的局部性（聚焦层）例子中也能展现出趣闻故事和寓言故事的相互渗透。在《暴风雪》中提到的尖顶帽和睡衣（普罗霍罗夫的大褂、明斯基的大褂和尖顶软帽与之具有同等的性质），与描写德国寓言画时重复了两次的那些细节相吻合。不过，这些细节在普希金的意识中都是作为趣闻故事的标志物出现的。他写道：“我们并不满足于看到名人们带着尖顶软帽、穿着睡衣，我们想跟随他们进入他们的卧室等等。”[①]

总之，寓言思维式的体裁策略让普希金能够把历史现实与人类普世价值结合在一起〔试与浪子寓言的最后场景进行比较：那些出征时还几乎是少年的军官们回来了，他们在战斗环境中长成了男人〈……〉

---

① 《文学报》，1830年第5期。

说到“祖国”这个词俄国人的心跳得多么有力！相会时的泪水多么甜蜜！〈……〉而对他来说（父亲－沙皇——作者注）是怎样的时刻！〕。趣闻故事的体裁策略则把全民、历史存在的“长远”时间与个人、隐秘存在的“短暂”时间结合在一起（试比较：那时的军官们又有谁没有意识到他应该把最伟大、最珍贵的奖励归功于俄罗斯妇女？）借用盖伊的话我们断定，《别尔金小说集》——符合它那可证明整体具有原始长篇小说特性的内在衡量标准——“仿佛是这种亲缘关系用透针绗在了一起的”，同时“用”寓言和趣闻的“意义连接物固定在了一起的”，其结果，“系列小说赋予〈……〉”自己的各个组成成分以“超意义和元语义”[①]。

当然，趣闻故事作为《别尔金小说集》的体裁来源，其作用需要进一步的研究，而此项研究的开端是由格罗斯曼奠定的[②]，但是其所起作用本身似乎没有引起任何人的怀疑。还有普希金的同时代人——书评者也指出：“在这本书里有六个趣闻故事”[③]（应该高度评价书评者的洞察力，因为他没有忽略“出版者前记”这个预告的趣闻性）。应该把埃亨鲍姆的体裁定义归入文学学研究的这一传统中——“紧凑的情节性的短篇小说，为通向高潮运势十足”，用“无拘无束的交谈”[④]文体讲述出来。

至于寓言故事的非小说体裁策略，情况要更为复杂。如果说格尔申什宗认为在《驿站长》和《暴风雪》中有“象征构思”[⑤]的寓言意向，那么列日涅夫则断定“寓言故事与普希金格格不入〈……〉喻言、哲理

---

① 盖伊：《普希金的小说：叙事诗学》，莫斯科，1989，第 77 页。

② 参见格罗斯曼：《普希金的趣闻故事艺术》，载格罗斯曼著《普希金专论》，莫斯科、彼得格勒，1923。

③ 《北方蜜蜂》，1831 年，第 255 期。

④ 埃亨鲍姆：《透过文学》，列宁格勒，1924，第 166 页。

⑤ 格尔申宗：《普希金的智慧》，莫斯科，1919，第 134 等页。

故事、寓言、意在言外——所有这一切都在普希金的视野范围之外”。[①]

但是，如果别尔金系列小说真如我们所认为的那样是一个统一的艺术整体，那么有关浪子的寓言故事就不可能不在其各个成分中得到反映。比如，按照与寓言故事相邻的原则就已经不能把《别尔金小说集》里有五个鳏居的父亲看成是偶然现象，这些鳏夫中还包括德国图画中的那个人物本身（寓言故事根本就没有讲母亲在如此重要的家庭事件中有何命运），还有更多的最终回到父亲家里的儿女们，其中也不排除别尔金本人。虽然《暴风雪》中父母亲都出场，但是小说一开场却郑重地描写父亲，就好像他是小说的核心人物一样。须顺便指出的是，善良的加夫里拉·加夫里洛维奇以殷勤好客闻名乡里（第四幅画的清晰引喻），他的去世是把秘密结婚的主人公们重新联系在一起这个情节的必不可少的环节。

整体作品语境中的浪子寓言故事

图尔宾已经指出过，“关于浪子的寓言故事在普希金的艺术世界中占据着异乎寻常的重要位置”[②]。特别是对1829年至1830年这段时间来说这是正确。除了众所周知的与想结婚和找房子相关的生平情况[③]之外，让我们回忆一下1829年的诗作《皇村回忆》和同一年翻译的骚塞《故乡颂》，让我们回忆一下波尔金诺秋天的诗歌“我记得人生之初的学校”和《少年》（出走母题）、《有时候，当回忆……》（回归母题）、《两种

① 列日涅夫：《普希金的小说》，莫斯科，1966，第158—159页。

② 图尔宾：《普希金、果戈理、莱蒙托夫：论文学体裁的研究》，莫斯科，1978，第66页。

③ 试比较：“历史穿越人的居所，穿越他的个人生活〈……〉居所、亲爱的窝，对普希金来说具有特别深刻的意义。”（洛特曼：《亚历山大·谢尔盖耶维奇·普希金：作家生平》，列宁格勒，1982，第177页）

情感对我们异常亲切》，更不用说“奥涅金的旅行”了。最后，我们不会忘记对德国组画的描写从1829年开始却没有完成的《一个年轻人的札记》被原封不动地移用到了《驿站长》文本中。

在《札记》中浪子寓言故事提供了一把开启后续情节发展及其思考的钥匙。我当武备中学的学生是很久以前的事了吗？〈……〉如今我是准尉，口袋里有475卢布，做着自己想做的事，现在正乘驿车去瓦西里科夫这个小地方〈……〉到了那里，我从此一句德语都不用再说了（死记硬背德语——这是主人公关于自己的武备中学生活的最不愉快的回忆之一）。这里清楚地显露出驻扎在瓦西里科夫这个小地方的车尔尼戈夫斯基团未来起义参加者与寓言故事里急不可耐地接受祝福并收下一袋钱的不安分青年之间显而易见的平行发展。不过，就在第一个驿站，在等待马匹时，主人公一面仔细观看画作，一面做出自己首个内心无意识的回归动作（这里只是回归习惯性的德语学习，是不久前还如此憎恶的德语学习）：画下印着一些德文诗，我愉快地读了一遍，还抄了下来，以便有空时把它们翻译出来。《札记》的写作计划以故乡这个词结尾。

如果探讨的是普希金的这些文本，那么父亲的家、世袭领地和祖国、故乡之间的象征联系，父亲和国君之间的象征联系，大概并不需要特别的证明[①]。一个是象征祖国，故乡的父亲世袭的家，一个是象征国家的父亲。但是，这种象征联系也导致研究者迷茫[②]，使他们困惑不

① 在1929年的《皇村回忆》中抒情主人公“耷拉着脑袋”，像“圣经里的少年，疯狂的挥霍者”，走进女主人“亲爱的隐修院”，“伟大的妻子”叶卡捷琳娜二世就是以这个女主人的面目出现的。特尼扬诺夫完全有理由写道：“对历史的个人的、自传式的、家庭式的兴趣，是普希金作为小说家的典型特征。”（特尼扬诺夫：《普希金的小说》，载《文学现代人》，1973年第4期，第193页）。

② “非常明显，在关于准尉的故事里没有任何要使用这些画的征兆。”（别尔科夫斯基：《文学论文集》，第328页）。

解，怀疑普希金曾经可能有意愿写出“浪子”十二月党人的小说[①]。

在我们看来，一旦求助于《圣经》文本，误解便消散殆尽。要知道，《圣经》中关于浪子的寓言故事，严格来说，是关于两个儿子的寓言故事（它以这样的话开头：“一个人有两个儿子。”），而且整个文本三分之一多的篇幅（22句诗行中的结尾8句）用来描写“从来没有违背过你的命”的大儿子与父亲争论小儿子是否有权得到如此过节般的欢迎。这场争论虽然不是因为对寓言故事的十分流行的“庸俗”诠释（也被那些德国画记录下来）而受到了关注，但是完全改变了关注的重点。圣经故事中的父亲，其智慧并不在于他好像预见到了儿子会后悔（伦勃朗笔下那位伤心的父亲就是这样的，而在著福音书的路加那里，父亲为儿子的意外回归欢呼雀跃：“我们开始吃吧乐吧！因为我的这个儿子，死而复活，失而复得！”），而在于他没有阻止儿子离家出走。从自己独立选择的诱惑与考验之路回归父亲之家的人，与教条地忠实地遵守根深蒂固的生活方式而从未离开过这个家的人相比，其人生的价值更高。

在普希金创作的语境中对**浪子故事**可能的类似解读[②]，不但不与经典诠释相矛盾[③]，且与普希金的一系列诗歌（及散文）的思想相一致，而且还因为再现寓言故事的远古仪式–神话潜台词而获得依据。问题在于，这个故事虽然只在一个《路加福音》中被转述了出来，但从文学角度看是所有福音书寓言故事中最富有创造性的，因此它是对入归仪式的明晰的婉转变述（个体从群体中分离出来又以新的品格回归这个群体，被认为是死而复生——变后得新生）。

在浪子寓言故事中，还有相应的后续文本中，反映出入归仪式的

① 试比较彼得鲁尼娜与这些话的作者的争论（彼得鲁尼娜：《普希金的小说：进化之路》，列宁格勒，1987）。

② 参见秋帕：《普希金抒情诗中的“浪子”情节》，载《阅读波尔金诺》，高尔基市，1984。

③ 试比较：“我告诉你们，一个罪人悔改，在天上也要这样为他欢喜，较比为九十九个不用悔改的义人，欢喜更大。”（《路加福音》15：7）。

这样一些重要母题，譬如：出发去“远方”并在异国他乡逗留，这从神话思维来看如同经过了死亡之国（需要顺便一提的是，俄国故乡与异国他乡的对立，是别尔金讲述的每个故事的重要特征，但这一主题的高潮则是《暴风雪》中胜利者们的回归旅程，这些胜利者就是那些差不多少年时代踏上了征程的人）；主人公更加沉迷于情色之欢（试比较：“把自己的庄园弃之一边，过着放浪形骸的生活”）；碰到妖魔鬼怪或者图腾动物，主人公经常被这些东西吞吃掉（在圣经文本中猪把能够拯救浪子不被饿死的通心粉吃光）；穿上新衣服和享用动物祭品（试比较：“你们牵来养肥了的小牛犊并宰杀掉”）。在这种情况下，仪式－神话传说故事的入归主人公——与各种宗教传说故事的主人公（圣徒）正好相反——不应该躲避种种诱惑，相反，应该经受诱惑的考验；他不是苦行僧，而是“流浪者”（来自于印欧渊源“追赶，逃跑”），是未来长篇小说传统中的首个“丑角”。

浪子寓言故事把《别尔金故事集》的神话诗学组织成了有各种神话诗学母题构成的时空综合体，后者凝结出了艺术的整体。我们用《棺材匠》为例加以说明，在这里寓言故事文本与德国画之间显露出的只是最表层的联系：孤零零的父亲同样是两个孩子的父亲，当然不是两个儿子的父亲，而是两个女儿的父亲；就像受到屈辱的阿德里扬认为的那样，盛宴桌旁坐着的是各种新面孔和虚伪面孔的人；特柳辛娜的年轻继承人的奢靡浪费；三角帽和德国画上的破衣烂衫与那些死人的衣着打扮遥相呼应；等等。入归仪式的各种母题构成的仪式－神话综合体，其一切基本成分这里呈现得相当清晰甚至重复了三回。三次**出走**（搬到尼基茨基；出门做客；出发去溜溜弯——在上下文中这是一个非常有意义的地名——走向死人）；三次**回家**（做客回家，也就是从那个德国异乡人那里回来；从死人特柳辛娜那里回来——在梦中；从梦中的“阴间世界”回来——醒来）；三次**饮宴**（包括喝茶，以及第三次邀请赴宴与喝茶——小说结尾的对白）；普罗霍罗夫轻易遭遇的三次**诱惑**（花一笔可观的钱购买引人想象的那栋小房子——暗示出奢靡铺张的母题；邀请参加银婚纪念，阿德里扬很起劲儿地喝着酒；提议为他的那些死人的健康干一杯，以此邀请那些死人参加自己的乔迁之喜）；三次考验（诚实——我的手艺比其他人更不诚实；良心——那位商人之妻的继承者时时处处都在讲他的良心；最后是对死去的东正教教徒的爱和美好祝愿）。

如此看来，阿德里扬·普罗霍罗夫就是一个不管自己愿不愿意都经历了入归仪式整个过程的人物，也应该在这里寻找一个老问题的答案：主人公身上是否发生了什么事，或者如埃亨鲍姆认为的那样，读者的期待是否在双关的俏皮话中"消失无影"①。小说的神话诗学潜台词的深刻内涵肯定地回答了这个问题。别尔金的最高任务是赋予生活材料以文学性，在他的眼中，小说结尾变得高兴起来的棺材店老板与莎士比亚和司各特的那些威名赫赫的人物属于同一个系列，而在真正的作者眼中主人公享受着生活乐趣，原因像鲍恰罗夫所论，"阳光普照，主人公体会到了快乐，这种快乐在小说开头他搬到新家时是未曾感受到的"，他"叫女儿们来，大概不像往常那样要数落她们，甚至连特柳辛娜半死不活现在也成了好事"②。

入归仪式在很大程度上是为入归者婚礼仪式所做的铺垫：象征性死亡后复活的青年，获得了成年男子的地位——战士、猎手和未婚夫。入归仪式的神话建构意义对于别尔金整个系列小说而言表现为无处不在的婚礼母题。这个母题的情节建构作用在第一篇、第二篇和最后一篇故事中是显而易见的。但是，在《棺材匠》的情节中，起关键性作用的应该是阿德里扬在德国人银婚纪念宴会上的醉酒；而且在梦中他还自问：要么是我的傻丫头们的情人来找她们？最后是《驿站长》的结尾，清楚地说明阿芙多济娅·维林娜出嫁后的生活——以明斯基兑现承诺的方式呈现出来：……不要认为我会抛弃杜尼亚：她会幸福的，我

---

① 埃亨鲍姆：《埃亨鲍姆论文学》，莫斯科，1987，第 346 页。

② 鲍恰罗夫：《论艺术的世界》，莫斯科，1985，第 68 页。

对你说的是实话。而明斯基本人在冬天夜晚出现在暴风雪中，就其穿着而论（摘下湿漉漉的毛皮帽，解开围巾[①]，脱下军大衣），与布尔明代替弗拉基米尔出现在婚礼仪式上形成鲜明的对照。

从多里宁（伊斯科兹）到乌津、斯托利亚罗夫、列日涅夫等所延续的传统，发现了《别尔金小说集》中“莫扎特式”与“萨利耶式”两类主人公的对照。从被那些寓言故事图画所凸显出的入归情节的视角来考察这个问题，许多东西得到了呈现和明确。

通往幸福之路（对《村姑小姐》中年轻主人公们而言，对明斯基和杜尼亚而言，对布尔明和玛利亚·加弗里洛芙娜而言，对Б.伯爵而言）——这是要求对世界具备开放立场（但不与故乡、祖国的世界脱离）的入归之路，这是对生活的参与，历尽诱惑、考验和流浪。所有的这些主人公，在自己人生的某一时刻都是“节日的放荡者”（普希金笔下萨利耶谈论莫扎特的话），别具一格、莫扎特式的特立独行是他们的性格写照。

相反，《别尔金小说集》里的一些自取死路的人物（西尔维奥，弗拉基米尔，萨姆松·维林），都处在已完结的入归情节之外。譬如，弗拉基米尔走的是这条路，但走得并不自由自在，而是算计精明；他没有经受住暴风雪那样的考验，也没有经受住战争那样（与死人国度一般无二）的考验，而布尔明都顺利地通过了这些考验；当他得到了玛莎父母那意料之外的同意后，他避过了冒险的诱惑而与玛莎结为伉俪。所有这些人物的死亡本身说明他们没有得到机会（真正作者的创作意志）经历入归仪式，即他们的死亡考验的生活立场。

当然，他们都远远不是“反面的”人物，但也称不上是“正面的”人物，尽管故事的编者别尔金努力地把他们讲述成“正面的”人物。西尔维奥、弗拉基米尔甚至萨姆松·维林的那种“萨利耶式的”生活立

① 对于普希金来说“围巾”属于“结婚”语义综合体。比较：结婚！说得轻巧！大部分人谈到结婚，看到的是围巾，借钱举债（小说片段《命运已定，我要结婚》）。

场，等同于福音书寓言故事中大儿子的立场，这个儿子是一个嫉妒别人的人，在他看来，有充分的理由觊觎得到宠爱。这些人物的不幸而非过错就在于他们与生活中无处不在的诱惑绝缘，就在于他们狂热地忠实于现成的生活方式、生活规划或者生活观念，最终在于他们的以权威自居的思维方式。

伯爵的第二枪——姿势真的是反权威的，因为它违背了决斗和荣誉的规则。但是，这种姿势加快了决斗的进程，而在这种匆忙的背后隐藏着一种担心，不是担心自己，而是担心所喜爱的人（我数着时间……我想着她……）。“匆忙”与“担心”——这是普希金对那几幅木版画中的浪子描述，在系列小说的总体语境中似乎艺术性地从伯爵身上去掉了甚至是如此明显的不诚实这个污点。这是难以令人置信的，但并不比耶稣寓言故事本身更难以置信。

本质上讲，别尔金系列故事的宏观情节向我们展现出两种基本的性格或者准确说是生活立场的对立，这种对立贯穿了几乎每一个叙述细胞。譬如，明斯基抵达驿站时，驿站长正在给一本新登记簿打格子线，而他的女儿在里间给自己缝制连衣裙。维林准备继续过一种从容的、按部就班的、平静如水的生活，而杜尼亚则准备改变自己的面貌，并且实际上准备好了出逃：她坐在明斯基的身边缝制了三天连衣裙，之后明斯基顺路带她去做礼拜天祷告（可以确信无疑的是她穿着新裙子）。

系列故事第一篇中西尔维奥与伯爵的对立决斗被一种不明显的、对他们秘而不宣的竞争即弗拉基米尔和布尔明的竞争所更替。譬如布尔明说，我当时不知道为什么这么轻佻，不可饶恕……我同她并排挨着站在读经台上——这说话的语调如此像伯爵的一句话（我不明白我当时是怎么一回事，他是怎么能够迫使我那样做的……反正我开了枪），仿佛是同一个人说出来的。巧合的是，他们俩都与名叫玛利亚的姑娘结了婚。

至于弗拉基米尔，他的死符合历史事实，一如西尔维奥之死，让我们来看一看他的婚礼仪式是有三个见证人来证婚的，与此类似的是，西尔维奥出现在决斗现场时也是有三个证人陪同的（而伯爵只有一个证人陪同，就像布尔明只有一个仆人陪伴那样）。

在《驿站长》中明斯基毫无疑问延续着布尔明的路数。把待嫁姑娘从父母家偷偷带走，实质上与布尔明同别人的新娘成就婚礼的犯罪恶作剧一般无二。而萨姆松·维林类似于弗拉基米尔，丢失了确信无疑地认为是属于自己的女人；两人都怀着能找到这个女人的希望奔向教堂，可是赶到时都迟了一步；两人都被难以置信的事件所击溃，彻底放弃继续斗争等等。

在《驿站长》展现出生活立场发生尖锐冲突之后，在《村姑小姐》中类似的对立则被弱化为两个地主的争吵，他们不过是在背后互相说一些讽刺挖苦的话，像西尔维奥和Б伯爵那样。在这两个地主中，一个是前近卫军军官别列斯托夫（其名字和父称与别尔金的完全相同），傲气十足，做事按部就班，而且憎恨新生事物，他显然延续着西尔维奥－弗拉基米尔－老兵维林这条路线；另一个是穆罗姆斯基，在莫斯科挥霍完了自己的大部分财产，之后仍继续游戏人生（以国外的方式），他无疑属于浪子明斯基－布尔明－Б伯爵这条路线。然而，无意中在手枪射程距离之内突然相遇时，两个对头并没有进入决斗状态，而是握手言和了。代替他们寓言故事式对立状态的是趣闻故事式的孤独（老头子们回忆以前的岁月和各自军旅生活的**趣事**）。不过，阿列克谢和丽莎在这里确定无疑地被分化为两种面貌（扭捏作态的、珠光宝气的、厚厚一层白粉一直搽到耳朵的小姐与肤色黝黑、聪慧机敏的村姑；拜伦笔下的小白脸与善良热情又心地纯洁的小伙子），被分化为两个名字（蓓西和阿库琳娜），被分化为两种生活立场（忧郁又失望的和狂热的放荡子）。

系列小说中间那篇像幕间剧的《棺材匠》，看上去似乎处于我们所讨论的贯穿头尾的对立线索之外，但是在这里，阿德里扬·普罗霍罗夫在忧郁性格和忠诚于最严格秩序方面很像西尔维奥，也部分地像维林（这个名字作者最初是给棺材店老板取的），他很明显地被放在了一些人物的对立面，如莎士比亚和司各特笔下的快乐的掘墓者以及快乐的德国手艺人，特别是笑口常开并且性情爽朗的鞋匠戈特里普·舒尔茨。不过，对于系列故事的这个构思萌芽（众所周知的是《棺材匠》比其余各篇小说出现得更早）而言，也许更为重要的是，主人公清醒后高兴的精神状态与他平时的期待什么人去世的生活态度发生矛盾，因此营造出分化的轻松效果，这种效果在末篇故事里将得到极为深刻的展现。

人之个性存在于世间的两种不同方式发生了冲突，而冲突发展的高潮应该承认是《驿站长》。让我们回忆一下，在出版者的第二个注释里，即列举别尔金的那些“信息来源”的注释里，《驿站长》被放到了第一位（尽管九等文官比中校要低整整两个级别），这就可能引起好奇的读者去思考这篇故事有何关键性的意义。

杨·范·德·英格大概是第一个指出了萨姆松·维林言行不像一个父亲，而像自己女儿的恋人，或者准确些说，是爱自己女儿的男人的情敌[①]。施密特在发展这一命题时令人信服地证明，驿站长的痛苦并不构成“因威胁心爱女儿而导致的那种不幸”，而是构成“她的幸福，因为他就是女儿幸福的见证人”[②]；在内心深处这是一个“有嫉妒心的人”，也是一个醋劲十足的人，在争夺杜尼亚的斗争中成为了明斯基徒劳的对手（有趣的是，阿芙多切娅这个名字从词源上来说就是女奴的意思）。事实上，我们可以听出以下对白的不同声音：难道**我**就不爱我的杜尼亚吗〈……〉难道她就过的不好吗？——明斯基则认定：**她**爱我；**她**厌烦了自己以前那种生活状态。此时他问驿站长：你为什么需要她？原因清清楚楚：常常有官老爷大发脾气，**可一见到她在场**，这

① 参见 Eng J. van der. Les recits de Belkin: Analogie des procedes de construction // Eng J. v. d., Holk A. G. F. van, Meijer J. M. *The Tales of Belkin by A. S. Puskin*. The Hague, 1968. pp.9—60。

② 施密特：《诗性阅读中的普希金小说：〈别尔金小说集〉》，圣彼得堡，1996，第 99 页。

气就消了，还会客客气气地跟**我**说话。

事情发生后的三年里，驿站长已不再指望不孝女幡然悔过返回家中（这在关于穷得扫大街的那番话之后是最自然的想法），而是希望她死掉算了；他假装听不见有关女儿出嫁的问题（而正是这种方式看起来恰恰是他预想中最可信的）。换句话说，维林在寓言故事里的对等之人原来并不是等待节日般团聚的头带尖顶帽、身穿长衫的可敬老人，而是不断询问仆人为什么庆贺之原因的兄长。在维林的图画中，福音书寓言故事文本有一部分被截去了——没有因丧失对父亲遗产的潜在控制权的大儿子雷霆震怒的那一幅画，这并非偶然为之。

施密特"对驿站长及其圣经原型"所做的精细的"对比表明：维林既不是浪子寓言故事里那位心底无私、心胸宽广的父亲，也不是那位善良的牧人（出自《约翰福音》——作者注）。杜尼亚不需要别人把她从明斯基那里解救出来，而维林也不是那个能够给她幸福的人〈……〉去掉被他所设置的那些欺骗性对等物的遮掩，他就显露出自己乃是被蒙蔽住双眼的嫉妒之人"[1]。施密特在阐明该文本的蒙蔽双眼这个关键母题（驿站长不明白……他怎么**被蒙蔽了双眼**）的时候，接着图尔宾[2]的看法解释了"'瞎眼的驿站长[3]'这种具有双关效果的矛盾修饰法，其意义不是维林所能理解的，并且不进入故事讲述人的意图"，却展现在真正的作者和富于洞察力的读者面前，因为"这个语义修辞格〈……〉在叙事中展开〈……〉指明维林一言一行在整个情节中的一般涵义"[4]。

对此我们要补充的是，眼瞎（被蒙蔽住双眼）母题贯穿了觊觎幸

---

① 施密特：《诗性阅读中的普希金小说：〈别尔金小说集〉》，圣彼得堡，1996，第 132 页。

② 参见图尔宾：《普希金、果戈理、莱蒙托夫：论文学体裁的研究》，莫斯科，1978，第 65—66、75—76 页。

③ 瞎眼的驿站长。俄语原文为"слепой смотритель"，смотритель 来源于动词 смотреть（看、观看），意思是观看的看、看管者、巡视者等等，因此该词与 слепой（瞎子、眼瞎的）搭配构成矛盾修饰法。——译者注

④ 施密特：《诗性阅读中的普希金小说：〈别尔金小说集〉》，圣彼得堡，1996，第 100 页。

福与平安的不幸“年长者们”构成的整条线索。突遭暴风雪的弗拉基米尔什么也看不见了。普罗霍罗夫无法次序井然地辨认出自己在不久前刚埋葬掉的客人；甚至在梦中其他那些昏昏沉沉的眼睛半睁半闭着的死人们他也认不出来。不过，在他终于睁开了眼睛这句话之后，正如上面所说，我们已经同焕然一新的棺材店老板打交道了。阿列克谢・别列斯多夫也表现出令人震惊的眼瞎，因为他没有辨认出自己的那位戴着可笑又珠光宝气的小姐面具的阿库琳娜。不过，这样的“被蒙蔽住双眼（眼瞎）”并没有落到那个用最疯狂的言辞向阿库琳娜求婚的阿列克谢头上，而是落到了那个戴着冰冷高傲而又玩世不恭面具的阿列克谢头上。

相反，在这个系列中把西尔维奥区别出来的是一枪在物理性能上的超级敏锐感，不过这种超级敏锐感同样转变成了转义上的眼瞎。他没有看到，就为了这唯一的一枪，尽管瞄得精准无比，断送了他的一生甚至是他的声誉（他的名声被玷污了，而且由于自己的错误没法洗刷干净）。为了干涉别人的生活，西尔维奥彻底地剥夺了自己的生活（他所有的家当都被塞进一个皮箱中，而另一个皮箱里则装满了各种各样的手枪）。

要某人死亡的设想也把萨利耶里气质的全部主人公联合在一起。不只是维林希望自己的女儿进坟墓；西尔维奥每天都在准备射杀伯爵；普罗霍罗夫梦想着女商人特柳辛娜死去；小别列斯托夫在结识丽莎－阿库琳娜之前曾打算参军去打仗（值得顺便一提的是这同样意味着杀人），而且还戴着一枚绘有死人头像的黑色戒指；最后，对于起程前往军队的弗拉基米尔来说，死亡依然是唯一的寄托（当然是他本人之死）。相反，与他们对立的那些人物中，没有一个会想到死亡——无论是本人之死，还是其他什么人之死。用《路加福音》中的寓言故事的语言来讲这是具有深刻意义的：让我们回忆一下兄长对父亲隆重宣告小儿子“复活”做出了消极的反应。

所有“不是浪子的”人物都有一种固有的特性，那就是都能感觉到自己在生活中是“无需悔过的遵守教义之人”，后者滋养出他们膨胀的自尊心。萨姆松·维林讲他的女儿时就带着“极度自满的神情”。在《棺材匠》中，那一杯开玩笑的祝酒词之后，所有的人都哈哈大笑起来，只有棺材店老板觉得自己受了委屈，因而脸色阴沉起来；主人公的被伤害了的自尊心也为其做梦提供了理据。做错了事的弗拉基米尔针对不讨人喜欢的地主的邀请时非常自负地回信说，他的脚永远也不会踏进他们的家门。《一枪》的情节发展充满了西尔维奥自负的骄傲情绪，因为小说里所有事件的根本原因，用主人公自己的话说，就我的优先权开始动摇了。

再来看阿列克谢·别列斯托夫，他善良、热情又自感渺小，心灵纯洁，只能在外表上做出高傲的漫不经心的样子（阿列克谢继续扮演着心不在焉又若有所思的角色）。从这个角度来看，他是一个模仿者、效仿者，尽管忧郁和沮丧、枯萎的青春不再有的欢乐以及绘着死人头像的戒指———所有这一切在那个外省都是极为新鲜的。他开始用真正充满激情的语言跟丽莎说话，并且在这一刻确信无疑陷入了爱情——是对令他惊讶万分的普通姑娘身上不同寻常的思想与情感的回应，这是另一回事。

寓言故事中的大儿子，行为不越规范准则一步；别尔金故事中萨利耶里系列的人物们类似于这个大儿子，都是效仿者。最意味深远的是开启效仿者这条线索的西尔维奥，正如施密特证明的那样，他不是真正的浪漫主义者，“只不过在自己的日常生活中佯装出具有浪漫主义行为的各种特征”，因为“西尔维奥类似于别尔金故事里的其他不成功者，也是读者”，而且“作为读者的西尔维奥干脆把文学化作自己的生活，直至苦涩的结局”[①]，即模仿拜伦这个为争取希腊独立的志愿者斗士之死的结局。

弗拉基米尔作为读者出现时，有着不少于玛利亚·加弗里洛芙娜

---

① 施密特：《诗性阅读中的普希金小说：〈别尔金小说集〉》，圣彼得堡，1996，第176、184页。

的浪漫幻想（珍惜他没时间读完的书〈……〉和写给她看的诗歌），而且他全是用刻板套路思考并非偶然：恳求她委身于他，秘密地结婚，隐瞒一段时间，然后跪倒在父母亲跟前，父母亲当然会被这对恋人的英雄主义忠贞爱情和不幸所感动，最终一定会对他们说：孩子们！过来让我们拥抱吧。正如我们看到的那样，认真闪过阿列克谢·别列斯托夫脑海的真正离家出走的想法，在这里根本没有出现；弗拉基米尔所精心计划的是如何效仿“浪子”的道路。

维林就其言辞来判别也同样是读者，不过不是长篇小说的读者，而是《圣经》与各种道德教育故事的读者；尤其是他具有规规矩矩地信仰道德训诫格言的性格特点，而在《暴风雪》里是这样讲这些格言的：我们很少能从自己身上获取什么来为自己编造出辩解的理由，在这样的情况下，道德训诫格言总是有用得令人惊讶。从这里也可以看出这个主人公的生活行为的非独立自主性。在解决自己与各类过路的老爷们的冲突时，他隐藏在女儿的魅力后面，而女儿整个儿像死去的母亲，母亲大概以前在驿站长的生活中发挥过类似的作用。正如施密特所展示的那样，杜尼亚失踪之后，“维林所模仿的是自己情敌的三个核心行为”[①]。

不能把棺材店老板普罗霍罗夫归入读者行列；并不偶然的是他与掘墓人这种文学人物的不同也得到了强调。实质上不是读者形象的还有阿列克谢·别列斯托夫，大学里的教育于他似乎并没有效果，因为他满心向往着参军作战。他去找“大地主的女儿娜塔莉娅”，只不过是为了要教阿库琳娜识字。受到各种已有文学定式的制约，这是不是掩盖了这两位主人公改变自己生活立场的能力？

在把主人公们界别为独立自由的“浪子”和竭力效仿的“信徒”中，伊万·彼得洛维奇·别尔金本人处于什么样的位置？首先，他是“亡人”，这在书的标题中早已有了公开展示。其次，正如根据《一枪》

① 施密特：《诗性阅读中的普希金小说：〈别尔金小说集〉》，圣彼得堡，1996，第106页。

文本可以判定的那样，他是狂热的读者，而作为故事编写者——他是所读之故事的模仿者。由此看来，别尔金是完全对应于寓言故事范式中那个不是浪子的儿子的人物形象。

不过，文学之父别尔金（系列小说的真正作者）并没有可供他挑选的儿子，这使情况变得复杂起来。伊万·彼得洛维奇被赋予了双重使命。在参与作为民族语言文化的文学的道路上，如果说怎么把日常生活故事转化为文学的问题占据着别尔金–小说撰写人的意识，那么引起普希金兴趣的则是怎么把日常生活的个性改变成创作的个性。正如盖伊所写，这也激发他“把某种隐秘的预设引入叙事中，但不是令情节–事件错综复杂的预设〈……〉而恰恰是把叙事本身变成预设中自我揭示的对象，并且在这种自我揭示的过程中出现各种崭新的维度和意义”[①]。然而，别尔金本人从这一个方面看类似于棺材店老板普罗霍罗夫：他的入归仪式并不明显是为他本人进行的[②]；他按照真实作者的意志忠实地走在文学中“回头浪子”的道路，尽管他自己并不知道这一点。

与“离开”相对应的，是《一枪》故事讲述者带着浪漫主义的想象，脱离波澜不惊的日常生活（让我们回忆一下小说两个部分开头几个段落），去追求狂风暴雨般的浪漫激情和神秘故事。忧郁苍白的脸色，熠熠生辉的双眼和从嘴巴里吐出的浓烟，给他增添了一副真正魔鬼的面孔——这种出自普希金之口的不可思议的句子是忠厚老实的故事编写者真正“放浪形骸”的风格。让我们倾听充满了伪装的旁白：伯爵用一根手指指了指被射穿的那幅画：他的脸上像着了火；伯爵夫人的脸色比她的头巾还要苍白：我禁不住发出一声惊叹。用普希金本人的话讲，这“像轻喜剧一样可笑”。别尔金在文学上最“放浪形骸”的地方，是天真而又狡黠的结束句，即隐约暗示西尔维奥遭受拜伦一样命运的

---

① 盖伊：《普希金的小说：叙事诗学》，第 70 页。

② 阿德里扬对启示降临自己身上并不清楚，关于这一点可参见鲍恰罗夫：《论〈棺材匠〉的含义》，载鲍恰罗夫著《论艺术的世界》，莫斯科，1985。

结束句，因为他同样战死在了争取希腊独立的战斗中。如果题词别尔金取自马尔林斯基的小说《露营之夜》，如果西尔维奥疑似于该作家的《1824 年高加索水乡夜话》中的那个“匈牙利贵族”，那么描写他英勇战死的那句话就理所当然同《野营第二夜》里弗拉多夫的死联系在了一起。在系列小说的第一篇里，别尔金和普希金（也曾带着樱桃去同祖博夫决斗）在各自的创作意图上分歧最大。

别尔金在旧杂志上（《品正行端》1818 年各期）读到过匿名作者以《谁能预见到？》为题写的“真实事件”，由此激发出灵感，完全被舞文弄墨习气所“诱惑”，并且与此类小说的许多“真正的作者”形成对他而言新奇的伙伴关系。折中式模仿在这里真的“用烂”了，就如同浪子把父亲的财产挥霍一空的行为。编写者把感伤主义作家和浪漫主义作家笔下流行的民间文学情节混杂在一起，譬如：拐走新娘（卡拉姆津、别斯图热夫－马尔林斯基）、未婚夫死亡（毕格尔、茹科夫斯基、欧文）、偷换新郎（帕纳耶夫的《父亲的惩罚》、赫梅尔尼茨基的《姻缘注定不由人》）、夫妻相见不相识（德·克劳德、德·马维尔的悲喜剧）[①]；把卡拉姆津式的“博恩霍尔姆岛（Остров Борнгольм）”景致插入女主人公的梦境中；引用格里鲍耶多夫、彼得拉克和卢梭；显示渊博知识（阿特米西亚，关于法国各种小说的讽刺等）。结果，“普希金（最好应该说是按照普希金意愿的别尔金——作者注）把许许多多的母题编织成情节，而情节因自身的光怪陆离而远远超越了其所有的借口”[②]。

在整个系列小说布局结构中《棺材匠》自然而然占据着仪式性地游历文学“阴曹地府”[③]的地位。而这里问题并不仅仅在于有死亡主题

---

① 参见沃利佩尔特：《普希金与法国文学中的心理传统》，塔林，1980。

② 施密特：《诗性阅读中的普希金小说：〈别尔金小说集〉》，圣彼得堡，1996，第 225 页。

③ 值得关注的是涅勒的版本，他把《棺材匠》视为共济会小说和作为此小说之基础的共济会入教仪式的戏拟性再现。（参见 Nerre E. Puskins “Grobovscik” als Parodie auf das Freimaurertum // Winer Slawistischer Almanach. Wien, 1985, Bd. 17.）

和东正教亡灵们的聚会梦境。这篇小说文本开头就如此活跃的叙述人，在结尾却象征性地“死去”，因为他沉默不语（在《小说集》的所有结尾处是唯一的一次），把结尾交给人物们对话。这样，他追随忧郁的手艺人的真理，放弃自己最初想与文学权威（莎士比亚和司各特）对立起来的尝试，因为叙事最终原来是欢快而戏谑的。

在《驿站长》中别尔金所做的是从文学“回归”日常生活这一更严肃得多的的尝试。因此，不但可以把争论的目光（与维亚泽姆斯基、布尔加林、卡尔果夫这些写过驿站长的“编写者”争论）投向无法解决的现实矛盾，不但可以远离马蒙泰尔的寓言故事《洛雷塔》皆大欢喜的结尾①，就如同远离卡拉姆津《苦命的丽莎》的不幸爱情故事那样，而且可以让故事讲述人回到剧中人物的位置上（“一枪”—“离开”这种平行关系），也可以设置公开的浪子主题本身，还可以安排叙述人多次拜访自己的主人公。不过，这里绝对没有出现彻底摆脱文学习气的情况（这一点后面会谈到）。别尔金在这里也像寓言故事中的回头浪子，暂时还不知道他的文学之“父”的仁慈之心，这种仁慈之心只是到了末篇小说中才显现出来。《驿站长》的风格极端起伏不平，有点生涩不流畅，由各种矛盾编制而成：扭捏作态的模仿在这里与真正的细察及朴实的敞开心扉毗邻在一起。

到现在为止，充当叙事主要主人公的，是别尔金这个系列的人物：西尔维奥，弗拉基米尔，普罗霍罗夫，维林。正如我们从编写者生平中得知的那样，伊万·彼得罗维奇过着最简朴的生活，他避免任何多余的东西。这为他对上述主人公有明显的、尽管并不总是千篇一律的好感提供了理由。只有在系列小说的最后一则故事中，别尔金本人才把注意力转移到这样的人物身上，这些人物的世界感受、自我觉悟以及也可以是对幸福命运的期盼，离他自己的生活目标和生活状况十分

① 参见沙雷普金：《普希金与马蒙泰尔的〈道德劝诫小说〉》，载《普希金：研究与资料》，第8卷，列宁格勒，1978。

遥远（但与普希金的接近——在《别尔金小说集》快结尾的时候提到斯科季宁，把我们带回到整个系列小说的总的、公开的作者卷首词，这并非偶然）。

《村姑小姐》在布局上是重新归合这一欢乐“飨宴”的享有充分权利的对等物，但是这种欢乐盛宴在那几幅木版画中并没有位置（有代表性的是第二篇“女性”小说《暴风雪》在许多方面的平行性，这篇小说在功能上所实现的是第一次“诱人的”饮宴场景）。在这里别尔金按照其朴实的性格并不会因为文学性而与生活隔绝开来，所以获得了作为恩赐的真正的艺术性：真正的作者普希金让自己虚构出来的写作同行为独特性（individualite）进行辩护，这种独特性不会遭到融入他人作品或传统作品的威胁；普希金还与别尔金慷慨地分享自己独具魅力的风格，独具魅力的风趣机智，甚至……奥涅金式的结局，即男主人公碰巧遇到女主人公正身穿家常便服读他写来的信，随后是父亲来了（在长篇小说中是比父亲更合适的丈夫来了），作者就此跟读者告别（阿里特曼如此评论）。

双重作者的“双声语”在这里从“针锋相对的”争论话语转变为紧密团结在一起的赞同话语，实现了两个作者生活与创作立场的真正契约，类似于敌视的地主握手言和。

无论别尔金关于“人性之伟大”的让－保罗式论断有多么不适用于乡村小姐，这些论断就其实质而言与普希金在波尔金诺紧张思考的人之“自立”即其“伟大”之保证的思想是趋同的。与其说对活着的亲人（“祖宅”即家园）和对逝去的亲人（“祖辈的棺椁”）“两种情感”的爱对普希金来说是人性之“我”独特性的条件，不如说没有比浪子回头的寓言故事更能呼应作者寻找自我、他在尘世中无可替代之位置的意向了，而这种位置就是“自立”，不过自立要求以不间断的精神之根以及满怀爱心回归存在的祖先之源为先决条件。

这恰恰是别尔金所无法理解的Б伯爵、布尔明、明斯基和小别列斯托夫这些永恒的幸福的宠儿的生活立场。所有这四个人都作为“游手好闲的浪荡子”开始自己的人生之路，但这四个人——正确选择道路的结果——都获得幸福的家庭生活，变成自己家园的缔造者，未来的父亲。作为有生平的作者本人，波尔金诺的地主普希金就是塑造别尔金的作者。

正如我们能够确信的那样，耶稣关于浪子的寓言故事，就其经典的浪子而绝非现代化意义上的浪子而言，就其针对“被最高权威所神圣化”[①]的观念是无可争辩的浪子而言，是诠释作为艺术整体的《别尔金小说集》的一把真正的钥匙。虽然这个寓言故事几乎完全是能够被作者本人所意识到的文本共同创作的范式，但是也给文本的“内部尺度”附加上道德训诫这一体裁维度，正是因为这样的“虚构与玩笑，从供人消遣解闷进入伦理范畴与价值的领域，成为天意不可违的绝对命令”[②]。

《小说集》中的趣闻故事性

不过，寓言劝诫诗学并不是开启所分析之普希金话语的唯一体裁钥匙。探究完系列小说的寓言故事“血液循环系统”之后，我们转而讨论其诗学的另一个方面，这个方面是由趣闻故事体裁策略所决定的。

文本中未引用的那些趣闻故事，前言《出版者前记》和系列小说最后一篇《村姑小姐》中都提到了；在《暴风雪》中则是间接提及的（退役骑兵少尉德拉温以前生活中的那些骠骑兵恶作剧，毫无疑问是在愉快地享用午餐的时候讨论的，这与言归于好的两个老地主之间将会

① 萨佐诺娃：《〈别尔金小说集〉中的标志学与形象母题》，载《普希金：别尔金小说集》，莫斯科，1999，第533页。

② 加夫里洛娃：《叙事的连贯性》，载《普希金：别尔金小说集》，第568页。

发生的情况是一样的)。在《一枪》中，这样的趣闻故事是由叙述人自己讲出来的，他讲的是自己如何没有打中瓶子和好逗人开心的骑兵大尉怎么机智幽默。总之，被奇闻故事小说化了的饮宴与微醉状态的酒神母题是贯穿系列小说各个部分的主旋律。譬如，波波娃正确地猜测说，“很清楚，在什么情况下俄罗斯人〈……〉会指天发誓，不明不白地准备为随便什么人牺牲生命”[①]。这些情况(不太机灵的 К. И. Т 姑娘大概闭口不谈这些情况)也可能为酒气微熏的新郎那令人难以置信的过失提供足够明白易懂的理据。

如果说寓言故事里所经常发生的是那种应该发生的事情(按照这种或那种意图)，那么在趣闻故事里所发生的则是不太可信或者完全难以置信的事情。在这里故事的推动力不是道德律令，而是毫无来由的个人倡议，这种倡议没有前例可循，在成功时博得欢悦的赞叹，或者反之，招致欢愉的讥笑。由趣闻故事培育起来的冒险世界图景就是这样诞生的，其中贯穿着的是具有潜在诙谐处世态度的狂欢的再创造性。

普希金－别尔金的小说集里最重要的一些事件通常具有双重理据：寓言故事(律令)的理据和趣闻故事(首创－冒险)的理据。布尔明向着暴风雪就出发了，因为他觉得好像有谁在推着自己；但是结婚仪式本身是他想出来的恶作剧，而且仅仅是因为那个姑娘我觉得长得还不错。弗拉基米尔把未婚妻托付给命运来照料，而他自己只能依靠自身。不过，玛利亚·加弗里洛芙娜所走的婚嫁路途，不仅有超个人的命运参与其中，而且还有车夫杰廖什卡的驾车本领参与其中。弗拉基米尔没能达到自己的目标，不仅是他个人的疏忽造成的，而且也仿佛是天意的安排：路一下子就封住了。

类似的例子不胜枚举。西尔维奥的寓言故事实验(我倒要看看他在自己婚礼前是不是对死亡还能那么泰然处之)，就是在趣闻故事的偶然世界中完成的。所以，满身尘土、满脸胡须的复仇者唯有在婚礼之

① 波波娃：《〈别尔金小说集〉中的笑与泪》，载《普希金：别尔金小说集》，第490页。

后才遭遇伯爵。保不准他和弗拉基米尔一样，在路上也会碰到各种不可预见的困难。是不是这个情况使严格守时之人的行为变得如此奇怪，如果更深一层追究的话，简直就是优柔寡断。

如果寓言故事的体裁状态是由普通的可辨认出的各种事实、关系、行为的言外之意营造出的，那么趣闻故事的体裁状态的生成则是正常和习见的事物得到反转和夸张的结果。

在《别尔金小说集》中趣闻故事的夸张手法是显而易见的，比如西尔维奥射苍蝇，其结果是他房间的墙壁上满是弹孔〈……〉就像是一个蜂窝一样；或者弗拉基米尔偶然的三个见证人的自我牺牲精神，他们都向他发誓准备为了他牺牲生命，稍后四个人（加上侍仆）一起帮助他的未婚妻并为她一个人忙乎着；或者在喝完了第七杯茶后，棺材匠的厨房和客厅里满满当当地停放着各种颜色各种尺寸的棺材；或者明斯基臆想症的症状；或者阿列克谢的装腔作势和丽达的伪装化妆，后者让人感叹不已，譬如：哪怕许我金山银山我也不会出现在别列斯托夫的面前。

至于体裁状态的趣闻故事式的逆转，最典型的是《驿站长》中的情节：取代版画故事式迷途女儿回家的，是父亲追着去找女儿了。这远非唯一的例子。大大小小的反转充斥着系列小说的全部文本。最重要的反转之一，是对感伤而浪漫的那一对的反转：口蜜腹剑的引诱者及其无助的牺牲品。

充当这一传统主题（对虚拟的作者而言是极为重要的，该作者有着少女般的娇羞，但对女性却有着强烈的爱慕之心）的有效明证的，是《一枪》里的一个画面：Б伯爵之妻玛莎跪倒在西尔维奥的脚下。另一个玛莎，则被几个见证人和丫鬟簇拥着，同样充当着布尔明那有罪的恶作剧的牺牲品，但仅仅是在婚礼那一刻；后来，臆想的伪牺牲品的军事行动将布尔明上校抛到玛莎的脚下。在《棺材匠》中，男人和女人两极之间被设置了一种十分独特的平衡：垂死的特留欣娜——是忧郁的阿德里扬的手艺的特殊牺牲品，而他——是奄奄一息不肯死去的特留欣娜的特殊牺牲品，因为她不死就无法使棺材匠弥补自己的亏空。

在探讨《驿站长》中的女性主题以及分析普希金作品与巴尔扎克《婚姻生理学》的互文性关系的时候，施密特机智地论证说，“如今杜尼亚是局势的掌控者”，她像女骑手一样姿态优雅地端坐着，并用自己闪闪发光的手指缠绕着这样一个人的一绺鬈发，当这个人提高嗓门并举起马鞭时杜尼亚便不得不让他平静下来。别尔金从巴尔扎克那里抄来的场景很明显（最先指出这一点的是安娜·阿赫马托娃）“暗示着在这场性别战争中胜利者与其说是明斯基，不如说他是懂得想要什么的漂亮女人高明的卖弄风情的牺牲品，这个漂亮女人在驿站长家里就已经学会了与男人们周旋”①，故事讲述人曾经从这个轻佻的小女人那里索吻成功就有力地证明了这一点。

最后，在《村姑小姐》中，女人第一次成为主要人物，“主动权更多地从引诱者转向其牺牲品”②，男女主人公的主动权在这里得到了明显的逆转。阿列克谢应付工于心计的情场女子的那种冷漠的漫不经心和目中无人，意外地扑了一个空，因为这一套策略碰到了老冉克逊小姐，而虚伪的引诱者在说服纯朴的姑娘不要拒绝幽会时保证〈……〉一切都会服从于她。另一方面，丽莎的自尊心暗中支使她存着模糊的浪漫的希望，希望最终见到杜基洛沃村的地主跪到普里鲁契诺村铁匠女儿的脚下。

《别尔金小说集》诗学的某些方面，虽然来源于趣闻故事的体裁策略，我们还是需在下一节中加以仔细考察。目前我们能确认的是，尽管在系列小说各个部分的结构中寓言故事具有特殊的作用，但将别尔金的系列作品定性为短篇小说绝对是有据可依的。只要注意一下与劝谕故事格格不入的这五篇叙事作品一波三折的情节就够了，在这些小

① 施密特：《诗性阅读中的普希金小说：〈别尔金小说集〉》，第 137 页。

② 同上书，第 243 页。

说中肯定会发生“事件向相反的方向发展”[①]，并且每一篇小说正像短篇小说理应具备的那样都有结尾。这样的结尾如《一枪》的结束句讲西尔维奥的拜伦式死亡，《暴风雪》结尾处的彼此相认，郁郁寡欢的棺材店老板被叫醒时的高兴样子，父亲坟前的好太太杜尼亚，《村姑小姐》中恋人在清晨的告白。

复杂的小说整体的各个部分如此纷繁多样却能够惊人地联合为一体，正如我们看到的那样，首先是因为两种完全不相融的体裁策略，即发端于趣闻故事和寓言故事的短篇小说和劝谕故事两种体裁策略，令人不可思议地汇合在一起。这种小说艺术思维的独一无二的“双语现象”，构成真正作者的独特的“隐秘”语言，即“非作者直接话语”（巴赫金语）的创新性语言，而这样的语言自身又与假冒作者－人物的“显在”语言，即文学样板和仿格体语言汇合在一起。

这样，我们可以对《由普希金出版的已故伊万·彼得罗维奇·别尔金的小说集》进行同一化，将它看作长篇小说类型的艺术整体，集成这个整体的系列小说是俄罗斯文学中初次出现的**短篇小说**，充当其体裁构型之“内部尺度”的是寓言故事和趣闻故事的彼此叠加和对话性相互作用。由此产生了鲍恰罗夫所说的特殊效果：偶然事件“出现在宽广而非故意操纵的生活进程中，它正是天意的瞬间即逝的工具”，而天意“把故事引向结尾，给故事一个不单单不是本事的（短篇小说经典——作者注）、不是形式的，而是道德的总结”[②]。从对话语的审美模态进行同一化的角度看，或者从把作品视为统一的审美话语的角度看，道德总结这一点的作用尤为重要。

---

① 情节冲突的定义（亚里士多德：《修辞学·诗学》，莫斯科，2000，第159页）。

② 鲍恰罗夫：《无尽的空间》，载《普希金：别尔金小说集》，莫斯科，1999，第471页。

第三章

模　式

成为“艺术”的作品，意味着是成为交际的事件（话语），就其对受众对象的情感上的可反应（对体验的再体验）来说，这事件或者是可笑的，或者是悲伤的，或者是鼓舞人心的等等。艺术话语的意义生成这个方面就在于审美的模态性。

正如任何一个最鲜明的个性不可避免地属于某种类型一样，任何一种艺术作品也具有某种艺术模式（艺术现实的存在方式）的特点。文化中客观地（准确地说是互主体性地）存在着对各种艺术类型的区分，这种区分完全需要科学同一化的分析。

概念“模式”由诺斯洛普·弗莱[①]引入现代文学学，但是引入的时候他并没有把艺术整体性的普通美学类型与文学体裁界别开来。这种界别是极为重要的，而在欧洲传统中，是席勒第一个在文章《论素朴的诗和感伤的诗》中得出了这个界别。平庸的悲剧或喜剧的各种文本完全属于作为话语方式的这种体裁，但是不属于作为思维方式的艺术，

① 参见诺斯洛普·弗莱：《批评的解剖》，普林斯顿，1967。该著作的俄译片断参见《19世纪至20世纪国外美学与文学理论》，莫斯科，1987，第232—263页。

因为这些文本没有被赋予悲剧或喜剧的艺术性。从另一方面来看，不论长篇小说还是抒情诗都能够拥有价值十足的悲剧或喜剧艺术性。

文学理论所讲的英雄精神、悲剧因素、喜剧因素和其他各种“审美意识的情态”[①]，经常被归为艺术内容的主观方面——或者被归为思想情感评价的激情类别[②]，或者被归为创作情感（作者情感）的类型[③]。但是，可以有很多理由来谈论悲剧、喜剧、田园诗等等的类型，或者是它们的情景类型，或者是主人公类型，或者是接受意识的相应的审美志趣类型。巴赫金讨论过英雄化与幽默、悲剧性与喜剧性，把它说成是审美客体的或者艺术整体“建筑大厦”的“建构形式”（参见《话语创作美学》，第 19—22 页）。在中世纪印度诗学中就有一种非常有前景的学说，是关于文学作品“味”（精华或趣味）的各种变体的学说，味论就考虑到了审美关系的所有这三个方面[④]。

艺术作品从文本角度看在多大程度上表现为其各个方面（主体——客体——受众）既不融合又不分割的审美关系，就在多大程度上错误地把其审美评价困囿于其中的一个方面。艺术模式——这是对艺术整体的包罗万象的评价，这是某种类型的整体性，是**达成完整性的策略**，这种策略不仅要有相应的主人公和环境类型，作者立场和读者接受的类型，而且还要有内部统一的价值体系，以及与这个体系相符的诗学。黑格尔借用古希腊、罗马演说术的术语“激情”，在讨论艺术话语的审美模态时说：“激情构建起真正的中心点，构建起真正的艺术王国；其化身无论在艺术作品里还是在作品的接受中都是主要的观众。因为激情所触动的是在每个人心中都能激起回响的那根心弦。”[⑤]

---

① 仁金：《审美形式问题》，载《艺术形式》，莫斯科，1927，第 37 页。

② 参见波斯彼洛夫：《文学的历史发展诸问题》，第 2 卷，莫斯科，1972。

③ 参见哈利泽夫：《文学理论》，莫斯科，1999，第 1 章第 5 节。

④ 参见格林采尔：《印度古典诗学的基本范畴》，莫斯科，1987。

⑤ 黑格尔：《美学》，第 1 卷，第 241 页。

达成完整性的策略

艺术性及其所特有的各种“建构形式”，它们的内核构成“个性和与之对立的外部世界两个向量”(《话语创作美学》，第46页)。这个我-在-世界中为作者的审美立场提供根基，这一对“向量”不仅组建起虚构的主人公的存在立场，而且也组织了读者、观众、听众的回应性审美反应。作品的诞生就是这种普遍的“双向量”发展成独一无二的艺术现实。

“我”与“世界”，实质上是人类存在的普遍的两极，这种两极被每一个活着的人共轭构成其不可重复之生活的个性化画面。艺术整体的铺展，就在于如何安排既区分又联系这两极的多层边界：“审美文化〈……〉是内部与外部、人及其世界之边界的文化。”(《话语创作美学》，第117页）这样的铺展的方式，如英雄化或“讽刺化”（巴赫金语）或戏剧化，就是艺术性的模式，就是个人存在的精神-实践模式的审美类似物（我生存于世界中的方式）。

前艺术的（дохудожественное）神话意识不知道个性就是自我认识的主体（成为“我”就意味着是自我认识）。人发现并逐渐掌握存在的内在方面——思维、个人的心灵-个性和超个性的生命之灵性，相应地导致了哲学、艺术和宗教在神话土壤上的诞生。研究艺术的各种审美模态，应该从这一刻开始，因为按照巴赫金对讽刺的看法，对这些情态的“理论性研究，应该具有历史-系统的性质”（第5卷，第14页）。

神话——这是世界秩序的形象性模式。艺术思维，虽然从神话思维成长起来，但起始是意识到人的自我定位（个性的内在边界）与其在世界秩序中的作用即命运（个性的外在边界）并不完全吻合。两个因素相吻合，即存在的内在与外在边界结合在一起，这些超出常规的事件——功绩唤起陶醉（审美）的态度。就最初的原始艺术性而言，用阿韦林采夫的话说，“功绩能够使任何一个目的变得高尚神圣”[1]。把功绩诗化，把取得这些功绩的英雄们当作具有内在－外在完整性的人类之“我”这种现象来歌颂，是最古老的艺术模式**英勇精神**的开端。“主人公们的内心世界与他们的外部环境”在描写英雄上的“和谐一致，即把这两个方面合成统一整体的和谐一致”[2]，是意义生成的某种审美原则，这种审美原则就是存在（“我”）的内在实在性及其外在设定性（是连接与区分个性与世界秩序的**角色**界限）的趋同性**结合**。[3]

审美关系（尚未在艺术中获得自己的文化自主性）最初如何从道德及政治关系中独立出来，可以从《伊戈尔出征记》中清楚地观察到。未向国群主（基辅大公）施以援助而公开被判有罪的出征，同时也得到英雄主义化，被赋予功勋色彩（这在该事件的编年史版本中是没有的），转化为赏心悦目的审美客体，而这种赏心悦目则把审美主体（作者和读者）引向英雄主义自我定位的道路。

出征的动机是公爵个人的自我定位与其在世界秩序中的骑士角色（服务于超个人的“军魂”）相吻合：伊戈尔“用意志锻炼了智慧，用勇气磨砺了雄心；他意气风发”（李锡胤译）。凶兆向他清楚地述说着前途艰难坎坷，但是主人公没有诘问命运（如同俄狄浦斯悲壮地所做的那样）；因为与自己的角色界限内在地吻合，他便精神抖擞地迎头追求这一界限在外部能得到实现。

弗谢沃洛德公爵在战斗中的忘我行为与作者对这一行为的欣赏具有相同的性质：“老弟呀，你忘掉了功名富贵，忘掉了父传的车尔尼戈夫宝位，忘掉了心上美人格列波夫娜的温顺与恩爱——哪顾得上身上的创伤累累！”（李锡胤译）世界秩序和主人公私人生活的所有上举价值，都出自于他的“军魂”视角；这些价值在建功立业的时刻对作者而

---

① 阿韦林采夫：《早期拜占庭文学的诗学》，莫斯科，1977，第 67 页。

② 黑格尔：《美学》，第 1 卷，第 265 页。

③ 古列维奇：《论日耳曼诸民族诗歌中的英雄特性》，载《苏联科学院学报（语言文学版）》，1978 年第 2 期，第 145 页。

言便不再具有意义了，因为失去了内在之“我”的边界地位。如果从政治的角度看对“宝座”（世界秩序的中心）的任何遗忘都是不可宽宥的，那么从艺术的角度看则是有根有据的，因为这不是为了个人因素而忘记超个人因素，对所有的不参与在此时此刻、设定性角色边界中的自我定位的“整体性”遗忘；这是牺牲个性与自我的遗忘。

在艺术中经受情感反映的世间英勇精神的心理内容，就是骄傲的忘我精神（或者忘我的骄傲）。英雄主义的个性为自己参与超个人的世界秩序的内容而感到骄傲，且对个人的独特性冷漠相待。果戈理的塔拉斯·布尔巴一点儿也不珍惜自己的生命，但是把烟袋看得神圣而珍贵，因为这个小事就是严守训诫的（哥萨克的）世界秩序之不可割裂的标志。忘我精神与骄傲的悖论式结合，是这样一些人物们的特征，如《大司祭阿瓦库姆行传》的自传主人公和高尔基《母亲》的女主人公，勃洛克《西徐亚人》或者马雅可夫斯基《大声喊》这些叙事长诗的抒情主人公。被这种“情感–意志的语调”（巴赫金语）渗透到起源深处的，还有上面所分析的阿赫马托娃的诗歌。

作为艺术模式的英勇精神不可归结为主要主人公的生活行为与作者对这种行为的评价。在优秀的艺术作品中，这是无所不包的审美状态，受到（某类型或者某建构形式的）艺术整体的统一的创作规律的支配。譬如，无论在《塔拉斯·布尔巴》中还以在荷马史诗《伊利亚特》中，对垒双方英勇剽悍的作战都相同程度地被英雄主义化了（在艺术性正在生成的阶段，在壮士歌与《伊戈尔出征记》中，还没有这种情形）。在果戈理的萨迦故事中甚至连背叛行为都具有英雄主义色彩：安德烈带着“击不垮的哥萨克”的坚定意志，从以前的祖国守卫者的这个骑士角色一变而为全新的角色——骑士般地为女士献身（“我的祖国——就是妳！”），并且毫无保留地给自己之“我”设定出新的角色界限。在英雄世界里爱同样是一种角色。塔拉斯的妻子爱儿子们爱得英勇顽强，忘我地让自己化作母爱的某种角色极限：“她整个人都在注视他们，用尽全部感情，整个身心都变成了注视，还是百看不厌。”具有英雄主义色彩的，有全身像雕塑般的身姿、语调，有在慷慨激昂方面被夸张了的以及实质上是合唱式的该文本话语本身，因为在这个文本中作者首创的言语是与民间传说讲述人的演讲姿态不可分割的。[①]

这种或那种艺术模式既可以充当文本的审美常项（比如在《塔拉斯·布尔巴》中），也可以充当其审美的主导项。如果说在第一种情况下英雄人物从一开始就与自己在世界秩序中的角色融合在一起，那么在第二种情况下艺术世界的审美状态及其被英雄主义化了的“价值中心”（存在的形象），并不是在静态存在的状态中显现出来，而是在动态的生成状态中呈现出来。普希金《致恰阿达耶夫》(1818) 中的英雄主义主导项，把抒情主人公“我们”的自我定位送上了如何摆脱存在的虚假界限、如何追寻作为真正角色界限（“我们倾听祖国的召唤”）的“超个人设定性”以及未来当“在专制制度的废墟上 / 铭刻下我们的名字！”时彻底与该设定性相吻合的道路。就英雄主义的价值体系而言，在世界秩序的碑文上铭刻下自己的名字，也就意味着成为价值十足的个性。而在普希金的另一首诗歌《我的名字对你意味着什么？》中，名字恰巧是个体之“我”的虚假界限。

英雄主义的世界观照的危机（在俄罗斯文化中是由封建主内讧和鞑靼蒙古的入侵引起的），导致审美关系领域的复杂化，也导致从历史上最初的审美模态中生发出另外两种“夸赞”：讽刺情态的辱骂和悲剧情态的救赎式牺牲。

讽刺（сатира）是对“我”在世界秩序中不完满的存在的审美把握，也就是说，是对个性与其角色的这样一种吻合的把握，在这种不吻合的情况下，个体生命的内在实存性变得比外在设定性更狭窄，并且没有能力为自己填满自我定位的某种角色领域。依照苏兹达里版本的编年史，伊戈尔和弗谢沃洛德（“сами поидоша о собе рекуще: мы

① 对《塔拉斯·布尔巴》英勇精神的拓展性美学分析，请参阅叶萨乌洛夫：《文学作品解读中等值性的光谱》第 3 章“果戈理：《密尔格拉德》”，莫斯科，1995。

есмы ци не князи же? Такы же собе хвалы добудем”）但后来看到“千军万马”的波洛维茨人的时候，他们“ужасошася и величанья своего отпадоша”。不过，非英雄化本身还不是讽刺艺术性的充足理由。作者积极的嘲笑讽刺立场是必不可少的，这种立场弥补客体本身的不足，并建立起完全的别的类型的艺术整体性。黑格尔在评论阿里斯托芬的喜剧时说，“诞生新的艺术形式”，在这里“现实及其荒谬的穷尽性被描绘成现实在自身中毁灭自己，目的正是在这种无意义之物的自我毁灭中真理能够呈现为另一种被保存下来的力量”[①]。

譬如，果戈理的《钦差大臣》最后一幕“哑剧”，模仿的是十字架受难的场景，并且创造出启示录式“钦差”这个引喻（并非偶然的是在这一刻之前市长刚刚呼吁过“所有的基督教徒”），在这里坚如磐石的世界秩序的神圣真理性，是通过表面上乱作一团的狂妄自负显露出来的。在非英雄化的价值体系中，个人的名字原来是空洞的声音，是毫无内容的“我”的外壳（试比较在这个世界里最微不足道的波普钦斯基和杜普钦斯基向赫列斯塔科夫提出的关于自己名字的请求），而冒名顶替——是讽刺情境的核心环节。政府的钦差大臣，这个人物本来能够打破艺术的整体性，却怎么也没有出现，但是从文本的第一轮对白看，可笑的“审查开始了，而且是全速推进”，因为“喜剧主人公们，虽然都不由自主地漏说想要掩盖的东西，但都是自揭短长，不过不是相互面对面揭发，而是在艺术接受者意识面前揭发”[②]。他们臆想英雄主义式地履行政务职责，原来不过是对世界秩序里的真实角色的冒名顶替的觊觎罢了，是“主体性的空洞膨胀”（黑格尔语）[③]。而个性的内在界限与其对角色的觊觎相比就显得微不足道了。由于内在界限与世界秩序的这种脱离，讽刺之“我”就具有了与其极端不自信不可分离的自命不凡这个本质特征。这种心理悖论是《钦差大臣》中所有人物的性格特

① 黑格尔：《美学》，第 2 卷，第 222 页。

② 福克松：《喜剧性文学作品》，克麦罗沃，1993，第 32—33 页。

③ 黑格尔：《美学》，第 3 卷，第 600 页。

征。讽刺作家把他们带到自我确认的道路上，而自我确认不可违逆地导致自我否定（大部分人是不由自主的）。[①]

正是在自我否定的行动中，在把生活的“没有被自恋弄浑浊的真实意义”[②]归还给生活的行动中，讽刺的个性才自己生成，正如在托尔斯泰《伊万·伊里奇之死》的主人公身上所发生那样。对革命及其内在主体性（而不是勃洛克的政治选择）的自我否定，把长诗《十二个》及其新世界秩序信徒们的低端实存性与他们的高端超个人设定性讽刺性地不相符合组织成了艺术的整体[③]。与最后的这几个例子相关，必须强调喜剧因素对于作为艺术整体的审美主导项的任选性。

上述内容不仅属于主人公-客体，而且也在同等程度上属于主体和讽刺作品的读者（试比较果戈理的：“笑什么呢？——笑自己！”）。话语的审美模态恰恰就在于艺术作品用自身虚构世界整体性的力量把某种个性观念传播给交际事件的所有参与者。对讽刺性描述生活的如实观照，用黑格尔的话说，就是“自我意识对自己的人格、自己的重要性、自己对自己的看法的拒绝〈……〉对一切个人因素的拒绝”[④]。譬如，涅克拉索夫《芭蕾舞》的抒情主人公欣赏完摆样子的人民（由佩季帕、贝尔纳多、罗勒出演），便短暂地与一群首都芭蕾舞迷融为一体，于是与自己的艺术女神（角色界限）产生不协调；诗歌并不偶然地以讽刺之“我”从无名无姓的百姓生活画面中自行消失而结束。讽刺艺术家类似于“把自己的专有人物连同其偶然面貌特征都拿出来加以嘲笑”[⑤]的阿里斯托芬，获得裁定话语的预言权利，裁定的是生活的主观性方面，裁定的代价是“对我身上的一切实存因素加以忏悔式自我否定”

① 对《密尔格拉德》尾篇关于两个伊万的讽刺小说的拓展性美学分析，请参阅叶萨乌洛夫：《文学作品解读中等值性的光谱》第 5 章“果戈理：《密尔格拉德》”。

② 蓬皮扬斯基：《果戈理》，载《符号系统论丛》，第 18 卷，塔尔图，1984，第 133 页。

③ 参见里亚霍娃：《十二个走向何方（讽刺与革命）》，载《话语》，第 8/9 期，莫斯科，2000。

④ 黑格尔：《美学》，第 4 卷，莫斯科，1973，第 280 页。

⑤ 黑格尔：《美学》，第 3 卷，第 561 页。

（《文学创作》，第 52 页；试比较杰尔查文的“但是你们正与我相类似是狂热的”）。如果是性情温良的作者愤怒地指责脾性恶劣的人物，那么在类似情况下，我们与之打交道的至多是报刊争论文章，而这样的文章经常求助于话语的伪艺术的组织方式。

悲剧因素（**трагизм**）——是一种与讽刺截然对立的英雄主义整体的转换。对这一艺术模式的生成来说，悲剧这种体裁形式完全具有任选的特性：在俄罗斯文学中悲剧因素产生的一个很好的例子是编年史故事《拔都攻占梁赞记》。悲剧状态是一种“‘我’自身内部的自由”（黑格尔对个性的定义）状态，是相对于他在世界秩序（命运）中的作用是**过剩的**自由状态：就像陀思妥耶夫斯基小说中德米特里·卡拉马佐夫所说的那样，“人是宽怀的”，却宽怀得过头，“个性的真正的生活仿佛是在人与其自身这种不相吻合的点上，在他越出”超个人设定性“界限的点上完成的”[①]。如果个人的自我定位的界限要比“我”存在于世的角色界限**更广**，那么会导致犯罪（越界），也会使主人公由于内心的自由而在世界秩序面前感到“不可避免的罪恶感”（谢林语）。

与冒名顶替式的讽刺性罪恶形成对照的自由与道义之间两分的悲剧性罪恶不在于主观上理由充分的行为本身，而在于他的个性，在于对保持自我的无法消释的渴望。譬如，在索福克勒斯的同名悲剧中俄狄浦斯犯下自己的罪行，原因恰恰在于他想要逃避这些罪行，奋起反抗自己的、但对他而言难以接受的命运。而果戈理的霍马·布鲁特不满于自己在东正教世界秩序中的法定地位（不满足于在用祈祷描绘出来的圈子里的超个人防护状态），出于个人的“奇特好奇心”，眼睛看向魔鬼，因而出现在彼岸的神圣边界上，那是东正教徒心灵所不该前往的地方，所以他死了。[②]

---

① 巴赫金：《陀思妥耶夫斯基诗学问题》，第 79 页。

② 对《维》悲剧性因素的拓展性美学分析，请参阅叶萨乌洛夫：《文学作品解读中等值性的光谱》，第 4 章“果戈理：《密尔格拉德》”。

既然悲剧主人公宽泛于为指派给他的世界中的角色，那么他就会发现某种应分的绝对命令，后者不像讽刺人物那样是在各种外部规定中发现的，而是在自己身上发现的（试比较奥斯特洛夫斯基《大雷雨》中卡捷琳娜的内心虔诚或者霍马·布鲁特的内心声音，这个声音对他悄悄说“别看”），同时也在细细察看自己的独特之“我”及其本人对超个人设定性范围之外的生活有什么兴趣。从这里产生出内在两分性，有时候这种两分性转变为恶魔般的双重性格（萨瓦·格鲁德钦的魔鬼，伊万·卡拉马佐夫的魔鬼）。在悲剧艺术世界中，死亡从来都不是偶然的。这是对崩溃的完整性的复原，复原的代价要么是自由地拒绝世界（出世），要么是拒绝自己（因为个人“精神上的渴求”而降落到普希金式预言家头上的丧失本我）。像安娜·卡列宁娜这样的悲剧性人物，顺从个人意愿做出自杀选择，“恰恰是为了以丧失自己自由的方式证明这个自由和取死，宣告自己具有自由的意志”[①]。存在的悲剧模式对于讽刺模式而言具有二者必选其一的性质：在这里自我否定就是自我肯定的方式。

悲剧性的我－在－世界中的无法消除的双重性（试比较丘特切夫的“我相信，我的上帝啊！你来助我消除我的缺乏信任！”），不仅是这个艺术模式的意义构成原则，而且还为相应的诗学提供养料。在最后的悲剧行为（“我要摆脱一切和自己”）很久以前，安娜·卡列宁娜从莫斯科返回丈夫身边（第1部第29章）时，她“太”想要活着，同时也听见为此而产生的羞愧的“内心声音”；“她的眼睛睁得越来越大”，“手指和脚趾神经质地抽动着”，“想吸口气”，而“胸口却有什么东西压得喘不上气来”，神经“像被拧紧的绳索绷得越来越紧”；“有什么牵引着”她陷入沉思，思绪中有“可怕的”和“快乐的”东西，但是她“能够按照自己的意愿向他屈服并克制住自己”；最后，在似梦非梦中安娜问自己：“我在这里是什么？我是我自己还是另一个人？”自问是最典型的

---

① 谢林：《艺术哲学》，第403页。

悲剧性母题之一，它把俄狄浦斯和哈姆雷特、拉辛和陀思妥耶夫斯基的主人公们联系在一起。自问出自不为英雄主义情绪所知的个人自我存在价值。不过，任何个人（主人公、作者与读者）的悲剧性自我价值在价值上是冗余的，并且不可避免地会成为独特的赎罪的审美“牺牲”的客体。

上面分析的各种审美模态把英雄业绩、冒名顶替或者犯罪行为升格为“我”存在于世界中的意义生成模式①；这些审美模态就其严肃对待世界秩序的激情而言是统一的。激情阙如的**喜剧因素**则具有根本不同的审美特性，因为它的渗透到高雅文学中（起始于感伤主义时代），带来了“人与人相互关系的新模式”②，而形成这种新模式的土壤是远古农事庆祝的狂欢式的笑。每逢季节更替的这类笑，“记录下季节更替的那一刻（世界性的生活的井然有序性暂时不存在了——作者注），旧的死亡同时新的诞生的那一刻。所以〈……〉同时既是冷嘲热讽、咒骂、揭丑（正在逝去的死亡、冬天、旧年）的笑，也是喜悦、欢腾、迎接（复活、春天、新年）的笑。

艺术现实的喜剧个性具有可彼此转化的双重情感，因为无论怎样都外在于世界秩序（傻瓜、小丑、无赖、怪人），所以在产生分歧的那一刻、在与某种角色界限**无法相容**的那一刻把自己呈现出来。节日里狂欢时空体的节庆性是喜剧个性出现在世界中的模式，在这个时空体的框架内“我”的角色界限已经不再是不同怀疑的命运或责任，而只不过是可轻松换掉的面具。古俄罗斯文学中最早的喜剧艺术的尝试之一，是《弗罗尔·斯科别耶夫的故事》，里面角色面具的骗子式变换（伴随以经常换装）表现出个性内在的无限自由。诙谐（笑）世界观给人带来摆脱客观性桎梏的主观性自由，因为它“宣称一切”超个人因素“都

---

① 关于行为的建构，请参阅巴赫金：《论行为哲学》。

② 巴赫金：《陀思妥耶夫斯基诗学问题》，第164页。

具有快乐的相对性"[①]，并且把活生生的个性带出世界秩序范围之外的时候，建立起"所有的人之间自愿的亲昵的联系"[②]，譬如契诃夫的《意见簿》就可充当其精炼的范例。[③]

我－在－世界中的内在与外在两个层面之间、**脸与面具**（契诃夫独幕轻松喜剧《熊》的女主人公惊喊道："行，行，您走吧！……您到底去哪里？"）之间的喜剧式断裂，可以引导我们发现，个性乃是死气沉沉地、虚假－表演地存在于生命怀抱中的活生生的内核。或者用让－保罗的话来说，发现"这样一个小孩子脑袋，这个小脑袋在每个人的头脑中犹如在帽盒里那样得到保存"[④]。在这样的情形下人们通常讲的是**幽默**，后者使得怪癖行为（个人自我展示的独一无二性）和无赖行为（存在上摆脱各种角色界限的自由）成为"我"存在于"世界"中的意义生成模式。幽默之客体的基本变体实质上是怪人与无赖（堂吉诃德与桑丘·潘沙），来源于具有深刻传统的成双搭对的狂欢式人物（其最能产的变体之一是皮耶罗和阿尔列金），而后者自身又是民间文化中傻瓜及其前身神话中恶精灵的双重情感的分化。

个性的幽默辩护得到实现，并不是通过对该个性的自我价值（悲剧因素）充满激情的确认这种途径，而仅仅是通过将该个性当做某种无法归结为任何小丑面具的内心隐秘从内部来发现这种途径。譬如，在巴拉丁斯基滑稽可笑的诗歌《怨言》中，有被闪着翅膀的苍蝇轻松打断的"强劲有力－自由飞翔的思绪"，有"热烈的爱情"，有"宁静的幻想者，欧洲安逸生活的滋养者"的扭捏作态，接着是"野蛮的西徐亚人"，以及把场景英雄主义化的双行哀诗的韵律－语调结构——这一切实质上都是遭到嘲讽的面具。不被嘲笑的只剩下把这些面具自由玩弄

---

① 巴赫金：《陀思妥耶夫斯基诗学问题》，第 167 页。

② 巴赫金：《弗朗索瓦·拉伯雷的创作与中世纪和文艺复兴时期的民间文化》，莫斯科，1990，第 13 页。

③ 参见秋帕、福克松：《契诃夫的趣闻故事的幽默》，载《文学形式的内容性》，古比雪夫，1990。

④ 让－保罗：《美学预备学校》，莫斯科，1981，第 149 页。

于掌股间的抒情之“我”，是隐藏在角色行为外表下的生命之个性内核。“幽默作品的主人公不会像讽刺作品的主人公那样被笑所毁灭。当幽默主人公的立场的无意识性和抽象性原来是外在的、装装样子的某种东西时，他就以‘复活’的样子呈现了出来。幽默的笑——这是〈……〉对不可把人归结为现成的、设定性的生活形式的发现”[①]，如果《钦差大臣》的各种讽刺人物在结尾处都一动不动、呆若木鸡，那么果戈理的《婚事》的结尾处，波特科列辛则相反，得到重生，成为他自己，因为他从窗户跳出去，同时也跃出未婚夫这个空洞的角色面具。幽默的戏剧性作品（不是讽刺作品）的显而易见的例子，是 И. 伊里夫与 E. 彼得罗夫的二部曲，特别是《十二把椅子》。

不过，滑稽效果所能够发现的还有面具之下人脸的缺席，在这种情况下面具之下内在的我眼中之自己的位置上出现“自带乐器的流浪乐师”、“填满馅儿的脑子”、“满嘴的胡话”等等，就像萨尔蒂科夫·谢德林《一个城市的历史》中历任市长们身边的人那样。这类滑稽适合被称为**冷嘲热讽**，后者并不是指该艺术模式的讽刺独特性，而是如通常所理解的那种指讥讽嘲笑的并未提高的尖锐度。在这里生活的面具伪装性（非常规的狂欢性）原来并不是世界秩序中非臆想出来的角色的谎言，而是臆想出来的个人的谎言。

冷嘲热讽的“我”是“**零度**”的我，诸如普希金的努林伯爵——穷得叮当响的骗子，获知了时尚假面舞会的各种细节——就是这样的个性。这样的“我”没有能力不带着面具出现在众人面前（果戈理笔下少校科瓦列夫的丢失鼻子与丢掉个人尊严具有同等的作用）。滑稽的这种变体（比如契诃夫在《一个官员之死》、《心肝宝贝》还有喜剧《樱桃园》中所展现出来的变体）像是讽刺，但是缺少讽刺的激情，因为空洞的个性自我定位在这里并不是针对世界秩序“实体性”（黑格尔语）的，而是与空洞的角色面具结合在一起的：与库金及奥莲卡的“庸俗”和

---

① 福克松：《喜剧性文学作品》，第 47 页。

“洋相百出”相对照的不是“浮士德”，而是“从里到外翻了个儿的浮士德”[①]。冷嘲热讽与幽默的亲缘关系，就在于个性在这里依然是最高的价值，但是，如果幽默的个性被隐藏在荒谬的面具行为之下，那么冷嘲热讽的冒牌个性就会自己与面具即他参与存在这种假象等同起来。

幽默与冷嘲热讽所共有的，也是在统一的滑稽情态框架内维持这两种艺术模式的，是巴赫金针对拉伯雷所提炼出的对所表达之意义的真实性不取激越慷慨的立场：“真相是通过把谎言引向极致的途径得到复原的，但是真相本身并不寻找话语，害怕〈……〉话语的激情玷污自己”（《文学与美学问题》，第123页）。

远离“无意识的墨守成规”（阿韦林采夫语），18世纪60年代这场独特的美学革命[②]，不但以欧洲艺术文化向前浪漫主义转向及嗣后跨入浪漫主义发展阶段而著称，而且也以在艺术中发现一系列全新的审美模态为标志。由感伤主义的滑稽（包括斯特恩）所实现的个性内在世界（主观上的世界秩序）与外在世界各种角色关系的脱离，使得人类生活的角色外的各种界限具有了现实意义：自然界，老死，“人们内心的亲密关系”（第5卷，第304页）。被新时期的艺术推到艺术关注中心的私人生活事件，实质上是个人自我定位与其他人自我定位之间的相互作用。这些相互作用形成个性的“**事件性的**”界限。在这些界限之内所看到的私人生活，是以个性的责任主体的形式呈现出来的，而不是以超个人的义务或者命运的执行者的形式呈现出来的。这些艺术新模式正是对这类界限的审美把握。形成了意义生成的各种价值机制，“世界”已经不再被认为是世界秩序，而是另一种生活（自然界）或者是其他人的生活（社会）。而“我”则作为自我实现（成为自己本人）的**内在设定性**出现，这里的内在设定性与自我实现的各种条件所构成

① 对《心肝宝贝》冷嘲热讽的拓展性美学分析，请参阅秋帕：《契诃夫短篇小说的艺术性》第3章，莫斯科，1983；罗欣娜：《契诃夫喜剧〈海鸥〉与〈樱桃园〉之艺术完整性的本质》，载《话语》，第1期，新西伯利亚，1996。

② 参见阿韦林采夫：《绪论：古希腊诗学与世界文学》，载《古希腊文学的诗学》，莫斯科，1981。

的**外在实存性**发生相互作用，就像随着感伤主义而来的不仅有自我价值，还有“个性的自我完整性”。

田园诗（идиллия）的艺术话语情态诞生于同名体裁的土壤上。但是，如果说古希腊、罗马的田园诗是世界秩序中小角色的英勇精神，那么新时期的田园诗则是“我”的内在界限与其角色之外的（事件性的）界限**融合在一起**。田园诗的人物完整性是该人物的我眼中之自己和他人眼中之我的不可分割性。面对他人（和以其面目存在的余生）的责任成了个性的自我定位，就像在果戈理的《旧式地主》[①]或者托尔斯泰的《战争与和平》中那样，或者像曼德尔什塔姆的诗歌《这也许就是疯狂之处》中那样。

田园般生活画面的实质并不在于平和安逸，而在于把生活组织起来的存在方式，哈利泽夫讨论《战争与和平》时把这种方式称为“对作为整体之存在的本然参与性”[②]。用普利什文的话说“用整个个性接触生活”[③]的人，也就是接触其事件性界限的人——属于这种人的，有普希金的按照审美模态是田园诗的《我记得那美妙的瞬间》或者《圣母像》的抒情主人公，普里什文自己小说的主人公，古米廖夫《浪子》甚至他那较为平庸的速写式短章《战争》的主人公；在人物审美模态上相类似的，有奥斯特洛夫斯基《贫非罪》中的柳比姆·托尔佐夫。可以成为田园诗般存在于世界中的例子的，是娜塔莎·罗斯托娃即兴表演的民间舞蹈。舞蹈的“积极的消极性”（巴赫金语）[④]，在于内心的自由不是与人物命运的绝对命令式的必然性相吻合（功勋的消极的积极性），而是

① 对《旧式地主》中田园诗风格的拓展性美学分析，请参阅叶萨乌洛夫：《文学作品解读中等值性的光谱》第2章“果戈理：《密尔格拉德》”。

② 哈利泽夫、科尔米洛夫：《列夫·托尔斯泰的长篇小说〈战争与和平〉》，莫斯科，1983，第20页。

③ 普里什文：《普里什文作品集》(8卷本)，第7卷，第302页。

④ 试比较：“在舞蹈中融会着我的外貌，后者只有别人才能看见，并且为别人而存在，带着我内心自我感受到的生理机体的积极性；在舞蹈中一切内在于我的东西都试图跳出来，努力与外貌相吻合，在舞蹈中我最大程度地紧贴于存在，参与到他人的存在中。”（巴赫金：《话语创作美学》第120页）

与自觉自愿地遵循舞蹈动作的传统陈规相吻合，因为这些舞蹈动作归属于具有普遍意义的民族生活方式。

巴赫金所描述的田园时空体“出生的家宅”和“出生的山谷”，在这里就是审美客体的建构形式；在这种时空体的价值框架内死亡的不可逃避性被取消了，因为“一代代人生活之地的统一性减弱并缓和〈……〉个体生命之间的界限”，同时发现“世界的生命力量”是如何流淌的，而人“应该把自己奉献给”这些力量，与这些力量“应该融为一体”。这样的价值体系“改变着日常生活的一切因素，使它们丧失私人的〈……〉性质，使它们变成各种重要的生活事件”（《文学与美学问题》，第373—384页）。试比较日常生活、家庭生活方式在《战争与和平》艺术整体性中的关键地位。

哀诗（элегия，又译哀歌、挽歌、悲歌）的艺术模式连同田园诗的艺术模式，是从审美上把握个人存在之内在孤独性的成果。但是，哀诗情调是与从田园诗角度消除这种孤独性格格不入的（试比较巴拉丁斯基的《坦白》）。哀诗之“我”是稍纵即逝的、就其不可复制性而言独具价值的内心生活状态的链条（这些状态的散布各处在布宁短篇小说《出路》中充当不确定的核心主人公）；哀诗之“我”比其任何事件性界限狭窄得多，因为这种界限仍留在过去，从而不属于“我”，而属于他人难以摆脱的普遍存在（试比较普希金的《我漫步在熙攘的大街上》）。哀诗的感受是“活生生的伤逝的感受”（屠格涅夫《贵族之家》的结局）。

在俄罗斯文学中哀诗艺术的来源有卡拉姆津的创作，他在自己的一首哀诗中写道：“不要过于强烈地依恋，/ 大地上的任何事物；/ 你在这里不是主人而是漂泊者：/ 所有的一切你都要留下。”（对根深蒂固的田园诗的排斥）在哀诗的价值体系中，没有边界的永恒存在要求先具有无人称的万物一统的泛神论秘密（对布宁具有如此重要的意义）。在这一秘密的背景下，存在由于自己在时间和空间里把生活破碎成各个瞬间的极端浓缩性而获得个人的整体性（拉夫列斯基与丽莎曾经坐着度过不重复的幸福时光的长凳)，而田园诗只是宽容地把生活局限在日常生活的小圈子里。哀诗之美——这是一去不复返的瞬间的“告别之美”(普希金语)，在回想这一瞬间的时候，正如通常所说的那样，心会揪紧：哀诗之“我”揪紧着心成为他自己，因为他离开自己的事件性界限，并且奔向个性的核心、存在的主观性内核(试比较丘特切夫的《沉默吧，把自己掩藏和隐匿起来》)。

与田园诗及喜剧的时空体相对立，哀诗——这是离群索居(角落与漂泊)时空体：空间和/或时间上脱离开周围环境。但是，与讽刺作品中的小“我”相区别，哀诗的主人公从自己主观的“角落”出发欣赏的并不是自己(镜子旁的乞乞科夫)，不是自己的主观性，而是他人之中自己的生活，生活的一去不复回，在普遍的生活状态的客观图景中书写上的个人生活的独特一笔。拉夫列斯基自认为是“孑然一身，无家可归的漂泊之人”，当他坐在“那条长凳上”(独特的角落)“回顾自己的生活”时，“他心中感到悲伤，但是不觉得沉重，也不觉得羞愧”。这样的悲伤——是“我”在世界中得到自我现实化的哀诗方式。

与哀诗的“一切都会过去”(也如同田园诗的“一切都会永存”)相反，**戏剧性**作为审美模态不应该与戏剧的归属性混为一谈；戏剧性，正如契诃夫小说《我的生活》的主人公所断言的那样，来源于“没有任何东西是过去不留痕的，我们的每一步，哪怕跨得再小，对于当下和未来的生活都具有意义”。然而，戏剧性个性对生活状态的参与，因为个性自我定位的内在自由与自我表现的外在(事件性)不自由之间的矛盾(普希金的《上帝保佑，可别让我发疯》)，显得困难重重。奥涅金与塔吉亚娜，奥斯特洛夫斯基《没有嫁妆的新娘》的人物们，茨维塔耶娃的抒情女主人公，都经受着自我实现无法完满的痛苦，因为虚构之“我”的内在设定性在这些情形下比他们实际存在于世界中的外在实存性宽广得多。“外显的生活”与《带小狗的女人》及契诃夫其他许多作品中主人公们的“个性秘密”[①]之间的矛盾就是这样的。

普希金在诗歌《回忆》中显示了一个戏剧场景的例子；在这首诗里，抒情之“我”的内在宽广度，足够容纳下自己整个的外在生活；主人公就像拉夫列斯基那样，并没有环顾这生活，而是在自己心里“打开”生活的“画卷”。抒情主人公内心躲避着与自己个性不相符的生活的事件性（“怀着厌恶识看自己的生活，/ 我颤抖着，还咒骂着”），同时并不反驳自己对外在存在的参与，不摈弃个人对自己存在于世界中的外在实存性所负有的责任（但是不去洗刷掉悲伤的诗行）。戏剧的不和谐性（“在被忧伤钳制的脑海里，/ 太多沉重的思绪挤在一起”）与悲剧的相类似，但是它们之间有原则性的区别：戏剧之“我”对于自己与他人之“我”而非世界秩序的对立来说具有自身的价值（“当对死去的……，那时对我……”）。抒情主人公的语境性永生在艺术上并不是偶然的：如果哀诗之“我”是易逝的、注定化为虚无的（在勃洛克的《秋日哀歌》中“心灵逃不掉不可见的阴燃”），那么戏剧之“我”从内心上看是无边无际且不可磨灭的，威胁它的只有切断与存在的各种外在联系（试比较布尔加科夫小说中的大师与玛格丽特之死）。根据把冲突推向或不推向主人公死亡这个特征来朴素地界分戏剧性与悲剧性的做法是有其理由的。悲剧之“我”是无可挽回地要死亡的、自杀的个性，原因是他之于世界秩序是多余的。而戏剧之“我”作为虚拟的个性是不死的，是不可清除的，就像“现实的可能性〈……〉受到各种环境的〈……〉压制”[②]，却不会被这些环境所消除那样。

这类审美关系发端于前浪漫主义时期（试比较卡拉姆津的《博恩霍尔姆岛》），又被浪漫主义作家所发展，是与怜悯感动（田园诗－哀诗的感伤主义）扞格不入的；它的生成意义的能量——是受苦受难的能量，在这里经受苦难的能力似乎可以满足人物的个性。经受苦难所

① 详见秋帕：《契诃夫短篇小说的艺术性》，第 2、4 章。

② 黑格尔：《美学》，第 3 卷，第 586 页。

起的组织作用使戏剧性与悲剧性接近起来，不过悲剧的苦难由“**超个性的罪愆**”所决定，而戏剧的苦难由对自己的外在生活负有**个人的责任**所决定，因为在这一责任中主人公是不自由的，尽管主人公之“我”内心是自由的。戏剧性与哀诗性具有田园诗的共同土壤，然而戏剧性是作为对哀诗孤独感的克服而形成的。譬如，这在普希金打破哀诗的经典体裁中得到了表现，按照格列赫尼约夫所说，“渴望入他人之‘我’的世界〈……〉动摇了哀诗心理支柱——哀诗的互为圆心的思维取向”[①]。

在其他艺术模式的抒情文本中“他人”形象可能被消除，但是对于戏剧性而言却获得决定性的意义。戏剧的存在方式是孤独，但是在他人之“我”存在中的孤独。这不是悲剧性和哀诗性的毫无出路的孤独。既然内在之“我”比其任何一种外在界限都要宽泛，那么他的每一次相遇就孕育着离别（如果不是外在的，那么也会是内在的疏离），而每一次离别又为相遇开启道路（至少是内心的相遇，如在普希金诗歌《我的名字对你意味着什么？》中）。在戏剧艺术世界中，孤独虽然是“戏剧性个人的存在本质，且戏剧性〈……〉并不完全知道如何在“他人”身上寻得自己〈……〉但是，不允许戏剧性之“我”和“你”融合为统一的田园诗的“我们”[②]。与其说戏剧性的“心灵是自由的”，不如说“人们的亲近有朝夕思慕的特征，/ 爱情与激情不能跨越它”（阿赫马托娃语）。关键的戏剧场景是独一无二的“我”与独一无二的“你”对话式“相遇 - 离别”（阿赫马托娃语）的场景。戏剧时空体不知道“家宅”与“山谷”的田园式封闭性，这是门槛与道路的时空体。但是，与从哀诗角度看漫无目标的“云游”不同，戏剧的道路——这是目标明确的“我”在“他人”世界里实现自我的道路，而不是他消极地得到自我实现的道路。《当代英雄》是可以指明的带有艺术话语戏剧情态的

① 格列赫尼约夫：《普希金的抒情诗》，高尔基市，1985，第 213—214 页。

② 里亚霍娃：《孤独之戏剧化（艺术母题的美学阐释）》，载《审美话语》，新西伯利亚，1991，第 61 页。

经典作品之一，对这一点我们在分析《宿命论者》时能够确信无疑。

在艺术文本的组织结构中，主导的作用归属于话语的两种修辞策略：激情和微讽。佐里格尔写道，“灵感和微讽构成艺术的活动”[①]。激情（热情、振奋）是赋予个人、个性、私人的某种东西以普遍的或者超个人的意义，并且是用来把我－在－世界中的内在边界及其外在边界连接成统一整体的。相反，微讽（词源上讲是假装）是把内在与外在断开。微讽话语是假装接受别人的激情，而事实上是把别人的激情当做空洞、虚假之物大加贬低。微讽与英勇精神和田园诗是格格不入的。不过，所有其他的艺术模式多少会用到微讽（与激情结合在一起）。最后，在自己的审美实践中给予微讽以如此重要之意义的浪漫主义者们，开发出纯粹微讽（反激情）艺术的可能性。

反讽（ирония）的情态是对自己眼中之我和他人眼中之我的彻底界别（这其实就是假装），并且展现出两者的分裂体式的**不相容性**。与滑稽的“集结的”狂欢性不同，微讽的嘲笑作为孤独意识的立场，其所实现的是对生活的事件性界限的主观狂欢化。作为看待世界的独特审美立场，微讽“仿佛是能在孤独中体验到的狂欢节，是带着对自己这种孤独感的敏锐认识能体验到的狂欢节”[②]。微讽与田园诗性、哀诗性及戏剧性的原则性区别就在于微讽之“我”内心不参与外在存在，因为后者被讽刺家转化为其自我定位的惰性材料：“只要我想——我就把整个世界全部‘接纳’，扑倒在涅多特科姆卡[③]跟前，诱惑贝雅特丽齐〈……〉只要我想——我就‘不接纳’世界。”[④]

内在之“我”与外在“世界”的分离具有双向性：既反对无个性的

---

① 索尔格：《欧文》，莫斯科，1978，第413页。

② 巴赫金：《弗朗索瓦·拉伯雷的创作与中世纪和文艺复兴时期的民间文化》，第44页。

③ 涅多特科姆卡（Недотыкомка）是索洛古勃长篇小说《卑劣的小鬼》里的象征性鬼名，来源于方言，意思是“动不动就抱屈的人”、“碰不得的人”，刁绍华译中文版中被译为“小鬼”，与题名相呼应。

④ 勃洛克：《反讽》，载《勃洛克论文学》，莫斯科，1989，第210页。

生活客观性（“人群”），也反对离群索居之个人的主观无根据性。勃洛克诗歌《艺术家》或纳博科夫小说《卢仁的守护》”[①]就是这样的反讽作品。通常这种平衡会被打破，要么在主体自我确认的反讽方面被打破（莱蒙托夫的《不，我如此热恋的不是你》或者赫列勃尼科夫的《牧神潘》，这里“非我”被归结为“我”变化无常的反映），要么在主体自我否定的方面被打破。在第二种情形下，反讽实际上由于自己能达到的零度之“我”的效果而与讽刺相吻合。譬如，勃洛克《夜莺园》的抒情主人公原来不是任何具体的人，抒情主人公之“我”的内在自由，也只不过是否定外在之“非我”的自由，而从中所借用的虚假个人的自我定位只不过是稍稍掩盖存在主义之**无物**这个空虚的面具[②]。冷言冷语的（反浪漫主义的）反讽理所当然地转变成泛神论思潮的建构形式（布宁的《疯狂的艺术家》及许多其他短篇小说）。

直到浪漫主义时期，艺术完整性的特定类型乃是文学作品的审美**常量**，在统一的文本框架内不允许紧靠别的审美模态。在最近两个世纪的文学中，各种不同的艺术模式可以在同一个作品中自由地相会。在所有类似情况下，特定类型的审美整体性达到同样的程度，但条件是艺术世界完整化的策略之一成为其审美**主导项**，而且这个主导项不会被削弱，相反，会被建设性地驾驭各种次主导性的（从艺术建构上看是必不可少的）审美倾向所丰富。譬如，《战争与和平》中田园诗因素的主导作用，《奥勃洛莫夫》或者《大师与玛格丽特》中戏剧因素的主导作用，《日瓦戈医生》中英勇精神（革命性与混乱相对立）的主导作用，恰恰都是这样的。所以，在研究极其复杂化的文学时，文本分析的作用自然而然得到快速提升。

作品属于所分析之模式的一种，不仅决定作品的诗学，而且也决

① 参见日利切夫、秋帕：《纳博科夫的反讽话语（〈卢仁的守护〉）》，载《口袋读物》，第1卷，伊热夫斯克，1994。

② 参见秋帕：《A. 勃洛克的长诗〈夜莺的花园〉之评析中的反讽范畴》，载《文学作品分析诸原则》，莫斯科，1984。

定作品的主题、错综复杂的一系列问题，即所谓的“思想内容”。在真正艺术家的审美活动中，不是完整性的类型去讨好主题、思想、读者所要求的构思，而是相反：意义的各种意识形态元素，就像文本组织结构的形式因素一样，是由艺术所实现的整体审美模态来操纵的。支配作家创作意识的艺术模式，本身要求自己不但具备相应的文本组织结构，而且还具备相应的指物–表意的内容，以及相应的审美“超级受众”。

上论诸种艺术性变体不是别的什么，而是艺术**意义**的一些正体，每一个这种正体真实地流播于数不胜数的独一无二的变体之中，即作为审美个性的作品之中。作为属于特定整体类型的某种作品，其独特意义的令人信服的、科学上可以证明的同一化，只有通过专业化的文本分析，才是可能的。在这种情况下，我们确信，揭示该艺术话语的审美模态，就是在文学学认知体系中对艺术现实的关键性的科学的同一化。

《别尔金小说集》的审美模态

在《别尔金小说集》中幽默的存在通常不会遭到质疑。普希金的这个文本的各种幽默因素很有说服力地得到了强调，譬如哈利泽夫和舍舒诺娃在专门研究这部系列小说的专著中就强调过。但是，这些学者公正地认为这种作品“在读者不去注意其诙谐方面的情况下，未必能够被正确地理解”，即便如此，他们在这里细致考察“田园诗的因素、戏剧性和喜剧的因素”[①] 时却一视同仁地使用了同样的依据。由系列小说组成的中篇小说集在审美的角度看可能是多层面的。但是，如上所

① 哈利泽夫、舍舒诺娃：《普希金的系列小说〈别尔金小说集〉》，第 53、31 页。

述，摆在我们面前的是一部更为紧凑的艺术整体，而就这一整体而言审美模态的不确定性是不具有说服力的。

我们确信，《由普希金出版的已故伊万·彼得罗维奇·别尔金的小说集》是一种**喜剧**艺术的整体，从第一个词到最后一个词贯穿始终的正是这种艺术性结构。对许多普希金研究者来说具有如此多争议的这种命题，可能不曾引起普希金圈内读者的反对，譬如巴拉丁斯基或者丘赫尔别凯。普希金如何描述巴拉丁斯基的读者反应（“又笑又打”），是人所共知的。但尤其值得关注的是丘赫尔别凯在1833年5月20日写下的日记。让我们回忆一下，这则日记为单人牢房的囚禁者所写，他绝对没有追求诙谐审美感受的志向，却是普希金所“信托的”读者，因为他辨识出隐藏在文本中的作者意图，辨识透彻，比当代研究者所得的这一点更具有洞察力。

日记写道：“我读完了普希金的小说四篇（第五篇留待明天再读）——而且，读着最后一篇，我已经能善意地笑了。我多么希望，什么时候我的同志能够得知这一点；他一定会高兴地听到，他那些充满顽皮想象力的作品有时候驱散了他那不幸朋友的抑郁。”[①]

毫无疑问，“善意的”笑是幽默的可能定义之一种。但是，最后在第四篇小说的书页上才发出这种笑声，是不是有违常理呢？《驿站长》把丘赫尔别凯逗笑了，后来这篇小说因为臭名昭著的小人物的悲苦命运而惹出文艺学家们在报刊上多少热泪。甚至有别的学术志趣的女研究者，仔细剖析“悲伤故事的内在喜剧性”，得出结论说，普希金“根据浪子寓言故事的梗概，写出了自己最忧伤的小说”[②]。要知道，似乎这个“不幸和死亡故事”[③]的哀诗的（或者总归是伪装哀诗的？）结尾，本应该不是“驱散抑郁”的，而是让孤独地禁锢在单人牢房里的读者郁郁

---

① 参见丘赫尔别凯：《旅行，日记，文章》，列宁格勒，1979，第250页。

② 波波娃：《〈别尔金小说集〉中的笑与泪》，载《普希金：别尔金小说集》，第480、504页。

③ 同上书，第506页。

寡欢地体会其本人不幸命运的状态。

应该顺便指出的是，有理由断定，在19世纪最初十年的俄罗斯贵族文化中，对不幸的同情并没有起到重要的作用，这种重要作用它是在19世纪后半期平民知识分子文化中才获得的。不管怎样，1830年11月5日，也就是与创作《别尔金小说集》的几乎同时，普希金给普拉斯科维娅·奥西波娃写信道："就某种利己主义而言，我们同情那些不幸的人：我们看到，最终我们不是独自一人。对幸福感同身受，要求先具备完全美好的与完全毫无利害关系的心灵。"（值得顺便一提的是，在这封用法语写成的信的上下文中，普希金回忆了幽默文学作品的伟大先驱拉伯雷）不难推测，丘赫尔别凯是用"感同身受"明斯基和杜尼亚的"幸福"这把普希金的真正钥匙来解读《驿站长》的，"淳朴老实的讲述者"并没有告诉我们有关这种感同身受的任何事情，然而这种感同身受恰好是具有艺术意义的"作者沉默"的重要性所在（波波娃对此有恰如其分的思考）。

应该承认，在小说文本中存在一系列喜剧艺术印象因素，而对现代研究者而言，发现这些因素是遭遇了不少困难的。但是，此处问题不仅仅在于普希金之笑的深奥性，这种笑受到了"阿尔扎马斯社"看待世界的狂欢－游戏传统的滋养①。

正如前面已论证过的那样，双重著作权因素极为重要。被真正作者所揭开的别尔金隐秘意图在于改变活生生的生活面貌，把日常的"故事"改变成"端端正正的"文学（让我们回忆一下木板画下方端端正正的德文诗句，还有端端正正落款的图拉印章）。于是就出现了被辨别出来的面具的诙谐效果，这一效果是整合－系列形式的作品整体性最重要且展现得多姿多彩的因素。值得指出的是，丘赫尔别凯评论《小说集》时把它当做真正创作者的"顽皮想象力"的产物，而真正的创作者

① 这位女学者公允地指出"写给密友圈和志同道合者读的系列小说的密意层面"（舍舒诺娃：《论〈别尔金小说集〉题词的含义》，载《普希金：创作诸问题》，加里宁格勒，1987，第93页）。

则隐藏在**想象力贫乏**的故事编写者的形象背后。

实际上，归属于别尔金的这些文本的几乎每一句话都有里外两个方面。不仅是《棺材匠》，而且是整个系列小说，整体上“产生两种肌理的印象：从面子上看到的是一种颜色和花纹，从里子来看一切完全是另一种样子”[①]。不领会这个特点，可以很容易地成为别尔金诸篇小说的读者，而不是普希金的天才之作的读者，也就是说，对系列小说的理解被对其各个零散部分的分析所偷换了。

在亚历山大·伊普西兰蒂起义的时候，西尔维奥率领过一支民族独立运动部队，而在斯库列尼战役中他牺牲了。——这是小说《一枪》“表面上”的结局。但是，我们忽略了这句话的开头：据说，西尔维奥……同时，在第二部分的开头，讲述人“说漏了嘴”，他说他过去和现在都没有与能够同他分享这个传闻的人交往。我们已经讨论过，这个讲述人对细心的读者而言毋庸置疑等同于1823年退役的别尔金。因为斯库列尼战役发生在别尔金退役前两年，而虚构出来的“И. Л. П少校”在1825年6月之前并没有任何关于其谜一样的熟人拜伦式死亡的消息，所以讲述人对这种英勇死亡的虚构就是显而易见的了。

事件的这个标注日期是确定无疑的——尽管盖伊[②]的标注日期是错误的，这一点还可以由这样一种看法来确认：英勇的骠骑兵不可能在1814年（获胜大军返回俄罗斯）之前彻底退役。Б伯爵是在与西尔维奥决斗六年后结的婚，而正是这次决斗才导致了他退伍，也就是1820年退伍，而他讲述的是在他度完蜜月5年以独特方式重新决斗，也就是1825年重新决斗。

小说结尾的“里子”一面就这样被揭开了一点。作者别尔金把日常生活故事文学化，同时故意“杀死”自己的人物，目的在于把西尔维

① 葛拉塞：《论不戴帽子的庄稼汉、两个婆娘、小棺材里的婴儿》，载《新文学评论》第23期，莫斯科，1997，第94页。

② 参见盖伊：《〈别尔金小说集〉的世界》，载《别尔金小说集》，莫斯科，1999。

奥比作拜伦，将他崇高化、英雄化。但是这纯粹是文学上的死亡，这种死亡并不把光辉洒向主人公的性格，而是洒落在从叙述人角度将他英雄化所做的种种努力上。其实，“如果抛掉浪漫主义的面具〈……〉那么西尔维奥会从一个脾气暴躁的躁狂者形象变成一个可怜的失败者”[①]。相应地，叙述的审美结果在这里并不是英雄作品，而是诙谐的伪英雄化（起源于狂欢节的小丑加冕礼），后者最终在《一枪》里渗透进了这种双声语的任何片段。

在《驿站长》里是否也有类似的问题？只是别尔金的审美取向在这里有所不同——这里是哀诗式的情节剧。无论如何，结尾句的“面子”一面觊觎的是哀诗般感动读者：“我也给小男孩一个五卢布银币，而且也不可惜跑这一趟，不惋惜那七个卢布了。”

但是，让我们来看一下结尾的“里子”。故事讲述人这里很明显是站在叙事本身这面镜子前欣赏自己（这对旁观者来说看起来总是有点可笑）。而我……——别尔金时时处处都不是第一重要的，这是他的本质，普希金笔下的人物–故事编写人这个别人经验的**模仿者**的生活与文学立场也是如此。自然，明斯基对他来说还成不了英雄化的对象：如果说西尔维奥是可辨认的，像充满浪漫激情的主人公，那么自由经营生活的主体、即兴作家并不容纳于别尔金的理解范围内（萨姆松·维林对这个主体理解得更少）。别尔金在内心深处渐渐消散了对那个幸福的家伙的嫉恨，那个家伙抢走了他曾经吻过的杜尼亚；在别尔金的选材中，明斯基这个形象看上去不那么有说服力，解体成似乎不可归并在一起的各种不同文学来源的碎片。

不过，维林是可辨认的，完全具有“文学特性”，他的故事有着明显的戏剧性。值得顺便指出的是，别尔金一方面在加强其叙事的戏剧性，另一方面想达到相反的效果，即创造出矫揉造作的戏剧效果（情节剧）。已不再惋惜被我浪费掉的那七卢布了——这句话在故事讲述人

① 德布勒森尼：《放荡的女儿：普希金小说分析》，第124页。

关于自己主人公的起始声明这个背景中是很具有双重含义的：其中一个回忆对我是很珍贵的（比七个卢布更珍贵？）。更不要说是在故事讲述人对维林死讯做出质朴反应的背景中了：我感到惋惜的（惋惜的是对其回忆来说很珍贵的“可怜的驿站长”吗？），是那七个卢布白花了。

从“里子”一面解读完《驿站长》，解读完这个故意为感动读者结构而成、编写而成的东西，我们就会发现不同性质的文学回忆和令人不快的争辩性攻讦的情节剧式拼贴。而情节剧在普希金眼中是笑的审美客体：“像情节剧那样可笑。”这是他同样于1830年秋天写下的话。正如我们所认为的那样，妨碍读者如实理解《驿站长》的是俄罗斯文学中后来对“小人物”主题的高强度戏剧化。

重要性并不小多少的因素，是别尔金的这些故事的不可割裂性，是在《出版者前记》这篇“零位”小说中提出的这些小说之艺术世界深刻的建构统一体[①]；不考虑到这个因素，几乎不可能揭示《别尔金小说集》的真正的艺术结构。如果对别尔金来说，他的任何一个故事都是完成了整体，那么对普希金来说，别尔金的这种完成是不可信的，也是可笑的（除了《棺材匠》以外，因为在这篇小说中叙述人方面的“作者的”完成第一次缺失，当然还有总结性的《村姑小姐》除外，因为在这里“作者的”完成并不偶然地转托给了读者）。

所以，在系列小说真正作者的眼中，西尔维奥和伯爵的争执远没有结束——它只不过被编造的西尔维奥英勇战死给人为地中断了。这场原则性争论，是生命立场的争论，是存在主义角度相对立的生存方式的争论，是“萨利耶里”与“莫扎特”个性类型的争论[②]；这场原则性

① 这个因素第一次是作为优点得到了乌津的评价，但遗憾的是，双重著作权的审美含义在这种情况下被里外颠倒了过来：“给自己戴上了诙谐喜剧帽子”的悲剧。参见乌津：《论〈别尔金小说集〉》，彼得堡，1924，第68页。

② 试比较：“普希金几乎用这些相同的元素创作自己所有的波尔金诺作品〈……〉有时是悲剧作品（在“四小悲剧”中），有时是喜剧作品（在《别尔金小说集》中）。”参见伊斯科兹（多利宁）：《别尔金小说集》，载《伟大作家的藏书：普希金》，第14卷，圣彼得堡，1910，第186页。

争论，卷入并持续到了弗拉基米尔与布尔明、棺材店老板普罗霍罗夫与他那些快活的共同进餐者、驿站长维林与骑兵大尉明斯基的宏观情节框架中，只有在《村姑小姐》中得到了解决，是以喜剧的方式得到解决的。然而，这里问题不仅在于别列斯托夫与穆罗姆斯基敌视得很无聊又和解得趣味横生，而且还在于人类之“我”在世界中的生存方式是对峙的，这些生存方式无论对丽莎还是对阿列克塞都只不过是外在的，是故意给自己戴上了个人鲜活存在的假面具。

对个性在两种角色面具之间的总结性的喜剧式两分来说，看上去像独特伪悲剧之序曲的是《暴风雪》，因为在这里只按姓氏称呼的布尔明，本应该取自己无意中树了敌的对峙者的名字弗拉基米尔（否则教堂结婚仪式不可能举行）。觊觎牵手玛丽娅·加弗里洛芙娜的幸运者与不幸者的对立，暗中转化为名与姓的戏谑冲突。

任何一个细节，无论它本身多么具有戏剧性——直到主人公死亡——一放到整个别尔金系列小说的语境中仔细考察，它就会实质性地改变自己的审美价值，最终参与到整部小说的喜剧意义中。比如，复仇者西尔维奥的威胁性问话：难道你认不出我了，伯爵？——在《棺材匠》中骨瘦如柴的库里尔金就讽拟了这一问话：难道你认不出我了，普罗霍罗夫？这个诙谐的情节剧是一个“磁场”，是被《暴风雪》（而您认不出我了？）、当然还有《村姑小姐》中的认不出这个情节所强化了的“磁场”，无论我们想不想这样，把故事讲述人与维林的第二次见面（你还认得我吗？）牵引了进来，把维林本人跑到明斯基那里与可怜的杜尼娅的小客厅那里牵引了进来。别尔金对各种突然出现和认不出的偏爱，在《驿站长》里达到某种情节剧式的痴迷程度，且暗中遭到嘲笑：一个胖女人走出来，来到门厅（可怜的杜尼娅都没空在那里吻我一下）。可以说，生活把故事编写者最喜爱的情节场景里面朝外翻了个个儿（很快就明白杜尼娅如今根本不是可怜的人儿了）。值得顺便指出的是，别尔金本人在《村姑小姐》的结尾处使用男主人公突然造访及其认不出（这里已经是假装的了）的主题，也是抱着截然相反的艺术任务的：幽默的艺术任务。

应该强调的是，如实地诠释普希金的作品，在不小的程度上遭到几个关于幽默的审美本质的错误观点的阻碍。在我们看来，甚至在《别尔金小说集》的极为有洞察力的女读者舍舒诺娃的论著中，都能遇见“系列小说的幽默层面”及其“严肃的具有社会价值的一系列复杂问题”①的虚假对立。用巴赫金的话说，这是“严肃－笑（诙谐）”的世界观，**反对专制（权威）**是其决定性的特征（而讽刺作品就其本质而言具有深刻的权威性，尽管其权威性（专制性）也可能获得十分不同的意义的充实）。

幽默的严肃－笑（诙谐）美学隐藏在自己深处的，是十分古老的超历史的狂欢节－面具式世界观照的基础，这种世界观照具有巴赫金对其所分析出的双重情感相互转化的特性。这种传统也可在《别尔金故事集》中捉摸到：《暴风雪》的无可置疑的圣诞节庆氛围②；乔装打扮的，不仅有丽莎·穆罗穆斯卡娅，而且有骑兵大尉明斯基（出现时一会儿围着披肩，一会儿戴着尖帽，一会儿装成病人），甚至有西尔维奥，他头戴那顶被射穿的红色圆顶帽在故事讲述人面前走来走去，还有其他一些人物；《棺材匠》里葬礼和节日的服装问题；贯穿在整部系列小说中的“暗中替换”主题③，甚至还有手中倒拿火把的身材高大的阿穆尔那明显的双重性感情。与此同时，普希金所发明的双声话语的效果正好与这一传统相吻合，且不能再恰如其分了：别尔金的严肃话语像面具那样滑稽可笑，而普希金的滑稽可笑的“别尔金”话语却完全严肃正经，充满了艺术的观念性。

元狂欢节的幽默滑稽，较之讽刺、英勇精神或者悲剧性，观念性一点也不少。它否定任何预先规定的或者根深蒂固的秩序（就这一点

① 舍舒诺娃：《〈别尔金小说集〉题词的含义》，载《普希金：创作诸问题》，第83页。

② 参见波波娃：《〈别尔金小说集〉中的笑与泪》，载《普希金：别尔金小说集》，第489—491页。

③ 波波娃：《〈别尔金小说集〉中的笑与泪》，第481页。

来说让我们回忆一下棺材店老板普罗霍罗夫对最严格秩序的痴迷），不接受严重超越个人的“世界秩序”的等级本身。觊觎超个人价值的一切，都被幽默降格为普普通通的客套或者习惯，被剥离成毫无个性的生活惯性、面具-角色的生活规矩。用“出版人”的话来说，幽默把官阶与头衔从其冠带的重要人物个人即个性身上一层层地剥下来。

英雄化和幽默的对象，经常是人的生活的同样一些因素，然而对这些因素的评价却是截然对立的。幽默式笑的一个典型的客体——用普希金本人的话来说——是“荣誉，是准备为了支持某种通行的规则而牺牲一切，是自己的疯狂所散发出的一切光芒”①。

曾经故意羞辱伯爵并挑起决斗的西尔维奥傲慢地宣称：我没有权利让自己冒险去死。对臆想的被玷污的荣誉的坚持——在这种情况下只不过是面具，是稍微遮掩住嫉妒者个人恣意任性行为的面具，而这种任性行为在他自己的眼中却获得了“超个人”的内容。被玷污的荣誉这种声音也（毫无根据地）出现在弗拉基米尔的最后一封信中，出现在阿德利扬的醉后埋怨中，出现在别尔金对被诋毁的驿站长阶层的高傲辩护中，最后是出现在杰克逊小姐遭受的屈辱中。带着讽刺的赞美被幽默世界观所捍卫的正面价值，就是人类之“我”的**独特性**。用变化不定的、假借而来的、不符实的各种形式所实现的人之“自立”——这就是幽默之笑的推动因素，这种因素可以被艺术地浓缩于“怪人”这种具有双重情感的人物形象中。

幽默式“怪人”的历史来源是比较远古的“傻瓜”和“骗子”人物形象。按照自身的建构特点，“怪人”这种人物后来非常清晰地分解为局限于自己严肃性的自我中心主义者（从前的“傻瓜”）和滑稽的爱开玩笑的人（从前的“骗子”）。同样这个西尔维奥，就其审美特性而论，既非恶棍亦非英雄，而是**怪人**——具有自我中心气质的怪人（幽默式“疯子”）。让我们援引普希金的观点，在此处很有现实意义的这个观

① 普希金：《日记·自传体小说》，莫斯科，1989，第109页。

点："我们越冷静，越深思熟虑，越小心谨慎，就越不少会遭到嘲笑攻击（西尔维奥就想成为这样的人，而且严肃得如此滑稽可笑的别尔金所看到的西尔维奥就是这样的人——作者注）。自我中心主义可能令人厌恶，但并不滑稽可笑，因为它是非常合乎理智的。但是，有这样一些人，他们带着这样一种温柔爱自己，带着这样一种狂喜为自身天赋感到惊讶，带着这样一种感动思考自己的丰衣足食，带着这样一种怜悯思考自己的不满，以至于在他们身上即便是自私自利也具有了热情而又敏感的滑稽可笑一面。"[①]

这类自我中心主义，不仅是西尔维奥，而且是弗拉基米尔、阿德利扬、普罗霍罗夫、老别列斯托夫和萨姆松·维林的本质特征。这种性格特征能够很容易成为个性"自立"的各种变化形式之一。在类似的情况下，即便是自私自利也能引起"乐观的"幽默之笑。人的自立的意向（不是作为"他的伟大的保证"，而就其自我完整性而言），汲取幽默的生活乐趣之养料，而这种自立的变化形式则会产生这一欢乐的笑（诙谐）的、揭露性的形式。

"严肃－笑（诙谐）"的世界图景，"越出现有世界表面上的（虚假的）唯一性、不可争辩性、不可动摇性的界限"，揭开"另一种世界秩序、另一种生活结构"[②]所具有的同等适当性。这不是被寓言故事培植出来的对任何人而言都统一于自身绝对命令中的规律性，不是主观性之外与超个人的真理与道德的庇护所。各种空洞的"道德说教"在这里以滑稽逗乐的方式觊觎发挥真理的作用，叙述人本人在《暴风雪》中就微讽过这些道德说教，但萨姆松·维林的言语充斥着这些道德说教。对生活的幽默观照——这是相互否定而又同等适当的真理闪烁出的多元论之光，是欢快的多声现象，是个人自我定位的相对化立场。

就《别尔金小说集》的宏观情节来说，与具有权威思维的自我中

① 普希金：《日记·自传体小说》，第 106 页。

② 巴赫金：《拉伯雷的创作与中世纪和文艺复兴时期的民间创作》，第 57 页。

心主义人物合乎逻辑地相对立的，是另一种“怪人”，即具有**离奇滑稽气质**的怪人。这就是Б伯爵、布尔明、《棺材匠》里参加宴会的那些手艺人、明斯基和穆罗姆斯基，而穆罗姆斯基甚至在农村也继续着淘气行为，不过是以一种新的方式。代替他们公开冲突的（《一枪》），是两种真理的竞赛式对照，是不能兼容的生活观的相互叠压和彼此排斥，是对各自威信的相互诋毁。纯奇闻故事类型的二者必择其一在穆罗姆斯基和别列斯托夫的几乎游戏般的敌视中得到了展现。

这种纯奇闻故事类型的二者必择其一，同样也构成《别尔金小说集》的作者形象的基本原则。与阿列克谢·别列斯托夫及其两张面孔——假装的（令人失望的自我中心主义的）和真实的（热爱生活的离奇滑稽的）——相对立，作者本人也出现了类似的两分：分裂成别尔金及其出版者普希金。他们对同样那些“故事”的理解，甚至在《村姑小姐》中，都无法等同，虽然在这篇小说里他们也达成了一致意见，就想握手言和的两个对峙者地主那样。

整体语境中成双搭对的狂欢人物

在整个《别尔金小说集》中，莫扎特式的享受生活诱惑的“游手好闲之游荡汉”，与信奉萨利耶里式“极度忠贞”的教条主义者、禁欲主义者无论如何都是对立的。我们认为，这种两极化对立，作为整部小说集审美模态意义生成的推动因素，其历史－文化基础和形象塑造的源泉，是由**成双搭对的狂欢人物**的原始喜剧原型构成的。在这种情况下，该原型最具有现实意义的变体便是阿尔列金——皮耶罗（快活的滑头——忧郁的老实人）的对照。在教会传统中，这种成双搭对的狂欢人物演变成了红衣和白衣小丑的双人表演。

当然，不必谈普希金在《暴风雪》和《驿站长》情节中是否有意去

“破译”传统三角冲突：皮耶罗——克罗姆宾娜——阿尔列金。但是，对它们的类似解读，不仅在《别尔金小说集》文本中具有值得关注的前提条件，而且还能开启被巴赫金归入“最狂欢化作品”[1]之列的普希金整部杰作深层的滑稽内容。不管怎么说，别尔金为自己的原来是俄罗斯人的主人公西尔维奥从罗马假面喜剧[2]传统中引借了外国名字（虽然预先有说明：我会这么叫他）。

在此我们要指出，假面喜剧[3]，依巴赫金之见，“最完整地保存了与其所诞生之狂欢土壤的关系”[4]，但是在这种假面戏剧的审美文化与《别尔金小说集》之间，存在着悠远的，却完全显而易见的承继关系。在这里起着中介作用的是马里沃，只要提及他是《爱情与偶然狂想曲》的作者就足够了，因为别尔金在《村姑小姐》中“唆使”它适用于俄罗斯风俗，作者同样也是阿尔列金广场匿名丑角戏（意大利即兴假面喜剧的法国变体）的完成者，就像拉伯雷在自己时代是较为宽广和较为古老的各种狂欢母题的完成者那样。

极为重要的还有在普希金时代，有关阿尔列金和皮耶罗的种种认识，都是法国下层文化的仍然活跃着的元素，这种文化传统特别滋养了马里沃与博马舍的喜剧学。同时，在1789年大革命之后，阿尔列金从仆人变为主人公－情人，而皮耶罗变成克罗姆宾娜（过去同样也是女仆，是女主人的亲信）的丈夫。由于保留了自己原本的狂欢功能，他俩取代了意大利传统的（欢快、放肆的和腼腆、忧郁的）两位男伴角色。

---

① 巴赫金：《陀思妥耶夫斯基诗学问题》，莫斯科，1979，第185页。

② 试比较：“1912年春天诞生了演员们舞台戏剧表演的又一个想法：在芬兰湾岸上的切里奥卡郊外别墅区〈……〉计划举办白夜狂欢节：有草班戏台、杂耍节目与穿戴化妆衣物的人。预计将会有哑剧表演：潘塔洛内想把女儿奥蕾莉亚嫁给从博洛尼亚来的老医生，而女儿喜爱的是年轻的**西尔维奥**。这对恋人得到不断搅局并把事件引向幸福结局的仆人阿尔列金和斯梅拉尔吉娜的帮助。”参见罗基科夫：《另一个彼得堡》，圣彼得堡，1998，第62页。

③ 原文为“дель арте”，源自意大利语“commedia dell'arte”，指头戴面具身穿各种颜色衣服的哈里昆丑角表演的即兴喜剧，本文统译为“假面喜剧”。——译者注

④ 巴赫金：《弗朗索瓦·拉伯雷的创作与中世纪和文艺复兴时期的民间文化》，第42页。

在德国剧评界，围绕阿尔列金这个深受喜爱的人物形象展开了激辩，莱辛亲自出马支持快活的骗子，反对高特雪特及其志同道合者；这场激辩的余波不可能不波及普希金。这场激辩的出色的一页——是尤斯图斯·默瑟尔的《阿尔列金，或者捍卫怪诞－滑稽喜剧因素》一书。

不管怎样，《别尔金小说集》与上提喜剧传统的某些吻合与呼应是令人吃惊的。能够列属于这样的“文化记忆”现象的，特别是我们感兴趣的怪异与自我中心主义两类人物如何对照的独特颜色密码。

让我们回忆一下，阿尔列金的传统色彩是火焰色：红和黄（包括假发的红褐色）；皮耶罗的传统色彩是白色（包括脸孔像被漂白了的苍白色），也就是按照天主教传统是哀伤的颜色。所以，不足为奇的是，因发怒而脸色煞白的西尔维奥，其白的本质特征一般而言是阴郁之白，而伯爵（用西尔维奥的话说，类似于阿尔列金，总是不正经地说着玩笑话）的脸红得像火。顺便提一下，在他们第一次决斗之时，众所周知，伯爵请吃的樱桃也只有红色和黄色的。而西尔维奥那间寒酸的土坯房——这是白色黏土小屋（在乌克兰、俄罗斯南方这样的土坯房必定是刷成白色的）。而且，西尔维奥一直收藏着他那顶早先被伯爵射穿了洞的红色圆顶帽，但是不应该忘记，在伯爵出现之前，西尔维奥的生活方式是不一样的：一开始西尔维奥曾是臭名远扬的“性格怪癖之人”，而不是“自我中心主义者”，不过嫉妒导致他蜕变，变得像普希金笔下的萨利耶里了。

在极富戏剧性的《暴风雪》中，居于主导地位的自然是白色（雪的颜色），实际上未给其他颜色留出位置。唯有暴风雪本身——布尔明获得幸福而弗拉基米尔遭遇不幸都应该归功于它——有些出人意料地获得了淡黄的色调，而涅纳拉德沃[①]的克罗姆宾娜，在听到布尔明的爱情告白后，脸一下子红了。在其余的场景中，三个主要人物每一个的脸都异常苍白。但是，我们不会忘掉别尔金的干预：好讽刺挖苦而不

① 即《暴风雪》中女主人公玛丽娅·加弗里洛芙娜所居住庄园的名称。——译者注

计后果的布尔明，在自己本人的讲述中显示出的模样，是一个轻浮的花花公子、爱搞笑逗乐的人和淘气顽劣的人；这个面目却被冒名顶替的作者按照自己趣味改造成了充满浪漫激情的主人公－情人——由此可见其千篇一律的苍白性。不过，火焰母题仍然保留着这个被赋予热情性格的人物与《一枪》中的伯爵的联想关系：布尔明的双眼火辣辣地凝视着玛丽娅・加弗里洛芙娜（图拉产带有两颗通红心形图案印章的保存者）。而布尔明由于沉浸在结局的丰富戏剧性中，在喜剧般地发现画像上故意留着的图章时，仿佛说漏了嘴一样写道：布尔明变得脸色苍白……一下子扑倒在了她的脚下。这里讲述的就是前面已经被赋予了饶有趣味的苍白面色的男主人公。

在情节剧扞格不入的趣闻故事《棺材匠》中，情况相反，白色仅提到一次，但黄色和红色两个单词变成了颜色主导词，出现了9次，不过描述的不是主要主人公，而仅仅是其周围的环境。黄色的小屋，故事伊始棺材店老板一家新搬的住处，让他感到陌生：一跨进新居的门槛，看到自己的新居里乱七八糟，就怀念起他那破旧的小屋（试比较：西尔维奥的白色小土坯房）。令人好奇的是，欺负阿德里扬的芬兰人尤尔科（他用自己谦卑的称呼提前告知下一篇小说里的十四等苦行僧），忍受得了颜色描绘的颠倒性更替：在他以前的黄色小屋的位置上出现了带有各种白色条纹的浅灰色小屋。阿德里扬的脸色我们一直无从得知，但是最前面两篇小说之后产生的作者期待的惯性，在这里看起来也会下意识地创造出苍白的印象。这一印象因为点明了棺材店老板的性情与其阴郁的手艺完全相符而得以加强，也因为与红脸庞的装帧工人那漫画肖像的对照而得到加强，而这幅肖像给微醉而归的三位客人增添了栩栩如生的色彩（而那时候普罗霍罗夫本人生的就是这个气）。不管怎么说，醉酒的棺材店老板大声地申明道，他不是圣诞节的小丑（raep，达利词典将该词解释为“阿尔列金、丑角、耍活宝的人”），就好像在与节庆气氛中的红色－黄色两极切断关联（试比较：女儿在隆重盛大场合戴的黄色帽子和穿的红色矮腰皮鞋）。

在《驿站长》中提到红色与黄色的树叶，但是它们不可能与萨姆松·维林有关系，因为他安息的墓地连一棵遮荫的小树都没有。不过，我们知道他是一个虚弱的老头（应该认为是苍白的老头），知道他满头白发以及很久没修理过胡子的（像西尔维奥在伯爵房里那副模样）脸。维林讲述着自己的故事，如同所有舞台上的皮耶罗通常做的那样，他不止一次被绵绵泪雨所打断。而明斯基戴着红色软帽来到维林的面前，这显然联想到小丑尖帽[①]（就像先前西尔维奥的红帽子一样），明斯基在站台上的行为促进了这种联想，在那里他格外高兴，不住嘴地开着玩笑〈……〉吹着歌曲旋律的口哨。

在《村姑小姐》中，前几篇小说里初露端倪的许多母题，讽拟性地交织在一起。这也涉及红色与白色的象征性对照。丽莎确信，她所想象的阿列克谢，有一张苍白的脸，而实际上他的整个脸颊泛着红晕。相反，当丽莎得知别列斯托夫父子即将造访，并开始思忖阿列克谢对她的行为与习惯、对她的处事慎重有何看法的时候，黑美人脸色发白。暗含的普希金的阿尔列金丑角戏，在乐观地搞恶作剧而擦着白粉淘气的游戏中，突然显露了出来：丽莎，他的黑黑的丽莎，脸上搽了厚厚的白粉，一直搽到耳朵；眉毛画得比冉克逊小姐还浓；假发比她本来的头发还淡得多，蓬松卷曲，像路易十四的假发等等。至于皮耶罗的独特女版替身（冉克逊小姐）则相反，显示出有能力抛出火热目光，而懊恼的紫红晕在她那搽得粉白的脸上透了出来。与成双搭对的狂欢人物的颜色密码相关的这句话，是对《别尔金小说集》的双重著作权及其最有喜剧性的艺术结构的隐喻性准确（除“懊恼”一词外）描述。

如果我们思考作者们“门不当户不对的狂欢式婚姻”，那么我们当然不可能知道出版者的任何确切外貌信息（顺便指出姓名第一个大写字母 A. П. 使我们不得不想到普希金那黝黑的面孔）。不过，别尔金就如同所知的皮耶罗一样，脸是白色的。甚至这位白脸小丑的化身的

---

① 试比较《不朽的阿尔扎马斯社红色尖顶帽》（《阿尔扎马斯》，第1卷，莫斯科，1994，第284页）。

名字、父称和姓氏似乎也不全是偶然取的：姓氏中有“бел（白色）”的字节，彼得（Пётр）对应的则是意大利语的皮耶罗（Пьеро）和法语的皮耶尔（Пьер），仿佛是在指明“父辈的”的传统——皮耶尔·马里沃和假面喜剧；最后，伊万（Иван）与意大利意义上的这一角色相符合。原因在于阿尔列金和皮耶罗这两个人物，是出生农村的一对传统仆人演化的结果，他们在意大利的假面喜剧中被称为“贾尼”，亦即“马车夫”，其发音在俄语里是“万卡”，而这个“万卡”的大名就是“伊万”。

有趣的是，来到萨姆松·维林坟前的正是两个伊万（那个向导小男孩似乎正好与我们的故事编撰者同名①）。如果一个正如我们记得的那样，脸是白的，而心情是十分忧郁的，那么兴高采烈地跳上坟头的另外一个——是肤色棕红的独眼人。这位快乐的独眼的（好像永远眯缝着眼的）红发小丑，是别尔金在死人国度（这地方光秃秃，无遮无拦，竖着一个个木十字架，连一棵遮荫的小树也没有）的向导，他让我们隐约看到真正的作者－幽默家隐藏起来的一种面目。

对世界秩序的秘密（对死亡与婚姻的秘密）持不敬的、亵渎－趣闻的态度这种母题，在普希金的那些“阿尔列金丑角”那里远不是偶然的。正如原始的阿尔列金的带独角面具（后来变成双角双色尖帽）及其传统服装红黄色的菱形格纹（模仿火苗格调的语言）所证明的那样，按起源讲，这是后来转变为快活的狂欢鬼灵的神秘恶魔。普希金知道丑角阿尔列金这个谱系。在《浮士德的场景》中靡菲斯特说：像来自火焰的小丑，/你最终引来了我。怪人的快活的魔性与自我中心主义者的讽拟的神性之间的幽默游戏，贯穿整个系列小说《别尔金小说集》；这种游戏大概起源于罗马－意大利的各种狂欢酒神节（《谁知道天空闪着光亮的尽头》，1829）。

---

① 九等文官 А. Г. Н 在 20 年间走遍了整个俄罗斯，他就是有意与殷勤的读者们攀谈的别尔金的这样一个面具，这个面具对于真正作者来说就是别尔金的样子。只要指出序言的多声性就够了，因为在那里故事编撰者的“文学”热情笨拙地隐藏在虚构出来的中年官吏再说几句的背后。

在《一枪》中，伯爵像恶魔般幸福，这并非偶然；西尔维奥只不过是长着真正恶魔的面孔，其魔性是虚假的、装出来的、“浪漫情调的”。在自己的一个对话语轮中，西尔维奥甚至对某些神圣力量对他的庇护似乎做了暗示：感谢上帝，这件事儿是发生在我家里；为了继续决斗，应其要求，将蜡烛送进伯爵房间。

弗拉基米尔和玛丽娅·加弗里洛芙娜单独相见，是在一个老旧小礼拜堂旁，在那里发誓与她终生相爱；他急着赶往教堂（他在公鸡打鸣之时才赶到，而众所周知，公鸡打鸣会吓跑鬼怪）。而布尔明经过教堂，拿婚姻的宗教神秘性大肆开玩笑。同时，道德上的折磨，波罗金诺战役中遭受重伤和随后死亡，都赋予弗拉基米尔以受苦受难的色彩，而布尔明则被别尔金描绘成了可怕的花花公子。

阿德里扬·普罗霍罗夫参与了死亡的神秘，而他的酒友们都嘲笑他的这种参与。在棺材店老板的新居里规整家具的时候，第一个被提到的就是带各种圣像的神龛；棺材店老板虔诚地用见鬼了来形容梦中发生的事情。

援引毁在女人阴险狡诈下的《圣经》人物萨姆松这个神圣权威，在《驿站长》中是显而易见的（一直到引用“眼瞎”母题，尽管是转义意义上的引用）[①]。萨姆松·维林派自己的女儿去教堂，而后来，在受难者大教堂做完祷告，似奇迹发生一般再去找她。同时，有代表性的删节——说的是受难者福音大教堂——发出的信号是，那些自我中心主义人物悲痛的虔诚是单方面的。而乐观的明斯基带着杜尼娅正驾车经过教堂，就像带走迷途的羔羊（又一次引用《圣经》典故）。有关肤色褐红的独眼人（“独眼人”是魔鬼传统的变化面貌之一）这个阿尔列金丑角－小鬼，在维林坟上的淘气的亵渎行为，我们已经谈过了。值得注意的是，这个叫万卡的独眼小孩在逗猫玩——依照神话观念，猫这种动物历来与鬼怪有关系，或者与多神教的喜悦神与快活神有关系（这

① 参见施密特：《诗性阅读中的普希金小说》，第100页等。

一点在我们的上下文中具有特殊的意义）。

在接下来的小说中出现了有趣的呼应：丽莎·穆罗穆斯卡娅在进入自己的“骗子”角色时，摇了摇头，像一只黏土捏成的猫。同时，在这一角色范围内她还以上帝之名起誓。小别列斯托夫同样把两种相悖的因素汇合在自己身上：装出来的神圣（跟他们讲消逝的快乐和自己逝去的青春年华[①]；以上帝的名义向她发了誓）和对生活的酒神般狂热喜爱（特别喜欢追逐姑娘们）。我们记得，Б伯爵年轻时就表现出最狂热的快乐。

说到由正直而高尚的父母所生的别尔金本人，他的生活写照在很大程度上是对圣徒生活的戏仿。我们尤其要突出这么一个信息：他的亡父曾经娶了〈……〉一位少女为妻。作传者的这种令人不舒服的拙修辞腔调，不由得引起对处女受孕的亵渎神明－讽刺性的联想（没有必要提起普希金在《加夫里利阿达》中是如何把玩这一母题的）。

但是，自古以来就不幸的皮耶罗们的假神圣和一切顺利、魔鬼般幸福的阿尔列金们的假魔性——这是他们诙谐的、游戏的、假面的象征物，是经过了狂欢化重新理解的象征物。就自己的仪式－神话诸渊源而言，红色和白色成双搭对的狂欢节小丑，显而易见发端于太阳与月亮、白天与黑夜、生与死的远古文化的对照。绝非偶然的是皮耶罗的服装像白色殓衣，而阿尔列金的紧身着装强调的是他有生命力的躯体。

比如，叙述人指出的西尔维奥和维林都不刮胡子，这可以当做他们属于死亡一极的私人展示之一来解读。我们还记得，在棺材店老板的梦中，所有的死人出现时都穿着礼服，但都留着没刮过的大胡子。而在《暴风雪》中，弗拉基米尔看到，一个老头把自己的白色大胡子伸了过来，之后，弗拉基米尔抓住自己的头发，一动也不能动，像个被判了死刑的人。

至于太阳的神话诗学潜台词，我们就会想到，在与伯爵的第一次

① 有意思的是，阿列克谢喊那条狗“Tout beau”，法语直译的意思是“一切都很好”。

决斗时，西尔维奥是拂晓时分到达的，而伯爵恰好是在太阳升起来的时候出现的：春日已经升起，热气也开始喧腾了。我远远看见了他，他是走着来的。与太阳活动规律相关的，还有伯爵出现时与别尔金离得很近：叙述人期待着他们的伯爵大人从春天里走来（就像西尔维奥在黎明中一样），他们到达的时候是六月初。而西尔维奥如同我们所认识的皮耶罗一样，代表存在的黑夜一面；西尔维奥动身向伯爵复仇的时候宣布：我今天夜里出发；他期待在黑暗中与伯爵继续决斗。

对棺材店老板普罗霍罗夫来说，平素忧伤的沉思与雨天（瓢泼大雨）联系在一起，而他梦中阴郁可怕的事件则与月光相联系：那是一个月夜——接着是：月光透过窗户照在被邀请来的死人们的脸。而阿德里扬奇闻故事般的改变——睡醒是被太阳光照着的：太阳早就照在了棺材店老板盖着的被子上，他终于睁开了眼睛。

别尔金（叙述人）与萨姆松·维林相识的故事，始于春天（在五月里），是在一个瓢泼大雨天，阿德里扬·普罗霍罗夫的寿衣在搬家前一天夜里也是被这么大的雨淋坏的。这个故事的结束是在秋天，落日余辉斜照时分。但是，漂亮的夫人阿芙多季娅·萨姆松诺娃是在冬天被带走的，回到故乡（像伯爵夫人一样）是在夏天。情节与季节轮换的呼应是很明显的，只不过传达给我们的主要事件，时间顺序是反向的：春天，冬天，秋天，夏天。但要知道，小说中德国图画的寓言故事情节也是里外颠倒的：父亲出发去寻找迷失的孩子。

丽莎·穆罗穆斯卡娅和阿列克谢·别列斯托夫冒险故事般的相识，与日出正好相呼应，这一点是完全合乎规律的：当丽莎向小树林出发时，朝霞开始点亮东方，一些金色的云彩仿佛在等着太阳，就像宫廷卫兵在等待着君主一样。而约会的中断是与阴雨天、下雨天气联系在一起的。此外，最后一个故事的整个情节原来很清晰地与季节周期恰相呼应（从1797年初即冬天老别列斯托夫退伍到秋天幸福结局的降临），好像为了确认穆罗姆斯基的看法是正确的：时间会安排好一切的。

在作为太阳（白天）与月亮（夜晚，阴郁）的生与死的对立结构层面上，出现故事编写者——已故的（如同他那已故的父亲一样）别尔金完全不是偶然的，系列小说的总标题就强调了这一点。在自己的那些故事中，别尔金把这样一些主人公的命运加以情节离奇化，这些主人公在存在观念上与接近，都像他一样倾向于“皮耶罗原型”。作为自己的那些故事的作者，他也“埋葬”了西尔维奥、弗拉基米尔和维林。与这种命运擦肩而过的，只有棺材店老板本人，不过这个例外大概只是在证明一条法则：自我中心主义气质的人物们自身代表的是死亡，身上承载着狂欢－双重情感相互转化的存在统一体中的这一方面。要知道，棺材店老板的生活本身就是为了埋葬。展现在我们面前的是一种独特的别尔金无意识的自我戏仿，因为他渴望“故事”用于自己的编写，就如同普罗霍罗夫渴望死亡用于自己的手艺。

但是，别尔金不是真正的作者，而是故弄玄虚的作者。相应地，连那些被他所完成的文学“埋葬”——简直就像棺材店老板梦中所见的情景——都不是真的，而是假的。从某种意义上说，无论是西尔维奥、弗拉基米尔，还是驿站长维林，都是在自己“埋葬”自己，因为他们都以自我为中心，把自己封闭在自己的局限性中，某种程度上脱离了生活及其真正的完满和多彩多姿。比如，对弗拉基米尔而言，死亡是他剩下的唯一期望，而维林在自己昏头昏脑的盲目中，竟然到了希望杜尼娅也去死的地步（因为让女儿和骠骑兵在礼拜日出去，他陷入了快活的，充满节日气氛和礼拜日气氛的盲目状态之中）。

《别尔金小说集》的所有忧郁的人物，包括编写这些故事的虚构作者，都不是依照生命的偶然实存性在生活，却都有明确的定位，以设定性、约定俗成性、规范性的绝对命令为定位目标，因此听从的与其说是存在的召唤，不如说是世界秩序的禁忌。他们靠着真正的“始终不渝的英勇精神”，让自己身上的生命因素屈从于死亡因素，让生存屈从于抽象本质。但是，作者的笑——得益于双作者效果——在审美上“复活”这些将死的人物，因为把这些被别尔金“安息了的”情节剧主人公改变成了怪人，让他们以这种身份重新参与到生活的完满和多姿多彩中。

当然，普希金对那些在《别尔金小说集》中死去的人完全不是残酷无情的。原因不仅仅在于别尔金故意把故事编得像滑稽喜剧情节那样紧张。滑稽喜剧本身的艺术要求是不可违反的。在人之“我－在－世界中”这一幽默观念的框架内，任何硬性的秩序性和完成性，都类似于死亡，而不间断的、流逝的、生动的（既是具体个人的也个人间关系的整个宇宙的）生成，其动态的进化过程，类似于生命。无论是西尔维奥、弗拉基米尔、萨姆松·维林还是别尔金本人，用夏尔丹的话来说，实质上就是“进化失败的试验品”。他们留在自己的内心活动中，并且从这一时刻开始对幽默而言变成“死的”。依然是生命狂欢节参加者的，只有那些保存着内在变化能力的人，这一切也发生在棺材店老板身上，在许多方面具有关键意义的这个小说的结尾（他是第一个被写出来的，并且被放在了系列小说整体结构的中心位置，这不是偶然的）。《别尔金小说集》中所有“活着的”人物，内心是流动的，心灵生动的。

不过，尽管走向极端，也不应该认为普希金是赞成那些倾向于“阿尔列金原型”的主人公的，后者像《村姑小姐》里的那些人物一样，对眼前感到幸福，而且很少想到未来。当然，他们与“终极意义上”（巴赫金语）的作者更加接近，因为他们不仅作为客体出现，而且还作为幽默地看待世界的主体出现。他们类似于布尔明，都拥有不带任何贪图欲望而又不计后果讥讽嘲笑的智慧。即便如此，他们也只不过是严肃－诙谐的“肚子与死亡争论”的参与者，是地位平等、资格相当的参与者，而这场“争论”则贯穿该艺术整体的所有部分。在幽默面前，就像在狂欢节上一样，人人平等。

在《别尔金小说集》中显现出来的艺术性结构，其极端重要的特点就由此而来；这种艺术性结构不仅在于生与死发生两极化对立，而且还在于因狂欢而取消了两者之间的界限。这样的情感双重性的相互转化（比如说驿站长要死不活的样子），在《棺材匠》中达到了自己的顶峰（家什装在殡葬车上；租赁棺材；死人没有棺材过不去；叫化子死了，讨也得讨一口棺材；为死人的健康干杯等等），但它在出版者的第一句话里就由“死者生平录”这一多少带有矛盾修辞法的表达所标示了。

众多此类例子中的一个就是别尔金说得一句含糊不清的话：我们问过那个可怜的中尉是否还活着，就像他自己曾经出现在我们中间一样；我们也问了他同样的问题。可以想想，出现在活人中间还保证不了可怜的中尉也属于活人之列。这就是狡黠的双声词的滑稽效果。不过，在《村姑小姐》的讲述者充满嘲讽的语句中，“死的”成语被第二个声音的强力所“复活”，并且把死变成冉克逊小姐的日常事务之一，因为她为了一年两千卢布而在这个野蛮的俄罗斯寂寞得要死。

巴赫金的话完完全全适用于《别尔金小说集》：“在这里死亡进入生命的整体，是生命必不可少的因素，是生命不断更新和复兴的条件。”[①] 诙谐（笑）世界观照的这个最为古老的意向，虽然为幽默所传承，但是没有穷尽幽默。在这里，“死亡因素”越来越紧密地与虚假的超个人生命因素的严格局限性联系在一起，而“生命因素”则与个人生活状态、个体自我实现的非预定性、随发性联系在一起。普希金的幽默，就像整个的新时代的幽默，都被集中在了人类之“我”的独特性上。在幽默个性观念的承载者眼中，不幸的小人物维林并不比幸福的爱情俘虏布尔明、明斯基或者小别列斯托夫不可笑。幽默一面传承狂欢节的笑，一面区别于自己的文化前辈，这是对这样一种存在之鲜明个性的无法遏制的渴望，这样的个性是这些可怜又苍白的皮耶罗们所永远缺少的。

如果说狂欢节的世界观照——这是对甚至在死亡行为本身中、在行将就木中取胜的生命的称赞，那么幽默则是对个性的称赞，因为个性的“自立”就在于摆脱一切现成的和设定性的东西，摆脱虚假的超个

---

① 巴赫金：《弗朗索瓦·拉伯雷的创作与中世纪和文艺复兴时期的民间文化》，第 59 页。

人的生存刻板模式来创造生活。但是，摆脱不可避免地要包含支撑因素，如同完满的生活要包含死亡的成分。不以生活方式的去个性化成分为支撑，个性的自立是无法得到实现的。这就是诙谐世界观的严肃－笑的“机制”：“狂欢化”的人可笑，不仅仅因为自己那总是不合身的假面－角色服装；他可笑，还因为他毫不遮掩，世上找不出第二个像他这样暴露无遗的人。人的诙谐观念的整个精华就在于面孔和面具既不相融合也无法分割。

这恰恰就是《别尔金小说集》故意引人注意的“文学性”的审美特性。创造出幽默体验之激情的，首先是借用的、模仿的、别人的东西和幼稚的、笨拙的却是自己的东西之间恒常可感的张力（如果分开来，那么不管是哪一个，都不可能拥有幽默的和一般的艺术意义）。

具有相同特性的，是系列小说全部上下文中整体非俄罗斯人这个特殊角色。在这里，外来用语（从该词的宽泛意义上、词源上讲是“德语”用语：就自己的“缄默”而言是非我族类的和神秘莫测的东西）、外国词汇（彼岸的、不可辨识的东西），均属于象征性的“死亡系列”（也包括苍白的母题），而俄语的、自己的词汇——属于象征性的“生命系列”（包括红晕的母题）。在这种情况下，无论是《棺材匠》中这两个系列的狂欢式颠倒，还是《村姑小姐》中它们的耦合，都具有深刻的意义。

普希金对作为民族历史“个性”的俄罗斯性的幽默看法，追本溯源，扎根在生与死的狂欢式不可融合和不可分割之中，而这棵大树的轰动一时的意义顶端，则是参与 1830 年杂志上的辩论，是关于俄罗斯是否“半启蒙主义”和有否民族独特性的辩论。前面分析过的白色与红色的游戏，在这个语境中也发挥出不小的作用。前一种颜色倾向于象征欧洲文明（英国的白色香粉、西方长篇小说中酷爱使用的苍白色），后一种颜色倾向于象征原始社会的自然性（让我们回忆一下普希金笔下卡尔梅克女人的肖像：“黝黑的脸庞，暗红的脸晕。深红色双唇……”）。

玛利亚·加弗里洛芙娜的两个俄罗斯式的包袱，像半个外国人西尔维奥的两个箱子，同样是幽默的客体。俄罗斯的东西在这里同等程度地可笑：穿着异族服装（英国式做派的穆罗姆斯基是真正的俄罗斯地主老爷），沉浸在俄罗斯自产的“毫不掩饰”的洋洋得意之中（别列斯托夫）。但是，普希金对俄罗斯民族自立的自我嘲笑，基本上是正面的，完全符合该话语的喜剧模态。

在普希金眼中，民族特性并不是准备好了的设定性，而是独特性的成熟、生成过程的实存性。[①] 这种生成过程总是奇特怪异的，它排除自我中心主义的自我与世隔绝：只有在与大写的他人、与同自己相异的人的相互影响中，相互吸引和相互排斥中，才成为自己，才获得真正的“我”。幽默感要求先具备从旁观察作为他人眼中之他人的自己这个趋同能力。

在《村姑小姐》文本中就有叙述人讲独特性的直接话语，而真正的作者在这种情况下是与这个叙述人完全结成了同盟的（试比较《两种感觉对我们来说异常亲近》）。大概唯有在关于“乡下小姐”“人性之伟大”的不得体的热议中，在其无所植根的第二性中（让－保罗语），才在这里感受到别尔金的在场。双生语并不总是内部有争议的。最后一篇小说的幽默——是两位作者，虚构的作者和真正的作者，在审美上的趋同点。

这一克服嘲讽引起疏离的趋同，一开始就被整部系列小说的卷首题词所设置好了的：把不走运的“故事编写者”和真正的作者区别开来，并把他当做自己系列“故事”里的喜剧主人公展示出来；假如只有这种显而易见的说法才是题词的目的，那么普罗斯塔柯娃女士的那句话就足够了；给这句话添加上斯科季宁的话米特罗方就像我，普希金附加上了异常重要的语调。如果第一句话说的是真正的作者与冒名的

---

① 试比较：“我发现，卡尔梅克人的血统开始发生改变，而且他们原来的脸型特征在一点一点地消失。”参见普希金：《日记·自传体小说》，第 37 页。

作者的不相融合，那么第二句话说的是他们的不可分割。

在这个语义场中也诞生出双重作者的双声话语，而这个双重作者创作出的并不是浪漫主义的世界两分：一个意识视野中的世界不可分裂性，而统一世界的两分（原则上说可以分化出很多）取决于要有两种（原则上说可以有很多）观点，这一切就应该被同一化为喜剧模态的艺术话语。

结束语

理解与分析

众所周知，在1873年列夫·托尔斯泰给戈洛赫瓦斯托夫写信，谈到《别尔金小说集》时说，这些小说务必“要研究再研究”，虽然他认为“这是不可能分析的”[①]。在关于文学的科学正迈出自己第一步的年代，作家口中说出这样的话语是自然而然的事情。当托尔斯泰的这个思想为当代优秀的文学学家[②]怀着崇敬的心情所接受并发展的时候，它就变得不像自己原来的样子了。

艺术性领域里的科学性，不应该成为征服者和奴役者。但是，面对认识它难以认识的事物这个任务困难重重，退缩也是不合适的。更何况不加分析的阐释学的理解，不再是如此得罪人的、像第一眼看上可能会感到气恼的智力操作了。

理解是对意义的直接接受。不同于知识（对意义的掌控）和看法（对概念的掌控），理解是把意义观念化，也就是把大家都理解的语言元素的语义转化为内部言语（各种前谓语性的可见事物的概念）的各

---

① 《列夫·托尔斯泰论文学》，第144页。

② 参见鲍恰罗夫：《无尽的空间》。

种独一无二的语义单位。或者，用现代诠释学的语言来表达，理解就是“把死去的意义痕迹改变成活生生的意义”[①]。

因为文本生成过程本身就是作者的非话语性内部言语转换成语言的话语形式的过程，理解不仅是“从自然语言到内部语言的翻译”[②]，而且也是理解者的价值视野（概念域）与作者的概念域的相互作用。理解的效果要求“这样的一整套表达法具有合理的相似程度，说话的人在这套表达法中辨认出各种交际的片断”[③]。但是，在这种情况下，理解不是复制的（知识是这样的），而是创造性的，它“丰富着文本〈……〉且具有创造的性质”（《话语创作美学》，第 346 页）。

换言之，“解释与把话语翻译成另外一种语言（另一个符号领域）相联系〈……〉被解释过的现象似乎在改变、在改观；它的第二种、新的面貌，不同于第一种、起始的面貌，因此同时比第一种更加贫乏又更加丰富”[④]。解释——这永远是重新编码、转述、转化，最终总是在用另一种文本（即便是内部言语的文本）**替换**原来的文本。而且，新的（解释的）文本觊觎在意义上能与被解释的文本等值。这是一种按照意义相似性所进行的独特的隐喻性替换。文本一极在这里遭遇非现实化，如同意义一极在描写性记录这个层面上被非现实化。

正如用阐释学方法研究艺术现实的当代追随者（还有采用分析方法的批评家，这种分析方法虽然被他归之于科学的描写，但是没有同一化这个环节）所写的那样：“若以描写为旨归，重要的是对分析的某个视角做出正确的界定。具有重要意义的是专门的术语体系。解释时意义的无处不在，使视角的等级分层（中心与外围、简单与复杂的区别）变得不重要了。”[⑤] 但是，在把外围当成中心之后，用简单替代复杂

① 伽达默尔：《真理与方法》，第 215 页。

② 仁金：《语言・言语・创作》，莫斯科，1998，第 161 页。

③ 加斯帕罗夫：《语言、记忆、形象：语言生存的语言学》，莫斯科，1996，第 136 页。

④ 哈利泽夫：《文学理论》，第 108 页。

⑤ 福克松：《阐释问题与文学作品的价值特性》，第 70 页。

而使自己受到局限之后，我们会不会歪曲这一意义本身呢？

分析时对意义同一化，从来都不企图用研究的文本去替换被研究的文本；研究的文本都是从换喻的角度（根据是否毗邻）、而不是隐喻的角度与自己的客体发生关系的。对艺术现实的分析只不过是对符实理解的界限的揭示，因此从解释行为的内部来实现解释，原则上是不可能的。

分析作为艺术印象诸因素之总和的文本，既不是共同创作，也不是移情（审美接受的各个方面的移情），既不是批评，不是称赞，也不是对作品的解释。但它也不能被归结为对符号材料这一客观现实的描写性确认。这是在验证与修正文本之接受版本而与该文本创造者相应和的对话－赞同，这个创造者展示出的则是该交际事件——即特定模态的审美话语——无法用任何解释来取代的原本的真实的意义。

中外文人名对照表

阿尔贝蒂（Л. Б. Альберти; L. B. Alberti）
阿赫玛托娃（А. А. Ахматова）
范根纳普（Arnold van Gennep）
阿思穆斯（В. Ф. Асмус）
阿韦林采夫（С. С. Аверинцев）
埃亨鲍姆（Б. М. Эйхенбаум）
艾柯（У. Эко; U. Eco）
巴特（Р. Барт）
巴赫金（М. М. Бахтин）
拜伦（Д. Г. Байрон; Byron）
邦吉（С. М. Бонди）
德布勒森（Пол Дебрецени）
鲍姆嘉通（А. Баумгартен）
鲍恰罗夫（С. Г. Бочаров）
本维尼斯特（Э. Бенвенист; Émile Benveniste）
别尔科夫斯基（Н. Я. Берковский）
波波娃（И. Л. Попова）
玻尔（Н. Бор）
薄伽丘（Бокаччо）
布鲁克斯（Терри Брукс; Terrence Dean Brooks）
布罗茨基（И. Бродский）
茨维塔耶娃（М. И. Цветаева）
达尔文（М. Н. Дарвин）
但丁（А. Данте; A. Dante）
德里达（Ж. Деррида; J. Derrida）
狄尔泰（В. Дильтей）
法力诺（J. Faryno; Е. Фарино）
范·戴克（Т. А. ван Дейк）
费奥多罗夫（В. В. Федоров）
弗莱（Н. Фрай）
弗兰克（С. Л. Франк）
弗兰克尔（В. Франкл）
弗雷泽（Дж. Фрэзер; J. G. Frazer）
弗莱登伯格（О. М. Фрейденберг）
弗洛连斯基（П. А. Флоренский）
福克松（Л. Ю. Фуксон）
伽达默尔（Х. Г. Гадамер）
冈察洛夫（И. А. Гончаров）
盖伊（Н. К. Гей）
格尔申宗（М. О. Гершензон）
格雷马斯（A. J. Greimas）
格列赫尼约夫（В. А. Грехнёв）
格林采尔（П. А. Гринцер）
格罗斯曼（Л. П. Гроссман）
古科夫斯基（Г. А. Гуковский）
古列维奇（А. Я Гуревич）
哈利泽夫（В. Е. Хализев）
哈特曼（N. Hartmann）
海德格尔（М. Хайдеггер）
海明威（Хемнигуэй）
海森堡（В. Гейзенберг）
黑格尔（Г. В. Ф. Гегель）
吉尔施曼（М. М. Гиршман）
加斯帕罗夫（Б. М. Гаспаров）
加斯帕罗夫（М. Л. Гаспаров）
康德（И. Кант）
科尔曼（Б. О. Корман）

库尔泰（J. Courtes）
里法特尔（M. Riffaterre）
里亚霍娃（Е. И. Ляхова）
梁赞诺娃（Л. Рязанова）
列日涅夫（Л. З. Лежнев）
列文（Ю. И. Левин）
洛特曼（Ю. М. Лотман）
洛谢夫（А. Ф. Лосев）
马尔科维奇（В. М. Маркович）
马尔蒙泰（Мармонтель）
马斯洛（А. Маслоу）
曼德尔什塔姆（О. Э. Мандельштам）
米哈伊洛娃（Н. И. Михайлова）
米科（F. Miko; Ф. Мико）
帕斯捷尔纳克（Б. Л. Пастернак）
普里什文（М. М. Пришвин）
普罗科皮乌斯（Прокопий Кессарийский）
普罗普（В. Я. Пропп）
普希金（А. С. Пушкин）
切列米辛娜－延尼科洛波娃（Н. В. Черемисина-Ениколопова）
丘赫尔别凯（В. К. Кюхельбекер）
秋帕（В. И. Тюпа）
让－保罗（Жан-Поль）
热奈特（Жера́р Жене́тт; G. Genette）
仁金（Н. И. Жинкин）
瑞恰兹（J. Richards）
沙雷普金（Д. М. Шарыпкин）
舍罗吉雅（А. Е. Шерозия）
舍舒诺娃（С. В. Шешунова）
施莱尔马赫（Ф. Д. Шлейермахер）
施佩特（Г. Г. Шпет）
施太伦（W. Stern）
施瓦尔茨邦德（С. М. Шварцбанд）
斯卡弗特莫夫（А. П. Скафтымов）
斯特拉霍夫（Страхов）
斯特罗耶夫（В. М. Строев）
索尔格（К. В. Зольгер）
索洛维约夫（Вл. Соловьев）
索洛乌西娜（О. В. Солоухина）
塔马尔琴科（Н. Д. Тамарченко）
泰勒（В. Тэрнер）
泰亚尔·德·夏尔丹（德日进）(П. Тейяр де Шарден）
特尼扬诺夫（Ю. Н. Тынянов）
图尔宾（В. Н. Турбин）
托多罗夫（Tz. Todorov）
列夫·托尔斯泰（Л. Н. Толстой）
瓦祖罗（В. Э. Вацуро）
韦勒克（Р. Уэллек）
维戈茨基（Л. С. Выготский）
维谢洛夫斯基（А. Н. Веселовский）
沃尔夫·施密特（Вльф Шмид）
沃伦（О. Уоррен）
沃洛希诺夫（В. Н. Волошинов）
乌津（В. С. Узин）
乌扎雷维奇（И. Ужаревич; J. Uzarevic）
谢列兹尼奥夫（Ю. Селезнёв）
谢林（Шеллинг）
谢泽曼（В. Э. Сеземан）
雅库鲍维奇（Д. Якубович）
亚尔霍（Б. И. Ярхо）
亚里士多德（Аристотель）
姚斯（Х. Р. Яусс; H. R. Jauss）
英加登（Р. Ингарден）
约翰·多恩（Дж. Донн）

析出文献中俄文对照表

《19 世纪至 20 世纪外国美学与文学理论》，莫斯科，1987。
Зарубежная эстетика и теория литературы 19—20 вв. М., 1987.

阿思穆斯:《作为劳动与创造的阅读》，载阿思穆斯著《美学理论与美学史诸问题》，莫斯科，1968。
Асмус В. Ф. Чтение как труд и творчество // Асмус В. Ф. Вопросы теории и истории эстетики. М., 1968.

阿韦林采夫:《撒旦》，载《世界各民族神话》，第 2 卷，莫斯科，1988。
Аверинцев С. С. Сатана // Мифы народов мира. Т. 2. М., 1988.

阿韦林采夫:《绪论：古希腊诗学与世界文学》，载《古希腊文学的诗学》，莫斯科，1981。
Аверинцев С. С. Введение: Древнегреческая поэтика и мировая литература // Поэтика древнегреческой литературы. М., 1981.

阿韦林采夫:《英俊的约瑟夫》，载《世界各民族神话：百科辞典》，第 1 卷，莫斯科，1991。
Аверинцев С. С. Иосиф Прекрасный // Мифы народов мира: Энциклопедия. Т. 1. М., 1991.

阿韦林采夫:《寓言故事》，载《文学百科辞典》，莫斯科，1987。
Аверинцев С. С. Притча // Литературный энциклопедический словарь. М., 1987.

阿韦林采夫:《早期拜占庭文学的诗学》，莫斯科，1977。
Аверинцев С. С. Поэтика ранневизантийской литературы. М., 1977.

埃亨鲍姆:《埃亨鲍姆论文学》，莫斯科，1987。
Эйхенбаум Б. О литературе. М., 1987.

埃亨鲍姆:《透过文学》，列宁格勒，1924。
Эйхенбаум Б. М. Сквозь литературу. Л., 1924.

艾柯:《玫瑰的名字》，莫斯科，1989。
Эко У. Имя розы. М., 1989.

艾柯:《缺失的结构：符号学导论》，圣彼得堡，1998。
Эко У. Отсутствующая структура: Введение в семиологию. СПб., 1998.

巴特:《论文选：符号学·诗学》，莫斯科，1989。
Барт Р. Избранные работы: Семиотика. Поэтика. М., 1989.

巴赫金:《巴赫金文集》(7卷本)，第5卷，莫斯科，1996。
Бахтин М. М. Собр. Соч. В 7 т. 5. М., 1996.

巴赫金:《笔记》，载巴赫金著《文学批评论文集》，莫斯科，1986。
Бахтин М. М. Заметки // М. М. Бахтин. Литературно-критические статьи. М., 1986.

巴赫金:《弗朗索瓦·拉伯雷的创作与中世纪和文艺复兴时期的民间文化》，莫斯科，1990。
Бахтин М. М. Творчество Франсуа Рабле и народная культура средневевовья и Ренесанса. М., 1990.

巴赫金:《话语创作美学》，莫斯科，1979。
Бахтин М. М. Эстетика словесного творчества. М., 1979.

巴赫金:《论行为哲学》，载《科学技术的哲学和社会学》，莫斯科，1986。
Бахтин М. М. К философии поступка // Философия и социология науки и техники. М., 1986.

巴赫金:《陀思妥耶夫斯基诗学问题》，莫斯科，1963。
Бахтин М. М. Проблемы поэтики Достоевского. М., 1963.

巴赫金:《文学创作中的内容、材料与形式问题》，载《文学与美学问题》，莫斯科，1975。
Бахтин М. М. Проблема содержания, материала и формы в словесном художественном творчестве // М. Бахтин. Вопросы литературы и эстетики. М., 1975.

邦吉:《论节奏》，载《语境：1976年》，莫斯科，1977。
Бонди С. М. О ритме // Контекст—1976. М., 1977.

鲍恰罗夫:《论〈棺材匠〉的含义》，载鲍恰罗夫著《论艺术的世界》，莫斯科，1985。
Бочаров С. Г. О смвсле «Гробовщика» // С. Г. Бочаров. О художественных мирах. М., 1985.

鲍恰罗夫：《论艺术的世界》，莫斯科，1985。
Бочаров С. Г. О художественных мирах. М., 1985.

鲍恰罗夫：《普希金的诗学》，莫斯科，1974。
Бочаров С. Г. Поэтика Пушкина. М., 1974.

鲍恰罗夫：《普希金诗学概述》，莫斯科，1974。
Бочаров С. Г. Поэтика Пушкина: Очерки. М., 1974.

鲍恰罗夫：《无尽的空间》，载《普希金：别尔金小说集》，莫斯科，1999。
Бочаров С. Г. Бездна пространства // А. С. Пушкин. Повести Белкина. М., 1999.

《北方蜜蜂》，1831 年第 255 期。
Северная пчела, 1831, №255.

本维尼斯特：《普通语言学》，莫斯科，1974。
Бенвенист Э. Общая лингвистика. М., 1974.

彼得鲁尼娜：《普希金的小说：进化之路》，列宁格勒，1987。
Петрунина Н. Н. Проза Пушкина: Пути эволюции. Л., 1987.

别尔科夫斯基：《文学论文集》，莫斯科－列宁格勒，1962。
Берковский Н. Я. Статьи о литературе. М.-Л., 1962.

波波娃：《〈别尔金小说集〉中的笑与泪》，载《普希金：别尔金小说集》，莫斯科，1999。
Попова И. Л. Смех и слезы в «Повестях Белкина» // А. С. Пушкин. Повести Белкина. М., 1999.

波斯彼洛夫：《抒情诗》，莫斯科，1976。
Поспелов Г. Н. Лирика. М., 1976.

波斯彼洛夫：《文学的历史发展诸问题》，莫斯科，1972，第 2 卷。
Поспелов Г. Н. Проблемы исторического развития литературы. М., 1972. Ч. 2.

勃洛克：《反讽》，载《勃洛克论文学》，莫斯科，1989。
Блок А. А. Ирония // А. А. Блок. О литературе. М., 1989.

《不朽的阿尔扎马斯社红色尖顶帽》，载《阿尔扎马斯》第 1 卷，莫斯科，1994。
Нетленный красивый колпак арзамасский // Арзамас, Кн.1. М., 1994.

布罗茨基：《布罗茨基文集》，第 1 卷，圣彼得堡，1992。
Бродский И. Сочинения. Т. 1. СПб., 1992.

茨维塔耶娃：《茨维塔耶娃论艺术》，莫斯科，1991。
Цветаева М. И. Об искусстве. М., 1991.

达尔文:《文学作品的艺术系列化》,载秋帕、福克松、达尔文著《文学作品:理论和分析诸问题》,克麦罗沃,1997。
Дарвин М. Н. Художественная циклизация литературных произведений // В. И. Тюпа, Л. Ю. Фуксон, М. Н. Дарвин. Литературное произведение: проблемы теории и анализа. Кемерово, 1997.

德布勒森尼:《放荡的女儿:普希金小说分析》,圣彼得堡,1995。
Дебрецени П. Блудная дочь: Анализ художественной прозы Пушкина. СПб., 1995.

狄尔泰:《诗歌想象的力量:诗学因素》,载《19至20世纪外国美学与文学理论》。
Дильтей В. Сила поэтического воображения: Начала поэтики // Зарубежная эстетика и теория литературы 19—20 вв.

法力诺:《文学学引论》,华沙,1991。
Фарино Е. Введение в литературоведение. Варшава, 1991.

范·戴克:《语言·认知·交际》,莫斯科,1989。
ван Дейк Т. А. Язык. Познание. Коммуникация. М., 1989.

费奥多罗夫:《论话语问题》,载《语境—1984》,莫斯科,1986。
Федоров В. В. К проблеме высказывания // Контекст—1984. М., 1986.

费奥多罗夫:《论艺术现实的属性》,莫斯科,1984。
Федоров В. В. О природе поэтической реальности. М., 1984.

弗莱登伯格:《叙事的来源》,载弗莱登伯格著《神话与古代文学》,莫斯科,1978。
Фрейденберг О. М. Происхождение наррации // О. М. Фрейденберг. Миф и литература древности. М., 1978.

弗兰克:《不可理解之物》,载《弗兰克文集》,莫斯科,1990。
Франк С. Л. Непрстижимое // С. Л. Франк. Сочинения. М., 1990.

弗雷泽:《金枝》,莫斯科,1980。
Фрэзер Дж. Дж. Золотая ветвь. М., 1980.

弗洛连斯基:《在思想的分水岭旁》,莫斯科,1990。
Флоренский П. А. У водоразделов мысли. М., 1990.

福克松:《阐释问题与文学作品的价值特性》,克麦罗沃,1999。
Фуксон Л. Ю. Проблема интерпретации и ценностная природа литературного произведения. Кемерово, 1999.

福克松:《喜剧性文学作品》,克麦罗沃,1993。
Фуксон Л. Ю. Комическое литературное произведение. Кемерово, 1993.

盖伊:《普希金的小说：叙事诗学》，莫斯科，1989。
Гей Н. К. Проза Пушкина: Поэтика повествования. М., 1989.

格尔申宗:《普希金的智慧》，莫斯科，1919。
Гершензон М. Мудрость Пушкина. М., 1919.

格雷马斯:《转换模式探寻》，载《国外民间文化符号学研究》，莫斯科，1984。
Греймас А. Ж. В поисках трансформационных моделей // Зарубежные исследования по семиотике фольклора. М., 1984.

格列赫尼约夫:《普希金的抒情诗》，高尔基市，1985。
Грехнев В. А. Лирика Пушкина. Горький, 1985.

格林采尔:《印度古典诗学的基本范畴》，莫斯科，1987。
Гринцер П. А. Основные категории классической индийской поэтики. М., 1987.

格罗斯曼:《普希金的趣闻故事艺术》，载格罗斯曼著《普希金专论》，莫斯科、彼得格勒，1923。
Гроссман Л. П. Искусство анекдота у Пушкина // Л. П. Гроссман. Этюды о Пушкине. М.-Пг., 1923.

葛拉塞:《论不戴帽子的庄稼汉、两个婆娘、小棺材里的婴儿》，载《新文学评论》第 23 期，莫斯科，1997。
Глассэ А. О мужичке без шапки, двух бабах, ребеночке в гробике... // Новое литературное обозрение, №23. М., 1997.

古科夫斯基:《果戈理的现实主义》，莫斯科、列宁格勒，1959。
Гуковский Г. А. Реализм Гоголя. М.; Л., 1959.

古科夫斯基:《普希金与现实主义风格诸问题》，莫斯科，1957。
Гуковский Г. А. Пушкин и пробемы реалистического стиля. М., 1957.

古列维奇:《论日耳曼诸民族诗歌中的英雄特性》，载《苏联科学院学报（语言文学版）》，1978 年第 2 期。
Гуревич А. Я. О природе героического в поэзии германских народов // Известия АН СССР: Серия литературы и языка, 1978, №2.

哈利泽夫、科尔米洛夫:《列夫·托尔斯泰的长篇小说〈战争与和平〉》，莫斯科，1983。
Хализев В. Е., Кормилов С. И. Роман Л. Н. Толстого «Война и мир». М., 1983.

哈利泽夫、舍舒诺娃:《普希金的系列小说〈别尔金小说集〉》，莫斯科，1989。
Хализев В. Е., Шешунова С. В. Цикл А. С. Пушкина «Повести Белкина». М., 1989.

哈利泽夫:《文学理论》，莫斯科，1999。
Хализев В. Е. Теория литературы. М., 1999.

哈特曼:《美学》，莫斯科，1958。
Гартман Н. Эстетика. М., 1958.

海德格尔:《不同年代的论著与思考》，莫斯科，1993。
Хайдеггер М. Работы и размышления разных лет. М., 1993.

海森堡:《物理与哲学·部分与整体》，莫斯科，1989。
Гейзенберг В. Физика и философия. Часть и целое. М., 1989.

黑格尔:《美学》，第一卷，莫斯科，1968。
Гегель Г. В. Ф. Эстетика. Т. 1. М., 1968.

黑格尔:《美学》，第二卷，莫斯科，1969。
Гегель Г. В. Ф. Эстетика. Т. 2. М., 1969.

黑格尔:《美学》，第三卷，莫斯科，1971。
Гегель Г. В. Ф. Эстетика. Т. 3. М., 1971.

黑格尔:《美学》，第四卷，莫斯科，1973。
Гегель Г. В. Ф. Эстетика. Т. 4. М., 1973.

吉尔施曼:《文学作品：分析的理论与实践》，莫斯科，1991。
Гиршман М. М. Литературное произведение: Теория и практика анализа. М., 1991.

吉尔施曼:《小说的节奏》，莫斯科，1982。
Гиршман М. М. Ритм художественной прозы. М., 1982.

加夫里洛娃:《叙事的连贯性》，载《普希金：别尔金小说集》，莫斯科，1999。
Гаврилова Ю. Ю. Непрерывность повествования // А. С. Пушкин. Повести Белкина. М., 1999.

加斯帕罗夫:《"头顶又现乌云……"分析方法》，载《M. Л. 加斯帕罗夫著作选集》，第 2 卷，莫斯科，1997。
Гаспаров М. Л. «Снова тучи надо мною...» Методика анализа // М. Л. Гаспаров. Избранные труды. Т.2.М., 1997.

加斯帕罗夫:《文学的主题》，莫斯科，1994。
Гаспаров Б. М. Литературные лейтмотивы. М., 1994.

加斯帕罗夫:《现代俄罗斯诗歌》，莫斯科，1974。
Гасааров М. Л. Современный русский стих. М., 1974.

加斯帕罗夫:《语言、记忆、形象：语言生存的语言学》，莫斯科，1996。

Гаспаров Б. М. Язык. Память. Образ: Лингвистика языкового существования. М., 1996.

康德:《康德文集》6 卷本，第 5 卷，莫斯科，1966。
Кант И. Соч. в 6 тт. Т.5. М., 1966.

科尔曼:《文学作品的文本研究》，莫斯科，1972。
Корман Б. О. Изучение текста художественного произведения. М., 1972.

库尔加诺夫:《作为体裁的趣闻故事》，圣彼得堡，1997。
Курганов Е. Анекдот как жанр. СПб., 1997.

里亚霍娃:《孤独之戏剧化（艺术母题的美学阐释）》，载《审美话语》，新西伯利亚，1991。
Ляхова Е. И. Драматизм одиночества（эстетическая интерпретация художественного мотива）// Эстетический дискурс. Новосибирск, 1991.

里亚霍娃:《十二个走向何方（讽刺与革命）》，载《话语》，第 8/9 期，莫斯科，2000。
Ляхова Е. И. Куда идут двенадцать（Сатира и революция）// Дискурс, №8/9. М., 2000.

利哈乔夫:《作为体系的古斯拉夫诸文学》，载《斯拉夫文学：第 6 届斯拉夫学家国际会议。俄罗斯代表团报告集》，莫斯科，1968。
Лихачев Д. С. Древнеславянские литературы как система // Славянские литературы: 6—ой Международный съезд славистов. Доклады советской делегации. М., 1968.

列日涅夫:《普希金的小说》，莫斯科，1966。
Лежнев Л. З. Проза Пушкина. М., 1966.

列文:《抒情诗的交际地位》，载《派生模拟系统文集》，塔尔图，1973。
Левин Ю. И. Коммуникативный статус лирического стихотворения // Сб. ст. По вторичным моделирующим системам. Тарту, 1973.

罗莫达诺夫斯卡娅:《古俄罗斯文学中寓言故事的体裁特点》，载《18 至 20 世纪俄罗斯文学中的福音书文本》，彼得罗扎沃茨克，1998。
Ромодановская Е. К. Специфика жанра притчи в древнерусской литературе// Евангельский текст в русской литературе 18—20 веков. Петрозаводск, 1998.

罗欣娜:《契诃夫喜剧〈海鸥〉与〈樱桃园〉之艺术完整性的本质》，载《话语》，第 1 期，新西伯利亚，1996。
Рощина О. С. Природа художественной целостности комедий А. П. Чехова «Чайка» и «Вишневый сад» // Дискурс, №1. Новосибирск, 1996.

洛特曼:《结构诗学讲义》, 载《洛特曼与塔尔图—莫斯科符号学派》, 莫斯科, 1994。
Лотман Ю. М. Лекции по структуральной поэтике // Ю. М. Лотман и тартусско-московская семиотическая школа. М., 1994.

洛特曼:《论“文学”概念的内容与结构》, 载《文学的诗学与历史诸问题》, 萨兰斯科, 1973。
Лотман Ю. М. О содержании и структуре понятия «художественная литература» // Проблемы поэтики и истории литературы. Сранск, 1973.

洛特曼:《情节起源的类型学阐发》, 载《洛特曼文化类型学论文集》, 第2版, 塔尔图, 1973。
Лотман Ю. М. Происхождение сюжета в типологическом освещении // Ю. М. Лотман. Статьи по типологии культуры. Вып. 2. Тарту, 1973.

洛特曼:《诗歌文本分析》, 列宁格勒, 1972。
Лотман Ю. М. Анализ поэтического текста. Л., 1972.

洛特曼:《文本中的文本》, 载《符号体系论丛》, 第14卷, 塔尔图, 1981。
Лотман Ю. М. Текст в тексте // Труды по знаковым системам. Т.14. Тарту, 1981.

洛特曼:《亚历山大·谢尔盖耶维奇·普希金: 作家生平》, 列宁格勒, 1982。
Лотман Ю. М. Алесандр Сергеевич Пушкин. Биография писателя. Л., 1982.

洛特曼:《在思维世界的内部》, 莫斯科, 1999。
Лотман Ю. М. Внутри мыслящих миров. М., 1999.

洛谢夫:《神话－数字－本质》, 莫斯科, 1994。
Лосев А. Ф. Миф – Число – Сущность. М., 1994.

马尔科维奇:《俄罗斯文学史上的普希金与莱蒙托夫》, 圣彼得堡, 1997。
Маркович В. М. Пушкин и Лермонтов в истории русской литературы. СПб., 1997.

马尔科维奇:《屠格涅夫和俄罗斯19世纪现实主义长篇小说》, 列宁格勒, 1982。
Маркович В. М. Тургенев и русский реальистический роман 19 века. Л., 1982.

曼德尔什塔姆:《词语与文化》, 莫斯科, 1987。
Мандельштам О. Э. Слово и культура. Статьи. М., 1987.

梅德维捷夫:《文学学中的形式论方法》, 载《面具下的巴赫金》第2卷, 莫斯科, 1993。
Медведев П. Н. Формальный метод в литературоведении // Бахтин под маской. Вып. 2. М., 1993.

米哈伊洛娃:《普希金小说〈一枪〉中的西尔维奥形象》，载《构思，写作，体现……》，莫斯科，1977。
Михайлова Н. И. Образ Сильвио в повести А. С. Пушкина «Выстрел» // Замысел, труд, воплощение... М., 1977.

莫萨列娃:《叙事特点：从普希金到列斯科夫》，伊热夫斯克、叶卡捷琳堡，1999。
Мосалева Г. В. Особенности повествования: от Пушкниа к Лескову. Ижевск, Екатеринбург, 1999.

蓬皮扬斯基:《果戈理》，载《符号系统论丛》，第 18 卷，塔尔图，1984。
Пумпянский Л. В. Гоголь // Труды по знаковым системам, 18. Тарту, 1984.

普里什文:《普里什文论罗扎诺夫》，载《语境—1990》，莫斯科，1990。
Пришвин М. М. Пришвин о Розанове // Контекст—1990. М., 1990.

普里什文:《普里什文日记》，由 Л. 梁赞诺娃发表，载《文学问题》，1996 年第 5 期。
Дневники Пришвина. Публикация Л. Рязановой // Вопросы литературы, 1996, №5.

普希金:《日记・自传体小说》，莫斯科，1989。
Пушкин А. С. Дневники. Автобиографическая проза. М., 1989.

切列米辛娜–延尼科波洛娃:《俄语语调的规律和规则》，莫斯科，1999。
Черемисина-Еникополова Н. В. Законы и правила русской интонации. М., 1999.

伽达默尔:《美的现实性》，莫斯科，1991。
Гадамер Х. Г. Актуальность прекрасного. М., 1991.

伽达默尔:《真理与方法》，莫斯科，1988。
Гадамер Х. Г. Истина и метод. М., 1988.

丘赫尔别凯:《旅行，日记，文章》，列宁格勒，1979。
Кюхельбекер В. К. Путешествие. Дневник. Статьи. Л., 1979.

秋帕:《A. 勃洛克的长诗〈夜莺的花园〉之评析中的反讽范畴》，载《文学作品分析诸原则》，莫斯科，1984。
Тюпа В. И. Категория иронии в анализе поэмы А. Блока «Соловьиный сад» // Принципы анализа литературного произведения. М., 1984.

秋帕、福克松:《契诃夫的趣闻故事的幽默》，载《文学形式的内容性》，古比雪夫，1990。
Тюпа В. И., Фуксон Л. Ю. Юмор чеховского анекдота // Содержательность форм в художественной литературе. Куйбышев, 1990.

秋帕:《故事体小说与寓言故事》，载《俄罗斯故事体小说：理论和历史问题》，圣彼得堡，1993。

Тюпа В. И. Новелла и аполог // Русская новелла: Проблемы теории и истории. СПб., 1993.

秋帕:《后象征主义：20世纪俄罗斯诗歌的理论性概述》，萨马拉，1998。
Тюпа В. И. Постсимволизм: Теоретические очерки русской поэзии 20 века. Самара, 1998.

秋帕:《普希金抒情诗中的“浪子”情节》，载《阅读波尔金诺》，高尔基市，1984。
Тюпа В. И. Сюжет «блудного сына» в лирике Пушкина // Блодинские чтения. Горький, 1984.

秋帕:《普希金文本中范式性原始情节》，载《Ars interpretandi》，新西伯利亚，1997。
Тюпа В. И. Парадигмальный археосюжет в текстах Пушкина // Ars interpretandi. Новосибирск, 1997.

秋帕:《契诃夫短篇小说的艺术性》，莫斯科，1989。
Тюпа В. И. Художественность чеховского рассказа. М., 1989.

让－保罗:《美学预备学校》，莫斯科，1981。
Жан-Поль. Приготовительная школа эстетики. М., 1981.

热奈特:《修辞》，第2卷，莫斯科，1998。
Женетт Ж. Фигуры. Т.2. М., 1998.

仁金:《审美形式问题》，载《艺术形式》，莫斯科，1927。
Жинкин Н. И. Проблема эстетических форм // Художествеенaя форма. М., 1927.

仁金:《语言·言语·创作》，莫斯科，1998。
Жинкин Н. И. Язык. Речь. Творчество. М., 1998.

日利切夫、秋帕:《纳博科夫的反讽话语(〈卢仁的守护〉)》，载《口袋读物》第1卷，伊热夫斯克，1994。
Жиличев Е. В., Тюпа В. И. Иронический дискурс В. Набокова («Защита Лужина») // Кормановские чтения. Вып. 1. Ижевск, 1994.

萨佐诺娃:《〈别尔金小说集〉中的标志学与形象母题》，载《普希金：别尔金小说集》，莫斯科，1999。
Сазонова Л. И. Эмблематика и изобразительные мотивы в «Повестях Белкина» //«Пущкин: Повесми Белкина», М., 1999.

沙雷普金:《普希金与马蒙泰尔的〈道德劝诫小说〉》，载《普希金：研究与资料》，第8卷，列宁格勒，1978。
Шарыпкин Д. М. Пушкин и «Нравоучительные рассказы» Мармонтеля //

Пушкин: Исследования и материалы. Т. 8. Л., 1978.

舍罗吉雅:《论意识与无意识心理问题》，第比利斯，1973，第 2 卷。
Шерозия А. Е. К проблеме сознания и бессознательного псизического. Тбилиси, 1973. Т.2.

舍舒诺娃:《论〈别尔金小说集〉题词的含义》，载《普希金：创作诸问题》，加里宁格勒，1987。
Шешунова С. В. О смысле эприграфа к «Повестям Бекина» // А. С. Пушкни: Проблемы творчества. Калинин, 1987.

什克洛夫斯基:《关于普希金小说的札记》，莫斯科，1937。
Шкловский В. Б. Заметки о прозе Пушкина. М., 1937.

施莱尔马赫:《阐释学》，载《社会思想》，第 4 卷，莫斯科，1993。
Шлейермахер Ф. Д. Е. Герменевтика // Обшественная мысль. 4. М., 1993.

施密特:《诗性阅读中的普希金小说:〈别尔金小说集〉》，圣彼得堡，1996。
Шмид В. Проза Пушкина в поэтическом прочтении: «Повести Белкина». СПб., 1996.

施佩特:《当代美学问题》，载《艺术》，1923 年第 1 期。
Шпет Г. Г. Проблемы современной эстетики // Искусство, 1923, №1.

施瓦茨邦德:《〈别尔金小说集〉的历史》，耶路撒冷，1993。
Шварцбанд С. М. История «Повестей Белкина». Иерусалим, 1993.

施瓦茨邦德:《普希金〈别尔金小说集〉的体裁属性》，载《情节构造诸问题》，第 3 卷，里加，1974。
Шварцбанд С. М. Жанровая природа «Повестей Белкина» А. С. Пушкина // Вопросы сюжетосложения. Вып.3. Рига, 1974.

斯卡弗特莫夫:《长篇小说〈白痴〉的主题布局》，载斯卡弗特莫夫著《俄罗斯作家的道德求索》，莫斯科，1972。
Скафтымов А. П. Тематическая композиция романа «Идиот» // А. Скафтымов. Нравственные искания русских писателей. М., 1972.

斯卡弗特莫夫:《文学史中理论与历史研究的关系问题》，载《萨拉托夫大学学报》，第 1 卷第 3 期，萨拉托夫，1923。
Скафтымов А. П. К вопросу о соотношении теоретического и исторического рассмотрения в истории литературы // Уч. Зап. Саратовского госуниверститета. Т.1. Вып. 3. Саратов, 1923.

斯米尔诺夫:《存在与创作》，圣彼得堡，1996。
Смирнов И. Бытие и творчество. СПб., 1996.

斯米尔诺夫:《通向文学理论的道路上》，阿姆斯特丹，1987。
Смирнов И. П. На пути к теории литературы. Амстердам, 1987.

斯米尔诺夫:《图腾崇拜与体裁理论》。
Смирнов И. П. Тотемизм и теория жанров // Wiener Slawistischer Almanach. Sonderband 20: Mithos in der Slawischen Modern. Wiene. 1987.

索尔格:《欧文》，莫斯科，1978。
Зольгер К. В. Ф. Эрвин. М., 1978.

索洛维约夫:《艺术的一般意义》，载《索洛维约夫文集》(2卷版)，第2卷。
Соловьев В. С. Общий смысл искусства // В. С. Соловьев. Сочинения в 2 тт. Т.2.

索洛乌西娜:《当代西方文学学中的读者观念》，载《理论、流派、观念(批评分析):艺术接受与阐释学》，莫斯科，1985。
Солоухина О. В. Концепции читателя в современном западном литературоведении // Теории, школы, концепции (критические анализы): Художественная рецепция и герменевтика. М., 1985.

塔马尔琴科:《19世纪俄国古典长篇小说：诗学与体裁类型学诸问题》，莫斯科，1997。
Тамарченко Н. Д. Русский классический роман 19 века: Проблемы поэтики и типологии жанра. М., 1997.

塔马尔琴科:《论〈宿命论者〉的意义》，载《俄罗斯语文》，1994年第2期。
Тамарченко Н. Д. О смысле «Фаталиста» // Русская словесность, 1994, №2.

塔马尔琴科:《叙述》，载《文学学导论·文学作品：基本概念和术语》，莫斯科，1999。
Тамарченко Н. Д. Повествование // Введение в литературоведение. Литературное произведение: основные понятия и термины. М., 1999.

泰勒:《象征与仪式》，莫斯科，1983。
Тэрнер В. Символ и ритуал. М., 1983.

泰亚尔·德·夏尔丹:《人的现象》，莫斯科，1987。
Тейяр де Шарден П. Феномен человака. М., 1987.

特尼扬诺夫:《普希金的小说》，载《文学现代人》，1973年第4期。
Тынянов Ю. Н. Проза Пушкина //Литературный современник 1973, №4.

图尔宾:《普希金、果戈理、莱蒙托夫：论文学体裁的研究》，莫斯科，1978。
Турбин В. Н. Пушкин, Гоголь, Лермонтов: Об изучении литературных жанров. М., 1978.

图尔宾:《普希金、果戈理、莱蒙托夫：论文学体裁的研究》，莫斯科，1978。

Турбин В. Н. Пушкин, Гоголь, Лермонтов. Об изучении литературных жанров. М., 1978.

托波罗夫:《世界之树》，载《世界各民族神话：百科辞典》，第 1 卷，莫斯科，1991。
Топоров В. Н. Древо мровое // Мифы народов мира: Энциклопедия. Т. 1. М., 1991.

托尔斯泰:《列夫・托尔斯泰论文学》，莫斯科，1955。
Толстой Л. Н. О литературе. М., 1955.

陀思妥耶夫斯基:《陀思妥耶夫斯基论艺术》，莫斯科，1973。
Достоевский Ф. М. Об искусстве. М., 1973.

瓦祖罗:《评论者笔记》，圣彼得堡，1994。
Вацуро В. Э. Записки комментатора. СПб., 1994.

韦勒克、沃伦:《文学理论》，莫斯科，1978。
Уэллек Р., Уоррен О. Теория литературы. М., 1978.

维戈茨基:《思维与言语》第 7 章，载《维戈茨基文集》6 卷本，第 2 卷，莫斯科，1982。
Выготский Л. С. Мышление и речь. Гл. 7 // Л. С. Выготский. Собр. Соч. в 6 тт. Т.2. М., 1982.

维戈茨基:《维戈茨基文集》6 卷本，第 2 卷，莫斯科，1982。
Выготский Л. С. Собр. соч. в 6 тт. Т. 6. М., 1982.

维戈茨基:《艺术心理学》，莫斯科，1968。
Выготский Л. С. Психология искусства. М., 1968.

维谢洛夫斯基:《历史诗学》，列宁格勒，1940。
Веселовский А. Н. Историческая поэтика. Л., 1940.

维谢洛娃、奥尔利茨基、斯科罗霍多娃:《标题诗学：文献材料》，载《文学文本：研究的问题与方法》，第 3 卷，特维尔，1997。
Веселова Н. А., Орлицкий Ю. Б., Скороходова М. В. Поэтика заглаия: Материалы к библиорафии // Литературный текст: Проблемы и методы исследования（3）. Тверь, 1997.

《文学报》，1830 年第 5 期。
Литературная газета, 1830, №5.

沃利佩尔特:《普希金与法国文学中的心理传统》，塔林，1980。
Вальперт Л. И. Пушкин и психологическая традиция во французской литературе. Таллинн, 1980.

沃洛希诺夫:《生活话语与艺术话语》，载《面具下的巴赫金》，莫斯科，2000。
Волошинов В. Н. Слово в жизни и слово в поэзии // Базтин под маской. М., 2000.

乌津:《论〈别尔金小说集〉》，彼得堡，1924。
Узин В. С. О повестях Белкина. Пб., 1924.

乌扎雷维奇:《抒情的悖论》，载《俄罗斯语文》，阿姆斯特丹，1991。
Uzarevic J. Лирический парадокс // Russian Literature, 29. Amsterdam, 1991.

谢林:《艺术哲学》Шеллинг Ф. В. Философия искусства.

谢林:《艺术哲学》，莫斯科，1966。
Шеллинг Ф. Философия искусства. М., 1966.

谢泽曼:《艺术史中的审美评价》，载《思想》，1922 年第 1 期。
Сеземан В. Э. Эстетическая оценка в истории искусства // Мысль, 1922, №1.

雅库波维奇:《〈别尔金小说集〉的前言与瓦尔特·司各特的叙述手法》，载《世界文学中的普希金》，列宁格勒，1926。
Якубович Д. Предисловие к «Повестей Белкина» и повествовательные приемы Вальтер Скотта // Пушкин в мировой литературе. Л., 1926.

亚里士多德:《修辞学·诗学》，莫斯科，2000。
Аристотель. Риторика. Поэтика. М., 2000.

叶萨乌洛夫:《文学作品解读中等值性的光谱》“果戈理:《密尔格拉德》”，莫斯科，1995。
Есаулов И. А. Спектро адекватности в истолковании литературного произведения（«Миргород» Н. В. Гоголя）. М., 1995.

伊斯科兹（多利宁）:《别尔金小说集》，载《伟大作家的藏书：普希金》，第 14 卷，圣彼得堡，1910。
Искоз (А. С. Долинин), Повести Белкина // Библиотека великих писателей. Пушкин. Т. 14. СПб., 1910.

英加登:《美学研究》，莫斯科，1962。
Ингарден Р. Исследования по эстетике. М., 1962.

《在普希金的世界里》，莫斯科，1974。
В мире Пушкина. М., 1974.